DANIELLE STEEL

Verlorene Spuren

W0417507

Autorin

Danielle Steel, als Tochter eines deutschstämmigen Vaters und einer portugiesischen Mutter in New York geboren, lebte als junges Mädchen lange Jahre in Europa. Seit 1977 schreibt Danielle Steel – die heute Mutter von neun Kindern ist und in San Francisco lebt – große Romane, die sie innerhalb weniger Jahre zur meistgelesenen Autorin der Welt machten.

Die Danielle Steel Collection

Abschied von St. Petersburg (41351) · Alle Liebe dieser Erde (06671) · Auf den Flügeln der Freiheit (35219) · Das Geschenk (43741) · Das Haus hinter dem Wind (09412)· Das Haus hinter dem Wind/Es zählt nur die Liebe (35202) · Das Haus von San Gregorio (06802) · Der Preis des Glücks (09921) · Der Ring aus Stein (06402) · Die Liebe eines Sommers (06700) · Doch die Liebe bleibt (06412) · Ein zufälliges Ereignis (43970) · Es zählt nur die Liebe (08826) · Familienbilder (09230) · Fünf Tage in Paris (35273) · Gesegnete Umstände (35079) · Glück kennt keine Jahreszeit (06732) · Herzschlag für Herzschlag (42821) · Jenseits des Horizonts (09905) · Jenseits des Horizonts/Der Preis des Glücks (35112) · Juwelen (35160) · Liebe zählt keine Stunden (06692) · Nachricht aus der Ferne (43037) · Nichts ist stärker als die Liebe (35023) · Nie mehr allein (06716) · Nur einmal im Leben (06781) · Palomino (06882) · Sag niemals adieu (08917) · Schiff über dunklem Grund (08449) · Sternenfeuer (42391) · Stiller Ruhm (35503) · Töchter der Sehnsucht (41049) · Träume des Lebens (06860) · Unter dem Regenbogen (08634) Unter dem Regenbogen/Sternenfeuer (35376) · Väter (42199) · Verborgene Wünsche (09828) · Verlorene Spuren (43211) · Verlorene Spuren/Nie mehr allein (35527) · Vertrauter Fremder (06763) · Vertrauter Fremder/Die Liebe eines Sommers (35055) · Wer Unrecht tut (35284) · Wie ein Blitz aus heiterem Himmel (35284)

Als gebundene Ausgabe im Blanvalet Verlag:

Die Ranch (0104) · Die Erscheinung (0105)
Unverhofftes Glück (0092)

DANIELLE STEEL

Verlorene Spuren

Roman

Aus dem Amerikanischen
von Ingrid Rothmann

BLANVALET

Ungekürzte Ausgabe

Titel der Originalausgabe: Vanished
Originalverlag: Delacorte Press, New York

Umwelthinweis:
Alle bedruckten Materialien dieses Taschenbuches
sind chlorfrei und umweltschonend.

Blanvalet Taschenbücher erscheinen
im Goldmann Verlag, einem Unternehmen
der Verlagsgruppe Random House GmbH.

Taschenbuchausgabe August 2001
Copyright © der Originalausgabe 1993 by Danielle Steel
Copyright © der deutschsprachigen Ausgabe 1994
by Blanvalet Verlag, München,
in der Verlagsgruppe Random House GmbH
Umschlaggestaltung: Design Team München
Umschlagfoto: Ernst Wrba
Druck: Elsnerdruck, Berlin
Verlagsnummer: 35741
MD · Herstellung: sc
Made in Germany
ISBN 3-442-35741-1
www.blanvalet-verlag.de

1 3 5 7 9 10 8 6 4 2

Für Nick

Für die Plage, eine Mutter zu haben, die einen nie in Frieden läßt, und für die Qual, über Jahre hinweg nicht das tun zu können, was man möchte, wenn man es möchte. Für das, was Du bist und noch sein wirst. Für den feinen Menschen, den guten Freund und – vielleicht einmal – großen Schriftsteller!

Mit all meiner Liebe, Mom

Und für John,

den besten Daddy, den besten Freund, die größte Liebe, den liebsten Menschen, den allergrößten Segen in meinem Leben ... welch Glück für uns alle, Dich zu haben!

Mit all meiner Liebe aus ganzem Herzen immer

Olive

1. Kapitel

Charles Delauney schritt langsam die Stufen zur St.-Patricks-Kathedrale hinauf. Er hinkte kaum wahrnehmbar. Ein bitterkalter Wind fuhr ihm mit eisigen Fingern tief in den Kragen; es war zwei Wochen vor Weihnachten. Wie kalt New York im Dezember sein konnte, hatte er schon vergessen gehabt. Viele Jahre waren vergangen, seit er zuletzt hier gewesen war . . . viele Jahre, seit er seinen Vater gesehen hatte. Sein Vater war jetzt siebenundachtzig, seine Mutter schon lange tot. Sie war gestorben, als er dreizehn war, und alles, woran er sich erinnern konnte, waren ihre Schönheit und ihre Sanftmut. Da sein Vater krank und schwach war, senil und seit einiger Zeit bettlägerig, hatten die Anwälte Charles nahegelegt, wenigstens für ein paar Monate nach Hause zu kommen und die Familienangelegenheiten soweit als möglich zu ordnen. Geschwister hatte er keine, die gesamte Last der Vermögensregelung ruhte also auf seinen Schultern: gut gestreuter Immobilienbesitz, ein ausgedehnter Landsitz in der Nähe von Newburgh, New York, Industriebeteiligungen an Kohle, Öl und Stahl sowie hochkarätiger Grundbesitz mitten in Manhattan. Ein Vermögen, das nicht von Charles oder seinem Vater, sondern von seinen beiden Großvätern angehäuft worden war. Doch all das interessierte Charles nicht im geringsten.

Sein Gesicht war jung, wenn auch wettergegerbt, und von Leid und Kampf gezeichnet. Fast zwei Jahre hatte er in Spanien verbracht und für eine Sache gekämpft, die nicht die seine war, ihn aber im Innersten berührte. Sie gehörte zu den wenigen Dingen, an denen ihm etwas lag ... er war regelrecht dafür entflammt. Im Februar 1937, vor knapp zwei Jahren, hatte er sich der Lincoln-Brigade angeschlossen, um gegen die Faschisten zu kämpfen, und seither hatte er die Kampfgebiete in Spanien nicht verlassen. Im August hatte es ihn während der Schlacht am Ebro bei einem heftigen Gefecht erwischt. Es war nicht das erste Mal. Schon mit fünfzehn war er ausgerissen, hatte sich im letzten Jahr des großen Krieges zur Armee gemeldet und war bei Saint-Mihiel ins Bein geschossen worden. Damals hatte sein Vater vor Wut getobt. Nun aber war er vollkommen hilflos. Er hatte keine Ahnung von der Welt, von seinem Sohn oder dem Krieg in Spanien. Er erkannte Charles nicht einmal mehr, und dieser war, als er seinen Vater in dem riesigen Bett hatte dahindämmern sehen, zu der Einsicht gelangt, daß es so vielleicht besser war. Es hätte ohnehin nur Zank und Streit zwischen ihnen gegeben. Der Alte hätte zutiefst mißbilligt, was aus seinem Sohn geworden war, er hätte dessen Vorstellungen von persönlicher und politischer Freiheit und seinen Haß gegen die »Faschisten« abgelehnt. Sein Vater war immer schon dagegen gewesen, daß Charles im Ausland lebte. Er war erst sehr spät Vater geworden und empfand es als sinnlos, daß sein Sohn in Europa leben und an allen Konflikten dort teilhaben wollte. 1921 war Charles, achtzehnjährig, erneut nach Europa gegangen, seither hatte er siebzehn Jahre dort verbracht. Gelegentlich hatte er für Freunde gearbeitet, und in jüngeren Jahren hatte er hin und wieder eine Kurzgeschichte verkaufen können. In der letzten Zeit freilich hatte er überwiegend von seinen stattlichen, aus einem Treuhandvermögen stammenden Einkünften gelebt, wobei die Höhe seines Einkommens ihm immer ein wenig peinlich gewesen war. »Kein normaler Mensch braucht zum Leben so viel Geld«, hatte er einmal einem guten Freund anvertraut. Über viele Jahre hinweg hatte er den Großteil seines Geldes wohltätigen Zwecken zugeführt, während es ihn andererseits immer wieder freute, wenn er mit seinen Kurzgeschichten eine Kleinigkeit verdiente.

Er hatte zunächst in Oxford studiert, dann an der Sorbonne, und zum Schluß war er für kurze Zeit nach Florenz gegangen. Damals hatte er es ziemlich wild getrieben. Er hatte edlen Bordeaux getrunken, soviel er nur vertragen konnte, ab und zu auch einen Absinth, und er hatte sich mit einem faszinierenden Reigen von Frauen amüsiert. Mit einundzwanzig, nach drei zügellosen Jahren in Europa, hatte er sich für einen Mann von Welt gehalten. Er war Menschen begegnet, von denen andere nur in der Zeitung lasen, hatte Dinge getan, von denen die wenigsten auch nur träumten, und hatte Frauen kennengelernt, nach denen andere sich sehnten. Und dann... dann war Marielle gekommen... aber das war eine andere Geschichte. Eine Geschichte, die er zu vergessen trachtete. Die Erinnerung an Marielle war noch immer zu schmerzlich.

Manchmal stahl sie sich des Nachts in seine Träume, besonders dann, wenn er in Gefahr schwebte oder Angst hatte, irgendwo in einem Schützengraben, während ihm die Kugeln um die Ohren pfiffen... Dann schlich sich die Erinnerung an sie ein... an ihr Gesicht... die unvergeßlichen Augen... ihre Lippen... Und an den unendlichen Kummer, der sie bei ihrer letzten Begegnung gezeichnet hatte wie eine Wunde. Seit damals hatte er sie nicht gesehen, sieben Jahre war das nun her. Sieben Jahre, ohne sie zu sehen, sie zu berühren... sie festzuhalten... oder auch nur zu wissen, wo sie sich aufhielt... Und ständig hatte er sich einreden müssen, daß es nicht mehr weh tat. Einmal, als er verwundet war und mit dem sicheren Tod rechnen mußte, hatte er sich ein Schwelgen in Erinnerungen gestattet, und die Sanitäter hatten ihn bewußtlos in einer Blutlache aufgefunden. Doch als er zu sich gekommen war, hätte er schwören mögen, daß er Marielle dicht hinter den Männern hatte stehen sehen.

Bei ihrer ersten Begegnung in Paris war sie gerade achtzehn

gewesen, ihr Gesicht schön und lebendig wie ein eben erst vollendetes Gemälde. Er selbst war dreiundzwanzig gewesen und hatte sie erspäht, als er mit einem Freund in einem Café saß. Man mußte ihm wohl angesehen haben, daß er hingerissen war, denn als sie seinem Blick begegnete, hatte Schalk in ihren Augen aufgeblitzt. Damals war sie ihm entwischt, in ihr Hotel, doch er hatte sie bei einem Dinner in der Botschaft wiedergesehen. Sie waren einander in aller Form vorgestellt worden, und alles war höchst manierlich und wohlerzogen über die Bühne gegangen; nur hatten Marielles Augen ihn nie wieder so angelacht, daß es ihm die Rede verschlug. Die Begeisterung ihrer Eltern über diese Bekanntschaft hielt sich freilich in Grenzen. Ihr Vater, ein ernsthafter Mensch, der um vieles älter war als seine Frau, wußte um Charles' Ruf. Er war genauso alt wie Charles' Vater und kannte ihn angeblich flüchtig. Marielles Mutter, Halbfranzösin, erschien Charles unglaublich bieder und langweilig. Marielle wurde geradezu lächerlich streng gehalten, und ihre Eltern erwarteten, daß sie ständig nach ihrer Pfeife tanzte. Sie hatten keine Ahnung, wie begehrenswert sie war und wie lustig sie sein konnte. Aber sie hatte auch eine ernste Seite, und Charles entdeckte sehr bald, daß er sich stundenlang mit ihr unterhalten konnte. Sie hatte es sehr amüsant gefunden, ihn auf der Botschaftsparty zu treffen, und konnte sich sehr wohl erinnern, ihn zuvor schon im Café gesehen zu haben; aber das gab sie erst sehr viel später zu, als er sie damit aufzog. Er war fasziniert von ihr und sie von ihm. Für Marielle war er ein sehr interessanter junger Mann, anders als alle, die ihr bislang begegnet waren. Alles wollte sie über ihn wissen, woher er kam, warum er hier war, wie es kam, daß er ein so gutes Französisch sprach. Und sie war von Anfang an von seinem Ehrgeiz und seinen Fähigkeiten als Autor beeindruckt. Daß sie sich als Malerin versuchte, gestand sie ihm nur widerwillig und ein wenig verschämt ein. Später, als sie einander besser kannten, zeigte sie ihm ein paar erstaunlich gute

Zeichnungen. Aber an jenem ersten Abend war es weder die Literatur noch die bildende Kunst, was sie einander näherbrachte, es war vielmehr etwas in ihren Seelen, das sie unwiderstehlich zueinander zog. Das blieb selbst ihren Eltern nicht verborgen, und nachdem ihre Mutter sie eine Weile beim Plaudern beobachtet hatte, versuchte sie Marielle fortzuziehen und sie anderen jungen Leuten vorzustellen. Doch Charles folgte ihr überallhin – wie ein Gespenst, das ohne sie nicht sein konnte.

Am Nachmittag darauf trafen sie sich im Deux Magots und unternahmen anschließend einen langen Spaziergang an der Seine. Sie waren wie zwei ausgelassene Kinder, sie erzählte ihm alles über sich, über ihr Leben, ihre Träume, daß sie eines Tages Malerin sein würde und jemanden heiraten wollte, den sie liebte und von dem sie sich neun oder zehn Kinder wünschte. Das fand er weniger amüsant, und dennoch war er fasziniert von ihr. Das Mädchen war wie ein Hauch, zart und beinahe unwirklich, doch unter all dem spürte man Kraft, Widerstand und Lebendigkeit. Sie war wie Spitze, über exquisit behauenen weißen Marmor gebreitet. Selbst ihre Haut war von jener durchscheinenden Blässe, die er bei den Statuen in Florenz gesehen hatte, unmittelbar nachdem er aus den Staaten gekommen war. Und ihre Augen blitzten wie tiefblaue Saphire, als er ihr seine eigenen Träume vom Schreiben eingestand ... daß er hoffte, eines Tages eine Sammlung seiner Kurzgeschichten zu veröffentlichen. Sie hatte Verständnis für alles, nahm Anteil an allem, was für ihn wichtig war.

Marielle war mit ihren Eltern nach Deauville gefahren, und er war ihr dorthin gefolgt, sodann nach Rom ... Pompeji ... Capri ... London und schließlich zurück nach Paris. Wohin sie auch fahren mochte, er hatte überall Freunde und schaffte es, immer wieder ganz zwanglos aufzutauchen. So oft als möglich unternahm er lange Spaziergänge mit ihr, begleitete sie auf Bälle und verbrachte ungeheuer langweilige Abende mit ihren Eltern.

Sie war für ihn wie eine Droge, und wo immer sie sein, wo immer er hingehen mochte, für ihn stand fest, daß er sie haben mußte. Auch der Absinth hatte nicht annähernd eine solche Wirkung auf ihn gehabt wie dieses Mädchen. Und im August ... in Rom ... sprach, wenn sie ihn ansah, aus ihren Augen dieselbe ungezügelte Leidenschaft.

Ihre Eltern waren beunruhigt seinetwegen, aber andererseits war ihnen seine Familie ein Begriff, und Charles konnte als äußerst kultivierter und intelligenter junger Mann gelten. Zudem durfte man die Augen nicht vor der Tatsache verschließen, daß er einmal Alleinerbe eines großen Vermögens sein würde. Marielle bedeutete Geld gar nichts, denn ihre Eltern waren gut situiert, und sie verschwendete keinen Gedanken an diese Dinge. Sie dachte nur an Charles, an die Kraft seiner Hände, seiner Schultern, seiner Arme; an den wilden Blick in seinen Augen, wenn sie sich küßten; an den klassischen Schnitt seiner Züge, die an eine alte griechische Münze denken ließen; an die Sanftheit seiner Hände, wenn er ihren Körper berührte.

Gleich zu Beginn hatte er ihr erklärt, daß er nicht die Absicht hegte, jemals in die Staaten zurückzukehren. Er und sein Vater waren uneins, seit er mit fünfzehn in den Krieg gezogen war. Seine Rückkehr nach New York war zu einem Alptraum ausgeartet. Er hatte sich dort eingeengt gefühlt, gelangweilt, und dieses Gefühl war er nicht mehr losgeworden. Es wurde zuviel von ihm erwartet, Dinge, von denen er wußte, daß er sich nie mit ihnen befassen würde ... Verpflichtungen gesellschaftlicher und familiärer Natur, Kenntnisse auf dem Gebiet der Investitionen, der Anlagen und Treuhandvermögen, Wissen über alles, was sein Vater kaufte und verkaufte und was er einmal erben würde. Das Leben hat mehr zu bieten als das, hatte Charles Marielle erklärt, während er ihr mit seinen langen, sanften Fingern durch das weiche brünette Haar fuhr, das ihr lose auf die Schultern fiel. Obwohl sie relativ groß war, wirkte sie neben ihm klein, so daß sie sich in seiner Gesellschaft zart, zerbrechlich und zugleich wunderbar behütet vorkam.

Als er ihre Bekanntschaft machte, lebte er schon seit fünf Jahren in Paris, in der Stadt, die er liebte. Hier spielte sich sein wahres Leben ab, hier waren seine Freunde, seine Arbeit als Autor, seine Seele, seine Inspiration. Doch im September sollte Marielle auf der *Paris* die Heimreise antreten. Was sie erwartete, das war das für sie vorgesehene vornehme Leben, das waren die jungen Männer, die sie kennenlernen würde, die Mädchen, mit denen sie befreundet war, und das nicht sehr große, aber doch elegante Backsteinhaus an der East Sixty-second. Mit dem nur zehn Blocks weiter nördlich gelegenen Haus der Delauneys konnte es sich keinesfalls messen, aber es war zumindest passabel ... passabel ... und furchtbar langweilig. Mit Charles' Dachwohnung an der Rue du Bac – eine verarmte Aristokratin, der das gesamte *Hôtel particulier* darunter gehörte, hatte sie ihm vermietet – war es natürlich ebensowenig vergleichbar. Dort war es zwischen ihnen fast zum Äußersten gekommen, doch im letzten Moment hatte er sich besonnen und war kurz hinausgegangen, um wieder einen klaren Kopf zu bekommen. Dann kehrte er mit ernster Miene zurück und setzte sich neben sie aufs Bett, während sie, um Fassung ringend, ihr Kleid glattstrich.

»Tut mir leid ...« Sein dunkles Haar und die feurigen grünen Augen ließen ihn in diesem Augenblick noch dramatischer aussehen als sonst, doch hatte er auch etwas Gequältes an sich, das Marielle anrührte. Noch nie war sie jemandem begegnet, der auch nur annähernd so gewesen wäre wie er, niemandem, von dem sie sich so hätte hinreißen lassen. Sie wußte, daß sie im Begriff stand, den Kopf zu verlieren, und sie war machtlos dagegen.

»Liebling ...«, sagte er leise. Marielles Gesicht war halb hinter dem weichen, rötlich schimmernden Haar verborgen. »So geht es nicht weiter ... du treibst mich noch in den Wahnsinn.« Sie empfand ähnlich, und sie liebte dieses Gefühl. Keiner von beiden hatte je zuvor so etwas gefühlt.

Sie lächelte ihm scheinbar weise zu, als er sich über sie beugte und sie küßte. Ihre Nähe machte ihn schier trunken. Ich darf sie nicht verlieren, war sein einziger klarer Gedanke. Jetzt nicht, niemals. Und er wollte nicht ihretwegen nach New York fahren müssen, jetzt nicht und später nicht, auch nicht, um bei ihrem Vater um ihre Hand anzuhalten. Er wollte keine einzige Stunde länger warten. Er wollte sie jetzt. In diesem Raum, in diesem Haus. In Paris. Er wollte sie immer in seiner Nähe haben. »Marielle?« Er sah sie sehr ernst an, und ihre Augen verdunkelten sich.

»Ja?« Sie sagte es ganz leise. Sie war noch so jung, und doch liebte sie ihn so sehr; er kannte sie gut genug, um zu ahnen, wie tief sie empfand.

»Willst du mich heiraten?«

Erst schnappte sie hörbar nach Luft, dann lachte sie. »Ist das dein Ernst?«

»Ja ... es ist weiß Gott mein Ernst ... also, willst du?« Er stand Todesängste aus. Was, wenn sie nein sagte? Sein ganzes Leben schien von dem einen Wort abzuhängen, das sie im nächsten Moment sagen würde. Und wenn sie nicht wollte? Wenn sie doch mit ihren Eltern nach New York gehen wollte? Wenn er ihr nicht mehr bedeutete als ein Spiel? Doch ihr Blick sagte ihm, daß seine Befürchtungen töricht waren.

»Wann?« Sie kicherte vor Aufregung.

»Jetzt.« Er meinte es tatsächlich.

»Das kann nicht dein Ernst sein.«

»Doch.« Er stand auf und begann auf und ab zu laufen wie ein unbändiger junger Löwe. Er fuhr sich immer wieder nervös durchs Haar, während er Pläne schmiedete und sie nicht aus den Augen ließ. »Es ist mein Ernst, Marielle.« Er hielt inne und sah sie wie elektrisiert an. »Du hast meine Frage noch immer nicht beantwortet.« Er lief zu ihr und nahm sie so fest in die Arme, daß sie lachen mußte über seine Tollheit.

»Du bist verrückt.«

»Ja, das bin ich. Und du genauso. Also, willst du?« Er hielt sie immer fester, bis sie einen Schmerzensschrei heuchelte. Da drückte er sie noch fester an sich, und sie mußte lachen; und dann küßte und neckte er sie, bis er ihren Lippen eine Antwort entlockt hatte.

»Ja . . . ja . . . ja . . . ich will.« Atemlos stieß sie die Worte hervor. Beide lächelten. »Wann wirst du meinen Vater fragen?« Marielle lehnte sich mit beseligtem Ausdruck zurück, doch Charles' Miene verdüsterte sich.

»Er wird niemals sein Einverständnis geben. Und wenn doch, dann wird er darauf bestehen, daß wir in die Staaten zurückkehren und ein solides Leben anfangen, bei dem er uns im Auge behalten kann.« Erneut fing er an, wie ein gefangener Löwe den Raum abzuschreiten. »Ich kann dir jetzt schon sagen, daß ich das nie tun werde.«

»Meinen Vater fragen oder nach New York gehen?« fragte sie plötzlich besorgt, während sie ihre langen, schlanken Beine ausstreckte und er sich verzweifelt bemühte, nicht hinzusehen.

»Nach New York gehen . . . und . . .« Er hielt abrupt inne und sah sie durchdringend an. Sein dichtes schwarzes Haar gab ihm ein regelrecht wildes Aussehen. »Wie wär's, wenn wir einfach durchbrennen?«

»Hier?« Sie war wie vor den Kopf geschlagen. Er nickte. Es war ihm ernst damit; sie kannte ihn inzwischen gut genug, um das zu spüren. »Mein Gott, sie werden mich umbringen.«

»Das werde ich nicht zulassen.« Er setzte sich neben sie, und beide überlegten sie angestrengt. »Du wirst in zwei Wochen abreisen, wenn wir es also tun wollen, müssen wir schnell sein.« Sie nickte still, nachdenklich, wog alle Eventualitäten ab, obwohl sie wußte, daß sie keine Wahl hatte, daß die Würfel gefallen waren. Sie wäre mit ihm ans Ende der Welt gegangen. Und als er sie wieder küßte, war sie sich ihrer Sache ganz sicher.

»Glaubst du, daß sie uns eines Tages verzeihen werden?« Sie machte sich Sorgen wegen ihrer Eltern. Wie Charles war sie ein Einzelkind und hatte einen betagten Vater. Ihre Eltern, insbesondere ihre Mutter, erwarteten so viel von ihr. Letzten Winter hatte Marielle in New York ihr gesellschaftliches Debüt gehabt, und jetzt, nach der großen Europareise, stand zu erwarten, daß sie in absehbarer Zeit einen passenden Ehemann finden würde. In gewisser Hinsicht war Charles sicher sehr passend, jedenfalls was seine Familie anging, andererseits stand unleugbar fest, daß sein momentaner Lebensstil ein wenig exzentrisch war. Aber mit der Zeit, so würde ihr Vater es ausdrücken, würde Charles schon etwas zur Vernunft kommen. Doch als sie an jenem Abend das Thema zur Sprache brachte, legte ihr Vater ihr nahe zu warten, bis Charles soweit sei.

»Warte ab, ob er dir noch gefällt, wenn er nach New York kommt, meine Liebe. Dort harren ganze Scharen stattlicher junger Männer deiner. Dich überstürzt an diesen einen zu binden, hast du wirklich nicht nötig.« Im Frühjahr hatte ein junger Vanderbilt ihr eine Zeitlang den Hof gemacht, anschließend hatte sich ein gutaussehender junger Astor, auf den ihre Mutter ein Auge geworfen hatte, um sie bemüht. Die beiden erschienen Marielle nun gänzlich uninteressant, sie waren eigentlich nie interessant gewesen. Und sie hatte nicht die Absicht zu warten, bis Charles zurück nach New York ging. Angesichts der Gefühle, die er für New York, die Vereinigten Staaten und ganz besonders für seinen Vater hegte, war sie sicher, daß er nie zurückkehren würde. Er war hier glücklich und hatte in den vergangenen fünf Jahren eine sehr positive Entwicklung durchgemacht. Paris war genau das Richtige für ihn.

Drei Tage vor der geplanten Abreise ihrer Eltern machten sie sich aus dem Staub, nicht ohne ihnen im Crillon eine Nachricht zu hinterlassen. Marielle wurde von Schuldgefühlen geplagt, weil sie ihnen Kummer bereitete, andererseits kannte sie ihre Eltern gut genug, um zu wissen, daß diese letztlich erfreut sein würden zu erfahren, daß sie einen Delauney geheiratet hatte. In diesem Punkt hatte sie sich allerdings getäuscht; der Ruf, den Charles genoß, trübte die elterliche Freude beträchtlich, doch ein wenig besänftigt waren sie immerhin. In ihrer Nachricht hatte Marielle ihre Eltern gedrängt, ihre Reisepläne nicht zu ändern, da sie und Charles ohnhin über Weihnachten auf einen Besuch nach New York kommen würden. Die alten Herrschaften aber teilten diese lockere Haltung nicht, ganz im Gegenteil, sie warteten geduldig und ziemlich erbost auf die Rückkehr der jungen Liebenden – in der Hoffnung, eine Annullierung der Ehe erreichen zu können und die ganze Affäre im Keim zu ersticken, ehe sie sich zu einem Skandal auswuchs. Der Botschafter war natürlich über alles informiert, sie hatten sich hilfesuchend an ihn gewandt, und er zog diskret Erkundigungen ein. Doch das einzige, was er erfuhr, war, daß die jungen Leute in Nizza getraut worden waren. Man durfte annehmen, daß sie kurz darauf die italienische Grenze passiert hatten.

Sie verlebten traumhafte Flitterwochen in Umbrien, in der Toskana, in Rom, Venedig, Florenz und am Lago di Como. Sie wagten sich sogar in die Schweiz und kehrten zwei Monate später, als der Oktober sich dem Ende zuneigte, gemächlich nach Paris zurück. Ihre Eltern wohnten noch immer im Crillon, und als die Jungvermählten eintrafen, fanden sie in Charles' Quartier einen Brief vor.

Marielle konnte es zunächst nicht fassen, daß ihre Eltern noch in Paris waren. Sie hatten also tatsächlich gewartet, das wunderte Marielle sehr. Und die zwei Monate Wartezeit hatten sie für die heimliche Heirat ihrer einzigen Tochter offenkundig nicht zu erwärmen vermocht. Als Marielle und Charles Hand in Hand im Hotel erschienen, glücklich und zufrieden, forderten die Eltern

Charles auf, er solle unverzüglich verschwinden, die Annullierung dieser Ehe werde sofort in die Wege geleitet.

»An eurer Stelle würde ich das nicht tun«, sagte Marielle darauf leise. Charles lächelte insgeheim, weil sie so fest zu ihm stand. Erstaunlich, daß dieses schüchterne, stille Mädchen sich so behaupten konnte. Und es freute ihn besonders, daß sie es bei dieser Gelegenheit tat. Er freute sich, um im nächsten Moment zu erschrecken.

»Sag mir ja nicht, was ich zu tun habe!« brüllte ihr Vater sie an, und zugleich stimmte ihre Mutter ein Klagelied an über ihre Undankbarkeit und das gefahrvolle Leben, das ihr an Charles' Seite bevorstünde. Sie hätten immer nur ihr Glück gewollt, und jetzt sei alles ruiniert. Es hörte sich an wie der Chor aus der griechischen Tragödie; Marielle aber stand im Auge des Sturms und sah sie alle gelassen an. Mit achtzehn war sie plötzlich zur Frau geworden, zu einer Frau, die Charles sein Leben lang anbetungswürdig finden würde, wie er nun ganz sicher wußte.

»Papa, eine Annullierung ist ausgeschlossen.« Marielle sprach immer noch sehr leise. »Ich bekomme ein Kind.«

Diesmal war es an Charles, sie verdutzt anzustarren, und plötzlich fand er das Ganze sehr amüsant. Höchstwahrscheinlich war es eine Notlüge, doch es war die beste Möglichkeit, ihre Eltern von der Annullierung abzubringen. Kaum aber hatte sie diese Äußerung getan, da brach die Hölle los. Ihre Mutter heulte noch lauter, und ihr Vater ließ sich schwer atmend in einen Sessel fallen und behauptete, er hätte Schmerzen in der Brust. Daraufhin beschuldigte die Mutter Marielle, sie bringe ihren Vater durch ihr Verhalten um, und als der alte Herr, gestützt von seiner Frau, das Zimmer verließ, schlug Charles vor, sie sollten in die Rue du Bac zurückgehen und die Angelegenheit mit seinen Schwiegereltern später klären. Wenig später verließen sie das Hotel tatsächlich, und nachdem sie ein Stück gegangen waren, zog Charles sie sichtlich belustigt an sich und küßte sie.

»Eine brillante Idee. Eigentlich hätte ich selbst darauf kommen müssen.«

»Keine Rede von brillant.« Jetzt schien auch sie sich heimlich zu amüsieren. »Es stimmt nämlich.« Sie wirkte äußerst selbstzufrieden. Das kleine Mädchen, das sie wenige Augenblicke zuvor noch gewesen war, sollte Mutter werden. Charles war wie vor den Kopf geschlagen.

»Im Ernst?«

Sie nickte und sah ihn voller Liebe an.

»Wann ist es passiert?« Er schien eher erstaunt zu sein als besorgt.

»Ich weiß nicht... in Rom... oder vielleicht in Venedig... ich war mir meiner Sache vorige Woche nicht sicher.«

»Du kleine Heimlichtuerin...« Er drückte sie sichtlich erfreut an sich. »Und wann wird der Delauney-Erbe zur Welt kommen?«

»Im Juni, glaube ich. So ungefähr jedenfalls.«

An Vaterschaft hatte Charles nie auch nur einen einzigen Gedanken verschwendet, und es hätten sich nun bei ihm allerlei Befürchtungen regen müssen, was eventuelle Einschränkungen seines freien Lebens anging, doch in Wahrheit war er entzückt. Er rief ein Taxi, und sie fuhren nach Hause in die Rue du Bac. Sie küßten sich auf dem Rücksitz wie zwei ausgelassene Kinder und nicht wie werdende Eltern.

Am nächsten Tag waren ihre Eltern noch aufgebracht, aber nach einem zwei Wochen dauernden Hin und Her gaben sie sich schließlich geschlagen. Marielle war von ihrer Mutter zu einem amerikanischen Arzt an den Champs-Élysées geschleppt worden, und der hatte die Schwangerschaft zweifelsfrei bestätigt. Eine Annullierung der Ehe kam nun nicht mehr in Frage. Und ihre Tochter war glücklich. Ob es ihnen paßte oder nicht, sie mußten sich mit Charles Delauney abfinden. Vor ihrer endgültigen Abreise versprach er ihnen, eine geeignetere Wohnung zu beschaffen, dazu ein Hausmädchen, eine Hilfe für das Kind und ein

Auto. Ihr Vater rang ihm sogar das Versprechen ab, ein »anständiger Mensch« zu werden. Anständig oder nicht, Tatsache war, daß die beiden überglücklich waren.

Kurz darauf traten Marielles Eltern auf der *France* die Überfahrt an, und nach all der Aufregung, dem Wirbel, der Anstrengung und der Erschöpfung waren Charles und Marielle sich einig, daß sie zu Weihnachten nicht nach New York fahren würden, ja, daß sie vielleicht niemals wieder hinüberfahren wollten. Sie waren glücklich in ihrer Dachwohnung am linken Seine-Ufer, glücklich mit ihrem gemeinsamen Leben und den Freunden. Auch war Charles mit seiner schriftstellerischen Arbeit noch nie so gut vorangekommen wie jetzt. 1926 in Paris – da war das Leben einen kurzen strahlenden Augenblick lang perfekt gewesen.

Charles öffnete das riesige schwere Portal der Kathedrale, und sofort spürte er die Kälte bis in die Knochen; in seinem Bein hämmerte es heftiger als sonst. In Europa war der Winter ebenso kalt gewesen. Wie lange es her war, daß er in New York gewesen war, wie lange, daß er eine Kirche betreten hatte ... Im Inneren richtete er den Blick sofort nach oben, zu der gewaltigen gewölbten Decke empor. In mancher Hinsicht bereute er, daß er überhaupt nach Hause gekommen war. Er fand es bedrückend, seinen Vater siech darniederliegen zu sehen, unempfänglich für seine Umgebung und die Menschen um ihn her. Einen Moment lang hatte es ausgesehen, als hätte er Charles erkannt, doch gleich darauf hatten die Augen wieder ausdruckslos gewirkt und sich geschlossen, als der alte Mann in seinen Kissen einnickte. Immer wenn er ihn ansah, wurde Charles von einem Gefühl der Einsamkeit überwältigt. Fast schien es, als wäre der ältere Delauney bereits verschieden. Viel fehlte in der Tat nicht mehr, und Charles hatte nun gar niemanden mehr. Alle waren sie dahin ... sogar die Freunde, mit denen er in Spanien gekämpft hatte. Es waren ihrer fast zu viele, für die er Gebete zu sprechen hatte.

Er blickte auf, als ein Priester in schwarzer Soutane seinen Weg kreuzte. Dann ging er langsam in den rückwärtigen Teil der Kathedrale zu einem kleinen Altar. Zwei Nonnen beteten davor, die jüngere lächelte ihm zu, als er steif neben ihnen niederkniete.

Sein schwarzes Haar war grau meliert, aus seinen Augen aber strahlte noch immer jene Lebensfreude, die ihn mit fünfzehn beseelt hatte, und noch immer vermittelte er den Eindruck von Energie, Kraft und Macht. Sogar die junge Nonne spürte das. Aber in seinem Blick lag auch Kummer, als er den Kopf senkte und an all die Menschen dachte, die ihm viel bedeutet hatten. Doch er war nicht gekommen, um für sie zu beten. Er war gekommen, weil sich der schlimmste Tag seines Lebens jährte. Vor neun Jahren, zwei Wochen vor Weihnachten. Ein Tag, den er nie vergessen würde ... der Tag, an dem er sie fast umgebracht hatte. Er war von Sinnen gewesen vor Wut und Schmerz, er hatte es einfach nicht ertragen. Glied für Glied hätte er ihr ausreißen mögen, damit der Schmerz aufhörte; er hätte am liebsten die Uhr zurückgedreht, damit es nicht geschehen wäre ... wo er sie doch so sehr geliebt hatte ... sie beide ... selbst jetzt noch war es ihm unerträglich, daran zu denken, jetzt, als er den Kopf neigte, unfähig, für ihn oder für sie oder für sich zu beten oder für irgend jemanden, unfähig zu denken ... der Schmerz war noch zu groß, hatte kaum nachgelassen. Der einzige Unterschied war, daß er sich nun selten erlaubte, daran zu denken. Aber wenn er die Stelle in seinem Herzen berührte, wo sie noch immer lebten, raubte ihm der Schmerz nach wie vor den Atem. Eine Träne rollte langsam über seine Wange, während er leer geradeaus starrte, von der jungen Nonne stumm beobachtet. So kniete er lange vor dem Altar, sah nichts, dachte an sie und an das, was in einem nun nicht mehr existierenden Leben gewesen war, an einem Ort, an den zu denken er sich nur selten erlaubte. Aber heute hatte er hierherkommen wollen, nur um sich ihnen ein wenig näher zu fühlen. Daß das Datum so knapp vor Weihnachten lag, machte alles nur noch schlimmer.

In Spanien hätte er irgendwo eine Kirche gefunden, eine kleine Kapelle, einen Schuppen, und er hätte denselben Gedanken nachgehangen, hätte denselben quälenden Schmerz durchlitten, doch in der Schlichtheit seines dortigen Lebens hätte er Trost gefunden. Hier gab es nichts als Fremde in einer riesigen Kathedrale und kalten grauen Stein, ähnlich dem des riesigen Hauses, das er nun mit seinem sterbenden Vater teilte. Und als er sich langsam aufrichtete, wußte er, daß er nicht lange in den Staaten bleiben würde. Er wollte schleunigst nach Spanien zurückkehren. Dort wurde er gebraucht. In New York brauchte ihn niemand – außer einigen Anwälten und Bankern, und die waren ihm gleichgültig. Sie waren ihm immer schon gleichgültig gewesen, und jetzt waren sie ihm allenfalls noch gleichgültiger als vor Jahren. Er war nie der »anständige Mann« geworden, den sich sein Schwiegervater erträumt hatte. Die Erinnerung an seine Schwiegereltern entlockte ihm ein Lächeln. Auch sie waren inzwischen tot, alle waren tot. Mit fünfunddreißig hatte Charles Delauney das Gefühl, schon zehn Menschenleben hinter sich zu haben.

Lange stand er da, blickte zur Madonnenstatue mit dem Kind ... dachte an sie ... und ging schließlich langsam den Weg zurück, den er gekommen war. Doch er fühlte sich schlechter und nicht besser als zuvor. Er wollte André wieder fühlen, wollte seine Nähe spüren, die köstliche Wärme seines Körpers, die Weichheit seiner Wange, die winzige Hand, die die seine immer so fest gehalten hatte.

Von Tränen geblendet, ging Charles zurück zum Hauptportal. Das Bein schmerzte nun noch mehr, und eisiger Wind pfiff durch das Kirchenschiff, als ihm etwas passierte, das ihm schon lange nicht mehr passiert war. Früher war es ziemlich häufig vorgekommen, manchmal sogar auf dem Schlachtfeld – er hatte sich eingebildet, Marielle zu sehen.

Jetzt sah er sie von weitem; in Pelze gehüllt, schritt sie an ihm vorüber wie eine Geistererscheinung. Ohne ihn zu bemerken, steuerte sie auf etwas zu, das er nicht sehen konnte. Er stand lange da, beobachtete sie und sehnte sich nach ihr wie schon lange nicht mehr. Es war, als wäre eine Erinnerung wiederbelebt worden. Er starrte das Phänomen an, und plötzlich ging ihm auf, daß es kein Gespenst war, sondern eine Frau, die ihr ungemein ähnlich sah, groß und schlank und ernst und sehr schön. Ihr schlichtes schwarzes Kleid wurde weitgehend von einem fast bodenlangen Zobelmantel verhüllt, der ihr Gesicht weich umrahmte. Ein schräg aufgesetzter Hut verbarg ihr Gesicht und ließ nur ein Auge sehen, aber obwohl so wenig von ihr zu sehen war, meinte er sie zu spüren; ihre Art, sich zu bewegen, wie sie vor sich hin blickte, wie sie still einen schwarzen Handschuh abstreifte und dann vor einem anderen kleinen Altar niederkniete. Sie war so anmutig wie einst, so groß und schlank, nur kam sie ihm jetzt viel dünner vor. Sie bedeckte ihr Gesicht mit den schmalen Händen, und es sah aus, als betete sie lange. Er wußte, warum. Sie waren beide aus demselben Grund gekommen. Es war Marielle, das wurde ihm klar, während er sie unverwandt anstarrte. Er konnte es nicht fassen.

Eine Ewigkeit schien zu vergehen, ehe sie sich umdrehte und ihn anblickte, doch als sie es schließlich tat, war offenkundig, daß sie ihn nicht wahrnahm. Sie zündete vier Kerzen an und steckte ein paar Münzen in die Kollekte. Dann stand sie da und starrte den Altar an, und er sah Tränen auch auf ihren Wangen, ehe sie mit gesenktem Kopf den Pelzmantel enger um sich zog. Langsam schritt sie zwischen den Bankreihen hindurch, als schmerze ihr ganzer Körper und ihre Seele dazu. Sie war nur wenige Zoll von ihm entfernt, als er die Hand ausstreckte und sie aufhielt. Sie erschrak und blickte erstaunt zu ihm auf, als wäre sie aus einem tiefen Traum geweckt worden. Doch als sie in seine Augen sah, stockte ihr der Atem, und sie starrte ihn ungläubig an. Sie schlug die Hand vor den Mund, in ihren Augen schwammen noch die Tränen, die ihr vor dem Altar gekommen waren.

»O mein Gott . . .« Es konnte nicht sein. Und doch war es so. Fast sieben Jahre lang hatte sie ihn nicht gesehen. Es war nicht zu fassen.

Wortlos berührte er ihre Hand, und sie sank, ohne zu zögern, an seine Brust, ohne zu überlegen, ohne ein Wort. Er legte die Arme um sie. Es schien richtig so, daß sie beide gekommen waren, daß sie an diesem Tag zusammen waren, daß sie sich in der Kirche wie zwei Ertrinkende aneinanderklammerten. Es dauerte lange, bis sie sich von ihm löste und zu ihm aufblickte. Er war älter geworden, sah kampferprobter aus und müder. Sein Gesicht trug kleine Narben, die große an seinem Arm und die andere am Bein konnte sie nicht sehen. Sein Haar war grau durchsetzt, doch als sie ihn ansah, fühlte sie sich wie achtzehn, und ihr Herz klopfte wie damals in Paris, als sie ein junges Mädchen gewesen war. Sie wußte seit Jahren schon, daß ein Teil ihrer selbst nie von Charles Delauney lassen würde. Sie wußte es schon seit langem, und sie konnte damit leben. Es war etwas, das man akzeptieren mußte wie einen Schmerz, wie das Bein, das er zuweilen nachzog oder das ihn plagte, wenn das Wetter kalt oder feucht war. Es war ein Schmerz wie alle anderen, die zu ertragen sie gelernt hatte. »Ich weiß nicht, was ich sagen soll«, begann sie mit traurigem Lächeln und wischte sich die Tränen ab. »Nach dieser langen Zeit käme mir ›Wie geht es dir?‹ albern vor.« Es war in der Tat albern, aber was sonst hätte sie sagen sollen? Sie hatte hin und wieder etwas von ihm gehört, aber nun schon seit Jahren nicht mehr. Seit einiger Zeit wußte sie, daß sein Vater krank war. Ihre eigenen Eltern waren im Abstand von einigen Monaten gestorben, noch ehe sie aus Europa nach Hause zurückgekehrt war. Charles wußte davon.

»Du siehst unglaublich aus.« Er konnte den Blick nicht von ihr wenden. Mit dreißig war sie noch schöner als damals mit achtzehn. Es war, als hätte sich ihre Verheißung erfüllt, und doch blickten ihre Augen noch immer traurig. Es schmerzte ihn, wenn er sie nur ansah. »Geht es dir gut?« Er meinte es auf tausendfache Weise, und wie sie ihn immer verstanden hatte, so verstand sie auch jetzt. Sie waren wie ein Tanz, ein Lied, eine einzige Bewegung. Er dachte einen Gedanken zur Hälfte, und sie konnte ihn wortlos zu Ende denken. So gut kannten sie einander ... Es war, als wären sie die zusammengehörigen Hälften einer einzigen Person. Aber jetzt? Jetzt waren sie einfach nur zwei Hälften ... oder ergaben sie eins? Das fragte er sich, während er sie genau ansah. Sie war teuer gekleidet, ihr Zobelmantel war ein Gedicht. Der Hut war von Lily Daché eigens für sie angefertigt worden, und so, wie sie ihn trug, kam er fabelhaft zur Geltung. Sie war jedenfalls viel eleganter, als sie es als junges Mädchen gewesen war. In dieser Aufmachung hätte sie mich damals eingeschüchtert, dachte er lächelnd. Oder sie hätte ihn nicht auf dieselbe Weise angezogen. Nun aber schüchterte sie ihn nicht ein, sie bewegte viel mehr sein Herz wie seit Jahren schon. Warum war sie nur so verdammt eigensinnig gewesen, als er sie zum letzten Mal gesehen hatte?

»Du siehst so ernst aus, Marielle.« Seine Augen schienen sie durchdringen zu wollen und forderten Antworten auf unzählige Fragen.

Sie versuchte ein Lächeln und wandte sich kurz ab, ehe sie ihn erneut ansah. »Es ist ein schwerer Tag ... für uns beide.« Wenn es anders gewesen wäre, wären sie nicht hier gewesen. Ihr erschien es bemerkenswert, daß sie nach all den Jahren nun gemeinsam in der St.-Patricks-Kathedrale standen. »Bist du endgültig nach Hause zurückgekehrt?« Sie war neugierig. Er wirkte größer und stärker als früher, kraftvoller und so, als könne er Unsinn noch weniger akzeptieren. Und, so unmöglich das scheinen mochte, er war offensichtlich noch empfindsamer geworden.

Er schüttelte den Kopf und wünschte, sie könnten sich auf eine der Bänke setzen und den ganzen Tag reden. »Ich glaube, hier könnte ich es auf Dauer nicht aushalten. Seit drei Wochen bin ich zurück, und es juckt mich schon, wieder nach Spanien zu gehen.«

»Nach Spanien?« Sie zog eine Braue hoch. Sein Leben schien ihr so mit Paris und ihren Erinnerungen an die Zeit dort verwoben zu sein, daß sie ihn sich nur schwer anderswo vorstellen konnte.

»In den Krieg. Ich war zwei Jahre dabei.«

Da nickte sie. Das ergab einen Sinn. »Ich habe mich schon gefragt, ob du wohl dort kämpfst.« Das war seine Art Kampf. »Irgendwie sagte mir mein Gefühl, daß du dort bist und kämpfst.« Sie hatte recht, und er hatte keinen Grund, es nicht zu tun. Nichts zu verlieren. Nichts zu gewinnen. Nichts, was ihn zu Hause gehalten hätte.

»Und du?« Er sah sie eindringlich an. Es war mehr als sonderbar, wie sie einander ausfragten, doch jeder wollte wissen, was der andere gemacht hatte.

Es verging ein langer Augenblick, ehe sie leise zur Antwort gab: »Ich bin verheiratet.«

Er nickte und versuchte dreinzuschauen, als berühre ihn das nicht, auch wenn sie ihm mit dieser Mitteilung einen Dolch in eine seit langem schwärende Wunde gestoßen hatte. »Mit jemandem, den ich kenne?« Das war unwahrscheinlich, da er die letzten siebzehn Jahre im Ausland verbracht hatte, doch so, wie sie aussah, mußte sie mindestens mit einem Astor verheiratet sein.

»Ich weiß es nicht.« Doch sie wußte, daß ihr Mann ein Freund seines Vaters war. Ihr Mann war fünfundzwanzig Jahre älter als sie. »Mit Malcolm Patterson.« In ihren Augen lag keine Freude, als sie den Namen nannte, kein Stolz, und plötzlich verbarg der Hut ihren Gesichtsausdruck zur Gänze. Er spürte etwas, das ihm nicht gefallen wollte. Sie sah alles andere als glücklich aus. Das also hatte sie mit den letzten sieben Jahren angefangen. Beeindruckt war er nicht gerade. Eher verärgert. Sehr sogar.

»Den Namen kenne ich«, sagte Charles kühl. Er wartete darauf, ihr wieder in die Augen sehen zu können. »Und – bist du glücklich?« Hatte es sich gelohnt, daß sie eine Rückkehr zu ihm abgelehnt hatte? Es war offenkundig, daß es sich nicht gelohnt hatte.

Sie wußte nicht recht, was sie sagen sollte. Ihre Ehe hatte gewisse Aspekte, die sie sehr zu schätzen wußte. Malcolm hatte versprochen, sich ihrer anzunehmen – zu einer Zeit in ihrem Leben, als sie Hilfe verzweifelt nötig gehabt hatte –, und er hatte sein Versprechen gehalten. Niemals hatte er sie enttäuscht. Seine Güte war unerschütterlich. Aber sie hatte nicht geahnt, wie kühl er sein würde, wie unnahbar und wie beschäftigt. Und doch war er in gewisser Weise ein idealer Ehemann. Höflich, intelligent, ritterlich, charmant. Aber er war nicht Charles ... er war nicht die Flamme und Leidenschaft ihrer Jugend ... er war nicht das Gesicht, von dem sie geträumt hatte, als sie zwischen Leben und Tod schwebte ... nicht der Name, den sie rief ... und beide hatten sie gewußt, daß er es nie sein würde. »Charles, ich habe meinen Frieden gefunden. Das ist für mich schon sehr viel.« Bei Charles hatte es keinen Frieden gegeben ... nur Freude und Erregung und Liebe und Leidenschaft ... und schließlich Verzweiflung. So groß wie die Freude war auch der Kummer gewesen.

»Ich habe dich gesehen ... in Spanien ... als ich angeschossen wurde ...«, sagte er verträumt.

... und ich habe dich jahrelang fast jede Nacht gesehen ... wollte sie zu ihm sagen, doch sie wußte, daß sie es nicht konnte. Statt dessen lächelte sie nur. »Wir alle haben unsere Gespenster, Charles. Und manche waren eben quälender als andere.«

»So ist das also? Gespenster sind wir? Mehr nicht?«

»Vielleicht.« Es hatte sie zwei Jahre in einem Sanatorium gekostet, um zu begreifen, daß es vorbei war, daß sie den Schmerz aushalten mußte und daß sie trotz allem, was geschehen war, weiterleben konnte. Das durfte sie jetzt nicht aufs Spiel setzen, nicht einmal seinetwegen ... das schon gar nicht. Sie durfte keinen Schritt zurückgehen, mochte sie auch noch so sicher wissen, daß sie ihn noch immer liebte. Sie berührte seine Hand, dann seine Wange, und er beugte sich über sie, um sie zu küssen. Doch sie wandte den Kopf ein klein wenig, sein Kuß landete auf ihrer Wange, neben ihren Lippen, und sie schloß die Augen für den langen Moment, den er sie festhielt.

»Ich liebe dich . . . ich werde dich immer lieben.« Als er es sagte, glühte in seinen Augen jene Leidenschaft, die sie so gut kannte. Diese Leidenschaft war nicht aus der Begierde geboren, sondern aus dem Glauben, aus einem Sehnen und einer Anteilnahme, so stark, daß sie einen zu töten vermochte. Charles' Gefühle waren immer schon von verzehrender Intensität gewesen und konnten auch für ihn lebensbedrohend werden. Sie selbst hatte diese Flamme nur knapp überlebt, und sie wußte jetzt, daß sie das Risiko nicht noch einmal eingehen konnte. Er hatte seine Narben abbekommen und sie die ihren, nicht weniger tief, auch wenn sie nicht die Folgen einer Schlacht waren.

»Ich liebe dich auch«, flüsterte sie, wohl wissend, daß sie diese Worte nicht hätte aussprechen sollen. Doch sie waren ein Raunen aus der Vergangenheit, ein Salut an alles, was gewesen und mit André gestorben war.

»Würdest du dich mit mir treffen, ehe ich wieder nach Spanien gehe?« Es sah ihm ähnlich, sie unter Druck zu setzen, an ihr Verantwortungsgefühl zu appellieren, indem er darauf hinwies, daß er wieder in den Krieg zog. Sie lächelte, doch diesmal schüttelte sie den Kopf.

»Ich kann nicht, Charles. Ich bin verheiratet.«

»Weiß er von mir?« Langsam und mit schmerzlicher Miene schüttelte sie zur Antwort den Kopf.

»Nein, er weiß nichts. Er glaubt, ich hätte eines Sommers während unserer Europareise ein wenig verrückt gespielt und sei aus dem Ruder gelaufen, wie mein Vater sich in seinem Freundeskreis auszudrücken pflegte. Ich hätte eine ›kleine Romanze‹

gehabt, hat er damals verbreitet. Mehr weiß Malcolm nicht. Er hat nie zugelassen, daß das Thema berührt wurde. Malcolm hat keine Ahnung davon, daß wir jemals verheiratet waren.« Es war typisch für ihren Vater, die Sache so darzustellen. Er hatte ihr Leben mit Charles einfach totgeschwiegen, und da sie sich ständig in Europa aufgehalten hatten, war es ganz einfach gewesen. Äußerer Schein und gesellschaftliches Ansehen waren das wichtigste für ihn. Um seine Tochter zu schützen, hatte er überall herumerzählt, sie sei zum Studium in Europa geblieben. Es galt, um jeden Preis das Gesicht zu wahren, und er hatte auch Marielle vor ihrem »schrecklichen Irrtum bewahren« wollen, als sie Charles Delauney heiratete. Und jetzt glaubte Marielles Mann noch immer an diese Lüge, weil sie es zuließ.

Charles fand es unglaublich, daß sie ihrem Mann nie die Wahrheit gesagt hatte. Sie hatten einander seinerzeit alles gesagt, hatten all ihre Geheimnisse miteinander geteilt. Aber was hatte es mit achtzehn zu verbergen gegeben? Mit dreißig war das schon etwas ganz anderes.

»Er weiß nichts, Charles. Warum hätte ich es ihm sagen sollen?« Warum hätte sie Malcolm gestehen sollen, daß sie über zwei Jahre in einem Sanatorium zugebracht hatte, daß sie hatte sterben wollen ... daß sie sich die Pulsadern geöffnet hatte ... Tabletten genommen ... versucht, sich selbst in der Wanne zu ertränken ... Warum hätte sie ihm etwas davon sagen sollen? Charles wußte es, er hatte sämtliche Kosten übernommen ... und sie war wieder gesund geworden.

»Wirst du ihm von unserer heutigen Begegnung erzählen?« Er war neugierig zu erfahren, wie es um sie und ihren Mann stand. Was für eine Ehe war das, in der so vieles ungesagt blieb? Liebte sie Malcolm oder er sie? Nach all den Jahren war ihr das »Ich liebe dich« so leicht über die Lippen gekommen ... und Charles glaubte ihr. Aber nun schüttelte sie auf seine Frage hin den Kopf.

»Wie könnte ich ihm etwas von unsrer Begegnung sagen, wenn

er nichts von deiner Existenz ahnt?« Ihr Blick war ruhig, ihr Gesicht zauberhaft. Sie schien wirklich ihren Frieden gefunden zu haben, und das war schon viel.

»Liebst du ihn?« Er glaubte es nicht, doch wollte er es von ihr selbst hören.

»Natürlich. Ich bin seine Frau.« In Wahrheit respektierte sie Malcolm, bewunderte ihn und fühlte sich ihm zu Dank verpflichtet. Sie hatte ihn nie geliebt, wie sie Charles geliebt hatte, und daran würde sich nichts ändern. Mehr noch, sie wollte es gar nicht. Eine solche Liebe brachte zuviel Schmerz mit sich, und das auf sich zu nehmen, besaß sie nicht mehr den Mut. Nach einem Blick auf ihre Uhr sah sie Charles an. »Ich muß gehen.«

»Warum? Was würde passieren, wenn du nicht nach Hause gingest, wenn du statt dessen mit mir kämest?« Er machte ein Gesicht, als wäre es ihm ernst.

»Verändert hast du dich kein bißchen. Du bist immer noch der Draufgänger, der mich in Paris überredet hat, mit ihm durchzubrennen.« Die Erinnerung entlockte ihr ein Lächeln, und auch er mußte lächeln.

»Damals war es leichter, dich zu überreden.«

»Alles war damals leichter, wir waren jung.«

»Du bist es noch immer.« Doch in ihrem Herzen wußte sie, daß sie es nicht mehr war.

Sie hüllte sich enger in ihren Mantel und zog den zweiten Handschuh an. Langsam geleitete er sie zum Hauptportal.

»Ich möchte dich wiedersehen, bevor ich fahre.«

Sie seufzte tief. Dann blieb sie stehen und blickte zu ihm auf. »Charles, wie stellst du dir das vor?«

»Wenn du nicht kommst, dann komme ich und läute an deiner Tür.«

»Ja, das sähe dir ähnlich.« Trotz der traurigen Erinnerungen, die diesen Tag belasteten und Grund ihres Wiedersehens waren, lachte sie auf.

»Du würdest ganz schöne Schwierigkeiten haben, mein Erscheinen zu erklären.« Schon der Gedanke drohte ihr Kopfschmerzen zu bereiten. »Du weißt, wo ich wohne. Im Haus meines Vaters. Ruf mich dort an, denn sonst rufe ich dich an.«

Sieben Jahre waren vergangen, und er kam ihr wieder mit Drohungen ... und sah dabei so fabelhaft aus.

»Und wenn du mich nicht erreichst?«

»Ich werde dich zu finden wissen.«

»Ich möchte nicht gefunden werden.« Sie sagte es ganz ernst.

Nicht minder ernst gab er zurück: »Ich bin nicht sicher, ob ich das glauben soll. Nach all den Jahren können wir nicht einfach ... ich kann dich nicht gehen lassen, Marielle ... ich kann nicht. Es tut mir leid.« Er wirkte verloren, ja beinahe gebrochen.

»Ich weiß.« Marielle hakte sich bei ihm unter, und sie durchschritten das Portal just in dem Moment, als Malcolms Chauffeur durch einen Seiteneingang hinausstürzte. Seine Beobachtungen hatten ihm eine höchst interessante Stunde bereitet. Diese Seite hatte er an Marielle bislang nicht kennengelernt. Eigentlich kein Wunder, daß sie Heimlichkeiten hatte. Auch Malcolm führte sein eigenes Leben, und sie war eine schöne junge Frau. Schön und sehr furchtsam, wie er wußte. Von allen ließ sie sich einschüchtern, ganz besonders von ihrem Mann. Blieb nur die Frage, wer am Ende den höheren Preis für das bezahlen würde, was er eben beobachtet hatte ... Mrs. Patterson selbst? Oder ihr Mann?

Arm in Arm gingen Charles und Marielle langsam die Stufen hinunter, und als sie unten angelangt waren, drückte er sie fest an sich. »Ich möchte dich nicht bedrängen; du sollst nichts tun, was du nicht möchtest, aber ich würde dich zu gern vor meiner Abreise noch einmal sehen.« Es stand ihm ins Gesicht geschrieben, wie ernst es ihm war.

»Warum?« Sie sah ihn fordernd an, und er gab ihr die einzig mögliche Antwort.

»Weil ich dich liebe.«

Tränen stiegen ihr in die Augen, sie wandte den Blick ab. Sie wollte ihn nicht mehr lieben und wollte nicht von ihm geliebt werden, wollte keine Erinnerungen, keinen Schmerz, keine Qual. Sie sah ihn an. »Charles, ich kann dich nicht anrufen.«

»Du kannst alles, was du willst. Und was immer du tust, ich werde ... Ist es für dich auch so schwer?« Er warf einen Blick zurück zur Kirche und dachte an den Tag, der der Grund ihres Hierseins war. Dann blickte er unter Tränen auf sie nieder, und als Antwort kamen auch ihr die Tränen, und sie nickte.

»Ja, es ist furchtbar schwer. Und es wird auch nicht leichter.« Es würde nie leichter werden. So viel war jetzt klar. Sie mußte damit leben wie mit einem chronischen Schmerz. Wieder schaute sie zu ihm auf. »Es tut mir so leid ...« Seit Jahren hatte sie ihm diese Worte sagen wollen, und jetzt hatte sie es getan, und nichts hatte sich geändert.

Er schüttelte den Kopf und zog sie noch einmal fest an sich, ehe er sie losließ. Und nach einem letzten Blick in ihre Augen ging er los, die Fifth Avenue hinunter, ohne ihr Lebe wohl gesagt zu haben. Er hatte es nicht über sich gebracht. Sie sah ihm lange nach, ehe sie sich in Malcolms Wagen sinken ließ. Als der Chauffeur sie nach Hause brachte, war sie in Gedanken noch immer bei Charles ... bei einem vor langer Zeit verlorenen Leben, das sie nie wieder finden würde. Und bei André.

2. Kapitel

Patrick, der Chauffeur, fuhr Marielle nach Hause, die Fifth Avenue in nördlicher Richtung, aber Charles war nirgends mehr zu sehen. Schließlich bogen sie in die Sixty-fourth Street ab und fuhren ostwärts bis zu dem Haus, das sie seit sechs Jahren zusammen mit Malcolm bewohnte. Zwischen der Madison und der Fifth unweit des Parks gelegen, war es ein wunderschöner Bau, doch sie hatte es nie als ihr Heim empfunden; es war Malcolms Haus geblieben. Von Anfang an hatte sie sich in dem aufwendigen, mit viel Personal bevölkerten Gemäuer fremd gefühlt. Schon Malcolms Eltern hatten hier gewohnt, und man wurde das Gefühl nicht los, Malcolm hätte es als eine Art Gedenkstätte für sie erhalten, angefüllt mit wertvollen Sammlungen, denen er im Laufe der Zeit alle möglichen Kunstwerke hinzufügte, die er von seinen Reisen mitbrachte oder von Museen erwarb. Zuweilen kam Marielle sich vor wie eine seiner Kostbarkeiten, ein Stück, das man gelegentlich zur Schau stellt, mit dem man sich aber nie wirklich befaßt. Wie eine Puppe, die man auf einem Bord bewundert, ohne je mit ihr zu spielen. Malcolms Dienstboten begegneten Marielle mit großer Zuvorkommenheit, hatten ihr aber sofort zu verstehen gegeben, daß sie nicht für sie, sondern für ihren Mann arbeiteten. Viele waren schon ewig im Haus, und nach den sechs Jahren, die sie hier lebte, hatte sie noch immer das Gefühl, sie kaum zu kennen. Zudem ermahnte Malcolm sie immer wieder, Distanz zu wahren. Er selbst hatte es stets so gehalten und das Personal ebenso. Die Hausangestellten begegneten ihr auf eine Art, der es selbst am kleinsten Funken Wärme fehlte. Hinzu kam, daß Malcolm ihr nicht gestattet hatte, irgendwelche Veränderungen vorzunehmen. Es war noch immer sein Zuhause, in dem sich alles nach ihm richtete. Wichen ihre Anordnungen von seinen ab, dann wurden sie höflich ignoriert und die Angelegenheit nie wieder erwähnt. Malcolm war es auch, der das überwiegend aus Iren, Engländern und Deutschen bestehende Personal einstellte. Deutschland und die Deutschen hatten es Malcolm besonders angetan; er hatte in jungen Jahren in Heidelberg studiert und beherrschte die Sprache perfekt.

Manchmal fragte Marielle sich, ob das Personal sie insgeheim ablehnte, weil sie selbst einmal für Malcolm gearbeitet hatte. 1932, nach ihrer Rückkehr aus Europa, war es ihr schier unmöglich gewesen, Arbeit zu bekommen. Die Depression hatte ihren Tiefpunkt erreicht, sogar College-Absolventen liefen arbeitslos herum, und sie hatte überhaupt keine Ausbildung. Sie hatte noch nie gearbeitet, und ihre Eltern hatten ihr nichts hinterlassen. Ihr Vater, der 1929 beim Börsenkrach alles verlor, hatte seinen Ruin nicht überlebt; er war zu alt gewesen für diese Belastung, zu alt für einen Neubeginn. Sein Herz hatte versagt, nachdem sein Verstand ihn im Stich gelassen hatte. Und als ihre Mutter ihm ein halbes Jahr darauf in den Tod folgte, bildeten ein paar hundert Dollar die gesamte Hinterlassenschaft. Damals hatte Marielle sich noch in Europa aufgehalten, und Charles hatte den Verkauf ihres Hauses abwickeln müssen, damit die Schulden getilgt werden konnten. Sie war zu krank gewesen, um sich selbst darum zu kümmern, und als sie schließlich nach New York zurückkehrte, hatte sie mit leeren Händen und ohne ein Dach über dem Kopf dagestanden. Sie hatte sich in einem Hotel an der East Side eingemietet und sofort mit der Arbeitssuche begonnen. Alles, was sie besaß, waren zweitausend Dollar, von Charles geborgt. Mehr hatte sie nicht annehmen wollen. Damals stand sie mutterseelenallein auf der Welt. Und Malcolm hatte sie in vielfacher Hinsicht gerettet, wofür sie ihm noch immer dankbar war und wohl stets dankbar sein würde.

An einem winterlichen Februartag war sie in seinem Büro erschienen, und das Lächeln, mit dem er sie, hinter seinem Schreibtisch sitzend, empfing, war ihr vorgekommen wie ein wärmender Sonnenstrahl. Sie hatte ihn aufgesucht, weil er mit ihrem Vater befreundet gewesen war und weil sie hoffte, er würde von einem Job wissen oder jemanden kennen, der eine Gesellschafterin mit perfektem Französisch suchte. Es war das einzige, was sie neben ihrem Zeichentalent aufzuweisen hatte, und auch das hatte sie seit Jahren vernachlässigt. Sie besaß keinerlei Kenntnisse und Fähigkeiten für den Sekretärinnenberuf, doch nachdem er sich eine Stunde lang mit ihr unterhalten hatte, stellte er sie ein. Er übernahm ihre Hotelrechnung, bis sie eine eigene Wohnung gefunden hatte. Später hatte sie versucht, ihm das Geld zurückzuzahlen, doch er wollte nichts davon hören. Er wußte, wie schlecht es ihr ging, und unterstützte sie gern.

Sie lernte rasch und leistete als Assistentin der Chefsekretärin – einer Engländerin, die Marielle trotz unverhohlener Mißbilligung immer höflich behandelte – sehr gute Arbeit. Es gab für niemanden einen Grund zur Verwunderung, als Malcolm anfing, mit ihr auszugehen; zunächst lud er sie zu unauffällig stillen Mittagessen ein, später zu romantischen Diners. Schließlich begleitete sie ihn sogar zu wichtigen gesellschaftlichen Anlässen. Oft sagte er ihr dann – doch immer taktvoll –, sie solle sich für diesen Anlaß ein neues Kleid kaufen, in einem Salon, in dem er bekannt war. Anfangs war das Marielle sehr unangenehm. Es lag ihr fern, ihn auszunutzen, und sie wollte vor allem peinliche Situationen vermeiden. Doch Malcolm war immer so nett zu ihr, so intelligent, so amüsant, so verständnisvoll. Nie drängte er sie, etwas über ihr bisheriges Leben preiszugeben; nie fragte er sie, warum sie sechs Jahre in Europa gelebt hatte oder weshalb sie zurückgekehrt war. Ihre Gespräche drehten sich ausschließlich um die Gegenwart. Er war überaus zuvorkommend, liebenswürdig und umgänglich. Alle ihre anfänglichen Vorbehalte gegen ihn schwanden bald, denn zu ihrer großen Verwunderung machte er nie ungehörige Annäherungsversuche. Er mochte ihre Gesellschaft und zeigte sich gern an der Seite einer schönen jungen Frau, die in teuren, von ihm bezahlten Kleidern erschien. Damals hatte sie noch unter großer Schüchternheit gelitten, und zuweilen überkam diese alte Unsicherheit sie auch jetzt noch. Doch das schien Malcolm gar nicht aufzufallen, und so fühlte sie sich bei ihm immer sicherer und stärker. Ihr altes Ich war zwar nicht zurückgekehrt, ihr neues aber war mittlerweile so, daß sie damit leben konnte.

Niemand stellte ihr Fragen, wenn sie mit Malcolm zusammen war. Natürlich wollte man wissen, wer sie war, aber darüber hinaus fragte kein Mensch, wo sie gelebt hatte und warum sie eine so ernste Miene zur Schau trug. Ihr Begleiter und ihr Aussehen machten Eindruck, und manchmal fand sie das Ganze sogar amüsant. Bei ihm fühlte sie sich sicher und behütet vor allen Fährnissen, und genau das war es, was er ihr dauerhaft in Aussicht stellte, als er ihr zu Thanksgiving einen Antrag machte. Er bot ihr an, sie zeit seines Lebens zu behüten und sich um sie zu kümmern, eine Zeitspanne, die allerdings kürzer sein würde als ihr Leben, denn er war um einiges älter als sie. Er tat gar nicht erst so, als liebte er sie, und doch hatte sie den Eindruck, daß bei ihm Liebe im Spiel war, er war so umsichtig und lieb, so fürsorglich und anständig. Tatsächlich wünschte sie sich nicht mehr von ihm. Sie hätte den Schmerz nicht ertragen, falls etwas schiefgegangen, falls etwas passiert wäre. Allein die Erinnerungen an Charles schmerzten, und alles übrige war etwas, worüber sie noch nicht sprechen konnte, auch nicht mit Malcolm. Sie hatte versucht, ehrlich zu sein, ihm zu sagen, daß es in ihrer Vergangenheit schmerzliche Dinge gegeben hatte, doch er wollte nichts davon hören.

»Wir alle haben eine Vergangenheit, meine Liebe.« Er lächelte verständnisvoll. »Aber ich könnte mir denken, daß die deine bei deinen vierundzwanzig Jahren noch relativ unversehrt ist.« Er war so tolerant, so großzügig. Sie konnte mit ihrer Vergangenheit, mit all ihrem Schmerz und ihren Wunden kommen und bei ihm Trost und Schutz finden. Das war es, was sie von ihm wollte, und nicht sein Haus, seine Juwelen oder sein Geld. Er war schon zweimal verheiratet gewesen, und der Klatsch hatte ihr zugetragen, daß seine Generosität legendär sei. Sie aber suchte einfach einen Hafen im Sturm, eine Zuflucht für den Rest ihres Lebens, und die hatte er ihr versprochen. Er spürte deutlich, wie verängstigt sie war, obwohl er nicht die leiseste Ahnung davon hatte, was alles sie mitgemacht hatte. Das einzige, was er von ihr forderte, war ein Kind, denn keine seiner beiden Exfrauen hatte ihm Kinder geschenkt. Mit seinen neunundvierzig Jahren wünschte er sich nichts sehnlicher als einen Erben für das Patterson-Imperium. Der Grundstock seines Vermögens war in der Stahlbranche gelegt worden, und von Vornehmheit und Klasse war in den Anfängen wenig zu spüren gewesen, doch als Malcolm geboren wurde, war der Name bereits hochangesehen, und er selbst hatte ihm zu noch mehr Glanz verholfen.

Marielle, die sich von seinem Antrag vollkommen überrumpelt fühlte, glaubte im ersten Augenblick, er erlaube sich einen Scherz. Sicher, sie waren häufig zusammen ausgegangen, und er war unglaublich großzügig gewesen, aber er hatte sie noch nicht einmal geküßt ...

»Ich ... ich weiß nicht, was ich sagen soll ... Ist das dein Ernst?«

Sein Lächeln war kühl, als er nach ihrer Hand faßte, von ihrem Erstaunen amüsiert. Sie kam ihm vor wie ein Kind. Sanft hob er ihre Hand an die Lippen und küßte ihre Finger.

»Natürlich ist es mein Ernst, Marielle.« Er hielt ihren Blick fest, und irgendwie hatte sie das Gefühl, einen Vater bekommen zu haben. Doch ebendeswegen gefiel er ihr, mehr noch, er war das, was sie am dringendsten brauchte. Inzwischen war sie ein knappes Jahr in den Vereinigten Staaten und hatte außer Malcolm niemanden auf der Welt. »Ich möchte, daß du meine Frau wirst. Du wirst es sehr gut bei mir haben, meine Liebe, das verspreche ich dir. Und so sich bei uns Kindersegen einstellen sollte, werde ich dir für den Rest meines Lebens zu großem Dank verpflichtet sein.« Es war ein sonderbares Angebot, das eher nach geschäftlicher Vereinbarung klang als nach Heiratsantrag. Er wollte Kinder von ihr, und sie wollte und brauchte seinen Schutz. Er hatte nicht von Liebe gesprochen, hatte ihr keine schmachtenden Blicke zugeworfen, und sie war auch nicht in ihn verliebt. Es war völlig anders als das, was sie mit Charles gehabt hatte, aber es entsprach genau ihren Wünschen. Nur die Vorstellung, Kinder zu haben, machte ihr angst. Sie war nicht sicher, ob sie dieses Risiko noch einmal eingehen wollte, doch darüber sprach sie lieber nicht.

»Und wenn keine Kinder kommen?« Ihr Blick suchte mit besorgtem Ausdruck den seinen, und er fragte sich, ob sie ihm womöglich etwas Wichtiges verschwieg. Bisher hatte er geglaubt, alles über sie zu wissen.

»Dann werden wir Freunde sein.« Er wirkte friedvoll und gelassen, als er diese Worte sprach, und das machte ihr Mut. Dennoch fand sie es noch immer unbegreiflich, daß er sie wollte; viele andere Frauen hätten alles gegeben, um ihn zu bekommen. Und er kannte sie doch kaum.

»Aber warum ausgerechnet ich? Es gibt so viele andere... passendere...« Sie errötete. Sie besaß weder Geld noch gesellschaftliche Stellung. Gewiß, ihre Eltern waren angesehene Leute gewesen, aber mit seiner Familie hatten sie sich nicht messen können; zudem hatten sie ihr keinen Penny hinterlassen. Doch gerade das machte sie für ihn anziehend. Sie war ein Mädchen ohne Bindungen, ohne Familie, ohne Verpflichtungen. Sie war in gewisser Weise »sein« – oder würde es sein, wenn sie ihn heiratete, und das war ganz in seinem Sinn. Malcolm Patterson war ein von Besitzdenken geradezu besessener Mensch. Seine Häuser, seine Autos, seine Gemälde, seine Fabergé-Sammlung, seine »Sachen« waren sein ein und alles ...

Marielle würde ein Objekt mehr sein ... ein bedeutender Besitz, wenn sie ihm Kinder gebar. Und außerdem gefiel ihm, daß sie ein so stilles, anspruchsloses Mädchen war. Sie würde eine seiner würdige, attraktive Ehefrau abgeben und vielleicht, mit etwas Glück, eines Tages eine besonders gute Mutter.

»Vielleicht sollte ich jetzt sagen, daß ich dich liebe«, sagte er sanft, doch beide wußten, daß es nicht der Fall war. »Aber ich bin nicht sicher, ob es für einen von uns wichtig ist ...« Er kannte sie gut, besser, als sie geahnt hatte. »Vielleicht spielt das überhaupt keine Rolle. Vielleicht ist es sogar besser so, und wir werden miteinander mit der Zeit liebenlernen, meinst du nicht?« Sie nickte, noch immer eingeschüchtert von seinem Antrag. Er sah sie gespannt an, als sei klar, was sie zu tun habe, und als warte er darauf, daß sie es endlich tue. »Hast du eine Antwort für mich?«

Sie zögerte nur ganz kurz. »Ich ...« Sie sah ihn ängstlich an. »Bist du sicher?« Sie hatte mehr Angst um ihn als um sich selbst. Was, wenn sie ihn enttäuschte? Was, wenn ... wenn sie wieder die Kontrolle über sich verlor? Das vergangene Jahr war für sie nicht leicht gewesen. Zwei Wochen nach ihrer Rückkehr war das Lindbergh-Baby gekidnappt worden, ein Ereignis, das sie zunächst schreckensstarr verfolgt hatte, und als im Mai die Welt erfuhr, daß der Kleine getötet worden war, hatte sie in ihrem Herzen einen Schmerz gespürt, von dem sie wußte, daß sie ihn nie vergessen konnte. Tagelang hatte sie im Bett gelegen, angeblich mit Grippe. In Wahrheit war sie nicht imstande gewesen, zur Tagesordnung überzugehen. Schließlich hatte sie sich aufgerafft und ihren Arzt in der Schweiz angerufen, und er hatte sie beruhigen können. Was aber, wenn es wieder passierte? Was, wenn Malcolm erfuhr . . . »Ich bin nicht sicher, ob es dir gegenüber fair wäre.« Marielle senkte den Blick, Tränen glänzten auf ihren Wimpern. Plötzlich verspürte er das Verlangen, sie in die Arme zu nehmen und zu lieben. Es war das erste Mal, daß sie Leidenschaft in ihm entfachte, und einen Augenblick fragte er sich, ob er sie eines Tages vielleicht wirklich lieben würde.

»Liebling . . . bitte . . . heirate mich . . . ich werde alles für dich tun.« Es war die einzige Sprache, die ihm zu Gebote stand, doch sie blickte mit betrübtem Lächeln zu ihm auf und schüttelte den Kopf.

»Das ist nicht nötig. Du mußt nur lieb zu mir sein, aber das warst du ohnehin immer. Viel zu lieb. Ich verdiene das nicht.«

»Unsinn. Du verdienst mehr, als ich dir geben kann. Du verdienst einen hübschen jungen Ehemann, der so verrückt nach dir ist, daß er fast den Verstand verliert, und der dich jeden Abend zum Tanzen ausführt. Nicht einen alten Mann, den du später einmal im Rollstuhl schieben wirst, wenn du selbst erst vierzig bist.« Sie lachte, als er dieses Bild entwarf, denn Malcolm war kaum anders als vital und jugendlich vorstellbar. Er war ein kraftstrotzender, energiegeladener Mann, der trotz seiner zu früh weißgewordenen Haare zehn Jahre jünger wirkte, als er war. Das weiße Haar machte ihn nur imposanter, bedeutender. »So, nun habe ich dir gesagt, was die Zukunft für dich bereithält. Wirst du meinen Antrag annehmen?« Sein Blick hielt sie fest, und sie nickte fast unmerklich. Marielle stockte der Atem, als sie ihn ansah und er sie in die Arme nahm und an sich drückte. Tränen stiegen ihr in die Augen. Sie wollte so gut zu ihm sein wie er zu ihr, sie wollte ihm alles versprechen, und sie gelobte sich, ihn nie zu enttäuschen.

Die Hochzeit fand in kleinem Rahmen und absolut diskret statt. Sie wurden am Neujahrstag in Malcolms Haus von einem befreundeten Friedensrichter getraut, in Anwesenheit eines knappen Dutzend von Malcoms Freunden. Marielle hatte niemanden, den sie hätte einladen können – von ihren Bürokolleginnen abgesehen, die ihr neuerdings jedoch total ablehnend gegenüberstanden und sie keineswegs zu ihrem Aschenputtel-Aufstieg beglückwünschten. Sie hatte erreicht, was die anderen selbst insgeheim ersehnten, doch hatten die sich Malcolm aus ganz anderen Gründen angeln wollen. Sie waren hinter seinem Geld her, während Marielle nur seinen Schutz wollte.

Sie trug ein beigefarbenes Satinkostüm von Mainbocher mit einem darauf abgestimmten, von Sally Victor eigens entworfenen Hut. Nie hatte sie reizender ausgesehen als an jenem Tag – ihr dunkles Haar war zu einem eleganten Knoten zusammengefaßt, aus ihren tiefblauen Augen sprach inniges Gefühl. Als der Friedensrichter erklärte, nun seien sie Mann und Frau, war sie den Tränen nahe. Den ganzen Tag über blieb sie dicht bei Malcolm, als fürchte sie, ein böser Geist könne sich zwischen sie drängen.

Ihre Flitterwochen verbrachten sie in der Karibik, auf einer im Privatbesitz befindlichen Insel in der Nähe von Antigua. Sie gehörte einem Freund, der ihnen sein Traumhaus, seine Yacht und Scharen diskreten, gutausgebildeten britischen Personals zur Verfügung stellte. Alles war vollkommen, und Marielle entdeckte, daß ihre Zuneigung zu Malcolm rasch wuchs. Seine einfühlsame, sanfte Art berührte sie mehr, als sie es ihm gegenüber zum Ausdruck bringen konnte. Auch was die körperlichen Aspekte ihrer Beziehung betraf, bewies er Weisheit, Güte und große Behutsamkeit. Er sehnte sich nach einem Kind, aber nicht so blindlings, daß er deshalb je grob oder rücksichtslos mit ihr umgegangen wäre. Während der Flitterwochen befaßte er sich vor allem damit, in Erfahrung zu bringen, wie er ihre Leidenschaft erregen konnte. Da er ein erfahrener Mann war, verhalf ihr die mit ihm im Bett verbrachte Zeit zu viel Lust, doch es stand unleugbar fest, daß zwischen ihnen etwas Wichtiges fehlte. Dennoch genoß jeder die Gesellschaft des anderen, und als sie drei Wochen später nach New York zurückkehrten, waren sie gute Freunde, und sie betrat sein Haus mit so viel Selbstvertrauen und Elan, wie sie seit Jahren nicht mehr gespürt hatte. Kaum aber hatten sie sich häuslich niedergelassen, da traf sie die Realität ihres gemeinsamen Lebens wie ein Keulenschlag. Sie lebten in *seinem* Haus, besuchten *seine* Freunde, sie war Tag und Nacht von *seinen* Dienstboten umgeben und mußte alles tun, was *er* wollte. Das Personal, das in ihr schlicht eine Glücksjägerin sah, behandelte sie wie einen Eindringling. Daß Marielle vor der Ehe für Malcolm gearbeitet hatte, gesellte dem Haß der Leute noch Neid hinzu. Ihre Anordnungen wurden mißachtet, ihre Bitten heimlich ins Lächerliche gezogen, ihre Habseligkeiten verschwanden entweder oder wurden »zufällig« vernichtet, und als sie versuchte, sich bei Malcolm darüber zu beklagen, ging er amüsiert darüber hinweg, was sie noch mehr erbitterte. Er riet ihr, »seinen Leuten« Zeit zu geben. Nach und nach würden sie sie ebenso liebgewinnen wie er.

Zurück in New York, verbrachte er wieder sehr viel Zeit im Büro. Da er meist für sich war und sein eigenes Leben führte, wurde Marielle zunehmend einsam. Er genoß es noch immer, sich mit ihr sehen zu lassen und war nach wie vor sehr nett zu ihr, doch zeigte sich bald, daß sie nicht sein ganzes Leben und auch nicht sein Schlafzimmer teilen würde. Er erklärte, er bliebe abends immer sehr lange auf, prüfe noch Unterlagen oder führe Überseegespräche und müsse dabei ungestört sein; andererseits wolle auch er sie nicht stören. Sie hatte vorgeschlagen, die Anordnung der Zimmer zu verändern und neben dem Schlafzimmer ein Büro einzurichten, in dem er abends arbeiten konnte, doch er hatte sich eisern gegen jede Änderung gestemmt. Also blieb alles, wie es war. Nach ihrer Hochzeit hatte sich in Malcolms Leben nicht das geringste geändert, nur gingen sie etwas öfter aus. Und trotz all seiner Güte hatte sie manchmal das Gefühl, noch immer eine seiner Angestellten zu sein.

Sie bekam eine Apanage, die am Ersten eines jeden Monats diskret auf ihr Konto überwiesen wurde, und er ermutigte sie, nach Herzenslust einzukaufen, wo immer sie wollte. Doch die Dienstboten waren noch immer die seinen, das Haus sah genauso aus wie vorher, die Menschen, mit denen sie sich trafen, waren durchweg seine Freunde, und seine Geschäftsreisen unternahm er noch immer allein. Vorher, als sie nur seine Sekretärin gewesen war, war Marielle mehr mit ihm gereist als jetzt. Sie hätte das der neuen Sekretärin, die nun ständig mit ihm unterwegs war, verübeln können, wäre diese nicht so nett gewesen. Brigitte war ein hübsches deutsches Mädchen aus Berlin mit einwandfreien Manieren und ebensolchem Ruf, das Marielle mit großem Respekt begegnete. Sie hatte hellblondes Haar und grellrote Fingernägel, trat sehr bestimmt auf und war äußerst tüchtig. Mehr noch, sie benahm sich Marielle gegenüber immer besonders nett, ja fast freundschaftlich. So, wie sie eifersüchtig auf Marielle gewesen waren, neideten die älteren Sekretärinnen nun Brigitte ihre Position, und Marielles Mitleid regte sich, als sie die pikiert hochgezogenen Brauen von Brigittes Kolleginnen bemerkte. Brigitte war stets hilfsbereit und zuvorkommend, wenn Marielle im Büro anrief. Und besonders freundlich zeigte sie sich, als Marielle schwanger wurde. Sie schickte ihr einige Male kleine, aber praktische Geschenke für das Baby und strickte sogar eine Decke und etliche Jäckchen – Grund genug für Malcolm, sehr gerührt zu sein. Während der übrigen Zeit schien er Brigittes Existenz kaum wahrzunehmen. Er hatte anderes im Kopf, wichtige geschäftliche Transaktionen und seine junge Frau und nicht zuletzt den Sohn, den er sich so sehnlich gewünscht hatte.

Marielle hatte damit gerechnet, rasch schwanger zu werden, denn damals war es sofort passiert. Um so erstaunter war sie, als sich nach den ersten Monaten ihrer Ehe noch immer nichts tat.

Nach einem halben Jahr bestand Malcolm darauf, daß sie einen Spezialisten in Boston konsultierte. Er lieferte sie selbst in der Klinik ab, wo sie von einem Spezialistenteam untersucht wurde. Man fand nichts und riet ihr und Malcolm nur, es weiter zu versuchen. Es sei einfach eine Frage der Zeit, eine Diagnose, die von verschiedenen, ihr höchst peinlichen Ratschlägen begleitet wurde, welche Malcolm aber zu befolgen gedachte. Es sollte noch ein weiteres halbes Jahr vergehen, ohne daß das geholfen hätte, und schließlich regte sich bei beiden Besorgnis. Nun wandte sich Marielle an ihren eigenen Arzt. Auch er hatte ihr keine neuen Erkenntnisse zu bieten, machte ihr aber behutsam klar, daß manche Frauen einfach nicht zum Kinderkriegen geschaffen seien. Er kannte solche Fälle, gesunde junge Frauen, bei denen nie eine Empfängnis zustande kam. Es war niemandes Schuld, aber »manchmal läßt Gott es nicht zu«, wie der Arzt leise sagte. Sie war jeden Monat wieder einem hysterischen Anfall nahe, wenn sie sah, daß sie nicht schwanger war, und diese Anspannung löste unweigerlich eine ganze Kette von Migräneanfällen aus.

»Aber bei mir ist es schon passiert«, sagte sie leise, zu verängstigt, um den Arzt anzusehen. Es war etwas, das sie nicht einmal Malcolm anvertraut hatte und ihm jetzt, da sie unfähig war, ein Kind von ihm zu bekommen, schon gar nicht anvertrauen würde.

»Sie waren schon schwanger?« Die Neugierde des Arztes war entfacht. Er hatte sich bei einer Untersuchung schon einmal gewundert, doch sicher war er nicht gewesen. Von Fragen hatte er Abstand genommen, und von selbst war sie nicht damit herausgerückt. In Boston hatte man ihr diese Frage mehrfach gestellt, doch sie hatte geleugnet. Zu diesem Arzt hatte sie mehr Vertrauen, sie hoffte, daß er ihr Geheimnis für sich behalten würde. Sie hatte ihn sich selbst ausgesucht; er war einer der wenigen Menschen in ihrem Leben, die Malcolm nicht verpflichtet waren.

»Ja.« Sie nickte.

»Hatten Sie eine Abtreibung?« Das war ein Punkt, der ihm Sorgen machte. Seiner Erfahrung nach waren Frauen, die Abtreibungen in dunklen Seitenstraßen hinter sich hatten, nur selten fähig, noch einmal zu empfangen.

»Nein.«

»Ich verstehe . . .« Sofort machte er einen viel mitfühlenderen Eindruck. »Sie haben es verloren.«

»Nein«, setzte sie an und zuckte dann wie unter körperlichem Schmerz zusammen. »Ich meine, ja . . . ich habe ihn zur Welt gebracht, und er ist später gestorben . . . viel später . . .«

»Das tut mir leid.« Dann erzählte sie ihm die ganze Geschichte und konnte nicht aufhören zu weinen. Doch als sie zwei Stunden später seine Praxis verließ, war ihr leichter ums Herz. In gewisser Weise hatte sie das Gefühl, eine Bürde sei ihr von den Schultern genommen worden. Der Arzt hatte sie beruhigt, indem er sagte, sie würde eines Tages sicher schwanger werden. Es läge kein Grund vor, warum sie kein Kind bekommen sollte.

Und er sollte recht behalten. Zwei Monate später stellte sie erstaunt und entzückt fest, daß sie in anderen Umständen war. Fast hatte sie sich schon damit abgefunden, daß es nie passieren würde, und war bereit, Malcolm die Scheidung anzubieten, falls er das wollte. Aber plötzlich war das Licht aufgeflammt, und Malcolm war vor Freude und Dankbarkeit außer sich. Er überschüttete sie mit Juwelen und Geschenken, kam mittags nach Hause, um nach ihr zu sehen, behandelte sie wie ein rohes Ei und war unentwegt damit beschäftigt, Pläne für das Kind zu schmieden. Daß er einen Sohn erwartete, war klar, aber er war ebenso bereit, sich über eine Tochter zu freuen. »Wenn es ein Mädchen ist, müssen wir eben noch mehr Kinder in die Welt setzen«, sagte er selig, und Marielle lachte. Inzwischen konnte sie ihre Füße kaum noch sehen, und seit Wochen hatte sie nicht mehr richtig geschlafen. Die Aussicht auf weitere Schwangerschaften erschien ihr also nicht eben verlockend. Andererseits war sie während dieser Schwangerschaft aufgeblüht; der Schmerz der vergangenen Jahre war durch das neue Leben in ihr gelindert worden. Sie konnte stundenlang dasitzen, die Bewegungen des Kindes verfolgen und sehnsüchtig auf die Stunde warten, da sie es endlich in den Armen halten würde. Es würde eine Leere füllen, die sie seit Jahren quälte und die nur durch ein Kind zu füllen war. Immer wieder mußte sie sich sagen, daß es nicht André sein würde, sondern ein anderes Kind... André würde nie wiederkehren, und dennoch, wer immer dieses Kind sein würde, sie wollte ihn oder sie von ganzem Herzen willkommen heißen, und Malcolm empfand ebenso.

Das Personal hielt er an, Marielle minutiös zu überwachen, ihr jeden Wunsch zu erfüllen, sie praktisch stündlich zu füttern und dafür zu sorgen, daß sie nicht stürzte oder ermüdete, aber die Angestellten waren über die Schwangerschaft weit weniger erfreut als er. Im Gegenteil, die Leute nutzten diesen Umstand, um noch unfreundlicher zu sein, allen voran die Haushälterin, die schon zwanzig Jahre ihres Amtes waltete, zwei vorangegangene Ehefrauen überdauert hatte und Marielle noch immer als vorübergehenden Eindringling betrachtete. Die Aussicht auf einen Erben machte Marielle nun zu einer größeren Bedrohung, so daß die böswilligeren Angestellten eher empört waren, als sich zu freuen. Die Haushälterin, die Mädchen, Patrick, der Chauffeur – ein Ire, den Marielle von Anfang an nicht hatte ausstehen können –, selbst die Köchin und ihre Hilfskräfte waren erbost, daß sie dazu verdonnert waren, Marielles ohnehin selten auftretende Launen zu ertragen, ihr etwa einen besonderen Tee zubereiten zu müssen, wenn sie ihre Migräne hatte. Ihre Kopfschmerzen galten ihnen als Zeichen von Schwäche, und es fielen oft rüde Äußerungen über ihre Unpäßlichkeit. Auch für die Säuglingsschwester, eine Britin, die Malcolm auf einer seiner Auslandsreisen eingestellt hatte, schien Marielle ein minderwertiges Geschöpf zu sein. Ihr Gesicht war steinern wie eine Mauer, und ihr Herz paßte dazu. Es war unvorstellbar, daß sie einem Neugeborenen Wärme oder Zärtlichkeit geben konnte. Und als sie einen Monat vor dem Geburtstermin eintraf, war Marielle entsetzt.

»Malcolm, sie sieht aus wie eine Gefängniswärterin. Wie können wir ihr unser Kind überlassen?« Aber Marielles eigentliche Frage war: Wozu brauchen wir sie überhaupt? Um André hatte sie sich selbst gekümmert, aber die Erinnerung daran war zu schmerzlich, und sie sah keine Möglichkeit, mit Malcolm offen darüber zu sprechen. »Ich kann das Baby selbst pflegen.« Doch er lachte sie aus und nannte sie töricht. Er bestand darauf, daß sie sich von allen verwöhnen ließe.

»Du wirst erschöpft sein, wenn das Baby da ist. Du wirst Ruhe brauchen. Miss Griffin ist die ideale Lösung. Sie verfügt über ausgezeichnete Referenzen und hat Krankenhauspraxis. Sie ist genau das, was du brauchst, auch wenn du es jetzt noch nicht einsiehst. Du wirst schon sehen. Babys sind gar nicht so einfach, wie man glaubt.« Sie ihrerseits wußte, daß sie einfacher waren, als er glaubte, doch das konnte sie ihm nicht sagen. Sie hatte mit achtzehn ihr eigenes Kind aufgezogen, ganz ohne die Hilfe dienstbarer Geister wie Miss Griffin.

Miss Griffin erklärte rasch, Marielles Migräneanfälle seien schädlich für das Kind und vermutlich Anzeichen einer gefährlichen Schwäche der Mutter. Fast war es, als wolle sie Marielle beschämen und ihr die Anfälle auf diesem Wege austreiben, aber sie waren so heftig, daß nur Bettruhe im verdunkelten Schlafzimmer helfen konnte. Tausend Dinge konnten diese Anfälle auslösen. Anspannung, Ärger, ein Zwist mit Malcolm, eine böse Bemerkung von einem der Hausmädchen, eine Erkältung, ein Virus, ein zu langer Abend, zuviel üppiges Essen, sogar ein Glas Wein. Die Kopfschmerzen waren eine Folter für Marielle, und sie entschuldigte sich stets dafür wie für einen schweren Charakterfehler, was sie in Miss Griffins Augen ja auch waren.

Einzig Haverford, der englische Butler, war nett zu ihr. Er

hatte nie unziemliches Interesse an ihr gezeigt, war aber von unerschütterlicher Höflichkeit und Liebenswürdigkeit. Anders als Miss Griffin, die sich auf Malcolms Seite schlug, da er es war, der sie eingestellt hatte. Und wie alle anderen im Haus fing auch sie bald an, Marielle wie einen lästigen Eindringling zu behandeln. Sie tat so, als sei Marielle ein unangenehmes, aber notwendiges Vehikel, mit dem man sich abfinden mußte, um das Baby zu bekommen. Schließlich machten sich bei Marielle Angstzustände bemerkbar. Sie wollte mit Menschen zusammensein, die sie liebten, und sie sehnte sich nach den glücklichen Tagen mit Charles vor der Ankunft ihres Babys. Manchmal lag sie einfach auf dem Bett und weinte, und wenn Malcolm sie dabei ertappte, war er entsetzt.

»Du bist jetzt überempfindlich. Versuch doch, dir nicht alles zu Herzen zu nehmen«, bemühte er sich, sie aufzurichten. Aber nachdem er mit Miss Griffin darüber gesprochen hatte, kam Marielle ihm ziemlich töricht vor. Sie schien unaufhörlich zu weinen. Sogar wenn sie ins Büro kam und Brigitte sah, regte sie sich auf. Marielle fühlte sich neben ihr so dick und häßlich, daß sie sich drei Tage lang weigerte, mit Malcolm überhaupt irgendwohin zu gehen. Doch er legte eine unendliche Geduld an den Tag und versuchte, verständnisvoll zu sein, auch wenn ihm klarwurde, daß Marielle nun, am Ende ihrer Schwangerschaft, überfordert war. Sie schien permanent unter Angst zu leiden und kaum noch Kraft zu haben, doch er tat alles, um ihr zu helfen. Miss Griffin erklärte ihm, manche Frauen sähen der Entbindung mit derart großen Befürchtungen entgegen, daß sie darüber fast verrückt würden. Damit schien ihre Theorie Nahrung zu erhalten, daß Marielle schwach war, schlimmer noch, daß sie feige war.

Sie wollte das Kind zu Hause bekommen, ja, sie hatte von Anfang an darauf beharrt, aber Malcolm beharrte ebenso fest darauf, daß das Kind in einem Krankenhaus zur Welt kommen müsse, wo alle modernen Einrichtungen zur Hand seien, falls sich ein Problem einstelle. Marielle hatte das Gefühl, alles würde friedvoller verlaufen, wenn sie das Kind zu Hause bekäme, und außerdem hatte sie Angst vor einer Entführung, wie sie Malcolm gestand. Im September hatte man Bruno Richard Hauptmann als Entführer des Lindbergh-Babys festgenommen, und bei Marielle war die Angst vor einer Entführung zur Besessenheit geworden, aber Malcolm schrieb ihre übertriebene Nervosität dem Umstand zu, daß sie mitten im siebten Monat war. Daß diese Zeit so schwer für sie war, hatte Gründe, die niemandem erklärlich waren. Nur ihrem Arzt war klar, was sie durchmachte, und wenn sie ihn aufsuchte, versuchte er, sie mit der Versicherung zu beruhigen, diesmal würde alles anders sein.

Als das Kind sich ankündigte, waren sie zu Hause. Sie hielt sich in ihrem Zimmer auf und las, und Malcolm arbeitete, da setzten die ersten Wehen ein. Sie wartete eine Weile, ehe sie zu ihm ging, um es ihm zu sagen, und er stürzte an ihre Seite, kaum daß er sie sah. Patrick fuhr sie ins Krankenhaus, und Malcolm blieb so lange bei ihr, wie die Ärzte es nur zuließen. Dann wurde sie davongerollt, um ihr Kind zu bekommen. Inzwischen war sie schon benommen von dem schmerzstillenden Mittel, das man ihr verabreicht hatte, und murmelte Malcolm zu, in Paris sei alles ganz anders gewesen. Der Arzt lächelte Malcolm zu, und die zwei Männer wechselten verständnisvolle Blicke. Marielle befand sich offenbar schon in einer Traumwelt.

»Es wird problemlos ablaufen«, sagte der Arzt, als die Schwestern sie davonrollten. »Ich werde bald wieder bei Ihnen sein.« Er lächelte, und Malcolm ließ sich in einem Sessel der riesigen Privatsuite nieder. Es war Mitternacht, und Theodore Whitman Patterson sollte um vier Uhr dreiundzwanzig das Licht der Welt erblicken.

Marielle sah ihr Baby zunächst wie durch einen Nebel, als der Arzt es ihr in eine Decke gehüllt zeigte. Es sah sie aus seinem runden rosigen Gesichtchen unter dem blonden Haarschopf so erstaunt an, als hätte es jemanden anders erwartet; dann fing es laut zu brüllen an. Alle im Entbindungsraum lächelten, während Marielle Tränen über die Wangen liefen. Sie hatte geglaubt, er sei dahin . . . sie konnte sich so gut an ihn erinnern . . . dieselben runden Bäckchen, die verwunderten Augen . . . nur sein Haar war schwarz gewesen, schwarz wie Charles' Haar . . . schimmerndes rabenschwarzes Haar . . . das hier war nicht André, und doch sah er ihm so ähnlich. Sie schmiegte ihre Wange an die seine, erfüllt von einem urzeitlichen Seelenschmerz, zugleich aber auch von Freude, Zärtlichkeit und Glück. Man nahm ihn ihr wieder ab, um ihn zu baden und seinem Vater vorzustellen, während Marielle einnickte und die Ärzte noch ein paar kleine Eingriffe vornahmen.

Es war heller Morgen, als man sie in ihr Zimmer brachte, wo Malcolm, friedlich schlafend, ihre Rückkehr erwartete. Neben ihrem Bett stand in einem silbernen Kühler eine Flasche Champagner. Malcolm fuhr auf, als ihr Bett hereingeschoben wurde. Marielle war sehr viel wacher als Stunden zuvor, als man sie zur Entbindung geholt hatte. Wacher, mitgenommen und glücklicher als seit Jahren . . . und sehr stolz. Endlich hatte sie Malcolms Traum wahr gemacht und ihre Vereinbarung erfüllt.

»Hast du ihn gesehen?« fragte sie, als Malcolm sich über sie beugte und ihr einen Kuß auf die Wange gab. Ihr Blick verriet Erschöpfung und Befriedigung.

»Ja.« Jetzt standen auch in Malcolms Augen Tränen. Sein innigster Wunsch war in Erfüllung gegangen. »Er ist bildhübsch und sieht dir ähnlich.«

»Nein, gar nicht.« Sie schüttelte den Kopf, von dem Verlangen erfüllt, das Verbotene auszusprechen, zu sagen, daß er André ähnlich sah . . . »Er ist so süß . . . wo ist er eigentlich?« Erschrokken sah sie die Schwester an. War er verschwunden, war ihm etwas zugestoßen? Wenn jemand ihn entführt hatte . . .

»Gleich wird er gebracht. Er schläft im Säuglingszimmer.«

»Ich möchte ihn bei mir haben.« Marielle sah Malcolm nervös an, und er faßte nach ihrer Hand.

»Keine Angst, es geht ihm gut.«

»Ich weiß ... aber ich möchte ihn sehen ...« Sie würde ihn nie aus den Augen lassen, würde ihn nie loslassen, würde nicht zulassen, daß es noch einmal geschah ... niemals ... Mit wachsender Verzweiflung blickte sie suchend um sich, voller Angst, ihr Kopfschmerz würde sich wieder melden. Doch der Moment ging vorüber, und Malcolm schenkte ihr ein Glas Champagner ein, an dem sie allerdings nur zum Schein nippte. Nach allem, was hinter ihr lag, und nach der Narkose erschien ihr selbst der Cristal nicht sonderlich verlockend.

Endlich brachte man ihr das Baby, und sie hielt das schlafende Kleine fest; und als es erwachte, knöpfte sie ihr Nachthemd auf und gab ihm die Brust. Alles war wieder so einfach, so, als wäre nichts passiert, kein Kummer, kein Verlust, keine Tragödie ... nichts ... die ewige Mutterschaft war ihr wiedergeschenkt, und dieses winzige Baby hielt ihre Liebe mit seinen Händchen fest.

Malcolm sah fasziniert zu, wie sie das Kind stillte. Und dann nahm er das Baby in den Arm und betrachtete seinen Sohn in anbetendem Schweigen. Später, als er nach Hause ging und sich in seinem eigenen Schlafzimmer ausschlief, wußte er, daß sein Leben erfüllt, vollendet und nahezu perfekt war. Ungeachtet aller Zweifel, die ihn während der beiden vergangenen Jahre geplagt haben mochten, war er nun froh, daß er Marielle geheiratet hatte. Das Kind wog alles auf.

Die Flügel der massiven Eichentür schwangen schwerfällig auf, als Marielle leise das Haus betrat. Die Begegnung mit Charles nach so vielen Jahren hatte sie in anhaltend ernste Stimmung versetzt. Ihn zu sehen war ein Schock gewesen, hatte sie aber auch im Innersten berührt.

»Guten Tag, Madam.« Der Butler nahm ihr den Mantel ab, während eines der Hausmädchen abwartend daneben stand. Der Anblick der beiden entlockte Marielle ein Seufzen. Es war ein schwieriger Nachmittag, ein schwieriger Tag. Sie spürte noch die Kälte der Kirche in den Knochen, als sie die Handschuhe abstreifte und neben ihre schwarze Handtasche legte.

»Guten Tag, Haverford«, sprach sie den Butler, einen älteren Mann, an. »Ist Mr. Patterson zu Hause?«

»Ich glaube nicht.«

Sie nickte und eilte die Treppe hinauf, hin- und hergerissen, ob sie in ihr Zimmer oder in den zweiten Stock hinauflaufen sollte. Oft genug, wenn sie ihren Sohn besuchen wollte, entschied sie sich, es doch nicht zu tun. Anfangs hatte sie Malcolms Kind sehr zu ihrer Verwunderung gemischte Gefühle entgegengebracht. Sie empfand eine so leidenschaftliche Liebe zu ihm, wie sie es nie erwartet hatte ... stärker noch als damals beim ersten Mal ... heftiger, als sie mit achtzehn hatte empfinden können ... stärker, als sie sich vorgestellt hatte, je ein menschliches Wesen lieben zu können. Und dennoch hielt sie sich äußerlich zurück, so daß die Liebe, die sie für den Jungen empfand, ein gutgehütetes Geheimnis blieb. Es war zu gefährlich, sich so viel Liebe zu gestatten. Sie wußte, daß es sie töten würde, wenn wieder etwas passierte. Deswegen zwang sie sich oft, sich von dem Kleinen fernzuhalten oder gar ein wenig gleichgültig zu erscheinen. Doch zuweilen war sie nicht imstande, diese Pose vorzutäuschen, und mußte einfach zu ihm. Da konnte es vorkommen, daß sie sich nachts barfuß zu ihm schlich und ihn im Schlaf betrachtete. Er war süßer als alle Kinder, die sie je gesehen hatte, wärmer, runder, niedlicher, reizender, vollkommener ... er war der Ausgleich für ihren Schmerz, ein Geschenk Gottes für alle Verluste. Er war alles, wofür sie lebte.

Natürlich betete Malcolm ihn auch an, besonders seinen wachen Verstand und sein sonniges Wesen. Ihre Ängste, Beklemmungen und Sorgen hinsichtlich Teddys Sicherheit teilte er jedoch nicht. Der Kleine war für ihn ein unkompliziertes, glückliches Kind, ein Quell ungetrübter Freude für alle.

Eine Zeitlang hatte Teddy Malcolms Verlangen nach weiteren Kindern geweckt, so daß er im ersten Jahr nach der Geburt auf eine erneute Schwangerschaft Marielles hoffte. Aber wieder blieben ihre Bemühungen fruchtlos, und da er nun Teddy hatte, drängte Malcolm viel weniger und gab seine Bemühungen auf, noch ehe sie von Erfolg gekrönt waren. Von nun an beschränkten Marielle und er sich diskret auf ihre jeweils eigenen Räume, ein Umstand, der ihr nichts auszumachen schien. Beide waren mit dem Leben, das sie führten, zufrieden. Mit dreißig hatte Marielle ein Kind, das sie innig liebte, und einen Mann, der sie verwöhnte. Es war viel mehr, als den meisten Frauen vergönnt war. Und Malcolm hatte den lang ersehnten Erben bekommen. Das genügte beiden.

Und Marielle schien in mancher Hinsicht ruhiger geworden zu sein – es sei denn, es ging um Teddys Sicherheit. In diesem Punkt gebärdete sie sich wie eine um ihr Junges besorgte Löwin. Der Entführer des Lindbergh-Babys war zwei Jahre zuvor zum Tode verurteilt worden, sie aber benahm sich noch immer, als lauere an jeder Ecke ein potentieller Kidnapper.

Malcolms Dankbarkeit war grenzenlos. Sie war stets rührend um sein Kind besorgt, war eine gute Mutter, eine gute Ehefrau, und sie hatte ihm das vollkommene, niedliche blonde Baby seiner Träume geschenkt. Damit waren all seine Wünsche in Erfüllung gegangen.

Als Marielle langsam die Treppe hinaufschritt, focht sie einen inneren Kampf aus: Sollte sie weitergehen? Sie war nicht in der Stimmung, sich mit der Kinderschwester herumzuärgern, und sie wollte Teddy und Miss Griffin nicht stören. Aber plötzlich hörte sie ihn. Von weitem, aus dem oberen Korridor hörte sie sein fröhliches Lachen, und sie mußte unwillkürlich lächeln. Da sie ihn schon am Morgen gesehen hatte, war sie bemüht, sich nun Zurückhaltung aufzuerlegen. Sie mußte es tun, wenn sie nicht wollte, daß ihre Liebe zur alles verzehrenden Leidenschaft wurde. Es war ein Spiel, das sie unablässig mit sich selbst spielte; dabei gönnte sie sich nie genug, war nie so oft mit ihm zusammen, wie sie eigentlich wollte, denn sie wußte, daß sie, wenn sie ihrem Verlangen zu häufig nachgab, den Verstand verlieren würde, falls ihm je etwas zustieße. In Wahrheit aber war das Kind bereits mit jeder Faser ihrer Seele so eng verwoben, daß sie sich nie von ihm hätte losreißen können. Beschränkte sie jedoch die mit ihm verbrachte Zeit, konnte sie sich in dem Glauben wiegen, sie hielte Distanz und lebe in Freiheit. Als Folge davon verbrachte der Junge die übrige Zeit zu ihrem großen Bedauern in der ständigen Obhut der unbeugsamen Miss Griffin. Malcolm hatte darauf bestanden, daß sie blieb, aber Marielle konnte sie auch nach vier Jahren noch nicht ausstehen. Und Miss Griffin behandelte sie noch immer wie ein höchst unzulängliches Geschöpf. Ihre Migräneanfälle, ihre Nerven, ihre Angst vor Kidnappern, ihre kaum verhüllte und offensichtlich krankhafte Liebe zu dem Kind, die mit Perioden der Zurückhaltung wechselten, das alles waren nach Miss Griffins Ansicht Symptome, die auf eine gestörte Persönlichkeit hindeuteten, eine Ansicht, der sie ohne Scheu und ohne zu fragen, ob sie jemand überhaupt hören wollte, Ausdruck verlieh, wann immer sie in der Küche auftauchte. Malcolm war es, dem ihre Bewunderung und ihr Respekt galten, er war es, von dem sie insgeheim träumte. Er war nur vier Jahre älter als sie, und wäre das Schicksal ihr gewogen gewesen, hätte sie die Stelle dieser mitleiderregenden schwachen Person einnehmen können, die noch immer ständig vom kleinen Lindbergh faselte, wie schrecklich das alles gewesen sei und wo sie davon gehört habe. Natürlich war das eine höchst unangenehme Geschichte gewesen, doch lag sie nun sechs Jahre zurück, und die Lindberghs hatten inzwischen zwei Söhne bekommen.

Marielle stand lange im Flur und lauschte insgeheim lächelnd den kindlichen Lauten, um dann, wie von unsichtbaren Kräften angezogen, langsam die Marmorstufen zum zweiten Stock hinaufzusteigen. Ihre eleganten Pumps hallten im langen Korridor wider, als sie auf das Kinderzimmer zuging, durch dessen geschlossene Tür sie sein Kichern hörte. Sie hätte anklopfen sollen, um Miss Griffin nicht völlig zu überrumpeln, doch liebte sie die Überraschung. Vorsichtig drückte sie die Messingklinke hinunter, und die Tür schwang langsam auf. Sie war noch nicht ganz offen, da drehte sich das blondgelockte Kind mit den großen blauen Augen um, und sein Gesichtchen strahlte, als es sie erspähte.

»Mami!« Er rannte quer durchs Zimmer und warf sich ihr in die Arme, damit sie ihn an sich drücken konnte. Dann hob sie ihn hoch, und er schmiegte sein Gesicht an ihren Hals und atmete tief ihr Parfüm ein. »Du riechst so gut.« Immer fielen ihm solche Dinge auf... wie sie roch und aussah, und ihr machte es Spaß, wenn sie ihm gefiel. Alle anderen Frauen in seiner Umgebung waren so unscheinbar – mit Ausnahme von Brigitte, Daddys Sekretärin, die ihn manchmal besuchte und ihm Bilderbücher und Naschereien aus Deutschland schenkte. Sie sagte dann immer, in Deutschland sei alles besser, aber Miss Griffin behauptete, das sei nicht wahr, vielmehr sei in England alles besser.

»Na, wie geht es dir heute, mein Prinzchen?« Unter den mißbilligenden Blicken der Gouvernante küßte sie ihn auf die Wange und stellte ihn wieder hin.

»Uns geht es sehr gut, danke, Mrs. Patterson. Wir wollten eben Tee trinken, als Sie kamen.« Marielle war dagegen, daß er Tee trank, aber für Miss Griffin war es ein geheiligtes Ritual, und Malcolm hatte zu diesen nachmittäglichen Tee-Sitzungen schon lange seine offizielle Zustimmung gegeben. Wie immer war Marielle überstimmt worden. Ihrer Meinung nach wären

Milch und Plätzchen gesünder gewesen, und Teddy mochte sie eindeutig lieber.

»Guten Tag, Nanny.« Marielle bedachte Miss Griffin mit einem unsicheren Lächeln. Nie wußte sie, wie die strenge Frau ihr begegnen würde, so daß sie sich in ihrer Gesellschaft immer unbehaglich fühlte. Malcolm das klarzumachen hatte sie nie geschafft, und zuweilen sah es ganz so aus, als würde Miss Griffin ewig bleiben. Und mit vier Jahren war Teddy noch zu klein, als daß sie darauf hätte pochen können, daß er seine Nanny nicht mehr brauche.

Edith, das fürs Kinderzimmer zuständige Hausmädchen, eine Irin von unangenehmem Wesen, brachte ihnen den Tee. Marielle hatte das Mädchen nie leiden können, doch war sie von der Haushälterin eingestellt worden, und Miss Griffin hielt große Stücke auf sie. Auch der Chauffeur hatte sich mit Edith rasch angefreundet. Ihr rotes Haar war gefärbt, ihr Benehmen plumpvertraulich, aber immerhin waren Teddys und Miss Griffins Wäsche bei ihr in besten Händen. Und auf Marielles Garderobe hatte sie stets ein sehr aufmerksames Auge.

»Und was hast du heute unternommen?« fragte Marielle Teddy beim Tee im Verschwörerton, und er gab ernst zur Antwort:

»Ich habe mit Alexander Wilson gespielt. Er hat eine Eisenbahn«, sagte er mit wichtiger Miene und erklärte ihr, wie das Ding funktionierte und daß es dazu kleine Brücken und Dörfer gab und er sich wünschte, er hätte so etwas zum Geburtstag bekommen, der zwei Wochen zuvor gefeiert worden war. Der Dezember war für sie ein besonderer Monat, es gab viel Anlaß zur Freude, aber auch viel zu betrauern.

»Vielleicht wird dir der Weihnachtsmann eine Eisenbahn bringen.« Tatsächlich wußte sie, daß Malcolm bereits eine gekauft hatte und im Keller seit Wochen daran gearbeitet wurde, einen eigenen Eisenbahnraum einzurichten, komplett mit Bergen, Hügeln, Seen und mit jenen Dörfern, die Teddy bei den Wilsons gesehen und ihr eben geschildert hatte.

»Hoffentlich.« Er machte ein nachdenkliches Gesicht, doch dann sah er sie wieder lächelnd an und rückte unmerklich näher. Er liebte ihre Nähe, liebte es, ihr Parfüm zu schnuppern, ihr seidiges Haar zu spüren und sich von ihr küssen zu lassen wie zur Begrüßung. Sie war der aufregendste Mensch, den er kannte, und er liebte sie mehr als alles andere auf der Welt . . . mehr noch als Eisenbahnen. »Hast du heute etwas Hübsches gemacht?« Das fragte er sie immer, so als interessiere es ihn wirklich, ebenso, wie er Malcolm und Brigitte fragte, was im Büro los gewesen sei. Auf diese Frage pflegte Malcolm mit einem Lächeln zu reagieren. Und jedesmal sagte Teddy, wie schön Brigitte sei, fast so schön wie seine Mami, ein Kompliment, über das die Berlinerin sich sehr freute. Sie fand ihn entzückend, und Marielle hatte ihr erlaubt, den Kleinen einige Male in den Zoo auszuführen; einmal hatte sie sogar mit ihm das Empire State Building besichtigt, das Aufregendste, was er je unternommen habe, erklärte er. Als er an jenem Tag nach Hause gekommen war, hatte er in seiner Begeisterung Brigitte eine Liebeserklärung gemacht.

»Ich war heute in der Kirche«, sagte Marielle leise, von Miss Griffin aufmerksam beobachtet. Teddy war erstaunt. Gewöhnlich begleitete er sie in die Kirche, heute aber nicht.

»Ist heute Sonntag?«

»Nein.« Sie lächelte, von der Frage bewegt, ob sie es ihm jemals sagen würde. Vielleicht, wenn er erwachsen war. Es stand zu vermuten, daß er eines Tages ein Mensch sein würde, mit dem man sich aussprechen konnte. »Aber ich bin trotzdem hingegangen.«

»War es schön?« Sie nickte. Es war »schön« gewesen . . . und traurig . . . und sie hatte nach all den Jahren Charles gesehen. Aber sie hatte nicht den Mut aufgebracht, ihm von Teddy zu erzählen. Es wäre ihr unfair erschienen. Er hatte in Spanien gekämpft, sein Leben aufs Spiel gesetzt, vielleicht gehofft, den Tod zu finden, wie sie es einst gehofft hatte. Aber nun hatte sie dieses prächtige Kind, diesen Hoffnungsschimmer und Sonnenschein, der ihre Tage und ihr ganzes Leben ausfüllen würde. Gerade an diesem Tag des Jahres hatte sie es nicht über sich gebracht, Charles zu sagen, daß sie wieder ein Kind hatte. Sie hatte ihm lediglich gestanden, daß sie wieder verheiratet war. Und sie wußte, daß sie sich nicht noch einmal mit ihm treffen würde. Sie konnte es nicht ... es wäre nicht richtig gewesen ... er gehörte in ein anderes Leben.

»Ich war in der St.-Patricks-Kathedrale. Du weißt schon, die riesengroße Kirche. Wir waren letzte Ostern dort.«

Er nickte wie ein kleiner Weiser. »Ich weiß. Könnten wir vielleicht wieder einmal hingehen?« Er sah zu gern den Eisläufern im gegenüberliegenden Rockefeller Center zu.

Sie blieb lange bei ihm, plauderte mit ihm, hielt ihn in den Armen und las ihm eine Geschichte vor, bis Miss Griffin erklärte, es sei Zeit für sein Bad. Teddy wandte sich mit flehentlichem Blick an seine Mutter.

»Kannst du nicht noch bleiben? Bitte ...« Sie wollte es ja, wünschte es sich sehnlichst, wußte aber, daß eine Störung von Miss Griffins Routine ein Bruch der Etikette war, den die Frau ihr nicht so ohne weiteres verzeihen würde.

»Diesmal könnte ich ihn ja baden«, schlug sie zögernd vor, obwohl sie genau wußte, wie die Reaktion ausfallen wrüde. Miss Griffin haßte Einmischung.

»Nicht nötig, vielen Dank, Mrs. Patterson.« Forsch stand sie auf. »Theodore, gib deiner Mutter einen Gutenachtkuß und sag ihr, daß ihr euch morgen früh wiedersehen werdet.« Das war ein Wink mit dem Zaunpfahl, und Marielle verstand sofort.

»Aber ich möchte sie nicht erst morgen früh sehen. Ich möchte sie jetzt bei mir haben ...« Und ich dich bei mir, hätte sie am liebsten gesagt ... ich möchte dich baden, dein Abendbrot machen, dich dann in mein Bett legen und in den Armen halten, und wenn du schläfst, dir Augen, Wangen und Nase küssen. Aber das würde man ihr nie erlauben. Sie durfte ihn im Kinderzimmer besuchen, mit ihm Tee trinken und ihm vor dem Zubettgehen gute Nacht wünschen.

»Schätzchen, morgen gehen wir in den Park. Vielleicht sogar zum Bootsteich.«

»Morgen nachmittag findet bei den Oldenfields eine Geburtstagsparty statt, Mrs. Patterson.« Marielle kam mit dem, was sie vorgeschlagen hatte, dieser weitaus wichtigeren gesellschaftlichen Verpflichtung in die Quere.

»Dann gehen wir eben vormittags in den Park.« Sie sah Miss Griffin herausfordernd an, vergebens, wie sich zeigte. Miss Griffin blieb immer Siegerin, denn sie wußte, daß sie mit Malcolms Unterstützung rechnen konnte. Marielle fühlte sich ihr gegenüber immer wieder so machtlos und jeglicher Kontrolle beraubt, als gäbe es sie gar nicht, als hätte es sie nie gegeben. »Wir gehen morgen vormittag«, versuchte sie Teddy, dem bereits Tränen über die runden Backen liefen, zu beschwichtigen. Morgen war noch so weit weg, für beide, und er wußte es.

»Kannst du nicht bleiben?« Als Antwort schüttelte sie traurig den Kopf und hielt ihn einen Moment fest an sich gedrückt. Dann stand sie auf und bemühte sich um eine gelassene Miene, während er weinend ins Bad geführt wurde. Als er gegangen war, schloß Marielle leise die Tür hinter sich. Sie kam sich jedesmal grausam vor, wenn sie ihn verließ. Er wurde von Fremden und nicht von Freunden großgezogen, und Marielle wagte nicht, ihnen entgegenzutreten. Sie war in dieses Haus gebracht worden, um das Kind zu bekommen, und nachdem es auf die Welt gekommen war, schien sie ihren Zweck erfüllt zu haben. Es war hart, so zu leben, hart, sich nutzlos und unwillkommen zu fühlen. Und dennoch war sie dankbar für das Leben mit Malcolm, denn sie hatte das Kind . . . Das war allerdings auch alles, was sie hatte – Grund genug, Teddy, der ihr unendlich kostbar war, mit verzweifelter Inbrunst zu lieben.

Sie ging in ihr Ankleidezimmer, in Gedanken noch immer bei ihrem Sohn, und zog einen langen, rosa Morgenmantel aus Satin an. Dann betrachtete sie sich im Spiegel, lange und unerbittlich. Die Jahre hatten es in mancher Hinsicht gut mit ihr gemeint. Ihre Figur war trotz zweier Entbindungen dieselbe geblieben, doch ihr Gesicht schien älter, ausgeprägter, reifer und weiser. Die Augen waren es, die sie preisgaben und verrieten, daß sie mehrere Leben hinter sich hatte. Und während sie so dasaß, dachte sie wieder an Charles, der nur ein paar Häuser weiter lebte, und einen irrwitzigen Augenblick lang verspürte sie den Wunsch, ihn anzurufen, aber sie wußte, daß sie das nicht tun konnte. Sie hatte ihm außer Anschuldigungen, Entschuldigungen und Äußerungen des Bedauerns nichts mehr zu sagen. Es gab keine Antworten auf ihre Fragen, und sie wußten beide, daß es immer so bleiben würde.

Malcolm kam wenig später nach Hause und eröffnete ihr, daß er abends zu einem Geschäftsessen müßte. Es hätte sich ganz überraschend ergeben, entschuldigte er sich und drückte ihr einen Kuß auf den Scheitel, ehe er eilig in seinem Zimmer verschwand. Sie ließ sich das Essen heraufbringen und versuchte zu lesen, immer wieder dieselbe Seite, doch sie erfaßte den Sinn nicht, sosehr sie sich auch bemühte. Ihre Gedanken waren weit weg.

Den ganzen Abend verfolgten sie Erinnerungen an Charles ... Charles in Paris, als er so beherzt, so wild, so jung gewesen war ... in Venedig ... in Rom während der Flitterwochen. Erinnerungen an den lachenden Charles ... der sie neckte ... in einem See schwamm ... über eine Wiese rannte ... und das letzte Mal ... in der Schweiz ... und heute. Sie legte den Kopf zurück und ließ ihren Tränen freien Lauf; sie hatte keine Kraft mehr, den Erinnerungen noch länger nachzuhängen. Und schließlich schlich sie sich spätabends, als es im Haus still geworden war, auf Zehenspitzen hinauf und betrachtete ihr schlafendes Kind. Sie kniete neben seinem Bettchen nieder und drückte einen Kuß auf seine samtene Stirn. Dann schlich sie ebenso verstohlen wieder hinunter in das Zimmer, in dem sie allein schlief. Und wenn sie sich noch so sehr danach sehnte, Charles anzurufen, sie brachte es nicht über sich, denn sie stand zu tief in Malcolms Schuld. Er hatte zuviel für sie getan. Sie konnte Charles nicht anrufen, egal, was ... egal, was sie noch empfinden mochte oder was er gesagt hatte. Sie wußte, daß ihre Zeit mit Charles Delauney endgültig vorüber war.

3. Kapitel

Am nächsten Morgen erschien Marielle zum Frühstück im Eßzimmer, eine Seltenheit, denn für gewöhnlich frühstückte sie in ihrem Zimmer. Heute war sie sehr zeitig aufgewacht, doch Malcolm war ihr zuvorgekommen und las bereits bei Kaffee und Eiern die Zeitung. Mussolini hatte von Frankreich die Rückgabe von Korsika und Tunesien gefordert.

»Guten Morgen, meine Liebe.« Wie immer war er zuvorkommend, liebenswürdig, erfreut, sie zu sehen, als wäre sie ein charmanter Hausgast, dem zu begegnen er um diese frühe Morgenstunde nicht erwartet hatte. »Hast du gut geschlafen?«

»Nicht sehr gut«, sagte sie aufrichtig, etwas, das sie sich selten leistete. Meist war es einfacher, das Erwartete zu sagen . . . gut . . . danke . . . ausgezeichnet . . . wunderbar . . . doch heute lag eine mit Alpträumen verbrachte Nacht hinter ihr.

»Wieder Kopfschmerzen?« Er legte die Zeitung weg, um sie prüfend anzusehen, doch sie schien wohlauf. Eigentlich sieht sie so gut aus wie schon lange nicht mehr, fand er.

»Nein, es war nur eine lange Nacht. Wahrscheinlich habe ich nach dem Essen zuviel Kaffee getrunken.«

»Du solltest dich lieber an Wein und Champagner halten.« Er lächelte. »Dann wirst du besser einschlafen.«

Sie lächelte als Antwort. »Bist du heute abend zu Hause?«

»Ich glaube schon. Wir werden einen gemütlichen Abend am Kamin verbringen.« Kurz vor Weihnachten herrschte immer große Hektik. Vergangene Woche waren sie fünf Abende hintereinander aus gewesen, doch diese Woche war etwas ruhiger verlaufen. »Was hast du heute vor?«

»Vormittags will ich mit Teddy in den Park.« Sie führte ein nach Malcolms Geschmack viel zu zurückgezogenes Leben, ging selten aus, speiste nie mit Bekannten auswärts. Er hatte sie mit seinen sämtlichen Freunden bekannt gemacht, doch sie hielt sich auch nach all den Jahren abseits. Ja, Marielle war eine äußerst zurückhaltende junge Frau. Und wenn er sie hin und wieder drängte, etwas zu unternehmen, behauptete sie unweigerlich, sie hätte keine Zeit; doch die Wahrheit war, daß sie keinen Mut hatte. Und nur sie allein wußte, welch schreckliche Sünden sie verbergen zu müssen glaubte.

»Ich würde auch gern *Schneewittchen* mit ihm ansehen. Glaubst du, er ist noch zu klein dafür?« fragte Marielle. Der Film lief schon seit einiger Zeit mit großem Erfolg.

Malcolm legte kopfschüttelnd die Zeitung hin. »Aber ganz und gar nicht. Ich glaube sogar, er wird begeistert sein. Ach, da fällt mir ein . . . ich werde mal im Eisenbahnzimmer nachsehen, wie weit alles gediehen ist. Die Leute dort unten sind wie die Heinzelmännchen am Werk.« Es waren noch zwölf Tage bis Weihnachten.

»Wird alles rechtzeitig fertig?« Sie wußte, daß es so sein würde, denn Malcolm hatte das Projekt geplant und duldete Terminüberschreitungen nicht.

»Das will ich hoffen. Ach übrigens, nächste Woche muß ich nach Washington. Möchtest du mitkommen?«

»Besuchst du wieder deine Freunde?« Er hatte bedeutende Freunde im Kriegsministerium und fuhr gern nach Washington, um sie zu treffen. Er nickte. »Es geht um einen wichtigen Abschluß. Und dann habe ich noch einen Termin beim deutschen Botschafter. Wir verhandeln über ein Projekt in Berlin.«

»Nun, das hört sich ja an, als wärest du sehr eingespannt.«

»Stimmt, aber es würde mich trotzdem sehr freuen, wenn du mitkämest.« Aber sie wußte genau, daß er für sie keine Zeit haben würde und daß sie trotz seiner freundlichen Aufforderung für ihn nur eine Last bedeuten würde. Und sie hatte vor Weihnachten noch so viel zu erledigen.

»Ich bleibe lieber zu Hause und sehe zu, daß alles fertig wird. Bist du sehr böse, wenn ich nicht mitkomme?«

»Natürlich nicht, meine Liebe. Es ist deine Entscheidung. Ich werde bald wieder da sein.«

»Vielleicht fahre ich nach Neujahr einmal mit«, sagte sie noch, wobei sie sich fragte, ob sie nun wieder versagt hatte und ob er ihr wohl grollte, weil sie ihn nicht begleiten wollte. Ständig hatte sie Angst, das Falsche zu tun, jemanden zu kränken oder zu enttäuschen, nicht zur Stelle zu sein oder etwas nicht zu tun, das sie hätte tun sollen. Aber wo sollte sie sein? Bei Malcolm in Washington oder hier bei Teddy? Entscheidungen dieser Art zu treffen war in den vergangenen Jahren für sie immer schwieriger geworden, denn eine falsche Entscheidung konnte einen um alles bringen, was man besaß. Diese Lektion hatte sie gelernt und teuer dafür bezahlt. »Ist es dir recht?« fragte sie nervös.

»Aber sehr.« Er war mit seinem Einverständnis sehr rasch zur Hand. Dann gab er ihr einen Abschiedskuß, und wenig später ging sie nach oben, um sich anzuziehen. Anschließend ging sie wie versprochen mit Teddy aus. Miss Griffin hatte versucht, sich anzuschließen, aber diesmal war Marielle fest geblieben und hatte eingewendet, sie und Teddy wollten den Vormittag allein verbringen. Er zeigte sich hellauf begeistert davon, und Miss Griffin war so erbost, daß Marielle und Teddy noch auf der Treppe hörten, wie die Kinderzimmertür laut zugeknallt wurde. Teddy lachte dazu, und Marielle konnte sich ein Lächeln nicht verkneifen, als sie ihm seinen Mantel anzog. Brigitte blieb kurz bei ihnen stehen, ehe sie hinauf zu Malcolm ging.

»Na, hast du heute etwas Aufregendes vor, Theodore?« fragte

sie ihn mit ihrem kaum spürbaren deutschen Akzent. Marielle und sie tauschten ein warmes Lächeln. Marielle hatte immer das Gefühl gehabt, sie beide hätten Freundinnen werden können, wären die Umstände andere gewesen. Doch Malcolm hätte nie geduldet, daß Marielle mit einer seiner Angestellten freundschaftlichen Umgang pflegte.

»Wir gehen in den Park«, erklärte Teddy stolz. Aus seinem Blick sprach das volle Ausmaß seiner Zuneigung. Und als er das blaue Kleid bemerkte, das die Sekretärin seines Vaters trug, vollführte er eine kleine Verbeugung, die Brigitte ein Lächeln entlockte. »Briggy, dein Kleid gefällt mir. Du siehst sehr hübsch aus.«

Die junge Deutsche lachte hell und errötete leicht. »Ich bin gespannt, ob ich das in zwanzig Jahren noch einmal zu hören bekomme, junger Mann.« Teddy machte ein verdutztes Gesicht, und beide Frauen lächelten. »Ach, schon gut und vielen Dank. Du siehst auch sehr hübsch aus. Ist das ein neuer Mantel?« Sie meinte seinen marineblauen englischen Mantel mit passender Mütze, den Miss Griffin bestellt hatte und den er haßte.

»Nein.« Er schüttelte den Kopf. »Es ist mein alter.« Damit sah er zu seiner Mutter auf, die schon in ihren Pelz geschlüpft war. Beide waren ausgehbereit.

»Fertig?« Sie lächelte ihm zu, und er nickte, um sich dann auf die Zehenspitzen zu stellen und Brigitte einen Kuß auf die Wange zu geben. Dabei stieg ihm die leichte Moschusnote ihres Parfüms in die Nase.

»Viel Spaß, Theodore.« Sie winkte ihm nach, als er Hand in Hand mit seiner Mutter hinausging und sich noch einmal zu einem letzten Winken umdrehte.

Draußen herrschte Frost wie schon am Tag zuvor, deshalb ließen sie sich im Auto ein Stück die Fifth Avenue hinunter fahren, um bis zum Teich nicht so weit gehen zu müssen. Teddy plapperte in einem fort, und als sie von der Fifth aus durch den

Central Park schlenderten, erzählte Marielle ihm von ihrer Zeit in Paris. Malcolm berichtete ihm immer ausführlich von seinen Reisen nach Berlin, und sie wußte, daß Miss Griffin ständig Loblieder auf England sang.

»Eines Tages werden wir eine Europareise unternehmen, auf einem großen Schiff wie der *Normandie*«, und dann erzählte sie ihm alles über das Schiff, und er hörte ihr mit großen Augen zu.

»Wird Daddy mitkommen?« Die Aussicht auf eine Schiffsreise versetzte ihn in Erregung.

»Natürlich, wir werden alle zusammen fahren.« Sie ging zu gern auf Reisen mit Teddy, vor allem, weil es ihr zuwider war, ihn zurücklassen zu müssen – einer der Gründe, weshalb sie Malcolm so ungern auf seinen Reisen begleitete und erleichtert war, daß er sie immer seltener dazu aufforderte.

Teddy machte ein nachdenkliches Gesicht, während sie Hand in Hand dahingingen und der Wind ihnen bitterkalt ins Gesicht schlug. Seine Nase war rot, und ihre Augen tränten, obwohl sie dick in ihre Mäntel vermummt waren und Hüte, Schals und Fäustlinge trugen. »Daddy wird vielleicht zu beschäftigt sein«, sagte er bedauernd, und Marielle versuchte ihn zu beruhigen.

»Nein, ich bin sicher, er wird mitkommen, wenn wir eine so große Reise machen.« Sie war bemüht, einen munteren Ton anzuschlagen. Aber Teddy hatte recht. Malcolm war immer überaus beschäftigt, in letzter Zeit besonders.

»Vielleicht könnten wir uns in Berlin mit ihm treffen, falls er keine Zeit hat, mit uns zu fahren«, sagte Teddy nun ganz sachlich. Er war sehr gescheit. Ihm entging nichts, auch nicht, daß Malcolm intensive geschäftliche Beziehungen zu den Deutschen unterhielt. Deshalb war Brigitte ihm unentbehrlich geworden und arbeitete nun schon das sechste Jahr für ihn. Sie war unglaublich tüchtig und sehr nett, und der Umfang seiner Geschäfte mit Deutschland schien sich während ihrer Ehe verdreifacht zu haben.

»Vielleicht könnten wir auch nach London fahren«, setzte Teddy hinzu, weil er Miss Griffin nicht zu kurz kommen lassen wollte. »Wir könnten Big Ben besichtigen und den Tower ... und Buckingham Palace ... und den König!« Miss Griffins Schilderungen schienen ihn ungemein beeindruckt zu haben. Marielle lächelte. So gingen sie immer weiter und erreichten schließlich den Bootsteich. Auf dem Wasser lag bereits eine dünne Eisschicht. Sie spürte, wie ein Schauer sie überlief. Unwillkürlich drückte Marielle das Kind an sich, als läge dort etwas Böses auf der Lauer, und zog den Kleinen rasch mit sich fort.

»Heute ist niemand da. Gehen wir lieber zum Karussell«, sagte sie. Trotz des kalten Windes war sie blaß geworden.

»Ich wollte doch die Boote sehen.« Teddy war enttäuscht.

»Es sind keine da.« Aus ihrer Miene sprach Angst, doch war er zu klein, um es zu erkennen. »Komm ... wir gehen weiter.«

»Kann man auf dem Eis spazierengehen?« fragte er, fasziniert von der dünnen Eisdecke, die den größten Teil der Wasserfläche bedeckte, sie aber zog ihn noch energischer mit sich. »Niemals, Teddy, laß dir das niemals einfallen, hörst du?« Er nickte, eingeschüchtert von ihrer heftigen Reaktion. In diesem Moment blickte sie übers Eis und glaubte ihn zu sehen. Aber diesmal hielt sie es für unmöglich. Ihre Vorstellungskraft mußte ihr einen Streich spielen. Vielleicht stand sie überhaupt im Begriff, den Verstand zu verlieren. Vielleicht war es zuviel für sie gewesen, heute hierherzukommen – zu dem Teich mit seinem dünnen Eisschleier. In der Hoffnung, dann wieder klarer zu sehen, schloß sie kurz die Augen und öffnete sie gleich darauf wieder.

»Wir gehen nach Hause.« Ihre Worte waren ein verschrecktes Krächzen, während ihr Blick zwischen Teddy und dem Mann, den sie am anderen Ufer zu sehen glaubte, hin- und herschoß, als sei sie sich noch immer nicht im klaren über das, was sie da sah.

»Jetzt schon?« Teddy machte ein weinerliches Gesicht. »Wir sind doch eben erst gekommen. Ich will noch nicht nach Hause. Warum gehen wir nicht zum Karussell?«

»Es tut mir leid ... wir machen lieber eine Spazierfahrt ... zum Zoo ... dort können wir Tee trinken ... vielleicht den Eisläufern zusehen ...« Alles, nur um hier wegzukommen. Sie stand da und begann am ganzen Körper zu zittern. Doch als sie sich bemühte, das Kind mit sich fortzuziehen, kam der Mann, den sie gesehen hatte, um den See gelaufen, so schnell er konnte; direkt auf sie zu. Und als er sie erreicht hatte, zerzaust, mit wildem Blick, sah sie mit Entsetzen, daß sie sich nicht geirrt hatte. Als Teddy den Ausdruck im Gesicht seiner Mutter bemerkte, bekam auch er es mit der Angst zu tun. Seine Mutter hatte ihm immer schon eine unbestimmte Angst vor Fremden eingeflößt, und dieser Mann sah besonders beängstigend aus. Er war groß, seine Kleidung nachlässig, und er stürzte sich, obwohl völlig außer Atem, sogleich auf sie. Ohne Vorwarnung packte er Marielle bei den Schultern, sah ihr in die Augen und starrte dann auf Teddy hinunter. Jetzt wußte sie wenigstens, daß sie nicht verrückt geworden war. Sie hatte ihn sich nicht nur eingebildet. Es war tatsächlich Charles, und prompt fiel ihr ein, daß das Haus der Delauneys ganz in der Nähe lag. Er hatte eine lange Nacht hinter sich, viel Alkohol und kaum Schlaf, und war nur ausgegangen, um sich für ein Treffen mit den Anwälten seines Vaters auszunüchtern.

»Was machst du hier?« Er sah erst sie und dann den Jungen an. »Und wer ist das?« Im Gesicht des Kleinen war etwas von André, und doch war er ganz anders. Dieses Gesicht hatte fast etwas Engelhaftes, es war ein Gesicht, das man auf den ersten Blick hätte küssen mögen, mit Augen, die den Betrachter heiter werden ließen.

»Das ist Teddy«, sagte sie leise und mit noch immer bebender Stimme.

»Teddy was?« Er starrte sie anklagend an, und sie ahnte, daß er nicht ganz nüchtern war. »Das ist Teddy Patterson.« Sie schob entschlossen ihr Kinn vor und hielt Charles' Blick stand. Das konnte er ihr nicht antun, er konnte sie nicht dazu bringen, daß sie sich wieder schuldig fühlte, konnte ihr Leben nicht ruinieren... oder doch? »Mein Sohn.« Teddy hielt ihre Hand fest umklammert. Wer dieser Mann wohl sein mochte? Richtig zum Fürchten sah er aus.

»Das hast du mir gestern nicht gesagt. Du hast nur von Malcolm gesprochen.« Sein Blick bohrte sich in den ihren, daß es fast schmerzte, und dennoch schaffte sie es. Sie war tapferer, als Malcolm dachte. Charles hatte es immer schon gewußt.

»Weder Zeitpunkt noch Ort schienen mir geeignet.«

»Warum nicht?« Wieder dieser anklagende Ton. Er war wütend auf sie. »Warum hast du es mir nicht gesagt?« Sie kannte seinen Zorn nur zu gut. Es war derselbe Zorn, der sie vor neun Jahren fast das Leben gekostet hatte.

»Gestern wäre es mir unfair vorgekommen.«

»Und jetzt?« Sein wilder Blick, sein Gesicht waren ihr ganz nahe. Teddy sah es zutiefst erschrocken. Noch ein paar Sekunden, und er würde laut schreien, nur um seine Mutter zu schützen. »Ist es jetzt nicht unfair?« fragte Charles noch lauter und alles andere als nüchtern. Sie aber blieb ruhig und beherrscht. Sie hatte Teddy bei sich, und sie würde nicht zulassen, daß Charles ihnen etwas antat. Gleichgültig, was früher geschehen war, er konnte ihr keine Angst mehr einjagen. Sie würde es nicht zulassen.

»Ich glaube nicht, daß wir das ausgerechnet jetzt besprechen sollten.« Sie zog Teddy an sich und berührte sanft sein Gesicht, um ihm jede Angst zu nehmen. Aber das schien Charles nur noch mehr aufzubringen. Er sah noch immer blendend aus, und ihre Knie drohten immer noch weich zu werden, wenn sie ihn ansah, aber im Augenblick schien er die Kontrolle über sich vollständig verloren zu haben.

»Warum hast du ein Kind?« Er schrie es ihr entgegen, und sie bemühte sich, nicht zusammenzuzucken, damit Teddy nicht erschrak. »Und was habe ich?«

»Ich weiß es nicht... deine Kämpfe in Spanien... deine Grundsätze... deine Freunde... deine Arbeit als Autor... und wenn du sonst nichts hast, dann ist das vielleicht deine eigene Entscheidung.« Es war ihr schrecklich, daß sich diese Debatte vor Teddy entspann, doch sie hatte Angst davor, einfach wegzugehen und Charles damit noch mehr zu reizen. Marielle hielt die Hand des Kindes ganz fest, bemüht, dem Jungen damit Mut zu machen.

»Das ist eine Entscheidung, die *du* getroffen hast, vor sieben Jahren, als du mich verlassen hast«, schleuderte Charles ihr entgegen. »Du hast diese Entscheidung für mich getroffen. Wir hätten weitere Kinder bekommen können.«

»Wir müssen jetzt gehen.« Sie brach in Tränen aus. Teddy starrte sie beide an und fragte sich, was das alles bedeuten mochte, als sie leise fortfuhr: »Was für ein Leben hätten wir denn geführt? Du hast mich gehaßt, und damals hattest du recht, ich habe mich ja selbst gehaßt... vielleicht werde ich mich immer hassen... aber ich hätte es nicht ausgehalten. Ich hätte dir nicht in die Augen sehen können, hätte es nicht ertragen zu wissen, was du für mich empfindest.« Das alles hatte sie ihm vor sieben Jahren schon einmal gesagt, als sie Europa den Rücken kehrte.

»Ich habe dir gesagt, daß ich dich zurückhaben wollte«, beharrte er eigensinnig.

»Es war zu spät.« Sie holte tief Atem und wischte sich, Teddy einen Moment vergessend, die Tränen ab. »Ich glaube, du hast immer mir die Schuld gegeben, so, wie ich mir selbst die Schuld gegeben habe.«

Sie hatte nie ganz aufgehört, ihn zu lieben, aber sie hätte nicht länger bei ihm bleiben können, nicht nach allem, was sich zugetragen hatte.

Charles blickte auf Teddy hinunter, als traue er seinen Augen noch immer nicht. Ein bildhübsches Kind, fast noch schöner als André. Und dann sah er wieder zu Marielle, von dem verzweifelten Wunsch beseelt, ihr weh zu tun. »Du verdienst es nicht«, sagte er heftig. Am liebsten hätte er sie ins Gesicht geschlagen. Warum hatte sie wieder geheiratet? Warum hatte sie dieses Kind? Warum hatte sie ihn verlassen? Aber sie kannten die Antwort beide. Wahrscheinlich hatte es so kommen müssen. »Du verdienst ihn nicht«, sagte er mit jener Grausamkeit, die ihr so deutlich im Gedächtnis geblieben war. Das war die andere Seite ihrer großen Liebe, die Seite, welche ihr großes Leid bereitet hatte, ehe sie ihn verließ.

»Du magst recht haben.«

»Du hättest mich nicht verlassen dürfen.«

»Ich hatte keine andere Wahl. Wäre ich geblieben, es hätte mich das Leben gekostet.« Und er wußte, daß es stimmte. Sie beide hatten sich wie Irre aufgeführt. Sie mit ihren Selbstmordversuchen, er mit seinem gewalttätigen Angriff gegen sie an dem Abend, als es passiert war. Und beide hatten von dem schrecklichen Geschehen tödliche Verletzungen davongetragen.

»Vielleicht wäre es für uns alle besser, tot zu sein...« Jetzt standen auch ihm Tränen in den Augen, und Teddy drängte sich noch enger an seine Mutter.

»Schrecklich, so etwas zu sagen.«

»Für dich vielleicht... du hast jetzt ein Leben... einen Mann... ein Kind. Und warum? Warum, verdammt, wo ich heute noch jeden Morgen als erstes an ihn denke... und an dich... und mir wünsche, ich wäre mit ihm gestorben. Denkst du jemals an ihn? Kannst du dich noch an ihn erinnern... oder ist alles vergessen?« Doch als er diese Worte aussprach, flammte Wut in ihrem Blick auf. Wut, geboren aus Jahren des Schmerzes und der Qual, von denen Charles nichts ahnte.

»Wie kannst du es wagen... es vergeht kein Tag, an dem ich

mich nicht erinnere, an dem ich nicht an ihn denke . . . an dem ich nicht sein Gesicht sehe, wenn ich die Augen schließe . . . sogar dein Gesicht sehe ich . . .« So, wie es ihr in der vergangenen Nacht ergangen war, als sie schlaflos dagelegen hatte, allein mit ihren Erinnerungen und ihrem Kampf gegen das Verlangen, ihn anzurufen. »Aber nichts wird ihn zurückbringen, auch wenn wir unser Leben zerstören, auch wenn wir einander vernichten. Er ist dahin . . . er hat seinen Frieden . . . vielleicht sollten auch wir unseren Frieden machen.«

»Ich werde niemals mit dir Frieden schließen«, tobte er und sah wieder ganz jung aus, und diesmal lächelte sie über ihn und schüttelte den Kopf. Obwohl älter geworden, kam er ihr in gewisser Weise noch kindischer vor als damals. Er war stehengeblieben, war nicht mehr gewachsen, hatte keinen Heilungsprozeß durchgemacht, war unverändert und tat dieselben verrückten Dinge, die er schon als Junge getan hatte, den Vaterlandslosen spielen . . . anderer Leute Krieg ausfechten . . . und sich verstekken, damit er nicht erwachsen werden mußte.

»Wie dumm, so etwas zu sagen. Du weißt ja gar nicht, wer ich heute bin. Vielleicht hast du auch nicht gewußt, wer ich damals war. Vielleicht wäre alles einen normalen Tod gestorben, wenn sich die Dinge anders entwickelt hätten.« Nun sah sie zu Teddy hinunter, lächelte ihm zu und zog ihn an sich. »Teddy, das ist ein alter Freund. Er heißt Charles, und manchmal benimmt er sich ein wenig verrückt, aber er ist ein netter Mensch. Möchtest du ihm nicht guten Tag sagen?« Teddy schüttelte mit Entschiedenheit den Kopf und versteckte sich in der Fülle ihres Pelzmantels. Sie hatten viel zu offen gesprochen, doch er war mit seinen vier Jahren zum Glück noch zu klein, um viel zu verstehen. Aber nicht der Ton, die Wut, die Leidenschaft . . . allein die Geschichte war zu kompliziert, als daß er daraus hätte klug werden können.

»Es tut mir leid, wenn ich ihn erschreckt habe.« Bedauern zeichnete sich für einen Moment auf Charles' Zügen ab, aber er sah noch immer wie ein Verrückter aus. Er hatte sich seit dem Vortag nicht rasiert, und alles an ihm wirkte wild und zerrauft.

»Das solltest dir auch leid tun. Und wozu das alles? Du kannst mir doch die Sache nicht heute noch vorhalten?« Da sah er erst sie an und dann den Jungen, lange und eindringlich, und als er Marielle wieder ansah, war sein Blick nicht milder geworden. Nun jagte er ihr noch größere Angst ein, er wirkte stark angetrunken. Zum ersten Mal seit langem verspürte sie echte Angst. Es war die Erinnerung an jene schlimmen Zeiten, da Charles für sie zum Fremden geworden war.

»Er sollte mir gehören. Alles was recht ist ... er sollte mein sein.« Er starrte auf den in ihrem Mantel versteckten Teddy.

»Aber er ist nicht dein, Charles«, entgegnete sie fest.

»Mit welchem Recht hast du weitergemacht ... hast ohne mich ein Kind in die Welt gesetzt?« Er steigerte sich immer mehr in seine Wut hinein.

»Du hast in die Scheidung eingewilligt. Ich hatte jedes Recht.« Sie wollte sich nicht von ihm einschüchtern lassen.

»Du hast behauptet, es wäre dein Tod, wenn ich meine Einwilligung nicht gäbe.«

»Es hat mich fast das Leben gekostet.« Beide wußten, daß sie es ernst meinte.

»Mir wäre es lieber, du wärest tot, als daß du ohne mich dieses Kind hast.« Seine Blicke bohrten sich wie Dolche in ihr Herz, und sie wich zurück, voller Angst und Abscheu. Sie fragte sich allen Ernstes, wie sie ihn jemals hatte lieben können, und sie dachte daran, wie irrational er reagieren konnte und warum sie ihn verlassen hatte.

»Charles, hör auf!« Er aber packte sie am Arm, worauf Teddy einen kleinen Aufschrei hören ließ und sich hinter ihr verkroch. »Du erschreckst das Kind. Das ist nicht fair. Hör auf!«

»Mir egal, er gehört mir ... von Rechts wegen sollte er mir gehören.«

»Schluß jetzt!« Sie schleuderte ihm die Worte entgegen, frei von Angst vor ihm oder einem anderen, und riß sich los. Sie würde nicht zulassen, daß er ihr Leben ruinierte. »Er gehört nicht dir und ich ebensowenig ... auch André hat nicht uns gehört. Auf dieser Welt gehört einem niemand. Wir alle gehören Gott, wir sind einander nur geliehen ... und wenn die Leihfrist abgelaufen ist ... dann ist es schrecklich und es schmerzt sehr ... und manchmal kommt der Zeitpunkt viel zu früh. Aber er war nicht unser Besitz ... und ich war nicht dein Besitz und umgekehrt ... und auch Teddy ist nicht mein Besitz.«

»Du liebst ihn doch, oder?«

»Natürlich.«

»Und er liebt dich.«

»Ja.«

»Warum hast du ihn, und ich habe nichts?«

»Weil ich Glück hatte. Vielleicht, weil ich Malcolm leid tat ... oder weil es einfach so ist oder weil ich bereit bin, einen Preis zu zahlen, den du nicht zahlen willst.«

»Und welcher Preis ist das? Welchen Preis hast du bezahlt, als du ihn geheiratet hast?« Sie hatte einen Mann geheiratet, den sie nicht liebte und von dem sie nicht geliebt wurde, wie sie genau wußte. Das war nicht so einfach, wie es scheinen mochte. Aber es war etwas, das Charles auch nicht für einen Moment in Betracht gezogen hätte. »Was hast du schon für diese Ehe aufgegeben?«

Hoffnung ... Liebe ... Zärtlichkeit ... jene Art Liebe und Leidenschaft, die sie einst geteilt hatten ... jene Art Liebe, von der sie wußte, daß es sie gab. »Jeder gibt bei einer Heirat etwas auf.« Aus Loyalität Malcolm gegenüber hätte sie Charles nie die Wahrheit gesagt. »Vielleicht habe ich die Vergangenheit aufgegeben.«

»Dein Opfer beeindruckt mich zutiefst«, schnaubte er verächtlich und funkelte sie aus trunkenen Augen an.

»Und mich beeindruckt dein Benehmen zutiefst. Du führst

dich auf wie eh und je.« Er hatte Teddy und sie in Angst und Schrecken versetzt, ohne dadurch sein Problem zu lösen. Es gab nichts mehr zu lösen. Es war vorbei. »Es gibt keinen Grund, mir oder dir so etwas anzutun. Was glaubst du denn, was du damit erreichst?« Doch er starrte wieder nur Teddy an, und die Art, wie er es tat, machte sie nervös. So war er immer, wenn er getrunken hatte, das war früher nicht anders gewesen. Damals hatte er auch getrunken, war die ganze Nacht hindurch aufgeblieben und hatte schließlich verrückt gespielt. Einmal hatte er ein ganzes Hotelzimmer demoliert sowie eine Bar und ein Restaurant, und um ein Haar hätte er zwei Männer umgebracht ... und sie, aber das war nur einmal vorgekommen. Nur einmal ... doch sie wußte, wozu er imstande war. Das konnte man schwerlich vergessen.

»Ich muß mich entschuldigen.« Er sah sie unglücklich an, doch seine Worte klangen aufrichtig. Dann blickte er zu Teddy, der hinter seiner Mutter hervorlugte. »Ich muß mich auch bei dir entschuldigen, junger Mann. Ich war sehr grob zu dir und deiner Mutter. Eine schlechte Angewohnheit, aber ich kenne deine Mutter schon sehr lange, fast seit unserer Kinderzeit.« In der Tat waren sie damals den Kinderschuhen kaum entwachsen gewesen. Achtzehn und dreiundzwanzig ... bei Gott, sie waren Kleinkinder gewesen. Charles sah Teddy ernst an. »Eines Tages möchte ich dich kennenlernen.« Teddy schien diese Gefühle nicht gerade zu erwidern, doch er nickte höflich. »Ich hatte auch einmal einen kleinen Jungen, er hieß André ...« Charles' Augen füllten sich mit Tränen, als er Marielle ansah. »Tut mir leid ... vielleicht ist das alles nur passiert, weil der gestrige Tag so schwierig war ... und das Wiedersehen mit dir ... verdammt ...« Er wandte sich ab und atmete tief durch, um einen klaren Kopf zu bekommen. »Warum ist es immer noch da? Warum tut es so verdammt weh? Geht es dir auch so?« Er sah sie fragend an, schon viel ruhiger, und sie nickte.

Gestern, in der Kirche, hatte sie es ihm schon einmal gesagt, doch das war ihm entfallen. Er hatte angefangen zu trinken, kaum daß sie sich getrennt hatten.

»Wir sollten jetzt nach Hause gehen«, wiederholte sie. »Es ist schon spät.« Teddy mußte zu Mittag essen und dann mit Miss Griffin zu dieser Geburtstagsparty gehen. Alles in allem kein gelungener Vormittag, ganz im Gegenteil, es war schrecklich gewesen. Und das bedauerte sie um so mehr, als ihre Zeit mit Teddy so knapp bemessen war. »Es tut mir leid, daß wir auf diese Weise mit dir zusammengestoßen sind.« Gestern war es einfacher gewesen, da hatte er noch nichts von ihrem Sohn gewußt. Jetzt war er voller Wut und Ablehnung. Den ganzen Abend hatte er sich mit Alkohol und Selbstmitleid getränkt. Nun aber hatte er seine Gefühle mit den entzündlichen Dämpfen von Eifersucht und Jähzorn in Brand gesetzt.

»Nächste Woche reise ich ab. Seit gestern steht mein Entschluß fest. Werden wir uns vorher sehen?«

Sie schüttelte den Kopf und hielt Teddys Hand fest in der ihren.

»Warum nicht?«

»Du weißt, warum. Du bist ohnehin wütend auf mich; wenn wir einander wiedersehen, wird alles nur noch schlimmer. Warum sollen wir uns mit etwas quälen, das wir jetzt nicht haben können?«

»Wer sagt, daß wir es nicht haben können? Du bist nicht glücklich, das steht dir ins Gesicht geschrieben. Du bist nervös, angespannt wie eine überdehnte Feder. Dein ganzes Inneres ist verkrampft. Wir können alles, was wir wollen, haben, wenn wir nur den Mumm aufbringen, es uns zu nehmen.« Es wirkte bedrohlich, wie er das sagte.

»Das ist ja eine nette Einstellung, Charles.«

»Ich kann machen, was ich will.«

»Welch ein Glück für dich.«

»Ich will dich.«

»Sag das nicht.« In ihren Augen loderte es. »Und wennschon? Wir ›nehmen es uns‹, wie du es nennst, dann verläßt du mich und gehst zurück nach Spanien. Und wo bleibe ich?« Sie versuchte es mit Vernunftgründen – bei dem Zustand, in dem er sich befand, kein einfaches Unterfangen.

»Vielleicht wärst du dann glücklicher, als du es heute bist. Vielleicht würdest du auch gern mit mir kommen.« Diese simple Antwort reizte sie zum Lachen. Nach sechs Jahren sollte sie Malcolm und ihr gemeinsames Kind einfach verlassen und mit Charles nach Europa zurückkehren, als sei nie etwas passiert. Er war wirklich mehr als verrückt. »Du könntest sogar den Jungen mitbringen.«

»Deine Gastfreundschaft ist einfach überwältigend. Und Malcolm? Was soll aus ihm werden?«

»Man gewinnt . . . man verliert . . . er verliert eben.«

»Charles, das ist ein lausiger Vorschlag, und das weißt du genau. Außerdem kennst du mich gut genug, um zu wissen, daß ich das nicht tun würde.«

»Vielleicht«, sagte er und umfaßte ihr Handgelenk mit seiner starken Hand. »Vielleicht . . . könnte man dich zwingen . . .«

»Charles, wir sind nicht in Spanien, und du kämpfst nicht um meine Freiheit. Das ist lächerlich.« Während sie das sagte, versuchte sie die Tatsache zu verbergen, daß sein Blick ihr angst machte.

»Wie lächerlich wäre es zum Beispiel, wenn ich mir etwas nehmen würde, das du dir sehr gewünscht hast . . . oder etwas, das du sehr geliebt hast . . . sehr . . . Vielleicht könnte man dich dann bewegen, mich . . . sagen wir mal . . . zu begleiten?«

»Was willst du damit sagen?« Allein der Gedanke an das, worauf er anspielte, jagte ihr Entsetzen ein.

»Ich glaube, du verstehst mich sehr wohl.«

»So etwas würdest du nie tun.« Er sprach davon, Teddy zu kidnappen, um sie auf diesem Wege zu zwingen, mit ihm zu gehen; etwas, das er nie tun würde, und wenn er noch so sehr von Sinnen war. Oder würde er es tun? Sein Blick sagte ja. Seine Geschichte sagte nein. Oder doch ja?

»Es kommt darauf an, wie verzweifelt ich bin, meinst du nicht?« Unvermittelt lachte er auf und ließ sie los, sie sah ihn entsetzt an. Es würde eine große Erleichterung sein, mit Sicherheit zu wissen, daß er wieder weit weg war. Plötzlich bedauerte sie, daß sie ihm am Tag zuvor in der Kirche begegnet war. Wahrscheinlich trauerte er noch immer sehr um André, aber diese Trauer hatte einen Menschen aus ihm gemacht, den sie nicht mehr kannte und auch gar nicht kennen wollte.

»Nur für den Fall, daß du jemals so etwas tust: Du sollst wissen, daß du damit nichts erreichst. Ich würde dir nicht folgen, ich würde dich töten ... und mein Mann würde das gleiche tun.«

»Da machst du mir aber angst.« Er lachte trunken auf.

»Du verursachst mir Übelkeit. Wir hatten gemeinsam etwas Schönes, das ich zwölf Jahre lang in meinem Herzen bewahrt habe ... mit der Erinnerung an jemanden, der süß und rein war. Und du machst dir die Erinnerung auf diese gemeine Weise zunutze, um dich und alle um dich her zu vergiften. Dazu war er nicht da, und damals warst du auch nicht so.«

»Vermutlich habe ich mich geändert.« Sein Lächeln war böse. Doch ihrer beider eigentliche Tragödie lag darin, daß er sich eben nicht geändert hatte. Er liebte sie noch immer, sehnte sich noch immer nach ihrem gemeinsamen Kind und wünschte sich, sie würde zu ihm zurückkehren, damit sie eine lange zurückliegende und unvergessene Vergangenheit wieder aufleben lassen konnten.

»Leb wohl.« Sie sah ihn lange und bekümmert an, und als sie gingen, lächelte sie Teddy liebevoll zu. »Jetzt wollen wir nach Hause.« Es gab nichts, was sie Charles noch hätte sagen können. Er starrte ihnen nach, er bat sie nicht, ihn anzurufen. Er zürnte ihr, zürnte ihr mehr als je zuvor. Und sie spürte, als sie zum

Wagen gingen, mehr Kälte als je zuvor. Teddy schwieg, bis sie beim Auto waren.

»Ich mag ihn nicht«, sagte er leise, als der Chauffeur die Türen des Pierce-Arrow schloß. Patrick war ihnen auf Anordnung Malcolms hin in den Park gefolgt, um ihre Sicherheit zu gewährleisten. Er hatte Charles erkannt, von ihrer Unterhaltung aber nichts mitbekommen. Da er den Mann von der Kirche her kannte, wuchs seine Neugierde, und er hätte zu gern gewußt, was Marielle vorhatte. Daß sie den Jungen mitgenommen hatte, war merkwürdig, aber vielleicht hatte sie gerade beabsichtigt, daß Teddy den Fremden kennenlernte.

»Er ist kein schlechter Mensch«, sagte Marielle traurig, während sie nach Hause fuhren. »Er ist nur sehr unglücklich. Wir waren früher einmal gute Freunde.«

Um Verständnis bemüht, nickte Teddy. Dann sah er sie wieder an und stellte ihr eine ganz unerwartete Frage. »Wer ist André?« Ihr Atem stockte, und sie brauchte einen Moment, um zu antworten.

»André war sein kleiner Sohn. Er ist tot . . . schon lange . . . und seitdem ist Charles sehr traurig. Deshalb benimmt er sich auch so merkwürdig.« Daraufhin nickte Teddy, als sei ihm nun alles ganz klar. Und wieder sah er seine Mutter an.

»Hast du André auch gekannt?« Sie kämpfte gegen die Tränen an, als sie nickte, und hielt Teddys Hand ganz fest. Sie hatte ihm eines Tages alles erzählen wollen, aber nicht so, nicht, indem sie sich hinter Ausflüchten versteckte. Andererseits war er noch zu klein, und es war zu rasch gekommen. Trotzdem mußte sie versuchen, seine Frage zu beantworten.

»Ja, ich habe ihn auch gekannt«, gestand sie betrübt und wischte sich eine Träne von der Wange.

»War er nett?« Das war für Teddy sehr wichtig, und Marielle spürte ein Würgen in der Kehle, das sich in einem Schluchzen Luft machen wollte, doch sie ließ es nicht zu.

»Er war entzückend ... und er war noch ganz klein, als er starb.« Nun liefen ihr Tränen über die Wangen, und sie wußte nicht mehr, was sie Teddy noch sagen sollte. Es gab nichts mehr zu sagen. Sie hielt ihn fest an sich gedrückt, dankbarer denn je, daß sie ihn hatte. Aber Charles' Drohung, von der sie nicht wußte, wie er sie gemeint hatte, ängstigte sie. Unaufhörlich dachte sie darüber nach, wie ernst es ihm wirklich gewesen war. Würde er den Jungen entführen, nur um sie zum Mitkommen zu zwingen? Unvorstellbar. Sie wußte, daß das leere Drohungen waren. Niemals würde er etwas tun, das Teddy schadete. »Es tut mir leid, daß wir ihm heute begegnet sind. Ich dachte eigentlich, wir würden am Bootsteich unseren Spaß haben.«

»Schon gut.« Er hob lächelnd den Blick zu ihr. »Ich bin immer gern mit dir zusammen.« Immer wieder sagte er Dinge, die ihr Herz zum Schmelzen brachten und ihre Liebe beflügelten.

»Was hältst du davon, wenn wir uns morgen *Schneewittchen* anschauen?« Morgen war Sonntag, und Malcolm würde wie so oft zu Hause arbeiten, so daß sie frei über ihre Zeit verfügen konnte. Und am schönsten war, daß Miss Griffin frei hatte und demzufolge keine Einmischung ihrerseits zu erwarten war. Teddy würde den ganzen Tag bei ihr sein, und Betty konnte, wenn nötig, aushelfen und abends auf ihn aufpassen.

»Wow! Geht das wirklich? Du meinst, wir könnten uns *Schneewittchen* ansehen?«

»Aber sicher. Ich werde alles veranlassen.« Vor dem Haus angekommen, sprang Teddy aus dem Wagen und lief die Stufen zum Eingang hinauf, als Haverford auch schon öffnete. Auf seiner Miene zeichnete sich fast so etwas wie ein Lächeln ab, als er den Kleinen ins Haus stürmen sah.

Dabei stieß der Junge fast mit seinem Vater zusammen. In dem Augenblick fragte Marielle sich, ob er Malcolm von Charles erzählen würde, doch hatte er es so eilig, zum Lunch zu kommen und sich für die Party zurechtzumachen, und die Aussicht auf

Schneewittchen hatte ihn in so große Erregung versetzt, daß er keinen Gedanken mehr an den sonderbaren Mann verschwendete, den sie im Central Park getroffen hatten. Teddy war schon fast im dritten Stock, als Marielle gerade ihren Mantel ausgezogen hatte.

»Na, wo wart ihr beide?« fragte Malcolm im Plauderton. Er war im Büro gewesen und schon wieder zurück. An Samstagen ging er gern ins Büro, und jetzt war er auf dem Weg in den Klub, wo er sich mit einem alten Freund, der aus Kalifornien gekommen war, zum Lunch treffen wollte. Das alles waren Rituale, die er sehr genoß und die ihm teuer waren.

»Wir waren am Bootsteich, aber er war zugefroren.«

»Es muß ja schrecklich kalt gewesen sein.« Sein Blick streifte sie, und sie nickte.

»Du gehst aus?« fragte sie. Wohin er wohl gehen mochte?

»Ja«, sagte er und gab ihr einen flüchtigen Kuß auf die Wange. »Aber vergiß nicht, daß wir heute abend bei den Whytes zum Dinner geladen sind.« Die Whytes gaben einen vorweihnachtlichen Tanzabend; für Marielle ein idealer Anlaß, um das Kleid anzuziehen, das Malcolm ihr in Paris bei Madame Grès gekauft hatte, ein in winzige Fältchen gelegtes Modell aus schimmerndem weißem Satin. Dazu würde sie ihren Diamantschmuck tragen, silberfarbene Schuhe und einen bodenlangen Hermelinmantel, den Malcolm ihr zum Geburtstag geschenkt hatte. Alles in allem eine tolle Aufmachung.

»Haben wir für den morgigen Abend auch etwas vor?« Im Augenblick wußte sie es wirklich nicht. Ihm aber fiel die Nachricht ein, die er ihr eben auf den Schreibtisch gelegt hatte.

»Ich fahre einen Tag eher nach Washington. Ich möchte schon morgen nachmittag fahren und abends mit dem Handelsminister essen, damit ich den ganzen Montag für die Gespräche mit dem Botschafter habe.« Diese Besprechung war von solcher Bedeutung für ihn, daß er beide Sekretärinnen mitnehmen wollte. »Ist dir das recht?« Sie wußten beide, daß es keine Rolle gespielt hätte, wenn es ihr nicht recht gewesen wäre, aber er war nun einmal gut im Fragen, und sie spielte mit und tat, als »erlaube« sie es ihm.

»Es ist mir recht. Ich habe eine Verabredung mit deinem Sohn. Wir wollen uns morgen nachmittag *Schneewittchen* anschauen und anschließend einen ruhigen Abend miteinander verbringen.« Sie lächelte ihrem Mann zu; sie empfand seine zuvorkommende Art als sehr erholsam, nachdem sie einen Charles erlebt hatte, der sich wie ein Irrer gebärdete.

»Bist du sicher, daß du nicht mitkommen möchtest?«

»Wir kommen hier tadellos zurecht.« Wieder lächelte sie, und er küßte sie auf die Stirn.

Er gab Patrick ein Zeichen, und der Fahrer ging hinaus zum Wagen, während Haverford Malcolm seinen Hut reichte. »Also bis später, meine Liebe. Mach dir einen schönen Nachmittag, und ruhe dich für den Abend aus, damit du nicht wieder Kopfschmerzen bekommst.« Zuweilen hatte sie das Gefühl, von allen wie ein Krüppel behandelt zu werden. Natürlich war die Begegnung mit Charles dazu angetan, Kopfschmerzen zu provozieren, doch fühlte sie sich den ganzen Nachmittag über sehr wohl. Sie sah Teddy, bevor er ausging, und auch, als er wieder da war, dann ging sie noch einmal hinauf, um ihm einen Kuß zu geben, ehe sie selbst das Haus verließ. Miss Griffin grollte zwar, denn sie hatte das Gefühl, Marielle hätte den Kleinen heute schon genug zu Gesicht bekommen, aber es machte ihr einfach Spaß, sich ihm in ihrer Abendaufmachung zu zeigen – er reagierte immer begeistert. Alles, was sie trug, entlockte ihm bewundernde Aahs und Oohs.

Das Grès-Modell wirkte sensationell an ihr, Engelsschwingen gleich umschmeichelte es ihre Figur, und Malcolm stellte bewundernd fest, sie sähe göttlich darin aus. Auch die Aufmerksamkeit der Dinnergäste bei den Whytes war ihr sicher. Alle waren hingerissen von ihrer Schönheit, und mehr oder weniger alle sagten Malcolm, was für ein Glück er habe, mit einer Frau verheiratet zu sein, die halb so alt sei wie er und wundervoll aussehe.

Auf der Heimfahrt war Marielle still und in sich gekehrt, auch als Malcolm ihr wieder versicherte, wie schön sie sei. Sie lächelte zum Dank, war aber in Gedanken bei Charles und den Drohungen, die er im Park ausgestoßen hatte. Dann aber gelangte sie zu der Einsicht, daß Charles nur aus Zorn solche Dinge hatte sagen können und daß er niemals imstande wäre, einem Kind etwas anzutun, weder ihrem noch einem anderen. Er war einfach wütend gewesen, weil sie sich nicht mit ihm hatte treffen wollen, und außer Drohungen war ihm kein Mittel eingefallen, sie zu einer Sinnesänderung zu bewegen. Aber sie war froh, daß sie sich entschlossen hatte, ihn nicht wiederzusehen. Es hätte nur alte Flammen von neuem auflodern lassen und sie beide unglücklich gemacht. Hätten die Dinge zwischen ihnen anders gestanden, sie hätte sich Malcolm anvertrauen können, so aber wußte sie, daß es ausgeschlossen war. Ihr Mann hatte keine Ahnung, wie wichtig Charles für sie gewesen war, er wußte ja nicht einmal, daß dieser Mann existierte, geschweige denn, daß sie verheiratet gewesen waren und ein Kind gehabt hatten, das ums Leben gekommen war – ebensowenig wie er wissen konnte, aus welchem Grund Charles Teddy ablehnend gegenüberstand.

»Du bist in Gedanken.« Natürlich hatte er ihre Versunkenheit registriert, doch ihr verträumter Ausdruck ließ sie nur noch schöner aussehen, und zum ersten Mal seit langer Zeit stellte er fest, daß er sie begehrte, eine Tatsache, die ihn nicht wenig erstaunte.

»Ach, ich habe nachgedacht.«

»Worüber?«

»Über nichts Besonderes.«

»Du siehst aber ganz besonders aus.« Wieder lächelte sie, noch immer zerstreut, und aus ureigenen Gründen hielt Malcolm es für besser, die Sache auf sich beruhen zu lassen.

Eines der Mädchen war aufgeblieben, um ihr beim Auskleiden zu helfen, und Marielle ging zu Bett, nachdem sie ihren Schmuck verwahrt hatte. Wieder dachte sie an Charles und an alles, was er im Park gesagt hatte ... aber als sie einschlief, träumte sie nicht von André ... sondern von Teddy.

4. Kapitel

Am Nachmittag des nächsten Tages besuchten Marielle und Teddy eine Vorstellung von *Schneewittchen*, der Film lief in der Radio City Music Hall. Anschließend gingen sie auf eine heiße Schokolade zu Schrafft. Der Nachmittag hätte für beide nicht vollkommener sein können. Teddy erklärte, Miss Griffins freie Tage seien für ihn besonders schön, eine Äußerung, die in Marielle mehr denn je den Wunsch weckte, die Frau würde endlich gehen. Sie nahm sich fest vor, das Thema noch einmal mit Malcolm zu erörtern, der noch immer der Ansicht war, Miss Griffin täte dem Jungen gut und brächte ihm Manieren bei, und britische Gouvernanten seien nun einmal die besten. An diesem Abend durfte Teddy zu seiner hellen Begeisterung in Marielles großer Wanne baden. Sie benutzten Unmengen von Badeschaum, verteilten ihn über das ganze Badezimmer. Edith, die rothaarige Irin, machte ein bitterböses Gesicht, als sie die Bescherung sah. Sie sollte Teddy an diesem Abend beaufsichtigen, hatte aber mit Patrick etwas anderes geplant. Sie wollten einen weihnachtlichen Tanzabend in der Irish Dance Hall in der Bronx besuchen. Aus diesem Grund hatte sie Betty, das junge Küchenmädchen, überredet, heraufzukommen und den Jungen zu beaufsichtigen, solange sie selbst außer Haus war. Wenn sie heimkam, würde sie Betty fünf Dollar in die Hand drücken, sich in dem Zimmer neben der Kindersuite schlafen legen, und keine Menschenseele würde etwas merken. So machte die Unordnung im Badezimmer sie besonders unwillig, denn sie mußte sie beseitigen, ehe sie sich davonmachte – es sei denn, sie brachte jemanden vom Personal dazu, das für sie zu erledigen, was allerdings höchst unwahrscheinlich war.

An jenem Abend nahm Marielle das Abendbrot mit Teddy im Wohnzimmer der Kindersuite ein, und vor dem Zubettgehen las sie ihm eine Geschichte vor. Später sang sie ihm Weihnachtslieder vor und strich ihm übers Haar, bis er eingeschlafen war. Das war etwas ganz anderes als die üblichen hastigen, knappen Gutenachtküsse und die offenen Fenster und die eiskalte Luft, die ihm bei Miss Griffin blühten. Darauf bedacht, ihn nicht zu wecken, erhob sich Marielle lautlos von seinem Bett.

Während sie hinunter zu ihren Räumen ging, fragte sie sich, ob sie ihn wirklich verwöhnte, wie Miss Griffin behauptete, und wenn ja, ob es ihm schadete. Neuerdings verbrachte Marielle immer mehr Zeit mit ihm und brachte es kaum über sich, Distanz zu wahren. Ihre alten Ängste hinsichtlich zu großer Nähe schienen wie weggeblasen, und das Zusammensein mit ihm ließ sie förmlich aufblühen. Und wenn sie ihn wirklich zu sehr liebte, was konnte es ihm schaden? Was konnte es schon ausmachen? Sie wollte das Glück, ihn zu haben, ganz auskosten. Malcolm hatte recht, sie sorgte sich um zu viele Dinge. Höchste Zeit, daß sie damit aufhörte.

Sie ging mit einer Ausgabe von *Rebecca* zu Bett. Um zehn rief Malcolm sie aus Washington an. Er habe einen schönen Abend mit Harry Hopkins verbracht, der in den nächsten zwei Wochen Daniel Ropers als Handelsminister ablösen werde, was noch ein Geheimnis sei. Louis Howe, die rechte Hand Roosevelts, sei auch zugegen gewesen. Man hatte die Ansichten des Präsidenten über Europa eingehend erörtert. In Roosevelt wuchs die Befürchtung, daß ein Krieg drohte, aber er hegte die Hoffnung, daß dieser sich mit ein wenig Glück vermeiden ließe.

Der deutsche Botschafter wiederum hatte Malcolm eine Schilderung der Verhältnisse in Berlin geliefert. Vermehrte Aktivitäten der deutschen Armee waren zweifellos zu erwarten, doch hatte der Botschafter Malcolm versichert, daß seine Investitionen nicht gefährdet wären. Auf Malcolms Fragen hatte der Deutsche eingeräumt, daß die Ereignisse der Kristallnacht eine peinliche Panne darstellten, aber andererseits hatte er darauf verwiesen, daß die unter Hitler erzielten industriellen Erfolge Deutschlands wegweisend für weltweite positive Veränderungen seien. Malcolm war überglücklich, daran beteiligt zu sein, und er berichtete Marielle, wie interessant er es gefunden habe, die letzten Entwicklungen mit Howe und Roper und den Leuten, die sie mitgebracht hatten, zu erörtern. Vor Deutschland und dessen Verbündeten liege eine große Zukunft, erklärte er. Marielle war gerührt, daß er sie angerufen hatte, um seine Euphorie mit ihr zu teilen.

Er plante für die nahe Zukunft einen weiteren Besuch in Deutschland, und wie immer war es ihre Absicht, mit Teddy zu Hause zu bleiben.

»Ach übrigens, wie war der Film?« Er hörte stets gern, was es von dem Jungen zu berichten gab. Die Liebe zu seinem kleinen Sohn stellte neben seiner Deutschlandverehrung seine größte Leidenschaft dar.

»Teddy war begeistert.«

»Das dachte ich mir. Der Film soll einmalig sein. Vielleicht könnten wir ihn uns zusammen noch einmal ansehen.« Obgleich er in letzter Zeit immer häufiger unterwegs war, unternahm er gern etwas mit ihnen gemeinsam. Marielle war so lieb zu dem Jungen, und sie war trotz ihrer zahlreichen Ängste unbestritten eine gute Mutter. Nun gähnte Malcolm, und Marielle lächelte. Es war ein langer Tag gewesen für ihn, nicht so entspannend wie der ihre mit Kinobesuch und anschließendem Schaumbad mit Teddy. Als sie sich gerade voneinander verabschiedeten, hörte sie ein sonderbares Geräusch im Flur, so als hätte sich jemand irgendwo gestoßen, und dann Schritte auf der Treppe. Sie lauschte kurz, doch es herrschte bereits wieder Stille. Vermutlich war gar nichts gewesen.

»Schlaf dich ordentlich aus«, sagte sie zu Malcolm. »Sicher liegt wieder ein anstrengender Tag vor dir. Wirst du morgen abend zurück sein?« Sie hatte beim Abschied vergessen, ihn danach zu fragen, so beschäftigt waren sie beide gewesen.

»Eher am Dienstag. Es könnte sein, daß ich mit dem deutschen Botschafter zu Abend esse, falls er frei ist. Morgen nachmittag haben wir Besprechungen, und anschließend wird man sehen. Auf jeden Fall erscheint es mir sinnvoller, wenn ich am Dienstag zurückkomme. Ich rufe dich morgen wieder an.«

»Dann sprechen wir uns also noch. Noch etwas, Malcolm ... alles Gute für deine Besprechungen ...« Plötzlich empfand sie tiefe Dankbarkeit ihm gegenüber. Er hatte ihr so viel gegeben und so wenig verlangt.

»Marielle, gib gut auf dich acht. Wenn ich nach Hause komme, machen wir uns einen schönen Abend.« Weihnachten stand kurz bevor. Für Teddy war es eine Zeit voll Zauber, und das zu erleben bedeutete ihnen beiden sehr viel. Malcolm, der keine Kinder gehabt hatte, empfand es wie ein ganz neues Leben. Er konnte es kaum erwarten, dem Jungen seine Eisenbahn zu schenken, ihm den Raum zu zeigen, der eigens für die Anlage hergerichtet worden war.

Nach dem Anruf aus Washington lag Marielle lange im Dunkeln da, in Gedanken bei Malcolm und seinen vielen Tugenden. Aber zwei Stunden später war sie noch immer wach. Sie konnte keinen Schlaf finden, denn sie dachte an Charles und an das, was er am Bootsteich gesagt hatte. Und sie betete darum, daß ihre Schlaflosigkeit kein Vorbote von Kopfschmerzen sein möge. Die beiden Begegnungen mit Charles in nur zwei Tagen waren für sie einschneidende Erlebnisse, und Einschlafschwierigkeiten konnten bedeuten, daß ihr am nächsten Morgen ein Migräneanfall bevorstand. Sie beschloß aufzustehen und schlich barfuß und mit einem kleinen Lächeln auf den Lippen die Treppe zum zweiten Stock hinauf. Sie wollte Teddy noch einen Kuß geben, sein Haar berühren und seinen Anblick genießen, ehe sie wieder zu Bett ging. Da bemerkte sie, daß jemand ein Handtuch auf der Treppe fallen gelassen hatte, eines der Hausmädchen vermutlich. Das mußte das Geräusch gewesen sein, das sie vorhin gehört hatte. Jemand war mit der Wäsche hinuntergegangen, war gegen etwas gestoßen und hatte ein Stück verloren. Sie hob das Handtuch auf und ging weiter, den Korridor im zweiten Stock entlang bis zur Kindersuite. Von Wohnzimmer und Flur der Suite zweigten drei Schlafzimmer ab. Eines gehörte Miss Griffin, eines stand leer – es war dem zweiten Kind zugedacht, das sich nie eingestellt hatte –, und das größte gehörte Teddy. Als sie lautlos das Wohnzimmer durchquerte, vernahm Marielle von irgendwoher ein Geräusch. Sie vermutete, daß es Edith war, die sich im leerstehenden Zimmer einquartiert hatte. Miss Griffin würde nach ihrem Ausgangstag längst schlafen. An Sonntagabenden hatte sie offiziell frei, und Edith übernahm ihre Stelle. Doch als Marielle einen Schritt auf Teddys Tür zumachte, stolperte sie über ein unerwartetes Hindernis und landete auf dem Boden. Nur mit Mühe unterdrückte sie einen Aufschrei, um Teddy nicht zu wecken. Sie war über etwas Großes, Weiches gefallen, und als irgend etwas ihr Bein berührte, stieß sie einen Angstschrei aus und versuchte mit einem Satz Abstand zu gewinnen, ehe sie noch einmal berührt werden konnte. Doch der Raum war stockfinster, sie konnte nichts sehen. Und plötzlich ertönte knapp neben ihr ein widerwärtiger animalischer Laut, der ihr entsetzliche Angst einjagte. Sich an der Wand entlang tastend, erreichte sie einen Tisch, von dem sie wußte, daß er dort stand, und machte Licht; gleichzeitig fragte sie sich, wie sie wohl reagieren würde, wenn sie einem Angreifer von Angesicht zu Angesicht gegenüberstünde. Keinesfalls gedachte sie davonzulaufen und ihr Kind schutzlos zurückzulassen. Doch was sie vor sich sah, als sie schließlich Licht gemacht hatte, erwies sich als große Überraschung. Betty, das zweite Küchenmädchen, lag zu einer Kugel zusammengerollt da, an Händen und Füßen mit einem Seil gefesselt. In ihrem Mund steckte ein Handtuch, das ebenfalls mit einer Schnur gesichert war. Ihr Gesicht war hochrot, die Wangen tränennaß. Als Marielle sie verdutzt anstarrte, brachte die Ärmste nur ein leises Stöhnen hervor.

»O mein Gott... mein Gott... was ist passiert?« In ihrer Angst vergaß sie beim Anblick des geknebelten und gefesselten Mädchens, ihren Ton zu dämpfen oder auch nur daran zu denken, daß sie Teddy nicht wecken wollte. Hatte ein Raubüberfall stattgefunden? Oder ein Kampf? War jemand ins Haus eingedrungen? Was war passiert? Und was machte dieses Mädchen hier? Sie arbeitete doch sonst in der Küche. Marielle erlöste sie von dem Knebel und bemühte sich, die Fesseln zu lösen, während sie in panischer Hast Fragen stellte. Doch die Knoten waren fest und die Schnüre stark, so daß sie schon erwog, sie durchzuschneiden, wogegen das hysterische Ding allerdings laut kreischend protestierte. Aber schließlich hatte Marielle es geschafft, Betty war ihre Fesseln los. »Was ist passiert?« fragte sie und schüttelte das Mädchen in ihrer Angst und Verzweiflung. »Wo ist Edith?« Und wo steckte Miss Griffin? Aber das Mädchen war zu aufgelöst, um sprechen zu können. Mit den Armen wild um sich schlagend, verfiel Betty in hemmungsloses Schluchzen. Marielle, die spürte, wie namenloses Entsetzen ihr Herz erfaßte, lief an ihr vorbei zu Teddys Zimmer und riß die Tür auf. Ihr schrecklichster Alptraum war Wirklichkeit geworden; ihr Sohn war verschwunden, das Bett leer. Nirgends war eine Spur von ihm zu entdecken, auch keine Nachricht auf seinem Kissen, keine Drohung, keine Lösegeldforderung. Er war einfach verschwunden. Das Bett war noch warm. Kaum hatte sie erfaßt, was geschehen war, da fing sie am ganzen Körper zu zittern an.

Sie lief zurück zu Betty, die sich unter Schluchzen Hände und Füße rieb und nach Luft schnappte. Wieder schüttelte Marielle sie.

»Was ist passiert? Du mußt es mir sagen!«

»Ich weiß nicht ... es war finster ... ich schlief auf der Couch, als sie mich packten. Ich weiß nur, daß ich Männerstimmen hörte.« Aber wo ist Teddy, dachte Marielle, vor Angst fast wahnsinnig ... Wo um Himmels willen war Teddy?

»Was hast du hier zu suchen?« schrie sie das Mädchen an. Betty, die so heftig weinte, daß sie kaum ein Wort herausbrachte, war klar, daß sie nun mit der Wahrheit herausrücken mußte.

»Edith ist ausgegangen ... zu einem Weihnachtsball ... sie hat mich gebeten, bei ihm zu bleiben ... bis sie zurückkommt ... ich weiß nicht, was passiert ist. Ich glaube, es waren mehrere. Sie drückten mir ein Kissen aufs Gesicht, ich roch etwas Ekelhaftes, und dann habe ich das Bewußtsein verloren, glaube ich. Als ich wieder zu mir kam, war ich gefesselt, und die Männer waren fort. Das ist alles, was ich weiß. Dann haben Sie mich gefunden.«

»Wo ist Miss Griffin?« Hatte sie das Kind geraubt? War sie dazu imstande? Marielle lief zum Zimmer der Gouvernante. Ihre Angst war so groß, daß sie kurz davor war, den Verstand zu verlieren. Ihr Baby war verschwunden ... jemand hatte Teddy geraubt ... und sie wußte nicht, wer, wußte nicht, wo er war ... doch im Hintergrund ihres Bewußtseins meldete sich eine Stimme im Flüsterton ... hatte er das, was er im Park gesagt hatte, wirklich gemeint? Konnte er so etwas tun? Aus Rache? Ihr war sterbenselend zumute, als sie Miss Griffins Tür aufriß und die Frau gefesselt und geknebelt mit einem Kissen auf dem Kopf vorfand. Es roch stark nach Chloroform, und als Marielle sie von dem Kissen befreite, sah die ältere Frau aus wie tot. Doch dann rührte sie sich, und Marielle ließ sie allein. Sie lief ans Telefon, wählte die Nummer der Vermittlung und betete darum, daß man Teddy bald finden würde. Mit einer Stimme, die ihr selbst fremd in den Ohren klang, meldete sie sich und verlangte mit der Polizei verbunden zu werden.

»Was haben Sie für ein Problem?« fragte die Frau in der Vermittlung.

Aus Angst vor der Presse zögerte sie einen Moment, doch dann ließ sie alle Vorsicht fahren. Sie hatte ein Kind verloren und wußte, daß sie den Verlust des zweiten nicht überleben würde. »Bitte... bitte schicken Sie sofort die Polizei...« Sie brachte die Worte kaum heraus, zwang sich aber zur Ruhe, als sie den Alptraum jeder Mutter in Worte faßte. »Hier spricht Mrs. Malcolm Patterson. Mein Sohn ist entführt worden.« Kurzes Schweigen am anderen Ende, dann wurde die Frau aktiv und notierte sich die Adresse. Marielle legte mit zitternden Händen auf und starrte Betty an, die verschüchtert auf dem Boden hockte, voller Angst vor dem, was auf sie zukommen würde, denn sie hatte das sichere Gefühl, das Verschwinden des Kleinen sei irgendwie ihre Schuld. Lange Zeit stand Marielle einfach nur da... dachte an Teddy, sein kleines Gesichtchen, die weichen Locken, die sie noch gestreichelt hatte, als sie ihn vor wenigen Stunden in den Schlaf sang. Und nun, um Mitternacht, war er verschwunden.

Als ein Stöhnen aus Miss Griffins Zimmer drang, lief sie zu ihr. Sie entfernte den Knebel, und dann rief sie Betty, damit sie ihr beim Lösen der Fesseln helfe. Miss Griffin war noch benommen und mußte sich heftig übergeben, eine Nachwirkung des Chloroforms. Als sie endlich sprechen konnte, wußte sie über die Eindringlinge auch nicht mehr zu sagen als Betty. Sie hatten sie im Schlaf überrascht, und sie hatte geglaubt, die Stimmen zweier oder mehrerer Männer zu hören, doch waren nur wenige Worte gesprochen worden, und das Chloroform hatte rasch seine Wirkung getan.

Marielle war wie betäubt; sie hörte zu, als würde eine Geschichte erzählt, die jemandem anders passiert war. Was geschehen war, erschien ihr unbegreiflich. Dann hörte sie es an der

Haustür schellen und lief, noch immer barfuß und im Nachthemd, die Marmortreppe hinunter wie ein Gespenst in einem Traum. Haverford, der im Morgenmantel erschien, machte ein erstauntes Gesicht. Er hatte geschlafen, war vom Eintreffen der Polizei überrascht worden und wollte den Leuten eben erklären, alles sei in bester Ordnung, es müsse sich um einen Irrtum handeln, man brauche sie nicht.

»Das muß ein Scherz oder ein Irrtum . . .« Seine Stimme hatte einen tadelnden Unterton, so als hätten die Polizisten einen schrecklichen Fauxpas begangen. Doch als Marielle die Treppe herunterkam, bleich und mit gelöstem Haar, war klar, daß kein Irrtum vorlag. Die drei Polizeibeamten in der Eingangshalle und der Butler starrten ihr erstaunt entgegen.

»Es ist kein Irrtum.« Sie sah die Männer an, die sie sogleich umringten, und schauderte, so daß Haverford sich auf die Suche nach einem Mantel machte, in den sie sich hüllen konnte. »Mein Sohn ist gekidnappt worden.« Die Männer folgten ihr eilig hinauf ins Kinderzimmer, und auch Haverford blieb bei ihnen, ging aber kurz noch in Marielles Zimmer, um ihr Hausschuhe und Hausmantel zu holen. Im Kinderzimmer angekommen, lauschte er entsetzt den Geschichten der beiden Frauen. Ein Irrtum war ausgeschlossen. Das Kind war verschwunden. Einer der Beamten machte sich Notizen, während die beiden anderen sich berieten und einer schließlich ans Telefon ging. Die Entführung eines Kindes fiel neuerdings nicht mehr in die Kompetenz der einzelnen Bundesstaaten, sondern war – seit der Entführung des Lindbergh-Babys – Bundessache; die Ermittlungen waren Sache des FBI.

Der Mann, der offenbar der Vorgesetzte war, sprach zuerst mit Marielle. Er ermahnte alle anderen, nichts anzurühren, damit eventuelle Fingerabdrücke erhalten blieben. Alle nickten, Betty hörte nicht auf zu weinen, und die Gouvernante sah noch immer elend aus, so daß Haverford den Arzt anrief.

»Hat man eine Lösegeldforderung gefunden? Oder irgendeine andere Nachricht?« Der Officer, ein Ire, Anfang Fünfzig, hatte selbst fünf Kinder, und der Gedanke, auch nur eines irgendwann einmal zu verlieren, erfüllte ihn mit Entsetzen. Er konnte sich nur zu gut vorstellen, wie Marielle zumute war, doch als er sie so vor sich sah, konnte er nur staunen, wie ruhig, kühl und gefaßt sie wirkte, auch wenn sie trotz des warmen Morgenmantels, den Haverford ihr gebracht hatte, am ganzen Körper zitterte. Ihre Füße waren noch immer bloß, ihr Haar offen, und in ihren Augen lag der Blick eines Menschen, der nicht ganz begreift, was sich zugetragen hat. Der Officer kannte diesen Blick, hatte ihn schon oft gesehen, bei Bränden, einmal nach einem Erdbeben, während des Krieges ... nach Morden ... es war eine Art Schock, der einsetzte, um Bewußtsein und Seele zu betäuben. Aber früher oder später würde es sie mit ganzer Wucht treffen, sie würde begreifen, daß ihr einziges Kind entführt worden war.

Sie erklärte, sie habe keine Nachricht, überhaupt keinerlei Botschaft vorgefunden, auch seien keine anderen Spuren zu sehen gewesen als das leere Bett und die beiden von den Eindringlingen geknebelten und gefesselten Frauen. Er nickte, machte sich Notizen, und die anderen telefonierten um Verstärkung. Eine halbe Stunde später war das ganze Haus hell erleuchtet, und zwei Dutzend Polizisten durchsuchten jeden Raum und die gesamte Umgebung nach Spuren aller Art. Doch es fanden sich keine.

Die Hausangestellten waren inzwischen auf den Beinen und hatten in Reih und Glied Aufstellung genommen, um sich von Sergeant O'Connor befragen zu lassen, aber niemand hatte etwas gesehen oder wußte etwas. Plötzlich fiel Marielle auf, daß Patrick und Edith fehlten. Sie hatte den beiden nie ganz über den Weg getraut und immer schon geargwöhnt, daß sie sie, aus welchen Gründen immer, haßten. Und jetzt mußte sie sich fragen, ob ihr Haß sie verleitet haben konnte, Teddy zu entführen. Es war eher unwahrscheinlich, aber möglich war alles, und alles war es wert, daß man es unter die Lupe nahm. Sie meldete der Polizei das Fehlen der beiden, worauf eine Personenbeschreibung der beiden sowie jene Teddys per Funk an die Polizeistreifen durchgegeben wurden.

»Je rascher wir ihn finden, desto besser«, erklärte Sergeant O'Connor. Ungesagt blieb, daß den Entführern auf diese Weise weniger Zeit blieb, ihm etwas anzutun, ihn weiter weg zu bringen oder gar ihn zu töten. Selbst in diesem Moment war Marielle bewußt, daß der kleine Lindbergh mit großer Wahrscheinlichkeit schon in der Nacht der Entführung getötet worden war.

Der Sergeant gab zu bedenken, daß eine Meldung per Polizeifunk die Presse mobilisieren würde, doch sie war gewillt, dieses Risiko einzugehen, wenn damit die Chance stieg, Teddy zu finden. Sie wußte auch, daß sie Malcolm anrufen mußte, ehe er es aus dem Radio oder beim Morgenkaffee aus der Zeitung erfuhr, doch im Haus wimmelte es bereits von Polizisten, und das FBI traf ein, noch ehe sie Zeit für einen Anruf gefunden hatte. Alles war wie in einem Alptraum oder in einem sehr schlechten Film. Polizisten rannten Treppen hinauf und hinunter, rissen Fenster auf, zogen Vorhänge zurück, verschoben Möbelstücke, hielten Passanten auf und befragten die Hausangestellten. Das Ganze wirkte so unwirklich, daß sie ständig das Gefühl hatte, es sei gar nichts passiert, das alles sei nur einer jener Alpträume, von denen ihre Migräneanfälle begleitet wurden.

»Mrs. Patterson.« Sergeant O'Connor stand plötzlich neben ihr, umringt von einem halben Dutzend Männern in dunklen Anzügen. Sie alle hatten Hüte auf, bis auf einen, der offenbar die Ermittlungen leitete. Anfang Vierzig, groß, schlank, ernst, mit braunem Haar und durchdringenden blauen Augen, die durch sie hindurchzublicken schienen. Er wirkte stahlhart, als er sie so anstarrte, er machte den Eindruck, als erreiche er immer, was er wollte. »Mrs. Patterson.« Sergeant O'Connor sprach sie so behutsam an, wie es in dem nun herrschenden Durcheinander nur möglich war. »Das ist Spezialagent Taylor. Er arbeitet für das Federal Bureau of Investigation und hat Ihren Fall übernommen.« Ihren Fall . . . welchen Fall? Was war passiert? Wo war sie? Wo war Malcolm? Und wo war ihr Baby?

»Sehr erfreut.« Ausdruckslos reichte sie dem Mann die Hand, während er sie scharf beobachtete. Seine Augen waren kühl wie alles andere an ihm, sie verrieten nichts, als er sich die spärlichen Einzelheiten anhörte, die Marielle ihm erzählen konnte. Er hatte auch beim Fall Lindbergh mitgearbeitet, war aber zu seinem Leidwesen zu spät hinzugezogen worden. Damals war, als das FBI eingeschaltet wurde, alles schon heillos verfahren gewesen, und am Ende hatte sich das Ganze ohnehin als zwecklos erwiesen. Entführungen waren seine Spezialität, und in diesem Fall konnten sie wenigstens von Anfang an dabeisein. Bislang gab es allerdings wenig, womit man etwas anfangen konnte. Chauffeur und Hausmädchen waren verschwunden und wurden polizeilich gesucht, aber das war auch schon alles. Keine Lösegeldforderung, keine Spuren, keine Fingerabdrücke, keine Täterbeschreibung. Nur der Tathergang war bekannt, die Anwendung von Chloroform und die Tatsache, daß das Kind verschwunden war. Das alles hatte er schon gehört, aber diese Frau reizte seine Neugierde. Aus ihrem Blick sprach unbeschreibliches Entsetzen, sie wirkte, als würde sie jeden Augenblick die Beherrschung verlieren. Von ihren zitternden Händen abgesehen, war sie jedoch äußerlich völlig ruhig und gefaßt, und sie bediente sich einer geradezu schmerzhaft höflichen und wohlüberlegten Ausdrucksweise. Für einen Moment fürchtete er, sie würde durchdrehen und überschnappen. Er wußte, daß sie nahe daran war. Und ihre Angst war echt. Dennoch sah sie in ihrem Nachthemd und dem Hausmantel wie eine Königin im Ballsaal aus, ruhig, hoheitsvoll und unglaublich hübsch.

»Könnten wir uns nicht an einem ruhigeren Ort unterhalten?«

fragte er. Die Polizei war im Begriff, das Haus auseinanderzunehmen, während das Personal dastand und zuschaute.

»Ja.« Sie führte Taylor in Malcolms Arbeitszimmer, eigentlich eine Bibliothek mit kostbaren Büchern, einer Sitzgarnitur aus Leder und einem großen Schreibtisch, an dem Malcolm arbeitete, wenn er zu Hause war. An diesem Schreibtisch hatte er noch am Morgen gesessen. Der Anblick des Zimmers erinnerte Taylor daran, daß er ihren Mann noch nicht gesehen hatte. Er fragte nach ihm, als Marielle ihm gerade Platz anbot. Sie selbst ließ sich fröstelnd auf einer Couch nieder.

»Er ist in Washington. Ich habe mit ihm gesprochen, etwa zwei Stunden ehe ich entdeckte . . . ehe ich hinaufging . . .« Sie brachte es nicht über sich, auszusprechen, daß Teddy entführt worden war.

»Haben Sie ihn schon verständigt?« Sie schüttelte mit zutiefst bekümmerter Miene den Kopf. Wie sollte sie es Malcolm nur beibringen?

»Ich hatte noch keine Zeit«, sagte sie leise und hatte plötzlich das Gefühl, alles sei ihre Schuld.

Er nickte, ohne sie aus den Augen zu lassen. Für ihn, der aus einer anderen Welt kam, war sie faszinierend, er war noch nie einer Frau wie ihr begegnet, so nobel, so höflich und zugleich so warmherzig und sanft.

Er war in Queens aufgewachsen, kam aus einer in verzweifelter Armut lebenden Familie. Im großen Krieg hatte er bei den Marines gedient; er hatte überlebt und war kurz darauf zum FBI gegangen. Nun war er schon zwanzig Jahre dabei und hatte erst kürzlich seinen zweiundvierzigsten Geburtstag gefeiert. Er hatte eine Frau und zwei Kinder, die er über alles liebte, doch als er Marielle gegenübersaß, bemüht, sich auf den Fall zu konzentrieren, mußte er sich eingestehen, daß er noch nie eine Frau wie sie gesehen hatte. Selbst in dieser Aufmachung wirkte sie aristokratisch und vornehm. Ihr Gesicht war so unschuldig, ihre Augen so voller Schmerz, daß er sich nichts sehnlicher wünschte, als seine Arme um sie zu legen.

»Es tut mir leid, Mrs. Patterson.« Ihr zuliebe mußte er sich zwingen, wieder an den Fall zu denken. »Berichten Sie mir alles noch einmal, den genauen Hergang.« Zunächst hörte er ihr mit geschlossenen Augen zu, dann sah er sie hin und wieder an und beobachtete sie, als wollte er sehen, ob es eine Diskrepanz gab, etwas Falsches, eine Unwahrheit, jene Art Lüge, für die er ein untrügliches Gespür hatte. Hier nahm er etwas anderes wahr, keine Lüge, statt dessen aber ein namenloses Entsetzen. Er wartete, bis sie fertig war, und fragte dann: »Gibt es sonst noch etwas? Etwas, das Sie gesehen haben, heute oder im Lauf der letzten Tage ... etwas, das Sie erschreckt hat oder das erst im Licht des heutigen Geschehens für Sie einen Sinn ergibt?« Doch wieder schüttelte sie den Kopf, nicht willens, ihre geheimsten Ängste mit einem Fremden zu teilen. »Gibt es etwas, das Sie mir zu sagen haben, etwas, das Sie mir anvertrauen möchten, ehe Ihr Mann und der Rest der Welt davon erfahren?« Bei anderen Gelegenheiten hatte er Frauen nach ihren Freunden, Liebhabern, Bekannten ausgefragt, doch das wäre ihm hier unpassend erschienen. Sie schien nicht zu jenen Frauen zu gehören ... im Gegenteil, in seinen Augen war sie die Frau, für die man bereit war, sein Leben zu opfern. »Gibt es jemanden in Ihrem Leben oder in Ihrer Vergangenheit, der Ihnen dies antun könnte ... fällt Ihnen jemand ein?«

Diesmal entstand eine lang anhaltende Stille, dann schüttelte sie erneut den Kopf, sichtlich schmerzlich berührt. »Das hoffe ich nicht.«

»Mrs. Patterson ... überlegen Sie genau ... das Leben Ihres Kindes könnte davon abhängen, was Sie mir sagen und was nicht.« Beim Gedanken an Charles drehte sich ihr das Herz im Leib um. War es möglich, daß sie noch immer gewillt war, ihn zu schützen? Konnte es sein, daß er es gewesen war? Aber sollte sie das Risiko eingehen und Taylor die Sache verschweigen? Ehe sie ein Wort sagen konnte, trat Sergeant O'Connor nach kurzem Klopfen ein und meldete, Chauffeur und Hausmädchen seien nach Hause gekommen . . . ohne das Kind. »Wo sind sie?« Der FBI-Mann schien verärgert. Er hatte gespürt, daß sie mit sich kämpfte und kurz davor stand, ihm etwas Wichtiges anzuvertrauen.

»Sie sind im Wohnzimmer und, John . . .« Der Sergeant sah Taylor mit Verschwörermiene an und warf Marielle eine entschuldigenden Blick zu. »Stockbetrunken sind sie, alle beide, und sie trägt ein Prachtstück von Ballkleid.« Wieder galt sein Blick Marielle. »Ich verwette meinen letzten Dollar darauf, daß es ein Kleid von Ihnen ist, das sie unerlaubt trägt.« Aber das alles erschien Marielle vollkommen unwichtig. Die Frage lautete: Wo steckte ihr Sohn, und wer hatte ihn in seiner Gewalt?

»Bringen Sie die beiden in die Küche und flößen Sie ihnen so lange schwarzen Kaffee ein, bis sie nicht mehr können. Dann rufen Sie mich.« Der Polizist nickte und verschwand, so daß John Taylor seine Aufmerksamkeit wieder der Mutter des Kindes widmen konnte. Doch dann kam der Polizist noch einmal zurück, offenbar mit einer wichtigen Mitteilung für Marielle.

»Mrs. Patterson, wir haben Ihren Mann angerufen.« Sie war nicht sicher, ob sie sich bei ihm bedanken sollte. Eigentlich hatte sie ein schlechtes Gewissen, weil sie Malcolm nicht selbst verständigt hatte, gleichzeitig aber war sie erleichtert – auch wenn sie ihm den Schock, es von einem Fremden zu erfahren, hatte ersparen wollen. Jemandem eine Nachricht dieser Art behutsam beizubringen war so gut wie unmöglich, und sie sorgte sich um Malcolm, denn sie wußte, wie sehr er an Teddy hing.

»Was hat er gesagt?« John Taylor fiel auf, wie beklommen sie die Frage stellte.

»Er war außer sich.« Der Polizist warf John einen Blick zu. Daß der Mann am Telefon ungehemmt geweint hatte, sagte er nicht. Auch hatte Mr. Patterson nicht verlangt, mit seiner Frau zu sprechen. O'Connor kam das merkwürdig vor, aber bei solchen Leuten war eben so manches anders. Er hatte das alles oft genug miterlebt, von Kindesentführung bis Mord. »Er will am Morgen da sein.«

»Danke.« Sie nickte, als er ging, dann sah sie wieder den FBI-Agenten an, der genau wußte, daß es mehr gab als das, was sie ihm gesagt hatte. Er fragte sich, wie offen er mit ihr sein konnte, ob sie lügen würde, ob sie in Ohnmacht fallen oder ob sie versuchen würde, wütend den Raum zu verlassen, aber sie tat nichts dergleichen, sie hörte ihm einfach zu. Und sie beobachtete ihn. Er war ein kraftvoller, gewinnender, auf markante Weise sehr gut aussehender Mann, doch ihre Aufmerksamkeit galt nicht seinem Aussehen, sondern dem, was er sagte.

»Mrs. Patterson, es gibt manchmal Dinge, die Fremden anzuvertrauen wir uns scheuen. Dinge, die wir auch uns selbst oder den Menschen, die wir lieben, nicht eingestehen wollen ... aber in einem Fall wie diesem könnte es den entscheidenden Unterschied ausmachen. Ich brauche Ihnen nicht zu sagen, was hier auf dem Spiel steht. Sie wissen es ... alle wissen es. Würden Sie sich die Sache durch den Kopf gehen lassen und darüber nachdenken, ob es nicht doch noch etwas gibt, das Sie mir sagen möchten?« Doch ehe sie antworten konnte, ging er hinaus und versprach wiederzukommen, sobald er mit Patrick und Edith gesprochen hätte. Sie blieb in Malcolms Arbeitszimmer sitzen und fragte sich, wieviel sie ihm sagen konnte, obwohl ihr im Grunde klar war, daß sie ihm vertrauen mußte.

Patrick und Edith waren noch ziemlich angeheitert, als John Taylor eintrat, doch sie waren immerhin klar genug, um zu wissen, wo sie gewesen waren, was sie gemacht hatten und mit wem sie zusammengewesen waren. O'Connor notierte alles, während Taylor sie verhörte; Patrick empörte sich, weil man ihn polizeilich gesucht hatte. Das könne seinen Ruf ruinieren, erklärte er, was weder auf O'Connor noch auf Taylor Eindruck machte. Beide argwöhnten, daß er ebenso wie Edith schamlos lügen konnte, wenn die Situation es erforderte.

»Warum waren Sie heute mit ihm aus?« wandte Taylor sich an Edith, die prompt die Beine übereinanderschlug und sich in dem geklauten Kleid verführerisch in Positur warf. Es war das Kleid, das Marielle am vorangegangenen Abend bei den Whytes getragen hatte. Anschließend hatte sie Edith gebeten, es zur Reinigung zu bringen. Und diese hatte auch die Absicht, es reinigen zu lassen, sie wollte es nur zuvor einmal tragen, wie sie es mit so vielen anderen Kleidern gehalten hatte. Nur vom Hermelin hatte sie die Finger gelassen, sie wagte es nicht, sich das kostbare Stück »auszuleihen«. »Hätten Sie nicht zu Hause sein und auf den Jungen aufpassen sollen?«

»Na und?« ließ Patrick sich vernehmen. »Was spielt es schon für eine Rolle, wer bei dem Kind sitzt? Wäre sie hiergeblieben, dann hätte man sie betäubt und zusammengeschnürt wie ein Huhn, und wofür? Für den lausigen Lohn, den man uns zahlt?« Er war noch immer zu alkoholisiert, um zu merken, daß seine Worte sie beide in Teufels Küche bringen konnten, aber Edith, die schneller nüchtern geworden war, ließ Nervosität erkennen.

»Ich wußte ja nicht . . . ich hätte . . . ich glaube . . . ich dachte nur, weil bald Weihnachten ist.«

»Woher haben Sie das Kleid?«

»Es gehört mir.« Sie versuchte es mit Dreistigkeit. »Meine Schwester hat es genäht.« Taylor, der sich ihr gegenüber niederließ, gab ihr mit seinem verständnisinnigen Nicken zu verstehen, daß er Typen wie sie kannte und nicht daran dachte, ihr diese Geschichte abzunehmen.

»Wird Mrs. Patterson dies bestätigen, wenn ich sie hereinbitte, oder gehört das Kleid ihr?« Das Mädchen senkte den Kopf und fing zu heulen an, während Patrick immer angriffslustiger wurde.

»Ach, um Himmels willen, du Heulsuse, laß das . . . was

soll's ... du hast dir eben ihr Kleid geborgt. Du gibst die Sachen ja immer zurück. Scheiße, man möchte meinen, du arbeitest für die Heilige Jungfrau. Hören Sie«, er drohte John Taylor mit dem Zeigefinger, »nehmen Sie Mrs. Patterson ihr madonnenhaftes Getue bloß nicht ab. Zweimal habe ich sie letzte Woche mit ihrem Freund ertappt. Einmal hat sie sogar den Jungen mitgenommen, also sparen Sie sich diese Anspielungen, wir hätten den Kleinen entführt. Reden Sie mit ihr und fragen Sie sie nach dem Burschen, den sie am Freitag in der Kirche und gestern – im Beisein Teddys – im Park geküßt hat.« O'Connor notierte sich die Sache, verzog jedoch keine Miene, und John Taylor starrte Patrick mit stummem Interesse an. Er wußte, daß noch mehr kommen würde, wenn er jetzt den Mund hielt, und er sollte recht behalten. Es kam mehr, eine knappe Minute später. »Der Kerl sah aus wie ein Irrer, wenn Sie mich fragen, tobte und brüllte und bedrohte sie, und dann versuchte er, sie zu küssen. Armer Teddy ... der hat Todesängste ausgestanden. Dieser Dreckskerl hatte wohl nicht alle Tassen im Schrank.«

»Warum sagen Sie, er sei ihr Freund?« Der Ton war kühl, der Blick eisig. »Haben Sie ihn vorher schon einmal mit ihr zusammen gesehen?«

Patrick überlegte und schüttelte den Kopf. »Nein ... nur vorgestern in der Kirche und gestern im Central Park. Aber sie kann sich sonstwo mit ihm getroffen haben ... er schien sie gut zu kennen. Sie läßt sich nicht immer von mir fahren.«

»Fährt sie selbst?«

»Ab und zu.« Er überlegte wieder. »Und manchmal geht sie spazieren. Aber sie geht eher selten aus. Ich glaube, die tut sich selbst sehr leid. Hat oft Kopfschmerzen.« Ein sehr interessantes Bild, das hier entworfen wurde. Irgendwie hatte John Taylor den Eindruck gehabt, sie sei stabiler.

»Haben Sie sie jemals mit anderen Männern gesehen?« Patrick schien zu bedauern, daß er, abgesehen von diesem einen Mal, nichts dergleichen beobachtet hatte. Und dann brachte Taylor ihn mit einer Frage, die er nicht beantworten wollte, aus dem Tritt. »Haben Sie Mr. Patterson schon mit anderen Frauen gesehen?«

Eine lange, bedeutungsschwere Pause trat ein. Patrick blickte die noch immer schluchzende Edith an. Sie war sicher, daß sie wegen des Kleides ihre Stelle verlieren würde, und das bereitete ihr viel größere Sorgen als das Verschwinden des kleinen Jungen, der ihrer Obhut anvertraut gewesen war.

John Taylor wiederholte die Frage – für den Fall, daß Patrick eine Gedächtnishilfe benötigte. »Haben Sie Ihren Chef mit einer anderen Frau gesehen?«

»Nicht daß ich wüßte ...« Und dann: »... bis auf seine Sekretärinnen.« Aber das waren Informationen, die er sich später beschaffen konnte. Die Sache mit dem Freund hingegen reizte Taylors Neugierde. Die Frau schien ihm zu kühl für so etwas, zu klug, zu sauber und zu anständig. Aber man wußte ja nie, und jetzt mußte er sie danach fragen. Er haßte diese Dinge ... Antworten erzwingen, Schmerz bereiten. Aber die Situation war ohnehin schmerzlich, und wenn er mithelfen konnte, den Jungen zu finden, dann war das den Schmerz wert.

Er stand auf und musterte den Chauffeur, den er vom ersten Moment an als schäbig eingestuft hatte. Ein sauberes Pärchen. Aber sein Instinkt sagte ihm auch, daß eine Beteiligung dieses Zwiegespanns an der Entführung sehr unwahrscheinlich war. Gut möglich, daß sie bestechlich waren und für hundert Kröten irgendeine Tür offengelassen hatten, aber nicht einmal das war sicher. Sie hatten ihre Arbeitgeber betrogen, indem sie sich – sie in einem gestohlenen Kleid – mit einem geborgten Wagen einen schönen Abend machten und an dem Kind pflichtvergessen handelten, doch er bezweifelte, daß sie mehr getan hatten. Ein Glück für sie, denn er hätte sie nur zu gern festgenagelt.

Nachdem er O'Connor angewiesen hatte, sie freizulassen,

ging er zurück in die Bibliothek. Später wollte er sie sich noch einmal vornehmen. Beide hatten bereits behauptet, sie hätten am Abend und an den Tagen davor nichts Ungewöhnliches bemerkt. Das einzig Ungewöhnliche sei Marielles Treffen mit ihrem »Freund« gewesen, wie Patrick wiederholte.

»Was soll man davon halten?« fragte O'Connor halblaut, ehe Taylor die Küche verließ.

»Wahrscheinlich lauter Lügen, aber ich werde Mrs. Patterson danach fragen.«

»Sie sieht mir nicht danach aus.« O'Connor schüttelte den Kopf. Vielleicht hatte der Freund das Kind entführt. Das war immerhin eine Möglichkeit – falls sie denn eine außereheliche Beziehung hatte, was nicht ganz auszuschließen war. Immer waren es die Stillen, die einen überraschten.

»Nein, sie sieht nicht danach aus«, gab Taylor ihm in beinahe traurigem Ton recht. Aber falls es stimmte, dann war es um so dringender, daß er noch vor der Rückkehr ihres Mannes mit ihr sprach. Als er die Bibliothek betrat, sah er sie dasitzen, als hätte sie sich die ganze Zeit über nicht gerührt. Nur ihr Zittern schien stärker geworden zu sein, obwohl es warm war im Haus. Sie stand eindeutig unter Schockeinwirkung, und sein Mitleid regte sich erneut.

»Möchten Sie einen Drink oder eine Tasse Tee?«

»Nein, danke«, gab sie bedrückt zurück. »Wußten die beiden etwas?« fragte sie hoffnungsvoll, er aber schüttelte den Kopf. »Halten Sie es für möglich, daß die zwei ihn mitgenommen und irgendwo zurückgelassen haben und dann zurückkamen?« Es war ein Gedanke, der ihr gekommen war, während er mit den beiden gesprochen hatte, und sie wollte diese Überlegung unbedingt vorbringen.

»Möglich, aber nicht wahrscheinlich. Morgen werde ich mir die beiden noch einmal vornehmen. Aber ich glaube, sie haben sich einfach einen schönen Abend machen wollen, mit Tanzen und Trinken.« Wie sie war er enttäuscht. Es wäre so einfach gewesen, wenn die zwei den Jungen gehabt hätten.

»Keiner der beiden kann mich sonderlich gut leiden.« Das traf auf die meisten Angestellten in Malcolms Haus zu, ein Eingeständnis, das ihr unangenehm war. Für das Personal war Malcolm der Boß, und sonst niemand. Mochte sie auch noch so nett zu allen sein, man begegnete ihr mit Kälte, Unhöflichkeit und Überheblichkeit und kränkte sie damit mehr, als man ahnte.

Die Ehe mit Malcolm hatte ihr entgegen allem Anschein nicht immer ein leichtes Leben beschert. Es hatte viele lange Nächte voller Kummer und Einsamkeit gegeben. Mittlerweile waren viele Jahre vergangen, und trotz allem war sie ihm treu geblieben, war anständig, redlich und Teddy eine gute Mutter. Aber kein Mensch dankte es ihr. Nicht einmal Malcolm, wie sie manchmal zu spüren glaubte.

Taylor, der ihr Mienenspiel beobachtete, fragte: »Warum glauben Sie, daß die beiden Sie nicht mögen?« Er versuchte erst gar nicht, ihr zu widersprechen, denn der Haß in Patricks Blick war ihm nicht entgangen, ebensowenig Ediths Gesichtsausdruck, als über Marielles Kleider gesprochen wurde.

»Ich glaube, sie sind eifersüchtig. Die meisten waren ja schon im Haus, ehe ich heiratete. Für sie war ich nichts als ein Eindringling. Sie hatten sich mit meinem Mann gut arrangiert, und plötzlich tauchte ich als Störenfried auf. In einem Haus wie diesem kommt bei jedem ein anderer Aspekt ins Spiel – etwas, das jemand tut, etwas, das jemand will, etwas, das jemand nicht hätte tun sollen, aber getan hat und vor dessen Aufdeckung er zittert. Ich bin für sie alle ein lästiges Übel, und deshalb begegnen sie mir mit Abneigung.« Da fielen ihm ihre Kopfschmerzen ein. Merkwürdig, aber im Lichte dessen, was der Chauffeur gesagt hatte, drängte sich ihm unwillkürlich die Frage auf, ob sie und Malcolm eine glückliche Ehe führten.

»Vielleicht haben Sie recht.« Er schlug einen unbeteiligten Ton an. »Und wie steht es mit der Frage, die ich Ihnen stellte, ehe ich hinausging?«

»Mir fällt dazu nichts ein.« Sie kämpfte noch immer mit ihrem Gewissen, mit ihren Ängsten und mit ihrem Unvermögen zu glauben, daß Charles Teddy entführt haben könnte, ungeachtet dessen, was er in seiner Erregung gesagt hatte. Er konnte das nicht wirklich gemeint haben.

»Sind Sie sicher?« Als zwei Uniformierte den Raum durchquerten, hielt Taylor sie mit einer Handbewegung auf und bat sie, falls es sich irgendwie einrichten ließe, Marielle Tee und ihm selbst Kaffee zu besorgen. Es war drei Uhr morgens, und der Anblick der zitternden Marielle genügte, ihn Kälte und Müdigkeit empfinden zu lassen.

»Gibt es denn etwas Neues?« Sie kämpfte mit den Tränen, und er schüttelte den Kopf. Sie konnte noch immer nicht fassen, daß sie Teddy nicht mehr vorfinden würde, wenn sie hinaufging. Er mußte da sein . . . doch im Herzen wußte sie, daß es nicht so war.

»Mrs. Patterson . . .«, setzte Taylor gemessen an, nachdem die Getränke serviert worden war. Der Polizist, der sie gebracht hatte, war wieder gegangen und hatte die Tür nur angelehnt. Taylor stand auf und schloß sie. »Ich möchte Ihnen sagen, was Ihr Chauffeur ausgesagt hat. Ich möchte es selbst mit Ihnen besprechen. Denn wenn die Presse davon Wind bekommt, wird sie eine mörderische Story daraus basteln.« Noch ehe er fortfuhr, wußte sie, was diese Story bringen würde, und in gewisser Weise spürte sie, daß es eine Erleichterung bedeutete, mit ihm darüber zu sprechen. »Mr. Reilly sagt aus, daß Sie einen ›Freund‹ haben.« Er sprach das Wort ohne besondere Betonung aus, und Marielle reagierte mit einem Lächeln. Es war so absurd, daß sie lächeln mußte, aber andererseits wußte sie, wie gemein Patrick war, und konnte sich seine Geschichte gut vorstellen.

»Eine interessante Bezeichnung«, lautete ihre Antwort.

»Ist sie zutreffend?« Sie spürte, wie er sie unter Druck setzte.

Er wollte alles über sie wissen, immerhin ging es um das Leben ihres Kindes. Wenn es sein mußte, würde er auch mit Rücksichtslosigkeit vorgehen, mochte sie ihm auch noch so gut gefallen.

Sie blickte ihn an und seufzte. »Nein, sie ist nicht zutreffend.« Charles als ihren »Freund« zu bezeichnen grenzte an Ironie. »Er ist mein Exmann. Ich hatte ihn fast sieben Jahre nicht gesehen – bis vor zwei Tagen. Wir sind einander in der St.-Patricks-Kathedrale begegnet.«

»Zufällig?«

Sie bejahte ernst, und so, wie sie ihn ansah, glaubte er ihr. Aus ihrem Blick sprach tiefe Kümmernis, und er meinte dahinter alten Schmerz zu spüren.

»Unsere Begegnung war absolut zufällig. Er lebt in Spanien ... kämpft gegen Franco.«

»O Gott, so einer ist er.« Taylor nahm einen großen Schluck Kaffee. Die Nacht war lang und würde noch länger werden, und er mußte frisch bleiben. Er wollte das Gespräch mit ihr zu Ende führen und ihre Geschichte hören, ehe ihr Mann eintraf. »Ist er Kommunist?«

Wieder lächelte sie. Auch diese Bezeichnung klang auf Charles angewendet komisch, obwohl in der momentanen Situation nichts wirklich komisch sein konnte. Mit Teddys Verschwinden würde niemals wieder etwas komisch sein ... oder unbeschwert ... oder nett ... oder gar wert, daß man dafür lebte. Doch er würde zurückkommen. Diesmal würde es anders sein. Es mußte anders sein. Die Story würde ein Happy-End haben. »Ich glaube nicht, daß seine Teilnahme an diesem Kampf Ausdruck einer politischen Gesinnung ist. Es ist nur so, daß der Kampf gegen Windmühlen Sinn seines Lebens ist. Er ist ein Idealist und Träumer, und er ist Schriftsteller. Er ist nach Pamplona gegangen, um mit den Stieren um die Wette zu laufen. Nicht umsonst zählt Hemingway zu seinen Freunden. Ich glaube, als es in Spanien losging, konnte er gar nicht anders als mitmachen. Genau weiß ich es nicht ... ich habe ihn seit Jahren nicht mehr gesehen. Seit 1929 war ich nicht mehr richtig mit ihm zusammen . . . und seit 1932, als ich in die Staaten zurückkehrte und Malcolm heiratete, hatte ich überhaupt keinen Kontakt mehr mit ihm.«

»Und warum jetzt? Warum ist er plötzlich aufgetaucht? Um Sie zu sehen?«

»Nein.« Sie schüttelte den Kopf. »Der Grund sind familiäre Verpflichtungen. Sein hochbetagter Vater hat vermutlich nicht mehr lange zu leben.«

»Hat er Sie angerufen oder Ihnen geschrieben, als er nach Hause kam?« Sie schüttelte den Kopf. »Glauben Sie, er könnte Ihnen gefolgt sein? Mißbilligt er Ihre zweite Ehe?«

Sie seufzte und sah den Inspektor lange und eindringlich an. »Ich weiß nicht, ob er mir gefolgt ist. Angerufen hat er nicht . . . ja . . . ich glaube, er ist sehr aufgebracht wegen meiner Heirat . . . und Teddys wegen . . . von ihm wußte er nichts. Am Freitag sagte ich ihm, daß ich geheiratet habe, aber Teddy . . . habe ich nicht erwähnt. Er hat ihn erst gestern gesehen.«

»Gestern?« John Taylors Neugierde wuchs.

»Im Central Park. Ich wollte mit Teddy zum Bootsteich, aber der war zugefroren.« Taylor nickte. Diese zweite Begegnung schien ihm von besonderem Interesse zu sein.

»Hatten Sie sich mit dem Mann verabredet?«

»Es war wieder nur purer Zufall. Er wohnt direkt am Park, etwa auf der Höhe des Teiches.«

»Wollten Sie ihn dort treffen?«

»Ich habe keinen Gedanken daran verschwendet.« Sie sah Taylor offen an, noch immer vor Aufregung zitternd.

»Haben Sie an ihn gedacht?«

Sie nickte mit einem Blick, der ihn zu durchbohren schien. Seit ihrer Begegnung in der Kirche hatte sie fast ununterbrochen an ihn gedacht.

»Meinen Sie nicht auch, daß zwei zufällige Begegnungen nach

sieben Jahren die Bereitschaft, Ihnen zu glauben, arg strapazieren? Sie sehen ihn sieben Jahre lang nicht, und dann ist er plötzlich zweimal in zwei Tagen zur Stelle. Denken Sie nicht, daß seinerseits Absicht dahinterstecken könnte?«

»Vielleicht.« Möglich war es immerhin. Sie hatte sich diese Fragen schon selbst gestellt.

»Hat er etwas von Ihnen gewollt?« Taylor ließ sie nicht aus den Augen.

Sie nickte nach einigem Zögern. »Ja ... er wollte mich unbedingt wiedersehen.«

»Warum?«

»Ich weiß es nicht sicher ... um mit mir zu reden ... über Dinge, die nicht mehr wichtig sind. Jetzt ist alles vorüber ... es ist vorbei ... schon seit langem. Ich bin mit Malcolm verheiratet, seit sechs Jahren schon ...« Sie sprach nicht weiter und sah John Taylor bekümmert an. Er war zu einem so schrecklichen Zeitpunkt in ihr Leben getreten, daß sie ihn kaum bewußt wahrnahm. Sie sah zwar sein Gesicht und hörte seine Stimme, doch wußte sie nicht, wer er war ... sie wußte gar nichts. An Teddy zu denken machte sie benommen und starr vor Angst.

»Wann haben Sie Charles geheiratet?« Seine Stimme drang sanft, aber eindringlich an ihr Ohr.

»1926 ... mit achtzehn ...« Sie sah ihn fest an, plötzlich entschlossen, die Wahrheit zu sagen. »Inspektor, mein Mann hat davon keine Ahnung. Er glaubt, ich hätte nur ein wenig ›über die Stränge geschlagen‹, als ich in Europa war. Mein Vater hat damals unter seinen Bekannten Andeutungen fallengelassen, ich hätte ›einen ernsthaften Flirt mit einem unpassenden Bewerber‹ gehabt. Mehr nicht. Er war ein Träumer. Dabei wußte er natürlich, daß ich fünf Jahre verheiratet war und mit meinem Mann in Europa lebte. Als Malcolm mich bat, seine Frau zu werden, wollte ich ihm das alles sagen, doch er wollte es nicht hören. Er sagte, wir alle hätten eine Vergangenheit und es sei besser, wenn sie unberührt und unbesprochen bliebe. Was er gehört hatte, war die Geschichte, die mein Vater verbreitete, um sich Peinlichkeiten zu ersparen. Ich glaube nicht, daß Vater auch nur einem seiner Freunde meine Ehe mit Charles gestanden hat. Wir lebten in Frankreich . . .« In ihre Augen trat ein entrückter Blick. »Und wir waren sehr glücklich.« Als sie das sagte, sah sie noch schöner aus.

»Und was hat dieses Glück gestört?« Seine Stimme klang plötzlich tief und rauh, und Taylor gab sich alle Mühe, sich nicht von Marielle ablenken zu lassen.

»Etliche Dinge.« Sie wich ihm aus, das spürte er sofort. Nur eine einzige Sache hatte den Traum zerstört, eine einzige. Ein grauenhafter Nachmittag, von dem sie sich nie wieder erholt hatten.

»Mrs. Patterson . . . Marielle . . . ich muß wissen, was passiert ist . . . um Ihretwillen . . . um Teddys willen.« Seine Worte gingen ihr so zu Herzen, daß ihr Tränen in den Augen standen, als sie Taylor ansah.

»Ich kann jetzt nicht darüber sprechen. Ich habe noch nie . . .« Außer mit ihrem Arzt in der Klinik.

»Sie müssen.« Er drängte sie mit Entschlossenheit und Kraft, sie aber leistete beharrlich Widerstand.

»Ich kann nicht.« Sie stand auf, ging auf und ab und blieb schließlich lange am Fenster stehen, um hinauszusehen. Draußen war es finster, und irgendwo in der Finsternis befand sich Teddy. Da drehte sie sich um und sah den FBI-Agenten an. Noch nie hatte er einen so schmerzlichen Blick gesehen. Mehr noch als zuvor spürte er das Verlangen, die Hände ausstrecken und diese Frau berühren zu können.

»Es tut mir leid. Ich tue Ihnen das höchst ungern an.« Das hatte er noch nie zu jemandem gesagt, doch hatte er auch noch nie so für eine Frau empfunden. In ihr waren Reinheit und Sanftheit und dazu eine besorgniserregende Zerbrechlichkeit. »Marielle.«

Er nahm sich heraus, sie mit ihrem Vornamen anzureden, ohne sie um Erlaubnis gebeten zu haben, aber er durfte nichts unversucht lassen, um persönliche Nähe herzustellen. »Sie müssen es mir sagen.«

»Meinem Mann habe ich es nie gesagt ... wenn er es gewußt hätte ...« Vielleicht wäre es nie zu dieser Ehe gekommen, und dann hätte es auch keinen Teddy gegeben.

»Mir können Sie es sagen.« Er kämpfte um ihr Vertrauen.

»Und was dann? Werden Sie es an die Presse weitergeben?« Ihr Blick ging ihm durch und durch, und er schüttelte den Kopf.

»Versprechen kann ich Ihnen gar nichts. Aber ich gebe Ihnen mein Wort, daß ich alles tun werde, um Ihr Geheimnis zu wahren, es sei denn, Teddys Sicherheit stünde auf dem Spiel. Na, ist das ein Angebot?«

Sie nickte und sah wieder hinaus in den Garten. »Wir hatten einen Sohn, Charles und ich ... einen kleinen Jungen, er hieß André ...« Ihre Kehle war wie zugeschnürt, als sie den Namen aussprach. »Er kam elf Monate nach unserer Hochzeit zur Welt ... mit glänzendem schwarzem Haar und großen blauen Augen ... ein richtiger kleiner Engel ... ein kleiner rundlicher Putto. Er war unser ein und alles, und wir nahmen ihn überallhin mit.« Sie wandte sich John wieder zu. Plötzlich konnte sie gar nicht mehr anders, sie mußte ihm die ganze Geschichte erzählen. »Er war bildhübsch und immer fröhlich. Wo immer wir mit ihm hinkamen, fiel er den Menschen auf.« John ließ sie nicht aus den Augen, während sie weitersprach. Ihr Blick und die ganze Art, wie sie erzählte, wollten ihm nicht gefallen. »Charles liebte ihn über alles ... und ich auch ... und dann kam das Jahr, in dem wir Weihnachten in der Schweiz verbrachten. André war damals zweieinhalb, und es war herrlich, mit ihm im Schnee zu spielen. Wir haben sogar einen Schneemann gebaut.« Tränen liefen ihr über die Wangen, Tränen des Schmerzes, doch John hütete sich, sie zu unterbrechen. »Eines Tages wollte Charles zum Skilaufen ins Gebirge, und ich zog es vor, in Genf zu bleiben. André und ich unternahmen einen Spaziergang am Seeufer, wir schwatzten und spielten miteinander. Der See war zugefroren, und als wir auf eine Gruppe von Frauen und Kindern trafen, blieben wir stehen und plauderten. Ich unterhielt mich mit einer der Frauen, wir sprachen über kleine Jungen in Andrés Alter...« Sie konnte kaum weitersprechen, doch sie zwang sich dazu, bei jedem Wort um Atem ringend. »Sie wissen ja, wie Frauen sind, sie reden gern von ihren Kindern. Wir sprachen darüber, was für Streiche Zweijährige aushecken können, und während wir uns unterhielten... während wir miteinander sprachen...« Sie berührte ihre Augen mit einer fahrigen Handbewegung, und ohne zu überlegen, streckte er seine Hand nach ihr aus, wie um ihr weiterzuhelfen – und sie hielt seine Finger fest. »... während wir redeten, lief er mit ein paar anderen hinaus aufs Eis, und dann, ganz plötzlich, gab es dieses gräßliche... gräßliche...« Nun konnte sie nicht mehr, im Raum wurde die Luft knapp. Aber John drückte ihre Hand ganz fest, und schließlich fuhr sie doch fort, ohne allerdings ihr Gegenüber richtig wahrzunehmen, verloren in einer Zeit, die sie fast das Leben gekostet hätte. »Es gab ein gräßliches knackendes Geräusch... dumpf wie Donner... und das Eis brach. Drei Kinder fielen ins Wasser... eines davon war André. Ich lief mit den anderen Frauen hinaus, irgendwo schrien Leute. Ich erreichte das Loch als erste... die zwei Mädchen konnte ich herausholen. Ich erwischte sie«, schluchzte sie, »ich bekam sie zu fassen... aber ihn nicht... ich versuchte es... ich versuchte es mit aller Kraft... aber ich konnte ihn nicht festhalten... sosehr ich es versuchte... ich versuchte buchstäblich alles... ich tauchte sogar unter, doch er war schon unters Eis geglitten. Und dann fand ich ihn...« Ihre Stimme war entstellt vor Schmerz, und John Taylor, der wie gebannt zugehört hatte, kamen die Tränen... »Er war blau angelaufen, als er winzig und kalt und reglos in meinen Armen lag... ich habe wieder alles versucht ... ich habe versucht, ihn zu beatmen, ihn zu erwärmen ... dann kam der Krankenwagen, und er wurde ins Krankenhaus gebracht, aber ...« Als sie jetzt zu John aufschaute, nahm sie ihn auch bewußt wahr, und sie weinten beide um den kleinen Jungen, der unter dem Eis des Genfer Sees ums Leben gekommen war. »Er war nicht zu retten. Später hieß es, er sei in meinen Armen gestorben, in dem Augenblick, da ich ihn herauszog ... aber da war er schon leblos und ohne Atem gewesen ... woher hat man also wissen können, wann er starb?« Und was machte es schon aus? »Es war allein meine Schuld ... ich hätte ihn im Auge behalten sollen und habe es nicht getan. Ich unterhielt mich mit diesen verdammten Frauenzimmern ... über ihn ... und dann war er plötzlich fort ... ein einziger Moment der Unachtsamkeit hat ihn das Leben gekostet ...«

»Und Charles?« Er stellte die Kardinalfrage, obwohl er vom eben Gehörten noch aufgewühlt war, doch verriet ihm ihr von der Qual des Erinnerns gezeichnetes Gesicht, daß das noch nicht alles war.

»Natürlich gab er mir die Schuld. Man hat mich im Krankenhaus behalten, das wollte ich selbst ... ich wollte bei André bleiben ... Ich durfte ihn sehr lange in den Armen halten. Ich hielt ihn ganz fest und dachte immerzu: Wenn ich ihn doch nur wieder erwärmen könnte ...« Sie hörte sich an, als sei sie am Rande des Wahnsinns.

»Was hat Charles getan, als er ins Krankenhaus kam?« fragte er sanft. Es war eine wichtige Frage, und als sie sie beantwortete, schien sie wieder durch John Taylor hindurchzusehen.

»Er hat mich geschlagen ... heftig ... immer wieder ... und dann hieß es ... ich dachte ... ach, einerlei. Man sagte, bei dem Sprung ins Wasser ...«

»Was hat er Ihnen angetan, Marielle?«

»Er versuchte, mich zu schlagen ... er sagte, ich hätte André getötet, es sei alles meine Schuld. Er schlug mich, aber ich hatte es ja verdient ... und ...« Sie verschluckte sich fast an ihrem Schluchzen, und der Ton, den sie von sich gab, glich eher dem Klagelaut eines Tieres als einem menschlichen Laut. »... ich verlor das Baby ...« Wieder blickte sie zu ihm auf, und diesmal legte er einen Arm um sie und zog sie an sich, damit sie sich an seiner Schulter ausweinen konnte. Er hielt sie an sich gedrückt und strich ihr übers Haar, immer wieder.

»O mein Gott.« Nun verstand er. »Sie waren schwanger.«

»Im fünften Monat ... ein kleines Mädchen ... es starb abends, am selben Tag wie André.« Dann blieb sie eine Weile schweigend sitzen, weinte nur still vor sich hin, während John Taylor sie umfangen hielt.

»Es tut mir so leid ... Was Ihnen zugestoßen ist, tut mir unendlich leid ... und es tut mir leid, daß ich Sie nun mit alldem quälen muß.« Er hatte keine andere Wahl gehabt. Er hatte herausfinden müssen, was sie verschwieg. Er hatte an ihren Augen gesehen, daß da etwas war, aber er hatte nicht geahnt, daß es so schlimm sein würde.

»Mir geht es gut«, sagte sie leise, und in gewisser Weise stimmte es, in anderer wieder nicht. Unvermittelt war ihr eingefallen, daß Teddy verschwunden war ... und das war vor dem Hintergrund all der anderen Verluste zuviel für sie. Deswegen mußte John Taylor ihn finden. »Damals ging es mir allerdings gar nicht gut. Sehr lange nicht. Ich glaube ... ich glaube, man könnte es einen nervösen Zusammenbruch nennen oder schlimmer noch. Ich glaube, Charles war damals so gut wie von Sinnen. An jenem Abend mußte man ihn mit Gewalt von mir trennen, und bei der Beerdigung soll er zusammengebrochen sein. Ich weiß es nicht ... man erlaubte mir nicht hinzugehen. Ich wurde in eine Privatklinik in Villars gebracht, und dort blieb ich sechsundzwanzig Monate. Charles übernahm die Kosten, zu Gesicht bekam ich ihn nicht. Schließlich durfte er mich vor der Entlassung besuchen, und er bat mich, zu ihm zurückzukommen, doch ich konnte es nicht. Ich weiß, daß wir beide der Meinung waren, ich hätte André, wenn nicht gar beide Kinder auf dem Gewissen: Ich hatte nicht nur André ertrinken lassen, sondern war auch in das kalte Wasser gesprungen und hatte damit das Baby getötet.«

»Was hätten Sie denn anderes tun sollen? Den Kleinen ertrinken lassen?«

»Nein, ich habe getan, was ich tun mußte, doch ich brauchte zwei Jahre, um mir das klarzumachen, und weitere sechs Jahre habe ich gebraucht, bis ich gelernt hatte, damit zu leben.« Sie fing wieder zu weinen an. »Ich glaube, erst Teddys Geburt gab mir das Gefühl, Gott habe mir vergeben. Ich hatte große Schwierigkeiten, wieder schwanger zu werden, und das faßte ich als Strafe auf.«

»Das ist doch Wahnsinn. Sie sind schon genug bestraft worden. Womit sollten Sie denn das alles verdient haben?«

Sie lächelte dem Mann, den sie eben an ihrem Leben hatte teilnehmen lassen, traurig zu. »Den Großteil meines Lebens habe ich damit zugebracht, eine Antwort auf diese Frage zu suchen.« Da faßte er wieder nach ihrer Hand und goß ihr etwas Brandy in den Tee. Er hatte sich selbst aus einer von Malcolms Karaffen bedient. Noch immer fand er es unglaublich, daß ihr Mann von alldem nichts ahnte. Wie einsam sie mit dieser schweren Bürde gelebt hatte ... kein Wunder, daß sie oft an Migräne litt.

»Und die Begegnung in der Kirche?« Aber er hatte sich bereits einen Reim darauf gemacht.

»Es war der Jahrestag ... der Todestag unserer Kinder. Ich gehe an diesem Tag immer in die Kirche und zünde Kerzen für sie und meine Eltern an. Und ganz plötzlich war Charles da, wie eine Vision.« Blieb die Frage, ob ihr diese Vision willkommen gewesen war. Taylor fand Marielle immer faszinierender. Nicht zu fassen, was hinter ihr lag und wieviel sie ausgestanden hatte. Sie besaß mehr Kraft und Tiefe, als ihr anzusehen war.

»Lieben Sie ihn noch immer?« Er wollte es unbedingt wissen.

»Ja, ich glaube, ein Teil meines Wesens wird ihn immer lieben.« Das sagte sie so offen und ehrlich, daß an ihrer Fairneß kein Zweifel bestehen konnte. Die Anschuldigung des Chauffeurs, sie habe einen »Freund«, empfand er nun als um so empörender. »Aber dieser Teil meines Lebens ist vorbei.« Auch das klang aufrichtig.

»Und er? Wollte er, daß Sie zu ihm zurückkommen?«

»Ich weiß es nicht. In der Kirche sah ich ihn nur kurz, und wir waren beide erregt. Er wiederholte mehrfach, es sei nicht meine Schuld, aber ich weiß, daß er mich immer als die Schuldige betrachtet hat. Damals hat er mich angeklagt, unseren Sohn getötet zu haben, nachlässig gewesen zu sein . . .« Wieder wandte sie den Blick ab, und diesmal zwang John sie, einen Schluck Brandy zu nehmen. »Die Wahrheit ist, daß ich nachlässig war. Ich war ein Mädchen von einundzwanzig Jahren, das einen folgenschweren Fehler begangen hat. Nur für einen Moment habe ich mich von der Frau ablenken lassen, und schon war er fort . . . mich wundert nur, daß Charles gewillt ist, mir überhaupt zu vergeben, wenn man bedenkt, welche Einstellung er damals mir gegenüber hatte.«

»Sind Sie sicher, daß er Ihnen vergeben hat?«

Sie sah ihn offen an. Das war die große Frage. »Ich weiß es nicht. Am Freitag in der Kathedrale hatte ich den Eindruck. Als ich ihm sagte, daß ich wieder geheiratet hätte, wirkte er erstaunt, allenfalls nicht eben erbaut, aber er schien es zu akzeptieren. Doch am nächsten Tag, bei der Begegnung im Park . . . da geriet er Teddys wegen außer sich . . . er raste förmlich vor Wut, weil ich wieder ein Kind habe und er nicht. Er hielt mir sogar vor, ich hätte das nicht verdient, und ich empfand, was er sagte, als Drohung. Aber jetzt glaube ich, daß es nur Worte waren. Er sagte, er könnte mir das Kind wegnehmen, um mich zum Mitkommen zu zwingen.« Genau das hatte John Taylor hören wollen. Er war so gut wie sicher, daß sie auf die richtige Spur gestoßen waren. Jetzt brauchte man den Mann nur noch zu fassen. Gottlob hatte sie sich ihm rechtzeitig anvertraut. Mit etwas Glück würden sie den Jungen bald finden, konnten ihren Exmann hinter Gitter bringen, und der Fall war erledigt. So leid Marielle ihm nach allem, was sie durchgemacht hatte, tat, für Charles empfand Taylor alles andere als Mitgefühl. Der Kerl hatte sie damals im Krankenhaus geschlagen, obwohl sie schwanger war, statt ihr Trost zu spenden, hatte er sie beschuldigt, ihre gemeinsamen Kinder getötet zu haben. Zwei Jahre hatte er sie in einem Sanatorium allein gelassen und ihr für den Rest ihres Lebens die Bürde aufgeladen, sie sei schuld am Tod ihres Sohnes. Für John Taylor stand außer Frage, daß dem Mann eine Strafe gebührte.

»Glauben Sie, daß es ihm mit seinen Drohungen ernst war?«

»Da bin ich nicht sicher. Ich weiß es einfach nicht. Ich kann mir nicht vorstellen, daß er jemandem etwas zuleide tut, am allerwenigsten einem Kind. Aber ich bin mir nicht sicher, ob sich sein Jähzorn inzwischen gelegt hat. Eigentlich wollte ich Ihnen gar nicht sagen, was passiert ist.« Die gemeinen Behauptungen, die der Chauffeur aufgestellt hatte, erwiesen sich zu guter Letzt als wahrer Segen für Marielle.

Inzwischen war es sechs Uhr morgens, und es gab noch immer nichts Neues, keine Spur von Teddy. Aber die Informationen, die Marielle ihm geliefert hatte, würde sie weiterbringen. Taylor notierte sich sorgfältig Charles' Namen und Adresse und versprach ihr, sich in ein paar Stunden mit ihm diskret zu unterhalten. Fand er sein Alibi ausreichend und seine Aussage glaubwürdig, dann würde die Akte Charles Delauney wieder geschlossen, und man brauchte kein Wort mehr darüber zu verlieren. Andernfalls würde sein weiteres Vorgehen von dem abhängen, was er herausfand. Insgeheim hoffte er inständig, irgend etwas zu finden. Wenn schon sonst nichts passiert war, so hatte der Mann sich wie ein Narr benommen und Marielle eindeutig bedroht. Es war gut möglich, daß er den Jungen entführt hatte, quasi als Vergeltung für die ums Leben gekommenen Kinder und weil er Marielle noch immer für deren Tod verantwortlich macht, – oder aber, weil er sie auf diese völlig irre Art und Weise zurückgewinnen wollte. John Taylor wollte sein Versprechen halten und Presse, FBI und Malcolm erst einweihen, wenn er mit Charles Delauney gesprochen hatte. Mehr konnte er nicht für sie tun, und sie wußte seine Bemühungen zu schätzen.

Als sie die Bibliothek verließen, war es kurz vor sieben. Es war noch dunkel, als sie in der Halle stehenblieben und miteinander redeten. Wie gern hätte er ihr versprochen, Teddy zu finden. Sie hätte es verdient gehabt, denn was ihre Ehe mit Malcolm Patterson betraf, so hatte er das Gefühl, daß sie nicht mehr war als ein Arrangement. Teddy war alles, was sie hatte, und nun war er verschwunden. Taylor spürte, wie sehr sie an dem Jungen hing. Daß sie niemals zu Charles zurückkehren würde, war klar und in Taylors Augen sehr vernünftig, doch hatte sie niemanden, der ihr beistand. Es war unbegreiflich, wie der Junge mitten in der Nacht hatte verschwinden können... ohne einen Laut, ohne Spuren. Er war in seinem roten Schlafanzug einfach aus dem Bett geholt worden... und verschwunden.

5. Kapitel

Nach ihrem ausführlichen Gespräch mit John Taylor wandelte Marielle wie ein Geist durchs Haus. Zunächst ging sie in ihr Zimmer, hielt es dort aber nicht aus, da die Wände sie so einzuengen schienen, daß sie mit Atemnot zu kämpfen hatte. Wie zufällig gelangte sie wieder auf die Treppe und befand sich in Teddys Zimmer wieder, ehe sie wußte, wie ihr geschah. Es war der einzige Ort, wo sie sein mochte, der einzige Raum, in dem sie sich ihm nahe fühlte. Es war nicht zu fassen ... völlig unbegreiflich. Wer konnte so etwas tun und aus welchem Grund? Für sie war klar, daß es nur um Geld gehen konnte. Man hatte schon zusätzliche Telefonleitungen ins Haus verlegt, und die Polizei war in Erwartung eines Anrufs oder einer Lösegeldforderung allgegenwärtig. Am Morgen würden die Zeitungen bereits nach eventuellen Nachrichten der Entführer durchforstet. Alle üblichen Methoden wurden eingesetzt. Und vom FBI waren weitere Leute gekommen, die nun auf Malcolm warteten. Marielle kam sich vollkommen nutzlos vor. Es gab für sie nichts zu tun. Sie konnte nur beten, daß ihr Sohn noch am Leben war. An seinem Bett kniete sie nieder und legte ihren Kopf auf sein Kissen; sie rief sich ins Gedächtnis, wie er sich angefühlt hatte, als sie ihn nur Stunden zuvor in seinem roten Schlafanzug mit dem bestickten blauen Krägelchen ins Bett gebracht hatte. Miss Griffin hatte ihm den Anzug genäht, und Marielle quälte sich nun mit der Frage, ob er fror, ob er Angst hatte ... ob man gut zu ihm war und ob man ihm zu essen gegeben hatte. Nicht zu wissen, wo er sich befand, war so schrecklich, daß Marielle vor dem Bett kniend um Atem rang. Als sie ein Geräusch im Raum wahrnahm, drehte sie sich erschrocken um. Hinter ihr stand Miss Griffin, noch immer bleich, aber in ihrer gewohnten Gouvernantentracht, und zum ersten Mal seit Jahren sah sie Marielle mit weicherem Ausdruck an. Sie hatte das Gefühl, ihr etwas sagen zu müssen, und wie Marielle hatte sie Mühe, die Worte herauszubringen.

»Es ...« Ihre Lippen zuckten, und sie wandte den Blick ab. Der Anblick des Schmerzes im Gesicht der jungen Frau war ihr unerträglich. Er spiegelte genau das wider, was sie selbst empfand. »Es tut mir leid ... ich hätte ... ich hätte hören müssen ...« Sie brach in Tränen aus. »Ich hätte sie daran hindern müssen.«

»Sie haben es nicht wissen können ... und es waren zu viele.« Mit Stricken, Chloroform und vielleicht auch mit Waffen waren die Männer für ihren Zweck gut gerüstet gewesen. »Sie dürfen sich keine Vorwürfe machen.« Langsam richtete Marielle sich auf, voller Würde und Güte, um wortlos die Arme um Miss Griffin zu legen. Auch sie vergoß Tränen, doch sie stand da und hielt Teddys untröstliche Nanny wie ein Kind und versuchte, sie zu trösten. Dabei fühlte Miss Griffin sich noch elender, denn nun kam ihr zu Bewußtsein, wie hart sie immer zu Marielle gewesen war. Aber sie hatte sie nun einmal für weich, lax und töricht gehalten. Jetzt erst nahm sie etwas wahr, von dem sie nicht gewußt hatte, daß es vorhanden war: eine stille Kraft, von der nicht nur Marielle selbst, sondern auch ihre Umgebung zehrte.

Die zwei Frauen standen lange so da und spendeten einander wortlos Kraft, dann ging Marielle wieder hinunter. Auf der Treppe hörte sie von unten Unruhe und Stimmengewirr und wußte sofort, daß dort draußen Reporter auf der Lauer lagen, die sich an der Polizei vorbei ins Haus zu drängen suchten, als die Tür geöffnet wurde.

»Er ist da!« hörte sie einen Polizisten rufen und fragte sich, wer gekommen sein mochte – voller Hoffnung, daß es jemand sein möge, der eine Wende bewirken würde. Und als sie übers Geländer spähte, sah sie, daß es Malcolm war. Da stand er, vornehm und bleich. Mantel und Anzug schwarz, auf dem Kopf einen Homburg. Wie für eine Beerdigung gekleidet, ging es ihr durch den Sinn, als sie ihn die Treppe heraufkommen sah und ihm entgegenging, noch immer barfuß und im Morgenmantel. Er breitete die Arme aus, und lange Zeit stand er nur da und hielt sie fest. Dann gingen sie gemeinsam hinauf. Erst als sie in ihrem Zimmer angelangt waren, fing er an zu sprechen.

»Marielle, wie konnte das passieren? Wie konnten sie sich Zutritt verschaffen und ungehindert zu Werke gehen? Wo war Haverford? Wo waren die Hausmädchen? Wo war Miss Griffin?« Es war, als hätte er von ihr erwartet, daß sie ihr Kind und ihr Heim beschützte, und als hätte sie versagt. Sie las Vorwurf und Schmerz in seinen Augen, sein Blick traf sie bis ins Innerste. Es gab keine Entschuldigung, keine Erklärung. Sie konnte es sich selbst nicht erklären, ja, sie konnte selbst noch kaum begreifen, was geschehen war.

»Ich weiß es nicht ... ich verstehe es auch nicht ... ich hörte ein Geräusch, während wir telefonierten, dachte mir aber nichts dabei ... nie wäre mir der Gedanke gekommen, daß jemand im Haus sein könnte, vom Personal abgesehen, meine ich ... ich wußte gar nicht, daß Edith ausgegangen war ...« Das Kleid hatte sie inzwischen zurückbekommen, verschmutzt, fleckig, mit Lippenstiftspuren, nach Zigarettenrauch und billigem Whisky riechend. Doch das Kleid kümmerte sie nicht. Marielles einzige Sorge galt ihrem Kind.

»Ich hätte Leibwächter engagieren sollen«, sagte Malcolm, der sie wie in Agonie anblickte. »Nie hätte ich gedacht ... deine Hysterie hinsichtlich des Lindbergh-Falles kam mir immer so töricht vor ... wer hätte denn wissen können, daß du recht behalten würdest?« Er starrte sie an, ein gebrochener Mensch, dessen einziges Kind verschwunden war und mit ihm Hoffnung, Glück und Wohlbefinden. Malcolm sah plötzlich stark gealtert aus, beinahe war es, als hätte die Sache seinen Lebensnerv getroffen. Marielle bekam das Gefühl, ihn durch ihre Achtlosigkeit ruiniert zu haben. Und doch war es nicht ihre Schuld... oder doch? Alles war so verwirrend, genau wie seinerzeit, vor vielen Jahren. So verwirrend in bezug auf die Schuldfrage. War er ertrunken, weil er hinaus aufs Eis gelaufen war, und wieso hatte sie die zwei kleinen Mädchen erreichen können, nicht aber ihr eigenes Kind? Hatte sie das Ungeborene getötet, weil sie André nachgesprungen war... oder war es umgekommen, weil Charles sie geschlagen hatte? Und jetzt dies... war es ihre Schuld... oder seine... oder die eines anderen? Sie sah verwirrt aus mit ihrem zerrauften Haar, durch das sie sich geistesabwesend immer wieder strich, und Malcolm, der sie scharf beobachtete, fand, daß sie plötzlich wie eine Irre aussah.

»Du solltest dich anziehen«, sagte er leise und ließ sich schwer in einen Sessel fallen. »Überall sind Polizisten, und draußen wartet die Presse. In den nächsten Tagen gehen wir besser durch den Garten, wenn wir das Haus verlassen.« Sein Blick wurde noch ernster. »Die Polizei sagt, es hätte keine Lösegeldforderung gegeben. Ich habe bereits die Bank angerufen. Man hält dort gekennzeichnete Scheine bereit, für den Fall, daß doch ein Anruf oder ein Brief kommen sollte.« Mehr konnte man nicht tun, nun hieß es warten, und plötzlich war Marielle erleichtert, daß er zu Hause war. Er würde die Verantwortung übernehmen, er würde dafür sorgen, daß das Richtige geschah. Er würde die Entführer zwingen, Teddy nach Hause zu bringen. Sie blickte zu ihm auf, von dem Gefühl erfüllt, ihn im Stich gelassen zu haben, ihn, der sie nie im Stich gelassen hatte. Niemals. Kein einziges Mal in all den Jahren ihrer Ehe.

»Malcolm, es tut mir so furchtbar leid... ich weiß gar nicht, was ich sagen soll...« Er nickte nur, sagte nicht, daß es nicht ihre

Schuld sei. Da wußte Marielle, daß er ihr die Schuld gab. Er stand langsam auf und wollte gehen, und als er stehenblieb und in den Garten blickte, wo Teddy immer gespielt hatte, sah sie, daß er weinte. Sie hatte Scheu, ihn zu trösten, etwas zu sagen, um ihm in seinem Schmerz beizustehen. Wenn er sie insgeheim beschuldigte, Teddy nicht angemessen behütet zu haben, welche Trostworte hätte sie finden können? Während sie dastand und ihn hilflos beobachtete, spürte sie, wie der wohlbekannte dumpfe Druck ihren Kopf fast bersten ließ; sie war einer Ohnmacht nahe, solche Schmerzen hatte sie. Da drehte er sich um, sah sie an und erkannte die Symptome. Sie sah schrecklich aus, was kein Wunder war. Auch er fühlte sich schrecklich.

»Marielle, du bist ganz blaß. Hast du Kopfschmerzen?«

»Nein«, log sie. Sie wollte nicht zulassen, daß jemand sah, wie schwach sie jetzt war, wie verängstigt, wie verletzlich, wie gebrochen. Sie mußte stark sein – für ihn, für das Kind, für alle. Sie versuchte, ihr Gleichgewicht zu bewahren, während sie gegen ihr Unwohlsein ankämpfte. »Mir geht es gut. Ich werde mich anziehen.« Sie hätte zu Bett gehen sollen, wußte aber, daß sie keinen Schlaf finden würde. Und Alpträume hätte sie schon gar nicht ertragen.

»Ich werde mit den FBI-Leuten sprechen.« Malcolm hatte seine Beziehungen zu Washington spielen lassen, und man hatte ihm versprochen, J. Edgar Hoover zu verständigen. Der Chef des FBI hatte dafür gesorgt, daß Malcolm mit einer Polizeieskorte so schnell nach Hause fahren konnte, wie sein Franklin Twelve es nur zuließ. Der deutsche Botschafter hatte ebenfalls angerufen und Entsetzen und Besorgnis über das Geschehene zum Ausdruck gebracht.

»Sie waren alle sehr nett«, sagte Marielle in einem kaum vernehmbaren Flüsterton, nicht ohne sich zu fragen, ob Agent Taylor Malcolm von Charles erzählen würde. Aber wenn damit die Suche nach Teddy erleichtert wurde, dann war sie gewillt, es durchzustehen. Taylor hatte ihr versprochen, ihre Geheimnisse nach Möglichkeit zu wahren, nicht aber, wenn es dem Kind schaden konnte, und sie hatte bereitwillig zugestimmt. Sie war entschlossen, sich selbst, ihre Ehe, ihr Leben für Teddy zu opfern.

Malcolm sah sie lange und eindringlich an und empfand kurz so etwas wie Schuldbewußtsein. »Marielle, nicht, daß ich dir die Schuld geben möchte... ich weiß, daß du nichts dafür kannst. Ich verstehe nur nicht, wie es passieren konnte.« Er sah verzweifelt aus wie ein Todgeweihter. Er hatte die Liebe seines Lebens verloren, genauso wie sie. Und doch konnte sie ihm nicht helfen.

»Ich verstehe es ja auch nicht«, sagte sie halblaut. Dann ging er hinaus, und sie zog ein graues Kaschmirkleid an, graue Seidenstrümpfe und schwarze Krokoschuhe. Sie bürstete ihr Haar und wusch ihr Gesicht. Und die ganze Zeit betete sie darum, daß es ihr gelingen möge, ihren Kopfschmerz im Zaum zu halten.

Als sie fertig war, ging sie in die Küche, um der Köchin Anweisung zu geben, sie solle für die im Haus Dienst tuenden Polizisten und die FBI-Leute einen Imbiß zurechtmachen, doch es stellte sich heraus, daß Haverford bereits dafür gesorgt hatte. Tabletts mit belegten Broten und Teller mit Obst wurden aus der Küche nach oben geschickt, dazu Kuchen und Kaffee. Als sie wieder hinaufging, entdeckte sie, daß im Speisezimmer ein Büffet bereitstand, das jedoch unberührt geblieben war; die Leute waren so beschäftigt, daß sie zum Essen kaum Zeit hatten.

»Kann ich etwas für Sie tun?« fragte sie den diensthabenden Sergeant. O'Connor war schon vor Stunden nach Hause gegangen, die ganze Mannschaft war abgelöst worden. Sie erkannte keinen der Männer, die das Haus aufs neue nach Fingerabdrücken absuchten, auf einen Anruf mit einer Lösegeldforderung warteten, wieder. Sie war die einzige, die nicht schlafen gegangen war. Als sie an der Bibliothek vorüberging, sah sie, daß Malcolm in ein Gespräch mit zwei FBI-Leuten vertieft war. Er streifte

Marielle mit einem flüchtigen Blick und sah dann wieder weg, und sie fragte sich, ob über sie gesprochen wurde. Die Männer sahen sie so merkwürdig an. Sie ging rasch weiter. Was konnten sie gesagt haben? Was gab es zu sagen? Es war nicht ihre Schuld, daß Teddy verschwunden war . . . oder doch? Suchte man Charles' wegen die Schuld bei ihr? Hatten sie recht? Standen sie im Begriff, es Malcolm zu sagen?

Als sie zurück in die Halle kam, wurde sie durch einen Riesentumult aus ihren Gedanken gerissen. Von draußen hörte man laute Stimmen, und als die Haustür sich einen Spalt öffnete, sah sie sich plötzlich von einem halben Dutzend schreiender fremder Leute umgeben, Blitzlichter flammten vor ihrem Gesicht auf, und dann umgab sie endlich eine schützende Phalanx von Polizisten und drängte die Leute hinaus. Nur eine kleine Rothaarige entschlüpfte ihnen. Sie war jung und hübsch und sehr zierlich, trug einen lächerlichen schwarzen Hut und war auffallend geschmacklos gekleidet. Sie stand da und sah Marielle an, als kenne sie sie, und ehe Marielle wußte, wie ihr geschah, feuerte die kleine Rothaarige Fragen auf sie ab.

»Mrs. Patterson, wie fühlen Sie sich? Wie ist Ihnen zumute? Gibt es etwas Neues? Haben Sie schon etwas vom kleinen Teddy gehört? Was für ein Gefühl ist das? Haben Sie Angst? Glauben Sie, daß er womöglich schon tot ist?« Und die ganze Zeit über flammten die Blitzlichter, blendeten sie mit ihrer Helligkeit und Schmerz, fast als wären sie Begleiterscheinungen ihrer Migräne. Und gerade als sie sich losmachen wollte, vernahm sie eine dröhnende Männerstimme neben sich und wurde von starken Händen an den Schultern gepackt. John Taylor.

»Schafft das Frauenzimmer hinaus!« Und plötzlich war die Rothaarige verschwunden, die Haustür fiel ins Schloß, der Lärm kam aus weiter, weiter Ferne. Sie nahm wahr, daß John Taylor ihren Arm stützte und sie zu einem Stuhl führte. Als er das Haus wieder betreten hatte, war es den Presseleuten geglückt, sich hinter ihm hereinzudrängen. »Verdammte Meute. Nächstesmal komme ich durch die Küche.« Er sah sie besorgt an und wirkte sehr müde. Sie aber sah noch schlimmer aus, und als er ihr ein Glas Wasser reichte, das er sich von einem seiner Männer hatte bringen lassen, trank sie ein Schlückchen und versuchte ein Lächeln. Doch diesmal schaffte sie es nicht, die Tränen zurückzuhalten, der Kopfschmerz war zu stark, und dazu kamen Malcolms Zorn, ihre Angst um Teddy und pure Erschöpfung. Und die Rothaarige hatte so schreckliche Fragen gestellt. Was, wenn er tot war? Was, wenn man ihn getötet hatte? Ja, sie hatte Angst. Schreckliche Angst. Und Malcolm hatte bei seiner Heimkehr so gebrochen gewirkt, so voller hilfloser Wut. Als sie John Taylor ansah, seufzte sie. Es war ihr peinlich, ihre Fassung verloren zu haben.

»Es tut mir leid.«

»Was denn? Daß Sie ein menschliches Wesen sind? Dieses Pack macht mich ganz krank.« Er sah sie an und überlegte. Er kam direkt von Charles Delauney und fragte nun in gedämpftem Ton: »Können wir uns irgendwo ungestört unterhalten? In der Bibliothek etwa?«

Sie schüttelte den Kopf. »Dort ist mein Mann. Er spricht mit zwei von Ihren Leuten.« Sie überlegte kurz. »Ich weiß etwas anderes.« Sie führte ihn in ein kleines, sehr selten benutztes Musikzimmer, das mit alten Büchern und Instrumenten angefüllt war und in dem auch ein Teil von Malcolms Bürounterlagen aufbewahrt wurde. Hin und wieder benutzte Brigitte den Raum, wenn sie im Haus arbeitete. Ein Schreibtisch, zwei Stühle und ein kleiner Diwan bildeten die Einrichtung. Marielle ließ sich auf dem Diwan nieder, während John sich einen der Stühle heranzog. Er schaute Marielle an. Er kannte sie erst seit ein paar Stunden, war aber gewillt, jedes ihrer Worte zu glauben und seinen Ruf darauf zu verwetten. Einem Menschen wie ihr war er noch nie begegnet. Sie kam ihm vor wie eine Figur aus einem

Buch oder aus einem Traum, sie besaß jene Art innerer Stärke und jene Ideale, die wirkliche Menschen nicht hatten, zumindest jene nicht, die er kannte. Und zugleich war sie eine attraktive junge Frau von bezwingender Wirkung. Dennoch hatte sie mit ihren zwei Männern, von denen ihm keiner sonderlich zusagte, nicht das große Los gezogen. Delauney war in seinen Augen ein verwöhnter reicher Knabe, trunksüchtig, nur auf sich bedacht, in seine politischen Ideale versponnen; ein Mensch, der sich noch immer wegen eines Unglücks bemitleidete, das ihn vor fast zehn Jahren getroffen hatte, und es beklagte, daß Marielle sich geweigert hatte, zu ihm zurückzukehren, nachdem er sie um ein Haar getötet hatte. Taylor wurde das Gefühl nicht los, daß Delauney hemmungslos und verrückt reagieren, daß er möglicherweise sogar gefährlich werden konnte. Es war daher nicht auszuschließen, daß er aus Rache zum Entführer geworden war. Aber Malcolm gefiel Taylor ebensowenig. Obwohl er ihn bisher nur aus der Presse kannte, hielt er ihn für eiskalt und arrogant.

»Ist etwas passiert?« Noch mehr, als ohnehin schon passiert war? War das überhaupt möglich? »Haben Sie etwas gehört?« Angsterfüllt sah sie ihn aus weit aufgerissenen Augen an. Er schüttelte den Kopf und beruhigte sie sofort.

»Nichts von Teddy.« Er hatte das Gefühl, sie hätten in der vorangegangenen Nacht die Geheimnisse eines ganzen Lebens miteinander geteilt. Und jetzt wollte er alles in seiner Macht Stehende tun, um sie zu beschützen, denn sie hatte schon genug durchgemacht. Und sie hatte ihm Vertrauen geschenkt, das er nicht enttäuschen wollte. Gleichzeitig aber wollte er das Kind nicht gefährden, und John Taylor glaubte Anlaß zu Besorgnis zu haben. »Eben habe ich drei Stunden mit Charles Delauney zugebracht.« Marielle sah ihn benommen an. Was mochte Charles ihm erzählt haben?

»Haben Sie ihm gesagt, daß ich Ihnen alles berichtet habe?«

»Ja. Er fühlt sich schuldig oder behauptet es zumindest, und er gibt zu, daß er seinerzeit nach dem Unglück den Verstand verlor und sehr schlimm reagierte. Er behauptet auch, daß er, als er Sie mit Teddy im Park sah, noch betrunken war. Was im einzelnen er gesagt hat, weiß er nicht mehr genau, aber er ist bereit einzugestehen, daß es höchst unpassend war. Er beteuert aber, daß er es nicht böse gemeint hat und daß er Teddy nie etwas antun könnte.«

»Glauben Sie ihm?« Sie suchte seinen Blick, weil sie die Wahrheit wissen mußte und gewillt war, ihm zu glauben. Sie vertraute ihm. Er hatte etwas an sich, das auf angeborene Fairneß schließen ließ, und sie spürte ganz richtig, daß er sie nie hintergehen würde. Auch dachte sie daran, wie er in der Nacht ihre Hand gehalten und sie in die Arme genommen hatte, als sie um André Tränen vergoß.

»Das ist das Problem.« Er erwiderte ihren Blick, ehe er sich kopfschüttelnd zurücklehnte. »Ich glaube ihm nicht. Zwar glaube ich nicht, daß er dem Kind etwas antun könnte, wie es etwa im Fall Lindbergh geschehen ist. Aber ich halte ihn für einen sehr verwöhnten jungen Mann, der vor nichts zurückschreckt, wenn es darum geht, seine Wünsche durchzusetzen – auch nicht vor Drohungen, vor Zwang, vor noch Schlimmerem. Möglich, daß er Teddy in seine Gewalt bringen würde, um Sie an sich zu fesseln. Ebenso möglich, daß er es für eine gerechtfertigte Methode hält. Ich bin meiner Sache noch nicht sicher. Ich weiß nicht mal, was ich denken soll. Aber ich kann Ihnen sagen, daß ich ihm nicht glaube. Seine Behauptung, betrunken gewesen zu sein, und sein Versuch, die Drohungen damit zu entschuldigen, haben bei mir nicht verfangen.« Charles hatte mit wilden Blicken um sich geworfen; ungekämmt, unrasiert, nach Fusel riechend hatte er wie ein irrer, aus der Bahn geworfener Typ gewirkt, vermutlich zu schrecklichen Dingen fähig – im Namen der Gerechtigkeit. Immerhin hatte er in einem Krieg mitgekämpft, der nicht der seine war, nur aus Freude am Töten – zumindest sah

John Taylor das so. Politische Beweggründe waren ihm unverständlich, ebenso wie edle Kriege oder der Stierkampf in Spanien oder die Tatsache, daß dieser Mann seine schwangere Frau verprügelt hatte, nachdem sie ihr Söhnchen verloren hatten. Er verstand alle diese Menschen nicht. Die einzige, die er verstand und an der ihm, Gott wußte, warum, lag, war Marielle, und er wollte ihr helfen.

»Sie sollen wissen, daß er mir nicht gefällt. Das bedeutet, daß wir ihn beobachten müssen. Außerdem möchte ich sein Haus durchsuchen lassen. Es bedeutet aber auch, daß ich Ihr Geheimnis nicht werde wahren können, und das sollten Sie wissen, damit Sie mit Ihrem Mann sprechen können, ehe er aus anderen Quellen davon erfährt.«

Sie nickte, dankbar für die Warnung. Wenigstens ermöglichte er ihr damit, es Malcolm selbst zu sagen. Er war genauso anständig, wie sie vermutet hatte. Sie versuchte, sich ein Lächeln abzuringen, doch ihr Kopf schmerzte so heftig, daß es mißglückte. Sie zuckte nur zusammen, und das entging ihm nicht. »Fühlen Sie sich nicht wohl?«

»Doch, es geht mir gut.« Es waren Worte, die nichts mehr bedeuteten, doch sie wurden von ihr erwartet.

»Sie sollten versuchen zu schlafen, damit Sie nicht dann zusammenbrechen, wenn wir Sie wirklich brauchen.« Sie nickte, doch konnte sie sich nicht vorstellen, jemals wieder zu schlafen ... ehe Teddy nicht wieder im Haus war. Wie sollte sie ohne ihn leben? Sie konnte ihn nicht berühren oder festhalten, und sie wußte nicht, wo er war, ob er sich in Sicherheit befand, ob man ihn anständig versorgte ... Und plötzlich sehnte sie sich nach dem Pudergeruch seines Nackens, nach seinem Haar ... seinem Lachen ... den runden Ärmchen um ihren Hals, nach der Art, wie er sie ansah und ihr damit sagte, wie lieb er sie hatte. Wie sollte sie ohne ihn weiterleben, bis man ihn gefunden hatte? Es waren Gedanken, die sie einer Ohnmacht nahe brachten, doch da spürte sie schon eine feste Hand an ihrem Arm. Es war, als wollte er sie von den eigenen Ängsten zurückreißen. »Marielle, nicht aufgeben . . . wir werden ihn finden.« Sie nickte. Ihr stand eine schwierige Aussprache mit Malcolm bevor.

»Werden Sie meinem Mann etwas von Charles sagen?« Sie schien besorgt, aber nicht verzweifelt. Wenn es sein mußte, würde sie Malcolm alles sagen. So einfach war das. Jetzt war nicht der Augenblick, etwas zu verbergen, wenn es Teddy schaden konnte.

»Ich werde ihm sagen, daß Charles Delauney zum jetzigen Zeitpunkt neben vielen anderen ein möglicher Verdächtiger ist. Ob er tatsächlich etwas getan hat, kann ich nicht mit Sicherheit sagen, aber ich kann Ihnen sagen, daß er mir nicht gefällt. Mir gefallen seine Drohungen nicht und ebensowenig die Tatsache, daß er so aufgebracht reagiert, weil Sie ein Kind haben und er nicht. Ich glaube, daß er Sie auf seine verdrehte Art noch immer liebt. Er sagt, daß er Sie zurückhaben möchte. Und seiner Auffassung nach müßte sein Wunsch genügen, um Sie zur Rückkehr zu bewegen.« Er verschwieg ihr, wie Charles sich über ihre Ehe mit Malcolm geäußert hatte . . . daß alles nur Lug und Trug sei, daß die ganze Stadt von Malcolms Affären wisse, daß sie dagegen wie eine Nonne lebe und Malcolm sich nichts aus ihr mache. Charles Delauney schien zu glauben, dies seien für sie Gründe genug, ihren Mann zu verlassen. Er hatte auch gesagt, er glaube nicht, daß Marielle Malcolm liebe. Sie hätte ihn aus den falschen Gründen geheiratet, zu einem Zeitpunkt ihres Lebens, als sie mutterseelenallein dastand und nach der Entlassung aus der Schweizer Klinik verängstigt und unsicher war. Sie hätte einen Vater und keinen Ehemann gesucht. Wenn man aber Delauney mit seinem wilden Aussehen und seinem irren Gebaren sah, dann konnte man ihre Beweggründe gut verstehen. Taylor war klar, was sie an einem Mann wie Malcolm Patterson anziehend fand, aber er konnte sich auch vorstellen, daß eine Achtzehnjährige sich zu Delauney hingezogen gefühlt hatte. Er war aufregend, hübsch, wild und romantisch, aber Männer seines Schlages waren auch gefährlich... es waren Männer, die Dummheiten machten... die beispielsweise ihre Frauen schlugen... oder schreckliche Drohungen und Anschuldigungen ausstießen. Aber entführten sie auch anderer Leute Kinder? Gehörte das dazu? Das war die Frage, und Taylor wußte keine Antwort darauf. Eines stand allerdings fest: Wenn Delauney es getan hatte, dann war nicht Geld die treibende Kraft. Vielleicht war deshalb bislang keine Lösegeldforderung eingetroffen. Wenn es so war, dann hatte er Leute angeheuert, die den Jungen entführten und versteckten. Aber was hatte er mit ihm vor?

John Taylor stand auf und geleitete Marielle hinaus. Sie bedankte sich dafür, daß er sie gewarnt und ihr gesagt hatte, daß er Malcolm von Charles erzählen mußte. Dann drehte sie sich um und sah John Taylor ein letztes Mal an. Auf ihrer Stirn standen sorgenvolle Falten. Alles war so verwirrend. »Glauben Sie wirklich, er würde so etwas tun? Charles, meine ich.« Es war absolut unwahrscheinlich. Er war immer wild und ungezügelt gewesen, aber so nicht... sie konnte nicht glauben, daß er Teddy entführt hatte. Haßte er sie so sehr? Das konnte sie sich einfach nicht vorstellen.

»Ich weiß es nicht.« Taylor war aufrichtig. »Ich wünschte, ich wüßte die Antwort.«

Sie nickte, und beide kehrten in das Chaos des großen Salons zurück. Malcolm stand mit finsterer Miene da, flankiert von zwei FBI-Leuten. Sie machte ihn mit John Taylor bekannt.

»Ich habe schon auf Sie gewartet«, knurrte Malcolm, der von Taylor nicht beeindruckt schien.

»Ich war außer Haus, um mit ein paar Leuten über den Fall zu reden.« Taylor vermied es, Marielle anzusehen. Es wäre nicht angebracht gewesen. Je länger er Malcolm beobachtete, desto mehr mußte er Delauney recht geben. Malcolm Patterson brachte

Marielle keine Herzlichkeit entgegen und war ihr keine sichtbare Stütze. Für ihn galt nur der eigene Kummer, der Schmerz, den er über den Verlust seines einzigen Sohnes empfand. Statt John um Hilfe zu bitten, hatte er ihn barsch aufgefordert, den Jungen herbeizuschaffen. »Wir sind auf eine Lösegeldforderung gefaßt, Sir«, antwortete John Taylor mit einem Respekt, den er nicht empfand. Für ihn stand fest, daß er Patterson nicht mochte.

»Ich auch«, sagte Malcolm. »Das Schatzamt wird uns noch heute markierte Scheine schicken.«

»Wir müssen mit größter Vorsicht vorgehen.« Im Fall Lindbergh war es zur Katastrophe gekommen, diesmal durfte nichts schiefgehen. »Ich würde gern heute nachmittag mit Ihnen sprechen, falls Sie die Zeit erübrigen können.« John wollte wissen, ob Patterson jemanden verdächtigte oder ob er etwas zu fürchten hatte. Wie mit Marielle, so wollte er auch mit ihm allein sprechen, und nicht zuletzt wollte er ihr Zeit geben, ihrem Mann Charles Delauney zu gestehen.

»Wir können jetzt miteinander sprechen«, erwiderte Malcolm stirnrunzelnd. Er hatte auf der Fahrt von Washington im Auto geschlafen und war ausgeruhter als Marielle oder John Taylor.

»Leider habe ich noch einige andere Dinge zu erledigen.« Vor allem wollte er zurück ins Büro, sich duschen und rasieren, starken Kaffee trinken und sich die weiteren Schritte überlegen. In Wahrheit hatten sie nämlich keinerlei Spuren. Sie hatten nur Charles und die Tatsache, daß der Chauffeur am Morgen zugegeben hatte, jemand hätte ihn vor ein paar Wochen angerufen und ihm hundert Dollar geboten, wenn er an diesem speziellen Abend mit Edith ausginge. Er habe das als Scherz aufgefaßt, da sie schon lange geplant hätten, an diesem Tag den irischen Weihnachtsball in der Bronx zu besuchen, deshalb habe es ihn auch keine Mühe gekostet. Aber die hundert Dollar seien vergangene Woche in einem einfachen Umschlag an der Hintertür abgegeben worden; er habe den Umschlag weggeworfen, das Geld verbraucht und keinen Gedanken mehr darauf verwendet. Er sagte, er habe die Stimme am Telefon nicht erkannt, er habe nur herausgehört, daß sie einen Akzent hatte, welchen, das vermochte er nicht zu sagen – britisch oder vielleicht auch deutsch. Er könne sich nicht erinnern, beteuerte er. Aber Delauney hätte das Kind ohnehin nicht eigenhändig entführt. Und in der vergangenen Woche war er Marielle noch nicht begegnet und hatte demzufolge auch nicht gewußt, daß sie ein Kind hatte . . . oder doch? War das Ganze raffiniert ausgeklügelt und geplant? Hatte er sie am Ende schon seit Wochen beobachtet? Oder seit Monaten? Hatte er von Europa aus alles Wichtige über sie in Erfahrung gebracht? Hatte er diesen Racheakt seit Jahren geplant? Es war schwierig, sich einen Reim auf alles zu machen, man hatte sowenig in der Hand, und es war noch immer zu früh. Aber warum war dem Chauffeur der Anruf nicht verdächtig vorgekommen? Immerhin hätte ein Raubüberfall oder ein Angriff auf Malcolm oder Marielle die Folge sein können. Für John Taylor stand fest, daß dem Chauffeur das Wohl seiner Arbeitgeber völlig gleichgültig war.

Malcolm schien verärgert darüber, daß Taylor für ein sofortiges Gespräch nicht zu haben war. Nur um ihm zu verstehen zu geben, mit wem er es zu tun habe, erwähnte er seinen Aufenthalt in Washington ein zweites Mal. Doch Taylor hatte schon kapiert. Die Botschaft lautete: Mach es richtig, mach es rasch, mach es so, wie ich es will, andernfalls wirst du es bereuen. Das Problem bestand jedoch darin, daß Taylor nicht darauf ansprang. Er war nicht gewillt, sich von Malcolm unter Druck setzen zu lassen.

»Wir sprechen uns heute nachmittag, Sir. Wäre Ihnen vier Uhr genehm?«

»Ausgezeichnet. Ich nehme an, Ihre Leute wissen, wo Sie zu finden sind, falls vorher ein Anruf kommt?« Das war ein sanfter Schlag ins Gesicht, die Unterstellung, er wolle sich »aus dem Staub machen«.

»Natürlich.«

»Sehr gut. Ach übrigens... könnten Sie nicht etwas gegen diese Aasgeier vor unserer Haustür unternehmen?«

»Leider nein. Sie alle sind der Meinung, sie träten mit ihrer Anwesenheit hier für den ersten Verfassungszusatz ein. Aber wir können sie ein Stück zurückdrängen. Ich werde veranlassen, daß meine Leute sich darum kümmern.«

»Ja, tun Sie das«, sagte Malcolm mit strengem Blick, statt sich zu bedanken. Taylor empfahl sich, und Malcolm blickte auf seine Frau hinunter und murmelte: »Er gefällt mir nicht.«

»Er ist ein netter Mensch. Letzte Nacht war er sehr zuvorkommend.« Wie sehr, das sagte sie nicht, doch es hatte bleibenden Eindruck auf sie hinterlassen.

»Ich wäre viel mehr beeindruckt, wenn er deinen Sohn fände. Das solltest du dir vor Augen halten, Marielle.« Als ob sie das hätte vergessen können. Sie fragte sich, warum er so grausam war. Als einzige Entschuldigung fiel ihr seine Erregung ein – und dazu der Umstand, daß er ihr die Schuld an der Katastrophe gab. Oder bildete sie sich das nur ein? Fühlte sie sich wieder verantwortlich wie damals für André und das Ungeborene? Würde immer alles ihre Schuld sein? Das war es, was ihre Kopfschmerzen auslöste, dies und die schreckliche Hilflosigkeit, die sie stets überkam, wenn etwas schiefging und sie nichts daran ändern konnte. Aber daran durfte sie jetzt nicht denken, ebensowenig wie sie an das denken durfte, was Teddy möglicherweise zustoßen konnte. Sie mußte stark sein. Und sie wußte, daß sie Malcolm alles sagen mußte, ehe John Taylor wiederkäme.

»Könnten wir wohl für einen Moment hinaufgehen?« Sie sah ihren Mann nervös an, und er reagierte mit einer Miene, als hätte sie einen derart ungebührlichen Vorschlag gemacht, daß er seinen Ohren kaum trauen konnte. »Ich muß mit dir reden.«

»Jetzt ist nicht die Zeit dafür.« Er versuchte sie abzuwimmeln, weil er den Anruf des deutschen Botschafters, der ihn ungemein bewegt hatte, erwidern wollte.

»Doch, es ist die Zeit, Malcolm. Es ist wichtig.«

»Kann das nicht warten?« Ihr Blick aber sagte ihm, daß es ihr ernst war. Damit überraschte sie ihn. Für eine Frau, die weiche Knie bekam, wenn sich ihr auch nur die kleinste Schwierigkeit in den Weg stellte, schien sie sich in dieser Krisensituation erstaunlich gut zu halten. Natürlich sah sie müde aus und war bleich, doch sie machte einen ruhigen und vernünftigen Eindruck, und bis auf die mitleiderregenden bebenden Hände, die ihm sofort aufgefallen waren, schien sie ihre Gefühle unter Kontrolle zu haben. Was er nicht gesehen hatte, war die schreckliche Szene am Morgen im Kinderzimmer, als sie bitterlich geweint und Teddys Plüschbären an sich gedrückt hatte, weil Angst ihr die Kehle zuschnürte, wenn sie an ihren Sohn dachte. Doch sie kämpfte gegen ihre Angst an, weil sie wußte, daß sie es mußte. Tat sie es nicht, würde sie, von Panik überwältigt, vollends zusammenbrechen.

»Malcolm, würdest du mit mir hinaufkommen?« Sie ließ nicht locker.

»Schon gut, schon gut. Ich komme gleich.« Sie erwartete ihn in ihrem Ankleidezimmer, weil sie nicht wußte, wo sonst. Unruhig ging sie auf und ab. Sie wußte nicht, wo anfangen, was sagen, und sie wünschte, sie hätte ihn gezwungen, ihr zuzuhören, ehe sie ihn heiratete, aber damals hatte er nicht hören wollen. Also mußte er jetzt hören.

Eine halbe Stunde später kam er herauf, eben als sie sich auf der Suche nach ihm wieder nach unten begeben wollte. Aber nun war er da und wirkte übergroß in dem kleinen Raum, als er sich setzte und sie mit unverhohlenem Ärger ansah.

»Na schön, Marielle, ich weiß ja nicht, worüber du sprechen möchtest. Ich hoffe nur, es ist wichtig und hat mit Teddy zu tun.«

»Möglich. Aber ich hoffe, es ist nicht der Fall«, sagte sie leise und setzte sich ihm gegenüber auf eine Polsterbank. Merkwürdig, wie fern sie sich ihm fühlte, wie distanziert sie auch in dieser

Krise miteinander umgingen. Tatsächlich kam es ihr schlimmer vor als je zuvor. »Es hat mit mir zu tun. Und ich glaube, daß es wichtig ist. Vor Jahren, als wir heirateten, sagte ich dir, daß es in meinem Leben Dinge gibt, die dir vielleicht nicht gefallen würden, und du sagtest, jeder hätte eine Vergangenheit und es sei nicht wichtig. Du hattest das Gefühl, sie bliebe am besten unberührt, während ich das Gefühl hatte, ich wäre es dir schuldig, dir alles zu sagen.« Sie atmete tief durch. Es fiel ihr so schwer, daß sie regelrechte Beklemmungen hatte. Aber sie mußte es ihm sagen. Und diesmal mußte er ihr zuhören. »Weißt du noch?« fragte sie leise, und für einen Moment wurde sein Blick milder. Vielleicht leidet er schrecklich, sagte sie sich. Vielleicht war der Schock für ihn so groß, daß er ihr keinen Trost spenden konnte, so wie Charles und sie vor neun Jahren nicht imstande gewesen waren, einander zu trösten. War der gemeinsame Schmerz zu groß, mußte jeder für sich allein dagegen ankämpfen. Vielleicht war das die Ursache ihrer Fremdheit, vielleicht lastete er ihr gar nicht die Verantwortung an. Aber jetzt mußte sie weitersprechen.

»Ich weiß es«, sagte er. »Aber was hat das mit den Ereignissen von heute zu tun? Oder mit Teddy?« Marielle zwang sich, seine anklagende Miene nicht zu beachten.

»Ich weiß es nicht. Ich bin nicht sicher. Aber ich muß es dir sagen.« Als sie noch einmal tief durchatmete und fortfuhr, war sie schöner denn je. »Mein Vater verbreitete in seinem Bekanntenkreis, ich hätte mit achtzehn in Europa einen großen Flirt gehabt und darüber ein wenig den Kopf verloren. Darüber hinaus erzählte er, ich hätte mich entschlossen, in Paris zu bleiben und dort zu studieren. Das alles stimmte nur ungefähr. Es war viel mehr als ein Flirt. Ich brannte mit Charles Delauney durch. Sicher kennst du seinen Vater.« Malcolm nickte. Er hatte ihn gekannt, besser, als er Marielles Vater gekannt hatte. Ein knorriger alter Mann, sehr klug und mit einem Riesenvermögen gesegnet. Den Sohn hatte er nie kennengelernt. Es hieß, er sei ein

Renegat der schlimmsten Sorte, ein Schriftsteller. Mit vierzehn oder fünfzehn war er auf und davon, in den Krieg, und anschließend war er in Europa hängengeblieben. Der alte Delauney hatte ihn selbst als Tunichtgut bezeichnet. Darüber hinaus hatte er jedoch nichts gehört, und jetzt hörte er Marielles Geständnis und war wie vor den Kopf geschlagen. »Ich habe ihn mit achtzehn geheiratet, und als wir aus den Flitterwochen zurückkamen und meine Eltern eine Annullierung der Ehe verlangten, war ich schwanger. Deshalb fuhren sie nach Hause, und ich blieb. Die Ehe wurde nicht annulliert, und wir bekamen einen kleinen Jungen . . .« Sie kämpfte mit aller Macht gegen ihre Tränen an. Nach all diesen Jahren die Geschichte an einem Tag zweimal erzählen zu müssen, war nahezu unerträglich. Aber sie mußte Malcolm alles sagen. »Er hieß André«, sagte sie schluckend, »und er sah aus wie Teddy, nur daß er schwarzes Haar hatte und nicht blond war wie du.« Sie versuchte ein Lächeln, aber Malcolm sagte kein Wort. Er fand das Gehörte nicht amüsant, und das wußte sie. Für Malcolm mußte sie sich an die Fakten halten. Er brauchte nicht zu wissen, wie sehr sie Teddy liebte oder wie verzweifelt sie Charles geliebt hatte und wie schrecklich Andrés Tod gewesen war. Er brauchte nur zu erfahren, daß André umgekommen war und daß Charles bei Teddys Anblick fast durchgedreht hatte. Er mußte es von ihr erfahren, damit er nicht auf den Gedanken kam, sie wolle Charles schützen. Der einzige, den sie schützen wollte, war Teddy. Malcolm mußte alles hören, damit die Chancen stiegen, Teddy zu finden.

»Er starb mit zwei Jahren . . . in der Schweiz. Ich war zum zweiten Mal schwanger, und auch dieses Kind ist umgekommen.«

Malcolm schaute für einen Moment höchst unbehaglich drein.

»Wie ist er ums Leben gekommen?«

»André ist ertrunken.« Sie schloß die Augen ganz fest und rang um Fassung, aber anders als John Taylor in der Nacht zuvor kam

Malcolm ihr nicht entgegen. »Er lief hinaus auf den See ... der zugefroren war ... und er brach ein ... mit zwei kleinen Mädchen ... die ich retten konnte.« Mit monotoner Stimme sprach sie weiter, bemüht, Andrés Gesicht nicht zu sehen, es nicht an ihrem zu spüren, wie damals, als sie ihm Leben einzuatmen versuchte, bemüht, nicht seinen nach Puder duftenden Kinderkörper zu riechen, den sie so geliebt hatte ... so wie Teddy ... Wenn auch Teddy ums Leben gekommen war ... wie sollte sie das überleben? Sie strengte sich an weiterzusprechen, und Malcolm beobachtete sie. »Ich konnte ihn nicht erreichen. Er war schon unter das Eis geraten.« Es kam als atemloses Flüstern, dann aber gewann ihre Stimme wieder an Kraft. Darüber zu sprechen war für sie wie eine Bergbesteigung, bei der die Luft immer dünner wurde. »Charles hat mir die Verantwortung angelastet. Er war der Meinung, es sei meine Schuld, weil ich den Kleinen aus den Augen gelassen hatte. Das stimmte auch, aber ich habe mit jemandem gesprochen ... mit der Mutter der zwei Mädchen ... sie sagte, es sei nicht meine Schuld gewesen, ich selbst allerdings hielt mich auch für schuldig. Charles war an jenem Tag Ski laufen gegangen, und als er zurückkam, war er drauf und dran, mich umzubringen ... vielleicht auch nicht ... jedenfalls verlor er vor Schmerz den Verstand ... und ich verlor das Baby. Ich hätte es vermutlich ohnehin verloren nach dem vielen kalten Wasser. Ich war hineingesprungen, um André besser fassen zu können.« Malcolm nickte, totenbleich und wie gebannt von dem Schrecken, der in ihren Worten lag. »Charles hatte immer das Gefühl, ich hätte alle beide auf dem Gewissen ... der Verlust sei allein meine Schuld. Und ich ... ich ...« Ihre Stimme bebte so heftig, daß sie nicht weitersprechen konnte. Von unten herauf sah sie ihren Mann an; den Schmerz und das Entsetzen in ihrem Blick würde er nie ermessen, ebensowenig wie irgend jemand sonst. »Ich glaube, man könnte sagen, daß ich einen nervösen Zusammenbruch erlitt. Ich mußte behandelt werden ... in einer Klinik ...

einem Sanatorium... über zwei Jahre. Als es passierte, war ich einundzwanzig, und ich habe mehrfach versucht, mich zu töten.« Sie war entschlossen, ihm wirklich alles zu sagen. Er hatte jetzt ein Recht darauf, es zu wissen, Geheimnisse durfte es nun keine mehr geben. »Ich wollte ohne Charles und meine Kinder nicht mehr leben und unternahm alles, nur um zu sterben; und die anderen unternahmen alles, um mich zu retten. In dieser Zeit bekam ich Charles nicht zu Gesicht... im ersten Jahr sah ich ihn tatsächlich nur einmal. Er kam, um mir mitzuteilen, daß mein Vater gestorben war, ein paar Monate nach André. Der Schock des großen Börsenkrachs soll ihn umgebracht haben, vermutlich stimmt es... daß meine Mutter ein halbes Jahr später Selbstmord beging, wurde mir verschwiegen. Ohne Daddy und mich war sie vermutlich...« Sie ließ den Satz unvollendet, aber Malcolm verstand, was sie sagen wollte. »Ein ganzes Jahr lang wurde es mir verschwiegen, bis mein Zustand sich gebessert hatte. Schließlich hieß es, ich könne gehen, hinaus in die Welt, und mit dem leben, was geschehen war. Es sei nicht meine Schuld, ich trüge nicht die Verantwortung dafür, und falls Charles noch immer dieser Ansicht sei, dann sei das sein Problem.« Wieder atmete sie tief durch, aber sie schien sich ein wenig beruhigt zu haben und sah mit leerem Blick aus dem Fenster. »Einmal kam er und besuchte mich, kurz bevor ich entlassen wurde; er sagte, es tue ihm leid, er sei vor Schmerz außer sich gewesen, es sei nicht meine Schuld und er habe es nicht so gemeint. Aber in seinem Blick las ich, daß er es sehr wohl so gemeint hatte und daß er noch immer glaubte, ich hätte seine Kinder getötet. Ich liebte ihn noch.« Sie sah Malcolm nun offen an. »Ich habe ihn immer geliebt, aber ich wußte, ich würde nicht aufhören, mich schuldig zu fühlen, wenn ich bei ihm bliebe. Es würde immer zwischen uns stehen. Ich konnte nicht zu ihm zurück. Ich mußte allein sein. Deshalb verließ ich das Sanatorium und kehrte in die Staaten zurück. Es war das letzte Mal, daß ich ihn sah. Und dann lernte ich dich kennen.« Sie seufzte. »Und du warst so gut zu mir.

Du hast mir Arbeit gegeben und viel für mich getan. Du hast dich meiner angenommen und mich gut behandelt. Und dann haben wir geheiratet. Ich wollte eigentlich keine zweite Ehe, weil ich das einem Partner gegenüber nicht für fair hielt, mein Gewissen war so schwer belastet. Aber dir schien es nichts auszumachen... und...« Plötzlich meldeten sich ihre Schuldgefühle wieder. »Ich hatte niemanden... und manchmal stand ich große Ängste aus. Du hast mir Sicherheit gegeben... ich dachte, ich könnte auch gut zu dir sein... und dich vielleicht glücklich machen.« Sie senkte den Blick, als sie an die Zeit nach Teddys Geburt dachte, und wieder liefen ihr Tränen über die Wangen. Sie hatte ihm so viel gesagt und war nun vollkommen erschöpft. »Ich war so glücklich, als Teddy geboren wurde.«

»Ich auch.« Seine Stimme war ein rauhes Krächzen. »Er ist mein Lebensinhalt. Ich muß gestehen, daß ich zwar immer den Eindruck hatte, deine Vergangenheit berge ein kleines Geheimnis, aber nie hätte ich für möglich gehalten, daß es etwas so Schreckliches sein könnte.« Marielle hörte schamerfüllt zu.

»Ich weiß.« Sie nickte. »Und deshalb fand ich, du solltest es wissen. Ich wollte es dir schon vor unserer Heirat sagen, aber du wolltest nichts hören.« Auf sein Nicken hin fuhr sie fort: »Nachdem ich in die Staaten gekommen war, sah ich Charles nicht wieder – bis letzten Freitag. Ich bin ihm zufällig in der St.-Patricks-Kathedrale begegnet. Ich wollte für meine Kinder und meine Eltern Kerzen anzünden. Es war der Todestag der Kinder.« Sie zwang sich, die Worte auszusprechen. »Und er war auch da. Er sei zu Besuch bei seinem Vater, sagte er.«

»Und was hat er noch gesagt?« An diesem Teil der Geschichte war Malcolm mehr interessiert.

»Er wollte mich wiedersehen, aber ich sagte, das sei ganz ausgeschlossen.«

»Warum?« Er tastete sich mit dieser Frage weiter vor, und sie war gekränkt, daß er sie ihr überhaupt stellte.

»Weil ich dich liebe, weil wir verheiratet sind. Teddys wegen.«

»Und war er verärgert?« Fast sah es aus, als mache Malcolm ein hoffnungsvolles Gesicht.

»Nein, an dem Tag nicht ... wir waren beide ziemlich aus der Fassung. Es ist jedes Jahr wieder ein schrecklicher Tag.«

»Hat er dich angerufen?«

»Nein. Aber am nächsten Tag bin ich ihm mit Teddy am Bootsteich begegnet. Ich glaube, er hatte getrunken oder war von der Nacht her noch nicht nüchtern. Er wirkte ziemlich wüst und war regelrecht schockiert, als er sah, daß wir ein Kind haben ... einen kleinen Jungen. Ja, und das hat ihn sehr aufgebracht«, mußte sie gestehen. Dies war der springende Punkt der ganzen Geschichte.

»Was hat er gesagt? Hat er dem Kind etwas getan?« Malcolm war höchst erschrocken.

»Natürlich nicht. Ich glaube, dazu wäre er nicht imstande, und außerdem hätte ich es nie zugelassen.« Sie holte Luft. »Aber aufgebracht war er schon. Man könnte sagen, daß er mich bedrohte. Er sagte, ich hätte diese zweite Chance nicht verdient. Und«, sie machte eine kurze Pause, ehe sie sagte: »Er redete Unsinn ... sagte etwas davon, daß er mir Teddy wegnehmen würde, um mich zu zwingen, zu ihm zurückzukehren. Ich bin sicher, es war nicht ernst gemeint. Trotzdem sollst du es wissen. Die Polizei hat mich gefragt, ob jemand mich bedroht hätte oder Grund hätte, mich zu hassen; Teddy zuliebe habe ich es ihnen erzählt.« Malcolm staunte, daß sie keinen Wert darauf gelegt hatte, Charles Delauney zu schützen, denn ihr Blick hatte ihm verraten, daß dieser Mann ihr nicht gleichgültig war.

»Du hast alles der Polizei gesagt? Alles?«

»Ja.« Sie nickte langsam. Sie schämte sich nicht mehr. Es war schmerzlich, aber es war nicht ihre Schuld. Endlich war sie soweit, sich damit abzufinden.

»Eine schöne Geschichte ist das. Für die Presse ein gefundenes Fressen.«

»Mr. Taylor hat mir zugesagt, er würde alles tun, damit die Sache vertraulich behandelt wird. Aber er hat Charles bereits aufgesucht.«

»Du scheinst ja über die Ermittlungen gut informiert zu sein.«

Darauf gab sie ihm zunächst keine Antwort. »Ich wollte es dir selbst sagen. Du hast ein Recht, es zu wissen.« Er nickte und stand auf, noch immer zutiefst verstört. Dann sah er sie an, und sie fragte sich, ob er wohl sehr ungehalten war.

»Marielle, es sieht aus, als hätte dein Kontakt mit Delauney unser Kind in Gefahr gebracht. Hast du daran gedacht?« Wieder Schuldgefühl . . . und Verantwortung . . . warum war immer alles ihre Schuld? Warum mußten ihr Leben oder ihre Fehlleistungen oder ihre Dummheit den anderen immer Schmerz bereiten?

»Das habe ich. Aber die Begegnung war nicht beabsichtigt. Sie hat sich einfach ergeben.«

»Bist du da ganz sicher? Bist du sicher, daß Delauney dir nicht gefolgt ist und dir in der Kirche auflauerte?«

»Er war ebenso überrascht wie ich. Und der Bootsteich liegt seinem Elternhaus gegenüber im Park.«

»Dann hättest du nicht hingehen dürfen.« Malcolm sagte es streng und anklagend. Es war klar, daß er ihr Vorwürfe machte. »Du hättest nichts tun dürfen, was meinen Sohn gefährdet.«

Nicht *ihr* gemeinsames Kind, sondern *sein* Sohn. »Und in Anbetracht deiner Lebensgeschichte muß ich mich sehr wundern, daß du ihn überhaupt zum Teich geführt hast, noch dazu bei diesem Wetter.« Etwas Grausameres hätte er nicht sagen können. Es hatte Jahre gedauert, bis sie wieder dazu imstande gewesen war, und sie hatte Teddy nicht in die Nähe des Wassers gelassen.

»Wie kannst du das sagen?« Sie war schockiert. Seine Worte hatten sie wie ein Schlag getroffen, doch das kümmerte ihn nicht. Seine Besorgnis war zu groß.

Er fing an, erregt den Raum zu durchmessen. »Wie kannst du mir diese Geschichte erzählen und erwarten, daß ich dir verzeihe? Du läßt dich wieder mit diesem gräßlichen Menschen ein, der dich, wie du selbst eingestehst, umbringen wollte und vielleicht dein ungeborenes Kind auf dem Gewissen hat. Du setzt meinem Sohn diesem Kerl aus, du gibst zu, daß er dich bedroht hat, daß er damit drohte, Teddy mitzunehmen, aus was für Gründen auch immer ... Was erwartest du von mir, Marielle? Mitleid für deine toten Kinder? Oder für mein entführtes Kind? Du hast zugelassen, daß dieser Mann in mein Leben eindringt, bis vor meine Tür, du hast meinen Sohn in den Park geführt, wo sich die beiden begegnen konnten, du hast ihm Teddy praktisch ausgeliefert, und du hast diesen Irren provoziert, bis er unser Kind entführte. Und du erwartest nun von mir ... *Vergebung?*« In seinen Augen standen Tränen, aus seiner Stimme sprach Zorn. Marielle stand vor ihm, von hilflosem Schluchzen geschüttelt.

»Wir wissen nicht, ob er ihn entführt hat«, sagte sie. Alles hatte sie ihm erzählt, und jetzt wußte sie, daß er ihr nie verzeihen würde. »Wir wissen gar nichts.«

»Ich weiß, daß du im Laufe deines Lebens mit Menschen zu tun hattest, die mich um mein einziges Kind bringen könnten ... und dich um dein letztes.«

»Malcolm, wie kannst du nur so reden?« Einer Ohnmacht nahe, schloß sie die Augen.

»Weil es wahr ist«, brüllte er sie an, »weil Teddy inzwischen tot sein könnte, irgendwo verscharrt, wo wir ihn nie finden werden, und selbst wenn er noch lebt, kann er jeden Moment tot sein. Du wirst dein Kind vielleicht nie wiedersehen.« Mit seiner dröhnenden Stimme und den schrecklichen Anschuldigungen überfiel er sie wie ein Alptraum. »Du mußt dir das einfach klarmachen, du hast ihm Teddy zugeführt ... du hast diesen Menschen provoziert ... du hast Charles Delauney wieder in dein Leben hineingezogen ... du bist es, Marielle, die es getan hat.« Der Schmerz, den er ihr zufügte, ließ sie nach Luft schnappen, doch konnte sie ihm nicht sagen, daß er sich irrte. Vielleicht hatte sie all das wirklich getan. Vielleicht war wieder alles ihre Schuld. Während sie Malcolm zuhörte, sank sie auf einen Sessel, und ein unerträglicher Schmerz durchzuckte ihren Kopf. Sie hörte alle die Stimmen wieder, spürte den vertrauten Schmerz, und so wie früher hörte sie das Geräusch des gurgelnden Wassers unter dem Eis. Als Malcolm hinausging, war sie kaum noch bei Bewußtsein.

Stunden schienen vergangen zu sein, bis sie wieder ein Geräusch hörte. Sie schrak auf und sah das Mädchen, das von den Kidnappern geknebelt und gefesselt worden war. Es war Betty, die ihr die Wäsche brachte. Um das häusliche Leben aufrechtzuerhalten, hatte Mr. Patterson alle wieder an die Arbeit geschickt, mit Ausnahme von Edith und Patrick, die ermahnt worden waren, die Stadt nicht zu verlassen. Das FBI zeigte noch immer allergrößtes Interesse an ihnen.

»Mrs. Patterson, ist Ihnen nicht wohl?« Betty war sofort an ihrer Seite, denn Marielle war halb aus dem Sessel gerutscht und sah aus, als hätte sie das Bewußtsein verloren. Diese Worte bewirkten, daß sie wieder zu sich kam und um sich blickte, durch blendenden Schmerz hindurch. Allzu rasch kam ihr zu Bewußtsein, was geschehen war und was Malcolm gesagt hatte . . . Es war alles ihre Schuld . . . sie hatte den Kontakt mit Charles aufgenommen . . . und er hatte Teddy entführt . . . aber hatte er das? Und warum? Haßte er sie wirklich so sehr? Haßten sie alle? Und hatten sie recht damit? Plötzlich wünschte sie, sie wäre schon vor Jahren gestorben, damals, als sie hätte sterben sollen . . . vielleicht sogar mit ihren Kindern unterm Eis.

»Mrs. Patterson . . .«

»Es geht schon . . .«, murmelte Marielle, die sich auf die Beine kämpfte und ihr Kleid glattzustreichen und ihr Haar in Ordnung zu bringen versuchte, während das erschrockene junge Mädchen sie beobachtete. Gespenstisch bleich und krank aussehend, kämpfte Marielle mühsam um ihr Gleichgewicht. »Ich fühle mich nicht besonders ... Kopfschmerzen ... kein Grund zur Besorgnis ...« Gefolgt von Betty, ging sie langsam ins Schlafzimmer. Das Mädchen hatte in der Nacht auch einiges auszustehen gehabt, doch die Polizei hatte ihr versichert, daß es nicht ihre Schuld sei, daß sie nichts hätte tun können, um die Entführer an ihrem Tun zu hindern. Hätte sie es versucht, dann hätte sie wahrscheinlich mit dem Leben dafür bezahlt. Deshalb fühlte sie sich nicht mehr schuldig, sondern nur noch glücklich. Anders als Marielle, die sich in den letzten neun Jahren für alles in ihrem Leben schuldig gefühlt hatte. Es war eine furchterregende Last.

»Möchten Sie ein kaltes Tuch auf die Stirn?«

»Nein ... nein ... danke ... ich werde mich kurz hinlegen.« Aber kaum hatte sie sich hingelegt, da begann der Raum sich um sie zu drehen, und sie mußte gegen Brechreiz ankämpfen. Es war ähnlich wie im Zustand der Trunkenheit, nur schlimmer, denn es war sehr schmerzhaft. »Gibt es etwas Neues?« Sie hob kurz den Kopf, aber Betty verneinte und zog die Rollos herunter, und als sie kurz darauf ging, hielt Marielle die Augen geschlossen, ohne allerdings zu schlafen.

Im Erdgeschoß stieß Betty mit John Taylor zusammen, der sie nach Mrs. Patterson fragte und nun erfuhr, daß Marielle sich mit Kopfschmerzen hingelegt hatte.

»Lassen Sie sie ruhen«, sagte er. Er hatte sich nur vergewissern wollen, ob sie Malcolm von Charles erzählt hatte, doch kaum hatte er die Bibliothek betreten, da wußte er es. Malcolm Patterson begrüßte John Taylor mit seiner finstersten Miene.

»Meine Frau hat mir von Charles Delauney erzählt«, empfing ihn Patterson. John vermutete, daß sie ihm auch alles übrige gebeichtet hatte, doch das schien ihren Mann nicht milder gestimmt zu haben. »Eine schockierende Geschichte. Glauben Sie, daß er unser Mann ist?« Er war in größter Sorge um seinen Sohn und gedachte, jeder Spur nachzugehen ohne Rücksicht auf Skandale.

»Möglich. Wir haben aber keinen Beweis, nichts Handfestes. Für letzte Nacht hat er ein Alibi, zwar kein großartiges, doch er beharrt darauf, und es hat unserer Überprüfung standgehalten. Er hat in einer Bar in der Third Avenue getrunken. Und vorher war er mit Freunden im 21. Aber ich könnte mir denken, daß er es ohnehin nicht selbst getan hätte. Er hätte Leute angeheuert, die die Sache für ihn erledigen.«

Malcolm hatte sich alles gründlich durch den Kopf gehen lassen, nachdem sie ihm die Geschichte gestanden hatte. »Falls es ein Racheakt war, dann wird auch keine Lösegeldforderung kommen. Und bis zu diesem Augenblick liegt keine vor«, sagte er voller Ingrimm.

»Das stimmt. Aber der Junge ist noch keinen ganzen Tag verschwunden. In den nächsten Stunden kann sich sehr viel tun.«

»Delauney soll festgenommen werden«, brüllte Malcolm. »Jetzt gleich! Verstehen Sie?«

»Ja, Sir, ich verstehe«, sagte John Taylor gepreßt. »Aber wir brauchen dazu eine Handhabe, und es gibt keine. Es gibt absolut nichts bis auf die Tatsache, daß er betrunken war und Drohungen ausstieß, die vielleicht gar nichts bedeutet haben. Und daß er einmal mit Ihrer Frau verheiratet war.« Malcolm funkelte ihn an. Der Grundton des Gesprächs war ihm nicht genehm.

»*Mister* Taylor, dann würde ich es für angebracht halten, daß Sie sich unverzüglich auf die Suche nach Beweisen machen.«

»Wollen Sie damit andeuten, ich solle Beweise zurechtbasteln?« Nicht zu fassen. Mochte der Bursche auch noch so mächtig, wichtig, intelligent oder vorgeblich charmant sein, John Taylor argwöhnte, daß Malcolm Patterson nichts weiter war als ein ganz gemeiner Schuft.

»Ich deute nichts dergleichen an. Ich sage nur, Sie sollen Beweise finden.«

»Wenn es sie gibt, werde ich sie finden.«

»Gut.« Malcolm stand auf und gab damit zu verstehen, daß die Unterredung beendet war. Wäre der Mann ihm nicht so unsympathisch gewesen, Taylor hätte es komisch gefunden. Und einen Moment fragte er sich, ob seine eigene Feindseligkeit in seiner Eifersucht gründete. Patterson hatte alles: Geld, Macht und eine Frau, für die Taylor seinen rechten Arm gegeben hätte. Und er spürte, daß sie für Malcolm dasjenige seiner Besitztümer war, das er am geringsten schätzte.

»Ich muß Ihnen leider noch einige Fragen stellen.«

»Aber sicher.« Als Malcolm sich wieder setzte, drückte seine Miene förmliche Hilfsbereitschaft aus. Er wollte alles tun, um seinen Sohn zurückzubekommen.

»Gibt es jemanden, der Ihnen feindlich gesinnt ist? Jemanden, der, sagen wir mal, im Lauf des letzten Jahres Drohungen gegen Sie ausgestoßen hat, seien es auch dumme; Dinge, die Ihnen damals nicht wichtig erschienen, Ihnen aber im Lichte der gestrigen Ereignisse wieder in den Sinn kommen?«

»Ich wüßte nicht. Auf der Fahrt von Washington hierher habe ich mir schon Gedanken darüber gemacht, aber ich wüßte niemanden, der mir schaden wollte.«

»Gibt es sensible politische Verbindungen? Oder unzufriedene ehemalige Angestellte?« Wieder schüttelte Malcolm den Kopf. »Frauen, zu denen Sie Beziehungen hatten? Was Sie mir sagen, wird natürlich vertraulich behandelt.« Das hatte er auch Marielle versprochen. »Aber es könnte sehr wichtig sein.«

»Das weiß ich zu schätzen«, lautete die kühle Antwort. »Aber diese Notwendigkeit besteht nicht. Ich habe mich nicht mit Frauen eingelassen.« Er schien außer sich, daß diese Möglichkeit auch nur in Erwägung gezogen wurde.

»Exehefrauen, deren Neid erwacht, weil Sie mit einer anderen ein Kind haben?«

»Wohl kaum. Meine erste Frau ist heute mit einem der hervorragendsten Konzertpianisten der Welt verheiratet und lebt in Palm Beach, die zweite ist mit einem Bankpräsidenten verheiratet. Sie wohnt in Chicago.« Und dann holte er zu einem Schlag aus, den John für einen billigen Effekt hielt. Deshalb verkniff er sich eine Reaktion. »Anders als der Exmann meiner Frau, stellen meine ehemaligen Partnerinnen keine Gefahr dar.«

»Vielleicht stellt auch Charles Delauney keine Gefahr dar.« Er hatte das Gefühl, etwas zu Marielles Verteidigung vorbringen zu müssen.

»Es kümmert mich nicht, wer es ist, Inspektor. Ich möchte nur mein Kind zurückhaben.« Bis Weihnachten waren es elf Tage.

»Das kann ich verstehen, Mr. Patterson. Das wollen wir alle. Und wir werden alles in unserer Macht Stehende tun, damit Sie Teddy wiederbekommen.«

»Gehen Sie und knöpfen Sie sich Delauney noch einmal vor.« Taylor nahm höchst ungern Anweisungen von Zivilisten entgegen, doch er nickte und dankte Malcolm für seine Geduld. Ihm fiel auf, daß Malcolm müde und abgespannt aussah, doch für einen Mann seines Alters wirkte er in Anbetracht der Ereignisse immer noch gesund und gefaßt. Als Taylor sich vor dem Verlassen des Hauses nach Marielle erkundigte, erfuhr er, daß sie an Migräne litt.

In ihrem Zimmer hörte sie das Zuschlagen der Haustür, als er ging, und die lauten Zurufe von Presseleuten, als er sich seinen Weg durch ihre Mitte bahnte. Wenig später bildete die Polizei einen Kordon, um die Meute auf Distanz zu halten. Marielle hörte sie immer noch, aber für sie war es einfach nur Lärm. Sie lag in dem dunklen Raum, von bohrenden Kopfschmerzen geplagt, und sprach ein Gebet nach dem anderen für Teddy.

6. *Kapitel*

Am nächsten Tag kam Taylor wieder. Von Teddy hatte man noch immer nichts gehört. Die Kidnapper hatten sich nicht gemeldet, weder telefonisch noch per Post, eine Lösegeldforderung lag immer noch nicht vor. Und die Presse hatte ihren großen Tag, sämtliche Blätter präsentierten alte Fotos von Malcolm und Marielle. Patrick, der Chauffeur, hatte in einem Interview durchblicken lassen, daß Marielle eine Beziehung zu einem anderen Mann unterhalte. Auf einem Foto von ihm und Edith, das am Abend der Entführung bei dem irischen Weihnachtsball aufgenommen worden war, trug das Mädchen das weiße Madame-Grès-Modell. Die beiden sahen auf dem Bild geradezu großartig aus. Und in der Nachmittagsausgabe des Vortages waren Fotos von Marielle erschienen, eines, das sie völlig perplex und ratlos zeigte, als die Presseleute das Haus gestürmt hatten, und ein zweites, auf dem sie im Nachthemd war, durch die Fenster der Bibliothek aufgenommen. Trotz Patricks Andeutungen, es gäbe einen Mann in ihrem Leben, wurde Charles Delauney nicht namentlich erwähnt.

»Sehr hübsch liest sich das«, bemerkte Malcolm am nächsten Morgen ätzend. »Meinst du, es gefällt mir, wenn ich aus der Zeitung erfahre, daß meine Frau sich mit anderen Männern abgibt?« Er hatte sie seit dem Vortag, als er sie ihren Kopfschmerzen überlassen hatte, nicht mehr gesehen, und sie sah auch jetzt noch mitgenommen aus, behauptete aber, es ginge ihr besser.

»Ich habe dir gesagt, was sich zugetragen hat.« Seine barsche Äußerung hatte sie tief getroffen.

»Vielleicht hättest du das auch Patrick erklären sollen.«

Da blickte sie mit einem Ruck zu ihm auf. Für einen Moment sah es aus, als wäre es um ihre Fassung geschehen. Und ihr Kopfschmerz lag im Hintergrund auf der Lauer. »Deine Spione sollten dir exakter Bericht erstatten, Malcolm.«

»Wie meinst du das?« Aus seinem Blick sprach Eiseskälte.

»So, wie ich es sage. Du weißt genau, daß seit dem Tag meiner Ankunft in diesem Haus keiner deiner Dienstboten sich mir gegenüber so betragen hat, wie es sich gehört.«

»Das mag daran liegen, daß du es nicht verstehst, Menschen zu führen. Oder vielleicht wissen die Dienstboten etwas, das ich nicht weiß.«

»Wie kannst du es wagen . . .« Immer war sie ihm treu gewesen, immer loyal und anständig. Und jetzt gab er ihr nur wegen Charles die ganze Schuld. Malcolm hatte sich über Nacht völlig verändert. Es war so ungerecht, daß sie mit Tränen in den Augen das Eßzimmer verließ. Draußen stieß sie mit John Taylor zusammen.

»Guten Morgen, Mrs. Patterson.« Ein Blick in ihr Gesicht zeigte ihm, daß die übergroße Belastung, der sie ausgesetzt war, ihren Tribut forderte. Er hatte Delauney ein zweites Mal aufgesucht und ihn ermahnt, die Stadt nicht zu verlassen, doch hatte er noch immer keinen Beweis gegen ihn in der Hand. Zumal sein Alibi hieb- und stichfest war. Verbindungen zu eventuellen Komplizen, die Teddy in seinem Auftrag entführt haben konnten, waren ihm nicht nachzuweisen. Das FBI, das verzweifelt nach Beweisen suchte, ging von der Annahme aus, Teddy könnte auch über die Grenze des Bundesstaates nach New Jersey gebracht worden sein. Und bis jetzt war Charles Delauney ihr Hauptverdächtiger, denn die Leute, die Patrick hundert Dollar geschickt hatten, damit er den Abend außer Haus verbringe, waren spurlos verschwunden. Auf andere Fährten waren sie noch nicht gestoßen. Betty und Miss Griffin, die nichts gesehen und gehört hatten, konnten ihnen am allerwenigsten weiterhelfen. »Na, geht es heute besser?« fragte Taylor ruhig.

Sie nickte. Um wieviel besser konnte sie sich fühlen, solange Teddy verschwunden blieb? »Gibt es etwas Neues?«

»Noch nicht, aber wir sind ständig in Aktion. Jetzt heißt es abwarten, früher oder später muß ja eine Lösegeldforderung eintreffen, und dann haben wir endlich etwas in der Hand. Heute möchte ich noch einmal mit einigen Ihrer Angestellten sprechen, um festzustellen, ob jemandem etwas eingefallen ist, das er in der ersten Aufregung vergessen hat.« Sie nickte. Das hörte sich vernünftig an. Darüber hinaus wollte er mit Malcolm sprechen.

Marielle, die nun hinauf ins Kinderzimmer ging, stieß dort zu ihrer Verwunderung mit ihrem Mann zusammen. Er stand in Teddys Zimmer, faßte dies und jenes von den Spielsachen an und strich mit beklommener Miene über das Kissen. Als sie das sah, kamen ihr die Tränen. Wiederum überfielen sie Schuldgefühle, weil es vorhin beim Frühstück zu diesem erregten Wortwechsel gekommen war. Sie beide standen unter großer Belastung. Und als sie sich im Zimmer umblickte, brach ihr fast das Herz. Sie dachte daran, wie sie Teddys Wange gestreichelt hatte, wie er in seinem roten Schlafanzug dagelegen hatte. Der kleine Kragen war in Miss Griffins exakten Stichen mit winzig blauen Eisenbahnwägelchen bestickt.

»Unglaublich, daß ein Kind sich einfach in Luft auflösen kann«, sagte Malcolm bedrückt, und sie nickte. Er sah sie bekümmert an und schien milder gestimmt zu sein als noch vor einer Stunde. Hier, in diesem Zimmer, konnte er traurig, aber nicht zornig sein. Er ließ sich langsam in den Schaukelstuhl neben dem Bett fallen und starrte dorthin, wo sein Sohn gelegen hatte, ehe er entführt worden war. »Ich muß ständig an die Eisenbahn denken, die unten auf ihn wartet.« Er sagte es mit

Tränen in den Augen, und Marielle wandte sich ab, damit er die ihren nicht sah. Und dann streckte er die Hand nach ihr aus. »Es tut mir leid wegen vorhin. Ich habe wohl die Fassung verloren. So wie gestern auch... das alles ist ein schrecklicher Alptraum, Marielle. Was sollen wir nur tun?« Es war das erste Mal, daß sie ihn ratlos erlebte, und plötzlich empfand sie Mitleid mit ihm. Er schien völlig gebrochen.

»Wir müssen beten, daß er bald zu uns zurückkehrt.« Sie bemühte sich um einen ruhigen Tonfall und drückte Malcolms Hand. Und gleich darauf erschien Haverford, der Malcolm gesucht hatte, um ihm zu melden, daß Brigitte ihn im Arbeitszimmer erwartete. Er war noch immer bemüht, sein übliches Arbeitspensum zu bewältigen, und Brigitte hatte sich ungeheuer hilfsbereit und mitfühlend gezeigt. Sie hatte stundenlang geweint, als sie von der Entführung hörte, und konnte es noch immer nicht wirklich glauben.

Marielle begleitete ihn nach unten und ging, als er das Haus verlassen hatte, um ins Büro zu fahren, sofort zurück in ihr Schlafzimmer, erleichtert, daß sie mit Malcolm Frieden geschlossen hatte. Mit Brigitte hatte sie kurz ein paar Worte gewechselt, ehe diese mit Malcolm ins Büro fuhr. Tränen waren geflossen, dann hatten sie sich mit einer stummen Umarmung getrennt. Daß Brigitte Teddy ins Herz geschlossen hatte, war immer schon spürbar gewesen.

Es war später Nachmittag, als John Taylor die zweite Vernehmung der Hausangestellten beendete und um eine Unterredung mit Malcolm bat. Was er zu hören bekommen hatte, wunderte ihn nicht, denn Marielle hatte ihn darauf vorbereitet, aber es mißfiel ihm trotzdem. Alle hatten das Bild einer Frau gezeichnet, die ganz anders war als jene, die er in der Nacht der Entführung kennengelernt hatte. Die Dienstboten stellten sie als schwache, nachgiebige und verängstigte Person dar, die sich ständig in ihrem Zimmer verkroch. Miss Griffin hatte gesagt, das Ausmaß von Mrs. Pattersons Nervosität und Reizbarkeit habe sich auf den Jungen nicht eben günstig ausgewirkt. Mitunter sei sie so nervös gewesen, daß sie ihn gar nicht habe sehen wollen, und es habe sehr lange gedauert, bis sie eine Beziehung zu dem Kind entwikkelt hatte. Ihr Interesse an Teddy sei so gering gewesen, daß man habe vermuten können, sie hätte ihn sich gar nicht gewünscht. Erst in letzter Zeit habe sie sich mehr mit ihm abgegeben, »in den Pausen zwischen ihren Kopfschmerzen«.

Und Edith hatte Marielle als verwöhntes Biest bezeichnet und angedeutet, sie habe noch so manche Schlechtigkeit auf Lager. Sie verschleudere so viel Geld für Kleider, daß es ein wahres Wunder sei, daß ihr Mann noch nicht vor dem Bankrott stünde. Die ganze Zeit über liege sie nur herum und ruhe sich aus. Um den Haushalt kümmere sie sich überhaupt nicht, was allerdings sein Gutes habe, da ohnehin niemand auf sie hören würde. Sie alle arbeiteten für *Mister* Patterson, wie sie betonte, und das hätten sie schon getan, ehe *sie* ins Haus gekommen sei. Den Verlust ihrer Stellung lastete sie natürlich auch Marielle und nicht Malcolm an.

Die Haushälterin sagte so gut wie nichts. Sie wisse über Mrs. Pattersons Gewohnheiten kaum Bescheid. Aber auch sie gab ihm deutlich zu verstehen, daß Mrs. Patterson völlig nebensächlich sei. Allein *Mister* Patterson habe im Haus zu bestimmen.

Betty war die einzige, die etwas Nettes über Marielle zu sagen wußte. Und Haverford schien Mitleid für sie zu empfinden, obwohl er den Grund nicht nennen wollte und sich überhaupt sehr zugeknöpft zeigte. Patrick, der Chauffeur, war natürlich bestrebt, die Geschichte mit dem »Freund« beim zweiten Verhör auszuspinnen, worauf Taylor ihm riet, gefälligst vorsichtiger zu sein, denn hinter der Sache stecke mehr, als er ahne, und er könne womöglich als wichtiger Zeuge belangt werden. Das erschreckte Patrick vorerst so gründlich, daß er den Mund hielt.

Doch das Bild, das sich Taylor aufgrund dieser Aussagen bot, war das einer Frau, die aus Gründen, die er nicht ausloten konnte, allgemein unbeliebt war. Es stimmte, was sie gesagt hatte ... sie war eine Ausgestoßene im eigenen Haus. Nur wenige der Menschen, die angeblich für sie arbeiteten, schienen sie zu kennen oder zu mögen. Er bekam den Eindruck, daß sie sich von allen zurückgezogen hatte, und er vermutete ganz richtig, daß sie sehr einsam sein mußte. In Gedanken war er noch immer bei diesem Problem, als er zu der Unterredung mit Malcolm die Bibliothek betrat, und er schnitt das Thema entschlossen an, nachdem Haverford ihnen Kaffee serviert hatte.

»Wie kommt es, daß so viele Ihrer Angestellten Ihre Frau nicht mögen?« fragte er ohne Umschweife. Er nahm einen Löffel Zukker, trank den Kaffee aber schwarz. Er spürte, daß Haverford ihn beobachtete, doch sagte der alte Mann kein Wort.

Malcolm stieß einen gedehnten Seufzer aus und starrte aus dem Fenster. »Sie ist keine starke Persönlichkeit, müssen Sie wissen ... sie ist schwach und ängstlich, und das spüren die Leute vielleicht. Sie hatte«, er schien zu zögern, »hm ... sagen wir mal, Probleme mentaler Art ... vor einigen Jahren ... und sie leidet noch immer an schrecklichen Kopfschmerzen.«

»Das ist doch kein Grund, sie abzulehnen.« Marielle hatte im Haus nicht die geringste Bedeutung, es war, als zähle sie nicht, als existiere sie nicht, als seien alle ausschließlich dem Hausherrn verpflichtet – eine Haltung, die alle Hausangestellten deutlich demonstrierten. John Taylor drängte sich unwillkürlich die Frage auf, ob Malcolm Patterson es absichtlich darauf angelegt hatte, die Stellung Marielles im Haus zu untergraben. Sie schien sich bei niemandem durchsetzen zu können, nicht bei ihrem Kind, nicht beim Personal und bei ihrem Mann schon gar nicht. Sogar Miss Griffin hatte zugegeben, daß sie sich niemals nach Mrs. Patterson gerichtet hatte. Sie nahm ihre Anweisungen, wie sie sich ausdrückte, nur vom Vater des Jungen entgegen. Doch auf die Frage nach dem Grund wußte sie keine Erklärung und wiederholte nur, Marielle sei schwach und von labilem Wesen. Das war in Taylors Augen keine plausible Erklärung. Bei seinen Gesprächen mit Marielle hatte er nicht den Eindruck gewonnen, sie sei schwach und labil. Im Gegenteil, sie war ihm vernünftig, intelligent und entgegenkommend erschienen, und selbst ihre häufig auftretenden Kopfschmerzen deuteten keineswegs auf geistige Zerrüttung hin, obwohl es ihm allmählich so vorkam, als wolle man sie zur Irren stempeln. Alle deuteten an, sie sei ein wenig »konfus« und man könne ihrem Verstand und Urteilsvermögen nicht trauen. Und damit stellte sich die Frage, was die Leute zu dieser Ansicht gebracht hatte.

»Ich glaube nicht, daß irgend jemand hier Marielle haßt. Das ist eine schreckliche Behauptung.« Malcolms wohlwollendes Lächeln wurde von einem bedauernden Blick begleitet. »Sie ist keine starke Frau und hat große Probleme. Wer weiß, ob sie diesem Schock standhält? Er könnte womöglich das Faß zum Überlaufen bringen.«

»Ach, dieser Meinung sind Sie also?« Taylor spürte, daß sich da etwas auftat, doch wußte er noch nicht, was. Er hatte noch eine andere Frage auf dem Herzen, doch die sparte er sich für später auf. »Wollen Sie damit sagen, daß sie verrückt ist?«

»Aber nein, natürlich nicht.« Malcolm schien entrüstet. »Ich sage nur, daß sie überaus zartbesaitet ist.«

»Ist das nicht dasselbe? Wollen Sie damit nicht sagen, sie könnte nach Teddys Entführung zusammenbrechen? Hat dies hier seit Jahren im Raum gestanden, die Behauptung, daß sie ›zartbesaitet‹ ist, wie Sie sich ausdrücken, daß sie ein Mensch ist, den man nicht ernst nehmen kann? Haben Sie das den Leuten ausdrücklich gesagt, oder vermuten sie es bloß?«

»Ich habe ihnen gesagt, sie sollen sich an mich wenden und sie in Ruhe lassen.« Malcolm schien ärgerlich. »Aber ich sehe absolut keinen Zusammenhang zwischen diesem Problem und der Entführung meines Sohnes«, fügte er scharf hinzu.

»Manchmal ist das Gesamtbild außerordentlich wichtig.«

»Das Gesamtbild besagt, daß sie ein zartes Geschöpf ist und eine schreckliche Vergangenheit hat, wie Sie wissen und wie ich selbst eben erst erfuhr. Zwei Jahre in einer Nervenheilanstalt und neun Jahre lang eingebildete Kopfschmerzen.« Das war ein hartes Urteil, es gefiel Taylor gar nicht. Das hörte sich an, als versuche Malcolm, sie als Mensch abzuwerten, eine Haltung, die er auch auf das Personal übertragen hatte. Taylor argwöhnte, daß Haverford als einziger anders von ihr dachte.

»Wollen Sie sagen, sie bilde sich die Kopfschmerzen nur ein?«

»Ich will sagen, daß sie eine Neurotikerin ist.« Er war weiter vorgeprescht, als ihm lieb war. Seine Verärgerung über John Taylor wuchs.

»So neurotisch, daß sie in Komplizenschaft mit Charles Delauney die Entführung des eigenen Kindes inszeniert?«

Malcolm schien geschockt und ließ sich mit der Antwort lange Zeit. »Daran habe ich nicht gedacht. Aber möglich ist es immerhin. Alles ist möglich. Ich weiß es nicht. Haben Sie sie gefragt?«

»Ich frage Sie. Glauben Sie, Ihre Frau wäre dazu imstande? Glauben Sie, daß sie noch immer in Delauney verliebt ist?« Taylor wollte wissen, wie weit Malcolm in der Verdammung seiner eigenen Frau gehen würde, und wieder bekam er eine Antwort, die ihm nicht gefallen wollte.

»Ich habe keine Ahnung, Inspektor. Das müssen Sie schon selbst herausfinden.«

John Taylor nickte. »Und Sie, Mr. Patterson, wie steht es mit Ihrer Beziehung zu Miss Brigitte Sanders?« Diese Frage hatte er sich als Höhepunkt aufgespart, und nun wartete er gespannt auf Malcolms Reaktion. Er wurde nicht enttäuscht, Malcolms Gesichtsausdruck war der reinste Genuß.

»Wie bitte?« Malcolm schien entrüstet. »Miss Sanders ist seit sechs Jahren meine Sekretärin, wie Sie sicher wissen, und es ist nicht meine Gewohnheit, mich mit meinen Sekretärinnen einzulassen.«

»Ich glaube, Ihre letzte haben Sie geheiratet«, gab John Taylor offensichtlich amüsiert zurück.

Malcolm, der die Sache alles andere als amüsant fand, lief puterrot an. »Miss Sanders' charakterliche Qualitäten sind über jeden Zweifel erhaben.«

»Sehr lobenswert.« Taylor zeigte sich ungerührt, obwohl er die Situation gründlich auskostete. »Aber Sie unternehmen zu zweit große Reisen, sogar nach Europa. Ich habe festgestellt, daß Ihre Schiffskabinen immer nebeneinanderlagen.« Er hatte sehr sorgfältig recherchiert und sogar Detailpläne der Passagierschiffe zu Rate gezogen.

»Das ist völlig normal, schließlich erwarte ich, daß sie für mich arbeitet. Da Sie so präzise Nachforschungen angestellt haben, ist Ihnen sicher nicht entgangen, daß ich Mrs. Higgins, meine zweite Sekretärin, ebenfalls häufig mitnehme. Sie ist Ende Fünfzig und würde Ihre Andeutungen gewiß als Kompliment auffassen.« Aber es war nicht die Fünfzigjährige, die John interessierte, sondern Brigitte. Und er wußte auch, daß Mrs. Higgins seit über zwei Jahren nicht mehr mit ihm gereist war, aber damit rückte er nicht heraus.

»Ich muß mich entschuldigen, falls die Fragen Ihnen aufdringlich vorkommen sollten, Sir. Aber so wie wir die Vergangenheit Ihrer Frau aufrollen mußten, müssen wir auch die Ihre durchleuchten. Enttäuschte Geliebte sind zu sehr häßlichen Dingen imstande.«

»Miss Sanders ist weder enttäuscht noch meine Geliebte.« Malcolms Gesicht war noch immer hochrot. Das Gespräch drehte sich im weiteren Verlauf um Malcolms Geschäfte mit Deutschland und um seine verschiedenen Aktivitäten in den Staaten, aber auch darum, ob er sich unter seinen Geschäftspartnern eventuell Feinde geschaffen hatte. Doch es kam nichts dabei heraus. Am

Ende gelangte Taylor zu dem Schluß, daß als Motive für Teddys Entführung nur Rache oder Geldforderungen in Frage kamen. Wenn es um Geld ging, würden sie bald etwas hören. War es ein Racheakt, dann mußte Charles dahinterstecken, und John betete, daß Delauney dem Jungen nichts antun möge.

Dann kam die Rede erneut auf Delauney, und Taylor wiederholte, daß es keine Beweise gegen ihn gebe und sich keine Verbindung zum Kind oder zur Tat herstellen lasse – wenn man von den dummen, Marielle gegenüber geäußerten Drohungen absehe. Und wegen Dummheit könne man einen Menschen nicht hinter Gitter bringen. Delauney besaß ein Alibi, Beweise waren nicht vorhanden, und selbst wenn man ihm ein Motiv unterstellen konnte, würde es eine sehr wacklige Angelegenheit sein.

»Ich glaube trotzdem, daß er unser Mann ist«, sagte Malcolm gemessen, als er John nach draußen begleitete. Der FBI-Mann nickte.

»Leider glaube ich das auch. Und wenn er es ist, dann wollen wir hoffen, daß wir ihn zu fassen bekommen.«

Malcolm brachte ihn an die Haustür, und Taylor bahnte sich seinen Weg durch die dichtgedrängte Schar der Presseleute. Zwei Stunden später, als Malcolm und Marielle sich im Eßzimmer zum Abendessen setzten, kam der Anruf.

Zwei Polizeibeamte, die sich als Hausangestellte ausgaben, nahmen das Gespräch entgegen, das Tonband lief sofort mit, und als Malcolm scheinbar arglos den Hörer aufnahm, setzte sich die Maschinerie in Bewegung.

Der Anrufer hatte in einem Akzent, der nach South Bronx oder East Jersey klang, nach ihm verlangt. »Ja, hier Patterson.« Vier Polizisten und Marielle hörten über verschiedene Nebenanschlüsse mit. »Wer spricht?«

»Ich habe hier einen kleinen Freund . . . ein Kerlchen im roten Schlafanzug.« Marielle wurde von einem Schwindelgefühl erfaßt. Teddy war vor genau sechsunddreißig Stunden entführt worden, und sie weinte um ihn, den Hörer in der zitternden Hand, wobei sie die Muschel mit der Hand zudeckte.

»Wie geht es ihm?« Malcolm schloß die Augen.

»Tadellos. Vielleicht friert er ein bißchen. Wir brauchen Geld, damit wir dem Kleinen eine Decke besorgen können.«

»Kann ich ihn sprechen?« sagte Malcolm ruhig, doch der Polizist, der ihn beobachtete, sah, daß seine Hand zitterte.

»Nö ... jetzt pennt er. Reden wir erst mal übers Geld.«

»Wieviel brauchen Sie?«

»Ach ... für zweihunderttausend Dollar kann man schon eine hübsche Decke kaufen, würde ich sagen.« Es war das Vierfache von dem, was die Lindberghs gezahlt hatten, aber darum ging es nicht. »In unmarkierten Scheinen, Mr. Superschlau. In einem Schließfach an der Grand Central Station. Sie hinterlegen es dort. Keine Bullen. Keine markierten Scheine. Keine sonstigen Mätzchen. Sie lassen die Moneten so lange dort, bis wir sie uns geholt haben. Und wenn das passiert ist, kriegen Sie Ihren Junior zurück.«

»Wie soll ich wissen, daß es ihm gutgeht?«

»Gar nicht.« Die Stimme klang hart und häßlich. »Aber wenn Sie mich reinlegen wollen, wenn Sie die Bullen reinziehen, wenn Sie irgendwas in der Art tun ... dann ist er dran.« Marielle spürte, wie der Raum sich um sie zu drehen begann, und Malcolms Gesicht glänzte vor Schweiß, als er auflegte. Er hatte sich alle Anweisungen notiert, obgleich der Anruf ohnehin aufgezeichnet worden war.

Als noch vor Ablauf einer halben Stunde John Taylor im Haus eintraf, war Malcolm noch immer grau im Gesicht, und Marielle zitterte wie Espenlaub. Da sie nicht mit dem Kind hatten sprechen dürfen, gab Taylor zu bedenken, daß man nicht wissen konnte, ob der Anruf echt war oder von einem Verrückten stammte – oder von jemandem, der schnelles Geld machen wollte. Die Menschen waren grausam, und es gab viele Wichtigtuer, die sich bei einer so aufregenden Sache hervortun wollten.

Aber es war immerhin ein Hoffnungsschimmer, etwas, an das man sich halten konnte, und als Taylor hinausging, schlug Malcolm die Hände vors Gesicht und schluchzte. Es war ihre einzige Hoffnung, Teddy jemals wiederzusehen.

Das Geld stand um Mitternacht zur Verfügung. Die Geheimabteilung des Schatzamtes hatte schon am Vortag eine halbe Million in markierten Scheinen auf Malcolms Konto überwiesen, und Taylor rief nun beim Präsidenten der Bank an und bat ihn, zweihunderttausend lockerzumachen. Sie wurden in eine kleine schwarze Krokotasche gepackt, und um zwei Uhr befand sich alles in einem Schließfach an der Grand Central Station. Sobald die Tasche an Ort und Stelle war, sollten sie eine Anzeige im *Daily Mirror* aufgeben, was auch geschah. Am nächsten Morgen erschien die Anzeige an der geforderten Stelle, und Hunderte von Beamten in Zivil schwärmten in der Grand Central Station aus, gingen auf und ab, schliefen auf Bänken, taten sich an Hot dogs gütlich, lasen Zeitung, sahen aus wie alle anderen und warteten, daß jemand käme und das Lösegeld holte. Doch nach drei Tagen war ziemlich klar, daß niemand kommen würde. Der Anruf war ein grausamer Scherz gewesen, und mit dem Schwinden jeder Hoffnung konnte Marielle sich nicht einmal mehr überwinden, ihr Bett zu verlassen. Am Samstag sah sie nur noch elend aus, und Malcolm war ein Schatten seiner selbst. Die Anspannung hatte beide gezeichnet, und die Tatsache, daß es bis Weihnachten nur mehr sechs Tage waren, machte alles noch viel schlimmer. Die Aussicht, das Fest ohne Teddy verbringen zu müssen, bedeutete einen zusätzlichen Schmerz. Über das unberührte Abendessen hinweg starrte Malcolm Marielle an.

»Warum? Warum ist das Geld nicht abgeholt worden?« Der Anruf verfolgte Marielle noch immer, vor allem die Drohung, daß Teddy getötet würde, falls etwas nicht klappen sollte. Was, wenn sie ihn schon umgebracht hatten? Wenn sie, in Panik geraten, Hand an ihn gelegt hatten?

»Taylor sagt, es hätte sich um einen Scherz gehandelt. Das weißt du doch.« Er verfiel wieder in seinen scharfen Ton, weil er der Anspannung kaum mehr gewachsen war. »Ich bin noch immer der Meinung, daß es Delauney war.«

»Warum findet man dann keinen Beweis? Warum findet man nicht heraus, wer es wirklich getan hat?« Sie hielt es plötzlich bei Tisch nicht mehr aus und lief hinauf in ihr Zimmer. Nicht einmal der vertraute Anblick John Taylors bedeutete ihr Trost, und am nächsten Tag bat Malcolm ihn, das Haus Delauneys noch einmal zu durchsuchen. Taylor versprach es ihm.

Es war Sonntag nachmittag, fast genau eine Woche nach der Entführung, als sie ihren Fund machten, im Haus der Delauneys, im Weinkeller, hinter ein paar alten Kisten versteckt. Einer der Polizisten stieß darauf und hielt es auf den ersten Blick für ein Bündel alter Lumpen. Doch als er die Kiste beiseite schob, sah er es deutlicher, hob es verwundert auf und wußte sofort, daß er das Gesuchte gefunden hatte, einen roten Kinderschlafanzug mit blauer Stickerei. Rasch lief er die Treppe hinauf, verlangte, mit Inspektor Taylor zu sprechen, und zeigte ihm seinen Fund. Taylor stand da, in die Betrachtung des Kinderschlafanzugs vertieft, und fragte sich, wohin der Junge verschwunden sein mochte, was Delauney wohl mit ihm gemacht hatte. Jetzt war rasches Handeln angesagt. Er ging sofort zu Delauney und konfrontierte ihn mit diesem Beweis, worauf Charles den Kopf in die Hände stützte und schwor, er habe es nicht getan.

»Mein eigener Sohn ist vor Jahren umgekommen.« Er blickte flehentlich zu John auf. »Ich weiß, wie das ist . . . warum sollte ich es einem anderen antun?« Es ergab keinen Sinn, und John hoffte im stillen, Charles hätte es wirklich nicht getan.

Wenig später wurde Charles Delauney unter dem Verdacht der Kindesentführung in Handschellen abgeführt und in Untersuchungshaft genommen, und der rote Schlafanzug landete als Beweisstück in einem versiegelten Umschlag.

John teilte den Pattersons die Neuigkeit telefonisch mit, und Marielle verfiel in einen Weinkrampf, als sie hörte, daß Teddys Schlafanzug gefunden worden war.

»Aber wo ist Teddy?« Es war das einzige, was zählte.

»Das wissen wir noch nicht. Erst müssen wir Delauney verhören. Ich habe ihn dazu eigens ins Polizeipräsidium überstellen lassen, weil wir dort schärfer mit ihm umspringen können.« Kein Zweifel, John Taylor wollte Ergebnisse sehen. »Ich rufe Sie an, sobald ich mehr weiß.« Damit war erklärt, warum keine echte Lösegeldforderung gekommen war. Charles hatte es aus Rache oder aus Wut getan oder um Marielle wiederzugewinnen. Geld hatte er nicht nötig. Der Junge war das einzige, woran ihm gelegen war. Doch die eigentliche Frage war: Was hatte er mit Teddy gemacht, nachdem er ihn in seine Gewalt gebracht hatte? Und wo war Teddy jetzt? Und am dringendsten ... war er noch am Leben?

Marielle war am Boden zerstört, als John Taylor auflegte. Was in Malcolm vorging, konnte sie nicht einmal ahnen. Ohne sie auch nur eines Wortes zu würdigen, ging er hinauf und schloß die Tür zu seinem Zimmer.

7. *Kapitel*

Als die Nachricht von Charles Delauneys Verhaftung an die Öffentlichkeit gelangte, spielte die Presse verrückt, so daß sich am nächsten Morgen vor dem Haus der Pattersons das Vielfache an Reportern drängte. Malcolm konnte das Haus nur unter schwerem Polizeischutz verlassen. Inzwischen hatten sich die Journalisten auch an John Taylors Fersen geheftet und bombardierten ihn und den Polizeichef mit Fragen. Es war eine riesige Sensation, und sie wollten unbedingt die ganze Story. Der Erbe eines der bedeutendsten Vermögen des ganzen Landes war unter dem Verdacht der Kindesentführung festgenommen worden … mehr noch, es handelte sich um ein Verbrechen aus Leidenschaft, eine Rachesaga … Der Verdächtige war mit der Frau eines anderen reichen Erben verheiratet gewesen und lastete ihr die Schuld am Tod des gemeinsamen Kindes an. Trotz aller Bemühungen Johns waren die Einzelheiten an die Öffentlichkeit gedrungen, und als Weihnachten kam, war der Skandal Thema Nummer eins und geriet vollends außer Kontrolle. Mittlerweile befand Charles sich seit fünf Tagen in Untersuchungshaft. Delauney schwor Stein und Bein, er wisse nicht, wo das Kind sei, er habe nichts mit der Sache zu tun; eine Aussage, die John Taylor befürchten ließ, Delauney habe Teddy getötet. Auch wenn es ihm schwerfiel, weihte er Marielle und Malcolm am Heiligen Abend in seine Befürchtungen ein. Er hatte nun das sichere Gefühl, Delauneys hartnäckiges Abstreiten deute auf einen Racheakt hin, und er hielt es für mehr als wahrscheinlich, daß Charles den Jungen getötet hatte.

»O mein Gott...« Malcolm geriet buchstäblich ins Schwanken, als Taylor es ihm sagte, doch Marielle blieb diesmal fest und legte ihrem Mann einen Arm um die Schulter, als wolle sie ihn beruhigen. Sie hatte seit Tagen keine Kopfschmerzen gehabt, ihr ganzes Leben schien sich einzig und allein um das Warten auf eine Nachricht von Teddy zu drehen.

»Ich kann es nicht glauben«, sagte sie leise als Antwort auf Taylors Eröffnung. »Ich kann nicht glauben, daß wir ihn nie wiedersehen werden. Egal, was Charles getan haben mag, ich kann nicht glauben, daß er ihn getötet hat.«

»Komm endlich zur Vernunft!« herrschte Malcolm sie vor John Taylor an. »Wann wirst du endlich begreifen, daß der Kerl Teddy als Vergeltung für den Tod des eigenen Kindes entführt hat? Nun ist auch mein Kind tot...« Sein Ton gab ihr unmißverständlich zu verstehen, daß er ihr die Verantwortung anlastete. John Taylor entging das nicht, doch gab es nichts, was er hätte sagen können, um ihr zu helfen. Wie gern hätte er ihr tröstlich zugeflüstert: Bleiben Sie stark, oder sie kurz in den Arm genommen. Doch er konnte es nicht. So drückte er ihr nur unmerklich fester die Hand, ehe er sie mit Malcolm allein ließ.

In diesem Jahr gab es für sie kein Weihnachten. Es gab keine Geschenke, keine innigen Gedanken oder Gefühle. Es gab keine Weihnachtsdekoration, und Teddys Zimmer war für alle wie eine kleine Andachtsstätte, eine Erinnerung an alles, was sie verloren hatten. Beide betraten das Zimmer immer wieder, um ihrer Hoffnung und ihrer Stimmung neuen Auftrieb zu geben. Marielle konnte einfach nicht glauben, daß sie ihr Kind nie wieder in den Armen halten würde, konnte nicht glauben, daß Teddy verschwunden war... Es war unmöglich... das konnte Charles nicht getan haben.

Sie lag die ganze Nacht wach. Und dann wußte sie, was sie zu tun hatte. Nachdem Malcolm am nächsten Tag aus dem Haus gegangen war, um irgendwelche geschäftlichen Dinge zu erledigen, ließ sie ihren Wagen kommen und bat einen der Polizisten, sie ins Präsidium zu fahren. Erst zeigte man sich zurückhaltend, aber nachdem der diensthabende Sergeant konsultiert worden war, bekam sie ihren Willen. In einem schwarzen Kleid, in den alten Pelz ihrer Mutter gehüllt, auf dem Kopf einen schwarzen Hut, so wurde sie durch den Personaleingang hinausgeschmuggelt. Gleich darauf pflügte der Wagen mit der zitternd zwischen zwei Polizisten im Fond sitzenden Marielle durch die Reporterschar vor dem Haus und raste stadteinwärts. Seit der Entführung hatte Marielle das Haus nicht mehr verlassen, und es war schrecklich, sich den Weg durch eine Menschenmenge bahnen zu müssen und mit einer Eskorte von vier Polizisten zum Untersuchungsgefängnis gefahren zu werden. Aber sie wußte, daß sie es tun mußte. Gleichgültig, was man sagen mochte, sie mußte ihn sprechen.

Die formelle Anklage gegen Charles war sofort nach seiner Festnahme erhoben worden – sie lautete auf Kindesentführung. Taylor hoffte immer noch, ihm ein Geständnis abringen zu können oder wenigstens zu erfahren, wo sich das Kind befand. Aber bislang hatte Charles nichts zugegeben.

Als sie eintrafen, wartete schon eine Handvoll Reporter auf den Eingangsstufen, sie spielten verrückt, als sie Marielle erkannten, doch die Eskorte bahnte ihr den Weg, und Augenblicke später fand sie sich atemlos und zitternd im Polizeigebäude wieder. Als sie angab, wen sie besuchen wollte, folgten eine geflüsterte Beratung und erregtes Gemurmel. Es war kein Besuchstag, die ganze Sache war höchst irregulär, doch sie erklärte, wer sie sei und daß sie Charles unbedingt sehen müsse.

Schließlich begleitete einer der Beamten sie in einen kleinen kahlen Raum und ließ sie dort allein. Zehn Minuten später wurde Charles hereingeführt. Er trug eine Drillichhose, eines seiner eigenen Hemden und an den Füßen Schuhe, die wie Armeestiefel aussahen. Sein Bart war eine Woche alt, und in seinen Augen lag ein Ausdruck, wie sie ihn seit Jahren nicht mehr gesehen hatte, ein Ausdruck von Schmerz und Kummer, der ihr sagte, was sie wissen wollte, noch ehe sie ihm die erste Frage stellte. Er fing an zu weinen, als er sie sah, und als der Wärter sie allein ließ, nahm er sie in die Arme und hielt sie fest.

»Ich habe es nicht getan, Marielle ... das schwöre ich ... so etwas würde ich nie tun ... ich war verrückt ... ich war betrunken an jenem Tag ... ich weiß nicht ... dich mit ihm zu sehen war zuviel für mich ... es erinnerte mich an André ...«

»Ich weiß ... ich weiß ... sei ruhig ... ich mußte mit dir sprechen.« Sie trat zurück, damit sie ihn besser sehen konnte, und war froh, hergekommen zu sein. Sie hatte von ihm selbst hören müssen, was passiert war. Langsam setzte er sich, und sie ließ sich ihm gegenüber nieder und schaute ihn an. Wie weit war es mit ihnen gekommen, und wieviel Schmerz stand noch zwischen ihnen ... »Was ist passiert?«

»Ich weiß es nicht. Es heißt, man hätte seinen Schlafanzug im Keller meines Hauses gefunden. Mein Gott, Marielle ... sag mir, daß du nicht glaubst, daß es wahr ist.«

»Wie ist der Schlafanzug dorthin gekommen?«

»Ich weiß es nicht. Ich schwöre zu Gott, daß ich es nicht weiß ... ich bin ein Idiot ... ich war schrecklich zu dir ... es war ein Fehler ... ich war verrückt damals. Aber ich habe den Rest meines Lebens damit verbracht, es wiedergutzumachen, ich habe niemandem etwas getan ... ich habe für meine Freunde gekämpft und war bereit, für ihre Sache zu sterben, weil ich nichts mehr zu verlieren hatte. Warum hätte ich ihm etwas tun sollen? Oder dir? Ich habe dir schon genug angetan, und bei Gott ...« Er schluchzte, und sie faßte nach seinen Händen. »Ich liebe dich noch immer.«

»Ich weiß«, flüsterte sie. Auch sie liebte ihn noch immer. Aber Teddy liebte sie noch mehr. Er war ihr Baby. »Aber wo ist er?«

»Ich schwöre, daß ich es nicht weiß.« Da blickte er zu ihr auf, mit klarem, tiefem und aufrichtigem Blick, und sie glaubte ihm. »Ich schwöre es, Marielle, auch wenn man mich tötet. Ich versichere dir, daß ich von der Entführung nichts weiß. Ich hoffe dir zuliebe inständig, daß man den Kleinen findet. Trotz allem, was ich in meiner Torheit gesagt habe – du verdienst es, daß man ihn wohlbehalten findet.«

Sie nickte. »Danke.« Wie waren sie in diese schreckliche Sache hineingeraten? Wie hatte es dazu kommen können?

Da kehrte der Wärter zurück und forderte Marielle auf zu gehen. Sie nickte und stand auf. Charles sah sie lange und eindringlich an, ehe er abgeführt wurde.

»Glaub mir.« Mehr sagte er nicht, und sie nickte. Es klang nach Wahrheit. Aber wenn er den Jungen nicht entführt hatte, wer dann? Sie wußte es ebensowenig wie vorher. Aber sie wußte jetzt, daß Charles Delauney es nicht getan hatte. Und als sie den winzigen Raum verließ, erlebte sie eine Schrecksekunde, denn sie sah John Taylor auf sich zukommen. Er war vom FBI und nicht von der Polizei und hatte hier eigentlich nichts zu suchen, wenngleich anzunehmen war, daß er zu Charles wollte. Er machte ein sehr ernstes Gesicht, als er sie in einen Büroraum führte.

»Was machen Sie hier?« Er schien aufgebracht, beinahe so, wie Malcolm es gewesen war. Trotzdem war sie froh, daß sie gekommen war. Es hatte sich gelohnt.

»Ich mußte ihn sehen.«

»Sie sind ganz schön dumm.«

Sie schüttelte den Kopf. Es war nicht dumm gewesen. »Er sagt, daß er es nicht war, und ich glaube ihm.« Sie hatte es wissen müssen, hatte fragen müssen, hatte ihn sehen müssen.

»Was haben Sie denn erwartet? Daß er sagen würde, er habe ihn umgebracht?« Sie zuckte unter seinen Worten zusammen. Er machte keinen Hehl daraus, wie sehr ihn ihr Besuch bei Charles erboste. »Er wird Ihnen doch nicht die Wahrheit sagen. Immerhin steckt sein Hals in der Schlinge, und er wird alles tun, um ihn zu retten.«

»Warum sollte er mich belügen?«

»Warum sollte er Ihnen die Wahrheit sagen? Für ihn steht zuviel auf dem Spiel. Marielle, hören Sie auf mich und kommen Sie nicht mehr her. Halten Sie sich von ihm fern. Wir werden alles unternehmen, um Ihren Sohn zu finden, dieser Mann aber kann gar nichts für Sie tun. Er hat Ihnen nur Schmerz bereitet... vergessen Sie ihn.« Es stand ihm zwar nicht zu, dies zu sagen, doch er wußte, daß Charles sie belog. Er hatte mittlerweile zuviel über Delauney herausgefunden. Das wilde Leben in Spanien, die Anfälle von Raserei, die ihn von Zeit zu Zeit erfaßten, die Trinkorgien, sein Jähzorn... die Tatsache, daß er sie geschlagen hatte... die Tatsache, daß er sie noch immer liebte. Nicht einmal die Frage nach seiner Zurechnungsfähigkeit war eindeutig geklärt. Dies war ein Punkt, der einer genaueren Untersuchung bedurfte. Aber er wollte nicht, daß Marielle noch mehr verletzt würde. Und wenn die Presse davon Wind bekäme, würde wieder die Hölle los sein. »Kommen Sie, ich bringe Sie nach Hause.« Sie nickte. Es hielt sie nichts mehr hier. »Und wenn Sie nächstesmal so etwas planen, dann rufen Sie mich an.«

»Und was werden Sie sagen?« Sie ließ es lächelnd geschehen, daß er sie hinausgeleitete. Schon vor dem Verlassen des Gebäudes gab er Anweisung, den Wagen zu starten, so daß sie sich, wenn auch unter Blitzlichtgewitter, mit einem Satz in Sicherheit bringen und davonrasen konnten. Am nächsten Tag zeigte ein Pressefoto Marielle bei ihrem Sprung in den Wagen, dicht gefolgt von John. »Was hätten Sie gesagt, wenn ich verlangt hätte, daß Sie mich zu ihm bringen?« fragte sie, als sie sich zurechtgesetzt hatten.

»Ich hätte abgelehnt.« Ganz ohne Wenn und Aber.

»Deshalb habe ich Sie nicht angerufen.« Sie lächelte, von

einem Gefühl großer Erleichterung erfüllt, denn sie glaubte Charles. Vielleicht war es doch nicht ihre Schuld. John Taylor saß da und beobachtete ihr Mienenspiel. Eine einmalige Frau, die ihm sehr gefiel, wie er sich eingestehen mußte. Viel mehr, als sie ihm gefallen durfte.

»Damit Sie nicht noch einmal auf solche Ideen kommen, mache ich jetzt eine Ausfahrt mit Ihnen und halte Ihnen eine hübsche Standpauke«, sagte er, als gelte es, ein Kind auszuschelten.

»Das hatte ich befürchtet«, sagte sie leise, um dann für den Rest der Heimfahrt zu verstummen.

Und er, der sie nicht aus den Augen ließ, empfand Mitleid mit ihr, denn er wußte, wie verzweifelt sie sich wünschte, daß das Kind gefunden wurde. Allmählich bezweifelte er, daß ihnen das glücken würde. Auch im Fall Lindbergh hatte ihn dieses Gefühl übermannt, obwohl er sich inständig gewünscht hatte, er würde sich irren. Doch war es anders gekommen.

Nachdem sie durch die Küche ins Haus gelangt waren, bedankte sie sich sehr herzlich bei John Taylor. Bei Malcolm hingegen war am nächsten Morgen keine Rede von Dankbarkeit. Die Zeitungen überschlugen sich mit ausführlichen Berichten über Marielles Besuch bei Charles, dazu gab es jede Menge Fotos, darunter eines, das zeigte, wie John beim Einsteigen in den Wagen seinen Arm um sie legte.

Malcolm war außer sich, als er nach Hause kam.

»Marielle, was soll das?«

»Er hat mich vor der Presse abgeschirmt«, sagte sie leise. Und er hatte recht behalten. Für die Fotoreporter war ihr Ausflug eine kleine Sensation gewesen.

»Er hat es sichtlich genossen. War es seine Idee, dich zu Delauney zu bringen?«

»Nein, meine. Ich bin ihm erst dort begegnet. Und Malcolm ... es tut mir leid. Aber ich mußte ihn sehen ... ich wollte hören, was er zu sagen hat.«

»Nun ... hat er dir gesagt, wie er deinen Sohn tötete? Hat er dir das gesagt? Oder hat er wieder einmal seinen eigenen Sohn beweint?« tobte Malcolm.

»Malcolm, bitte ...«

»Bitte, was ...? Dein Geliebter ... oder dein Exmann, wie immer du ihn nennen willst, entführt meinen Sohn, und ich soll Mitleid mit ihm haben? Hast du etwa welches? Hast du ihm gesagt, wie leid er dir tut? Weißt du, wer mir leid tut? Teddy tut mir leid ... unser kleiner Junge, der vermutlich irgendwo ermordet liegt, den man getreten oder erstochen oder sonstwie gepeinigt hat ...« Er schrie es ihr entgegen, und sie hörte es, die Hände gegen die Ohren gepreßt, weil sie es nicht länger ertragen konnte.

»Hör auf! Hör auf!« Schreiend lief sie aus dem Eßzimmer und hinauf in ihre Räume. Es war unerträglich. Es war zu viel passiert. Und alle gaben ihr die Schuld. Ihre Schuld war es, daß sie Charles kannte, daß sie ihn geheiratet hatte, daß sie nicht imstande gewesen war, ihr eigenes Kind zu retten, und jetzt gab Malcolm ihr die Schuld an Teddys Entführung.

Am Nachmittag kam John Taylor wieder, um nach ihr zu sehen. Er war so nett, das Aufsehen in der Presse unerwähnt zu lassen, aber an Neuigkeiten hatte er nichts zu berichten. Man wollte das Haus der Delauneys für alle Fälle noch einmal durchsuchen. Und bei dieser zweiten Durchsuchung fand man eines von Teddys Spielzeugen, einen kleinen Plüschbären, in Charles' Schlafzimmer versteckt. Nun war jeder Zweifel ausgeschlossen, und diesmal ließ sich sogar Marielle überzeugen.

8. Kapitel

Mitte Januar waren die Vorbereitungen für den Prozeß in vollem Gange. Von Teddy gab es noch immer keine Spur, obwohl seit seinem Verschwinden dreieinhalb Wochen vergangen waren. Malcolm war für einige Tage nach Washington gefahren, um einer gemeinsamen Geheimsitzung der Militärausschüsse beider Häuser des Senates beizuwohnen und um sich mit Hugh Wilson, dem amerikanischen Botschafter in Deutschland, zu treffen, der auf Kurzbesuch in der Heimat weilte.

Marielle war, umgeben von Bewachern, allein in New York geblieben. John Taylor hatte sie fast eine ganze Woche nicht zu Gesicht bekommen.

Eines Nachmittags ging sie ein paar Zeitungen durch, in dem Bemühen, nicht an Teddy zu denken und nicht immer wieder in sein Zimmer zu laufen. Das Radio war ihr schon lange unerträglich, da die Berichte über den bevorstehenden Prozeß sie zu sehr erschütterten und Teddys Lieblingssendungen wie *The Lone Ranger* sie zum Weinen brachten und noch mehr deprimierten. Sogar der Anblick Shirley Temples war ihr inzwischen verhaßt, weil ihr Lockenkopf sie an Teddy erinnerte. Miss Griffin war auf Urlaub zu ihrer Schwester in New Jersey geschickt worden, denn auch sie war mittlerweile der Hysterie nahe. Es war eine wahre Erleichterung, sie nicht ständig um sich zu haben. Jetzt konnte Marielle allein in seinem Zimmer sein, bei seinen Kleidern, seinen Spielsachen, seiner Haarbürste und anderen kleinen Dingen, die er benutzt hatte. Stundenlang konnte sie dastehen, die Sachen berühren, in seinem Lieblingssessel sitzen oder auf seinem Bett liegen, und immer versuchte sie, nicht an seine letzte Nacht in diesem Zimmer zu denken.

An jenem Tag erschien Haverford just in dem Moment in der Bibliothek, als sie die letzte Zeitung weglegte. Aus seinem Blick sprachen Sanftheit und Güte. Sie tat ihm unendlich leid, auch wenn er das nie ausgesprochen hätte.

»Jemand möchte Sie sprechen. Eine Miss Ritter. Sie sagt, sie hätte einen Termin bei Ihnen.«

»Ich kenne niemanden dieses Namens.«

»Doch, Sie kennen mich.« Auf diese Worte hin drehte Marielle sich um und sah eine junge Frau eintreten, klein und rothaarig. Anfang Dreißig. Irgendwie kam sie ihr bekannt vor, doch konnte sie die Frau nicht einordnen. Einen Augenblick lang betete sie, es möge sich um eine Drohung oder eine Erpressung handeln und die Frau würde sie zu Teddy führen können, aber Hoffnungen diese Art waren mittlerweile so gut wie geschwunden. Das Lösegeld, das nie abgeholt worden war, befand sich noch immer in dem Schließfach an der Grand Central Station.

»Wer sind Sie?« fragte Marielle erstaunt, und Haverford hielt sich zur Verteidigung bereit. Und plötzlich fiel es Marielle ein. Sie erkannte die Reporterin wieder, die sich am ersten Tag ins Haus gedrängt hatte. Miss Ritter sah den Butler mit ängstlichem Blick an.

»Könnte ich Sie allein sprechen?« bat sie Marielle.

»Nein . . . es tut mir leid . . . das geht nicht.« Marielle klang viel tapferer, als sie sich fühlte. In Gegenwart dieser kühn und selbstsicher wirkenden Person hielt sie Vorsicht für angebracht.

»Es ist wichtig, bitte . . .«, flehte die junge Frau, die auch diesmal in unmöglicher Aufmachung erschienen war.

»Das glaube ich weniger. Wie sind Sie ins Haus gekommen?«

»Wir sind für heute verabredet.« Sie versuchte es mit Frechheit, aber Marielle wußte es besser. Sie hatte seit über einem Monat keine Verabredung mehr getroffen, es sei denn mit Ermittlern und Polizisten.

»Tut mir leid, Miss . . .«

»Ritter. Beatrice Ritter.« Sie lächelte in der Hoffnung, in Marielle etwas anzurühren, ein Interesse zu wecken, nur damit sie sie zum Bleiben aufforderte, aber Marielle ließ sich nicht umstimmen.

»Sie müssen gehen . . .« Die junge Frau wirkte sehr enttäuscht, aber dann nickte sie.

»Ich verstehe. Ich wollte nur mit Ihnen über Charles Delauney sprechen.« Der Name wirkte geradezu elektrisierend auf Marielle, die ihre Besucherin überrascht anstarrte.

»Warum?«

»Weil er Sie braucht.« Das war nun wirklich viel zu komplex, um es in Gegenwart eines Außenstehenden zu besprechen.

»Madam?« Haverford sah sie fragend an. Ohne sich über ihre Beweggründe im klaren zu sein, entschied sie sich, die Frau zum Bleiben aufzufordern, wenigstens für kurz. Auf ihr Nicken hin ging er hinaus, doch sagte er zwei Polizisten Bescheid, und Marielle sah, wie sie in Türnähe Aufstellung nahmen.

»Ich verstehe nicht, warum Sie gekommen sind. Hat Charles Sie geschickt?« Seit ihrem Besuch im Gefängnis hatte sie nichts mehr von ihm gehört, nicht, seitdem man den Plüschbären gefunden hatte, der sie schließlich von seiner Schuld überzeugt hatte.

Aber Bea Ritter wollte bei der Wahrheit bleiben, denn sie wußte, daß sie schnell sein mußte. Charles hatte ihr gesagt, Marielle würde sie nie empfangen. »Ich arbeite für AP. Und ich glaube nicht, daß er es getan hat. Ich versuche nun herauszufinden, wer der Täter war, und möchte wissen, ob Sie bereit wären, mir dabei zu helfen.« Klarer und knapper ging es nicht.

»Ich fürchte, ich bin da anderer Meinung, Miss Ritter.« Sie suchte nach dem Namen. »Ich habe zunächst auch nicht geglaubt, daß er es war, aber es wurden zwei Gegenstände gefunden, die ihn unbestreitbar mit meinem Sohn in Verbindung bringen, der Schlafanzug, den Teddy anhatte, als er verschwand, und sein liebster Plüschbär. Und es hat sich bislang niemand zu der Entführung bekannt.« Marielles Zweifel waren so gut wie ausgeräumt.

»Vielleicht haben die tatsächlichen Entführer es mit der Angst zu tun bekommen, oder sie haben gute Gründe, sich nicht zu melden. Irgendeinen Grund muß es geben.« Sie war von Charles' Unschuld überzeugt. Nachdem sie viele Stunden mit ihm verbracht hatte, hielt sie ihn dieses Verbrechens nicht für fähig. Aber Marielle konnte nicht mehr an seine Unschuld glauben. Sie stand auf. Es war an der Zeit, daß die junge Frau ging.

»Leider kann ich Ihnen nicht helfen.« Sie empfand zu viel Schmerz, ihr Herz war zu schwer. Sie wollte sich nicht länger anhören, wie diese Person sich für Charles einsetzte. Sie wollte nur ihren Sohn zurückhaben.

»Glauben Sie, er wäre dazu imstande?« Bea wollte es unbedingt wissen. Sie wollte wissen, ob Marielle ihm glaubte. Aber Marielle hatte Angst vor dem, was dieses Mädchen in die Zeitungen bringen würde.

»Ich glaube, er wäre dazu imstande. Eine andere Antwort gibt es nicht, und er hat mit der Tat gedroht.« Sie selbst war überzeugt davon, und wenn die junge Frau noch so sehr an ihn glaubte. Nach all den Jahren hatte sich ihr Herz gegen Charles Delauney verhärtet.

»Er war betrunken.« Es war klar, daß sie mit ihm gesprochen hatte, und in Marielle regte sich Ärger über ihre Beharrlichkeit. Miss Ritter war intelligent, stark und strahlte eine unglaubliche Entschlossenheit aus. Ihr Haar war kurzgeschnitten und lockig, der marineblaue Mantel und das gleichfarbige Kleid wirkten billig, ihr Hut mit der roten Blume lächerlich. Dennoch war sie auf sonderbare, vorwitzige Weise hübsch.

»Trunkenheit ist keine Entschuldigung. Tut mir leid . . .« Sie ging an die Tür. Bea Ritter rührte sich nicht von der Stelle.

»Mrs. Patterson, er liebt Sie . . .« Die Worte ließen Marielle innehalten. Sie drehte sich um und starrte das Mädchen zornbebend an.

»Hat er das gesagt?«

»Das ist doch klar.«

»Für mich ist das seit Jahren nicht mehr klar, und ich will nichts davon hören.« Sie konnte ihre Wut nicht länger unterdrükken, seine Tat schmerzte wie eine tödliche Wunde. Aber Bea Ritter teilte ihren Standpunkt keineswegs.

»Er ist unschuldig.« Sie war so entschlossen, so sicher, daß Marielle drauf und dran war, sich wieder für Charles einnehmen zu lassen, obwohl sie es nicht wollte. Er hatte ihr Kind entführt.

»Wie können Sie behaupten, er sei unschuldig! Wenn er es ist . . . wo ist dann mein Sohn?«

»Das weiß er nicht. Er schwört es.« Ihr Blick ließ Marielle nicht los. »Wenn Charles es wüßte, er würde es uns sagen.«

»Sie kennen ihn doch gar nicht.« Aber Bea kannte ihn besser, als Marielle wußte. Sie war stundenlang bei ihm im Gefängnis gewesen, nachdem sie zwei Polizisten bestochen hatte. Zuerst hatte sie nur die Story haben wollen, ein Interview, doch aus irgendeinem sonderbaren Grund schenkte sie ihm Glauben. Sie war sicher, daß er die Wahrheit sagte, und sie hatte sich gelobt, daß sie alles tun würde, um ihm zu helfen. Tatsächlich war sie auf seinen Wunsch hin zu Tom Armour gegangen und hatte ihn gebeten, die Verteidigung zu übernehmen. Die beiden waren alte Bekannte, aber bis dahin hatte Armour auf Charles' Anrufe und Briefe nicht reagiert. Bea war es, die den Umschwung herbeigeführt hatte, sie hatte seine Sache vor Armour vertreten und den jungen Anwalt schließlich überzeugen können, daß Charles unschuldig war, mochten die Beweise auch gegen ihn sprechen. Und sie hatte Tom vorgehalten, daß Charles, einem Unschuldigen, das Todesurteil drohte, wenn er den Fall nicht übernahm. Sie behauptete steif und fest, Tom könne das Ruder herumreißen. Dank Bea Ritter hatte Tom Armour sich schließlich bereit erklärt, Charles zu vertreten.

»Werden Sie mir helfen?« Bea sah sie flehend an, und Marielle wollte nichts davon hören, wie Tom Armour nichts davon hatte hören wollen, dann aber doch nachgegeben hatte. Bea Ritter konnte einen geradezu unangenehm überzeugenden Einfluß ausüben.

»Finden Sie meinen Sohn, und ich werde Ihnen glauben«, gab Marielle kühl von sich.

»Ich will es versuchen.« Endlich stand Bea Ritter auf. »Darf ich Sie anrufen, wenn sich etwas ergeben sollte?« Marielle zögerte zunächst, um dann wider Willen zu nicken. »Danke.« Bea blieb stehen und sah Marielle an, als könne sie es kaum fassen, dann dankte sie ihr noch einmal und ging, verfolgt von Marielles Blick.

Marielle saß noch immer an ihrem Schreibtisch und dachte an Bea Ritter, als John Taylor sie in Begleitung des Bundesstaatsanwaltes aufsuchte. Der große, hagere, ein wenig furchteinflößende Mann war felsenfest davon überzeugt, daß Charles Delauney ihr Kind entführt hatte; mehr noch, er war sicher, daß er Teddy getötet hatte. Marielle zuckte unter seinen Worten zusammen, und John Taylor sah es mit schmerzlichem Mitgefühl. Dieser Besuch war das genaue Gegenteil von Bea Ritters flehentlicher Bitte, Charles zu helfen.

Der Staatsanwalt eröffnete ihr, daß er den Prozeß für März anberaumt habe, und erklärte ihr, daß er mit einem Schuldspruch rechne und jede erdenkliche Unterstützung ihrerseits und von seiten ihres Mannes erwarte.

»Was heißt das, Mr. Palmer?«

»Das heißt, daß ich mit Ihrer persönlichen Anwesenheit

rechne. Sie sollen dasitzen und bewirken, daß die Geschworenen sich gefühlsmäßig engagieren. Sie sollen wissen, was der Verlust Ihres Jungen für Sie bedeutet, damit sie Mr. Delauney schuldig sprechen. Und wenn wir Glück haben und beweisen oder auch nur voraussetzen können, daß er mit dem Jungen die Grenze des Bundesstaates überschritten hat, dann kriegen wir die Todesstrafe, Mrs. Patterson, und nichts weniger!« Seine Worte ließen sie schaudern. Zudem weckte er in ihr das Gefühl, daß er versuchen würde, Charles aufgrund gefühlsmäßiger Argumente und nicht aufgrund von Beweisen verurteilen zu lassen. Auch hatte sie große Bedenken, während des Prozesses »zur Schau« gestellt zu werden. Auch Taylor gefiel das nicht, aber er brachte zumindest Verständnis für diese Vorgangsweise auf. William Palmer war als öffentlicher Anklagevertreter hoch angesehen, an menschlichen Qualitäten aber schien es ihm zu mangeln. »Wenn wir bis dahin Ihren Sohn gefunden haben sollten, werden wir auch ihn dem Gericht vorführen, aber nur kurz.« Marielle wäre nichts lieber gewesen, als daß man ihn gefunden und dem Gericht vorgeführt hätte.

»Noch etwas?« Sie verhielt sich abweisend, weil ihr das, was er sagte, so schrecklich war, doch er schien nichts bemerkt zu haben. Er erhob sich und wandte sich zum Gehen.

»Wir werden Sie verständigen.« Er rückte seine Brille zurecht, starrte sie an, als müsse er abschätzen, ob sie sich als Zeugin gut machen würde, und griff nach seinem Aktenkoffer. »Bestellen Sie Ihrem Mann von mir, daß ich ihn nach seiner Rückkehr aus Washington gern gesprochen hätte.«

»Ich werde es ausrichten.« Er ging, und Taylor blieb. Marielle seufzte tief, als sie sich mit ihm auf der Couch niederließ. Hinter ihnen lag ein endloser Monat, eine schreckliche Zeit, und was aus Teddy geworden war, wußten sie noch immer nicht. Es hatte keine Anrufe gegeben, nur ein paar falsche Spuren und eine Handvoll angeblicher Augenzeugen von New Hampshire bis New Jersey.

»Ein reizender Mensch.«

Taylor, der sich gerade eine Zigarette anzündete, lachte kurz auf. Marielle konnte also auch austeilen.

»Im Gerichtssaal ist er besser als im Salon.«

»Was für ein Glück für ihn.« Dann sah sie John fragend an. Sie waren auf merkwürdige Weise Freunde geworden. Zuweilen hatte sie sogar das Gefühl, er sei ihr einziger Verbündeter. »Ich kann mir vorstellen, wie gräßlich der Prozeß wird.«

»Ja, es wird hart. Und man wird Dinge aufs Tapet bringen, die Ihnen nicht gefallen werden ... der Verteidiger zumindest. Vielleicht wird Ihre Zeit in der Nervenheilanstalt zur Sprache kommen. Man wird mit allen Mitteln versuchen, Ihre Glaubwürdigkeit zu erschüttern.«

»Warum? Ich bin es doch nicht, die Charles anklagt.« Obwohl sie von seiner Schuld nahezu überzeugt war. Nur ab und zu regten sich noch Zweifel. Nun berichtete sie John von Bea Ritter.

»Halten Sie sich da heraus«, riet er ihr sofort. »Sie können dabei nur verlieren. Was immer die Presse in die Finger bekommt, dreht und wendet sie nach Belieben und benutzt es, um Ihnen ein Messer in den Rücken zu jagen.« Sie mußte ihm recht geben. Aber wenn das Mädchen mit den ulkigen Hüten recht hatte? Miss Ritter hatte einen klugen Eindruck gemacht. »Manchmal weiß ich wirklich nicht, was ich denken soll«, gestand sie verzagt. »Und was macht es schon aus? Teddy ist fort. Alles andere ist unwichtig.« Ihre Augen waren groß und traurig. Sie hatte in einem kurzen Leben drei Kinder verloren.

»Für Charles ist es nicht unwichtig. Immerhin steht sein Leben auf dem Spiel. Um seinen Kopf zu retten, wird er sich auch an Strohhalme klammern.«

»Wer ist sein Verteidiger?«

»Er hat sich einen guten Mann ausgesucht, einen gewissen Tom Armour. Klug, jung, er kann brutal sein vor Gericht, aber wenn jemand Delauneys Kopf retten kann, ist er es.«

»Ich weiß nicht, ob ich darüber froh sein soll oder nicht. Ich weiß nicht mehr, was ich glaube. Malcolm sagt, Charles hätte es getan. Und als der Bär gefunden wurde...« Ihre Augen füllten sich mit Tränen. »Ich weiß nicht... als ich Charles besuchte, glaubte ich ihm seine Beteuerungen. Aber wenn er es nicht getan hat, wo ist dann Teddy?« Das war die Frage, die niemand beantworten konnte, und als er sie ansah, fühlte John sich so heftig zu ihr hingezogen, daß er ihre Fragen kaum noch registrierte. Noch nie hatte er so für jemanden empfunden, auch nicht für seine Frau, und ganz gewiß nicht für die Frauen, mit denen er ansonsten bei seinen Ermittlungen zu tun hatte. An ihr war etwas, das ihn sehr irritierte, etwas so Verletzliches und Weiches, daß er in ihrer Nähe stets von dem Verlangen beherrscht wurde, die Hand nach ihr auszustrecken und sie zu berühren.

»Ich wünschte, ich wüßte die Antwort darauf«, sagte er schließlich, doch seine Augen liebkosten sie. Sie saßen in der Dämmerung nebeneinander auf dem Sofa. Es war ein kalter Abend, und sie war wie immer allein. Malcolm war fort, und das Haus wirkte trotz der allgegenwärtigen Polizei leer und verlassen. Er wünschte sich, sie zum Dinner ausführen zu können, irgendwohin, wo es geräuschvoll war, wo es Gelächter und Rauch und Musik gab. Er wünschte, er könnte sie von alldem befreien, von Männern, die sie schlugen und ihr das Herz brachen, und anderen, die sie kühl ignorierten. Mittlerweile wußte er über Malcolm Patterson mehr, als ihm lieb war, und eines wußte er mit Sicherheit, daß nämlich Marielle von allen Menschen weniger zurückbekam, als sie verdiente. John Taylor wünschte nichts mehr, als das ändern zu können. »Ich wünschte, ich könnte Ihnen diese Last abnehmen, Marielle.« Es war eine höchst unprofessionelle Äußerung, aber eine, die sie berührte.

»Wie lieb von Ihnen. Auch ich wünschte, ich wäre den Druck los. Ich war immer der Meinung, Schwierigkeiten passierten einem nicht grundlos. Ich bin nicht sicher, ob ich das noch glaube. Mir ist schon zu viel zugestoßen.« Es war nicht zu fassen, daß die Frau durch völlig unvorhersehbare und grauenvolle Umstände drei Kinder verloren hatte. »Haben Sie Kinder?« Sie wußte so wenig von ihm, und doch war ihr schon seit einem Monat klar, daß sie ihn mochte.

»Zwei. Ein Mädchen von vierzehn und einen elfjährigen Jungen.« Sofort bedauerte er, daß er es gesagt hatte, doch sie nickte gelassen.

»André wäre jetzt auch elf.« Und das kleine Mädchen acht, das Baby, das gestorben war, ohne einen Atemzug getan zu haben, namenlos . . . nur Delauney, weiblich.

»Jennifer und Matthew.« Er wollte sie ablenken.

»Sehen sie Ihnen ähnlich?« Sie lächelte. Es war schön, mit ihm über normale Dinge zu plaudern, nicht über Entführung und Mord.

»Ich weiß nicht. Angeblich kommt er nach mir. Schwer zu sagen. Und was ist mit Ihnen? Was möchten Sie machen, wenn das Leben wieder in normaleren Bahnen verläuft?«

Auf diese Frage hin lächelte sie. »Ich möchte schwimmen, lange Spaziergänge machen und reiten . . . ich höre gern Musik . . . vor Jahren habe ich gemalt, aber das ist lange her . . .« Das war vor der Nervenheilanstalt gewesen, aber das sagte sie nicht. »Ich möchte all die einfachen Dinge tun, die ich mit Teddy gemacht habe.« Immer endete alles damit, es war alles, woran sie denken konnte. »Wir haben uns *Schneewittchen* angesehen, an dem Tag, als . . .«

»Ich weiß«, sagte er leise. Es war ihm im Gedächtnis geblieben. Da nickte sie traurig, und er legte seine Hand auf die ihre. Ihr Blick fragte, warum er so teilnahmsvoll und nett war, und sie empfand Dankbarkeit, weil er da war. Immer schien er zur Stelle zu sein, wenn sie ihn brauchte. »Marielle . . .« Er sprach ihren Namen ganz leise aus, und der Raum zwischen ihnen schien zur Reglosigkeit erstarrt. Dann beugte er sich wortlos vor und küßte sie. Sie spürte, wie sie dahinschmolz, als er sie in die Arme nahm und festhielt. Seine Kraft, seine Leidenschaft und seine Güte erfüllten ihre Gedanken und Sinne. Als er sich losmachte, wußte sie nicht, was sie sagen sollte. Beide wirkten etwas erstaunt, doch ihr war anzusehen, daß sie glücklich war.

»Ich weiß nicht, was ich sagen soll . . . ich weiß nur, daß du mir viel bedeutest . . . und daß ich dies alles ohne dich nicht durchgestanden hätte.«

»Ich möchte für dich da sein . . .« Er wollte ihr mehr als das geben, wußte aber nicht, wie er es ausdrücken sollte. Er lehnte sich zurück. Was er getan hatte und warum, begriff er selbst nicht, er wußte nur, daß er es hatte tun müssen. Niemals würde er ihr das zurückgeben können, was sie hatte. Er konnte ihr nur das geben, was sie nicht hatte, wie er wußte, und zwar schon seit Jahren nicht mehr: Liebe. Und eines stand für ihn fest: Malcolm Patterson verdiente sie nicht. Sie sah John ruhig an und wirkte dabei friedvoller als seit langem. Dann faßte sie nach seiner Hand und küßte sie.

»Liebst du deine Frau?« Sie fragte eher aus Neugierde als aus irgendeinem anderen Grund. Sie wollte ihn besser kennenlernen. Und er konnte nichts weniger als unaufrichtig sein. Nach einigem Zögern nickte er.

»Sie darf sich glücklich schätzen.« Aber er wollte mit ihr nicht über seine Frau sprechen.

»Ich muß an dich denken, seit wir uns zum ersten Mal begegnet sind. Schon in jener Nacht wünschte ich mir sehnlichst, dich in den Armen zu halten.« Sie wechselten einen langen, tiefen Blick, und jeder wußte, was der andere empfand. Sie brauchten keine Worte, sie brauchten nur einander. Und beide wußten, daß John deshalb seinen Posten verlieren konnte . . . und seine Frau . . . doch das kümmerte ihn jetzt nicht. Er wollte nur mit Marielle zusammensein, sich ihrer annehmen und sie beschützen, wie es noch niemand getan hatte. Auch Marielle fühlte sich zu ihm hingezogen, doch sie wußte nicht, wo das hinführen sollte. Beide waren sie verheiratet, ob nun glücklich oder nicht, und mochte Malcolm ihr noch so zürnen, sie konnte ihn nicht verlassen, nachdem sie Teddy verloren hatten.

»Was soll aus uns werden?« fragte sie leise.

»Was wünschst du dir, Marielle?« Seine Stimme war tief und sanft.

»Ich weiß nicht recht...« Sie schien besorgt. Sie wollte niemandem weh tun, weder John noch seiner Frau, nicht einmal Malcolm.

John berührte ihr seidiges rötliches Haar. Insgeheim spürte er, daß er bereit gewesen wäre, ihretwegen Debbie zu verlassen, doch er wußte, daß Marielle erschrecken würde, wenn er das sagte. Und es würden sich sofort neue Schuldgefühle in ihr regen. Er wollte keine Versprechungen machen, die er nicht halten konnte, und doch begehrte er sie so sehr. Er wollte mit ihr zusammensein, ihr helfen, sie halten, ihr alles geben, was sie nie zuvor gehabt hatte. Und er wollte alles von ihr... ihre Seele... ihr Leben... und ihren Körper...

»Du bist vom Glück nicht eben verwöhnt worden, meine Liebe«, sagte er mit wehmütigem Lächeln. Aus seinem Blick sprach so viel Güte, daß sie das Gefühl hatte, ihr Leben lang davon zehren zu können.

»Ja, das könnte stimmen... aber Teddy war einer der seltenen Glücksfälle in meinem Leben... und jetzt du. Vielleicht gibt es nicht mehr, vielleicht hat man nur ein paar Jahre, ein paar Tage, ein paar Augenblicke...« André hatte sie knappe zwei Jahre gehabt, Charles drei Jahre, Teddy vier. Vielleicht war es das... vielleicht war das alles... vielleicht gab es kein Immer.

»Du verlangst nicht viel.«

»Was bleibt mir anderes übrig?« Sie sah ihm in die Augen, und er beugte sich vor und küßte sie von neuem. Diesmal raubte es ihr den Atem, und er war nicht mehr sicher, ob er sich würde zurückhalten können.

»Ich möchte, daß du glücklich bist...«, flüsterte er voller Glut, doch sie sah ihn traurig an. Das Glück dieser wenigen kostbaren Augenblicke genügte ihr, und sie wollte, daß er das wußte. Im Moment hatte sie nur einen Wunsch, sie wollte, daß Teddy endlich gefunden wurde.

»Es war eine schreckliche Zeit«, sagte sie leise.

»Ich weiß.« Er nahm ihre Hand, von dem Wunsch beseelt, alle ihre Probleme lösen zu können. Vielleicht mit der Zeit ... Doch ihm schauderte, wenn er daran dachte, was passieren würde, wenn man den Jungen nie fand ... oder wenn man nur seinen Leichnam fand. »Marielle, du mußt sehr stark sein.« Er wußte, daß sie es ohnehin war. »Ich bin da, um dir zu helfen.« Und dann kam ihm ein Gedanke, eigentlich nur, weil sie so wenig von ihm forderte. »Warum erwartest du so wenig von den Menschen? Warum bist du immer so bescheiden?« Er wußte, daß er den Schlüssel gefunden hatte, den Grund, weshalb alle sie haßten. Weil sie nichts von ihnen erwartete, weil sie gab, ohne eine Gegenleistung zu fordern, erweckte sie in allen das Gefühl um so größerer Unzulänglichkeit. Sie war zu gut, zu rein und zu sehr bereit, den Schmerz zu erdulden, den man ihr zumutete. »Sei nicht so gut ... auch nicht zu mir, Marielle ...« Wieder küßte er sie, und diesmal erwiderte sie seinen Kuß ganz fest. Dann entzog sie sich ihm mit einem kleinen Lächeln, daß sich ihm das Herz im Leib umdrehte. Bei all ihrer Würde und Sanftheit war sie von einer Aura der Leidenschaft umgeben, die ihn fast wahnsinnig machte.

»Wenn wir nicht bald damit Schluß machen, werden wir noch ein ernstes Problem bekommen.« Sie sagte es mit wissendem Blick.

»Ich weiß nicht, ob es nicht genau das ist, was ich möchte«, antwortete er heiser. Und sie war sicher, daß es das war, was sie wollte. Seit drei Jahren hatte sie die Liebe entbehren müssen, und sie empfand seinen sehnigen Körper, der unter dem Hemd zu ahnen war, als ungeheuer anziehend. Aber beiden war klar, daß sie im Moment alles andere als zusätzliche Komplikationen brauchen konnten.

»Wenn das alles vorüber ist, Mrs. Patterson, werden Sie und ich uns ernsthaft unterhalten müssen. Ich weiß nicht, was sich tun wird, aber ich weiß, daß ich Sie nicht einfach so laufenlassen werde.« Noch nie hatte er für jemanden so empfunden, und er war nicht gewillt, dieses Gefühl aufzugeben. Schon bei der ersten Begegnung mit Marielle hatte er gewußt, daß sein Leben sich für immer ändern würde. Doch er wußte auch, daß er es ihr zunächst einmal schuldig war, ihren Sohn zu finden, und wenn er das nicht schaffte, mußte er ihr wenigstens über die Leidenszeit hinweghelfen und dafür sorgen, daß Charles Delauney verurteilt wurde.

»Möchtest du etwas essen, ehe du gehst?« fragte sie, doch er schüttelte den Kopf.

»Ich muß zurück ins Büro.« Es widerstrebte ihm, sie zu verlassen. Vor zehn Uhr kam er nur selten nach Hause. Weil er es nicht wollte. Er hatte Marielle gesagt, daß er seine Frau liebte, und er liebte sie wirklich... hatte sie geliebt... so war es jedenfalls einmal gewesen. In Wahrheit liebte er mehr seine Kinder... und die Kinder und die Religion waren es, die ihn und seine Frau verbanden. »Ich rufe morgen an«, flüsterte er Marielle zu. Ob sie bedauerte, was sie getan und gesagt hatten? Ob es ihr peinlich war? Doch aus ihrem Blick sprach Befriedigung, als sie aufstand und ihn ansah.

»Ich weiß, daß ich ein schlechtes Gewissen haben sollte, aber ich habe keins. Ich fühle mich ganz friedlich.« Als ob etwas ganz Besonderes passiert wäre. Und auch er spürte es. Etwas Richtiges. Etwas Gutes. Etwas, das sie beide brauchten und wollten. Aber würde es ihnen je gewährt werden? Es war zu früh, um diese Frage beantworten zu können.

»Gute Nacht, Mrs. Patterson«, sagte er verhalten und streifte ihre Lippen mit einem flüchtigen Kuß, ehe sie hinausgingen und wieder den kritischen Blicken der Polizisten ausgesetzt waren, die noch immer Tag und Nacht das Haus überwachten. »Gute Nacht, Marielle . . .«, setzte er im Flüsterton hinzu. Sie lächelte, als sie ihn an die Tür brachte, und gleich darauf ging sie leise hinauf in ihr Zimmer. Es war das erste Mal seit einem Monat, daß sie lächelte, aber es war einfach schön, sich geliebt und begehrt zu fühlen, wenn auch nur für einen kurzen Augenblick.

9. Kapitel

Während Staatsanwalt William Palmer den Fall vorbereitete, wurde er zum häufigen Besucher in ihrem Haus. Jedesmal zog er sich für längere Zeit mit Malcolm zur Beratung zurück. Er befragte etliche Hausangestellte und führte auch mehrere Gespräche mit Edith und Patrick, die nicht mehr im Haus beschäftigt waren. Und schließlich sprach er Anfang März noch einmal mit Marielle, diesmal allein, ohne daß John Taylor oder ihr Mann zugegen gewesen wäre.

»Ehe Sie in den Zeugenstand treten, Mrs. Patterson, müssen Sie sich völlig im klaren darüber sein, was Ihrer Meinung nach geschah. Sie verstehen mich doch?« Sie verstand ihn sehr gut, denn seine Art, sich auszudrücken, war unmißverständlich. Er gehörte zu den Menschen, die wenig Liebenswertes an sich haben. Sein Haar glänzte pomadisiert, sein Gesicht war bleich. Er mochte etwa in John Taylors Alter sein, also Anfang Vierzig, erschien immer in Nadelstreifanzügen mit dunklen Krawatten, trug eine Hornbrille und zeigte sich von Malcolm sichtlich beeindruckt.

»Ich verstehe vollkommen«, antwortete sie leise. Zu sagen hatte sie ihm nicht viel. Sie hatte spätabends ein Geräusch gehört, und um Mitternacht war sie hinaufgegangen, um nach Teddy zu sehen – nur um ihm einen Kuß zu geben, erklärte sie zum hundertsten Mal, doch der Staatsanwalt zeigte sich davon unbeeindruckt. Ihm lag einzig daran, Delauney der Tat zu überführen. Männer wie ihn haßte er. In seinen Augen war er nichts weiter als ein Salonsozialist, ein verwöhnter Playboy, der glaubte, er könne sich alles erlauben. »Ich fand Betty und Miss Griffin gefesselt und geknebelt vor. Miss Griffin hatte zusätzlich ein Kissen über dem Kopf. Sie war mit Chloroform betäubt worden. Und Teddy war verschwunden ... mehr war nicht ... er war verschwunden.« Und seither hatte sich nichts ergeben, abgesehen von dem falschen Alarm mit dem Lösegeld in der Grand Central Station. Es war nie abgeholt worden, und der Anrufer hatte sich niemals wieder gemeldet, ein Umstand, der Polizei und FBI zu der Überzeugung gelangen ließ, es habe sich um den Anruf eines Spinners gehandelt.

»Und der Schlafanzug, den man in Delauneys Haus fand ... gehörte der Ihrem Sohn?« Sie hatte das Gefühl, bereits im Zeugenstand zu stehen, so wie er sie beobachtete und vor ihr auf und ab lief.

»Ich glaube schon«, lautete ihre leise Antwort.

»Sie sind nicht sicher.« Er blieb stehen und starrte sie an, als hätte sie seinen Zorn erregt.

»Ich bin sicher, aber ...«

»Aber was, Mrs. Patterson?« Malcolm hatte ihn darauf vorbereitet, daß sie nie sicher war, nie Gewißheit hatte, nie beherzt genug war, um für sich einzustehen oder eigene Meinungen zu äußern.

»Ich weiß nicht, wie er dorthin geraten sein könnte.« Malcolm hatte unfairerweise gesagt, man könne ihren Gefühlen nicht wirklich trauen.

»Natürlich hat Delauney den Anzug dort versteckt. Wie sonst hätte er zusammen mit dem Plüschbären des Jungen dorthin geraten können? Glauben Sie denn nicht, daß Charles Delauney Ihren Sohn entführt hat?« Nun trat Schweigen ein, während sie überlegte. Während der vergangenen zweieinhalb Monate hatte sie sich diese Frage selbst ungezählte Male gestellt, und sie war zu der Ansicht gelangt, er müsse der Täter sein, denn die Beweise sprachen dafür. Aber manchmal wurde sie unsicher, dann nämlich, wenn sie an den Menschen Charles dachte. Und alle sagten, er beteuere noch immer seine Unschuld. Doch die Beweise ... die Beweise ... der Schlafanzug ... der Bär ...

»Ja, ich glaube es.« Sie sagte es mit schmerzlicher Miene.

»Aber Sie sind nicht sicher?« Er stieß jedes einzelne Wort hervor, als bereite es ihm Schmerzen. »Gibt es sonst noch jemanden, der Ihr Kind entführt haben könnte?« Marielle, die das Gefühl hatte, regelrecht zu schrumpfen, während sie ihm zuhörte, schüttelte den Kopf. »Ich weiß nicht. Und ich glaube nicht, daß jemand das weiß, ansonsten hätten wir ihn gefunden.«

William Palmer schien schockiert. »Wollen Sie denn keine Gerechtigkeit, Mrs. Patterson? Möchten Sie nicht, daß der Mann bestraft wird, der Ihren Sohn entführt hat? Ihr Mann will es. Und Sie?« Es hörte sich an, als verstieße sie gegen ihre Bürgerpflicht, wenn sie Charles nicht hingerichtet sehen wollte. In Wahrheit wollte sie das auch nicht.

»Ich möchte, daß mein Sohn nach Hause kommt.«

»Haben Sie sich mit der Möglichkeit abgefunden, daß er ihn womöglich getötet hat?« Sie nickte mit geschlossenen Augen, um sie gleich darauf zu öffnen. Wie sie das Verfahren überstehen sollte, war ihr ein Rätsel. Schon die vergangenen zweieinhalb Monate waren ein wahrer Alptraum gewesen. Tag und Nacht war sie von der Presse gehetzt worden, nahezu täglich waren Fotos von ihnen erschienen, immer wieder Teddy oder Charles auf den Titelseiten. Sie konnte nicht einmal mehr Radio hören, ohne Berichte über sich, Charles oder Malcolm zu hören, Berichte, von denen die meisten erlogen waren und frei erfundene skandalöse Einzelheiten präsentierten. Man habe Marielle weiß Gott wo in Gesellschaft gesichtet, Malcolm habe die Scheidung eingereicht, Charles sei entflohen, Teddy sei irgendwo gesehen worden. Und William Palmer war Bestandteil dieses Alptraums. »Ihnen ist klar, daß dieser Mann Ihren Sohn getötet haben kann, und doch sind Sie nicht sicher, ob Sie ihn für schuldig halten. Ist das richtig?«

»Ja«, schleuderte sie ihm schließlich entgegen. »Ja, das ist richtig ... nein ...« Sie änderte ihre Meinung wieder. »Ich glaube, daß er es getan hat.« Palmer schien ihre Äußerung zutiefst zu mißbilligen. Sie wandte sich ab, stand auf und durchquerte, mit ihren Gefühlen kämpfend, den Raum. »Ich bin nicht ganz sicher, daß Charles Delauney meinen Sohn entführt oder gar getötet hat, halte es aber für möglich, weil die zwei Beweisstücke bei ihm gefunden wurden.«

Er bedachte sie mit einem frostigen Lächeln. »Überlassen Sie es doch mir, Sie zu überzeugen. Warum vertrauen Sie mir nicht, Mrs. Patterson? Ihr Mann hält Mr. Delauney eindeutig für schuldig«, versuchte er sie zu beschwichtigen. Aber sie wußte, was Malcolm glaubte und warum. Er glaubte auch, daß es allein ihre Schuld sei, und das stimmte ebensowenig.

»Er kennt ihn nicht so gut wie ich.«

»Vermutlich nicht. Aber Mr. Delauney hat Sie geschlagen, als Sie schwanger waren, oder nicht?«

Sie ließ sich Zeit mit der Antwort, starrte hinaus in den Garten und wünschte sich, ihren Sohn dort draußen zu sehen. »Mehr oder weniger. Ich weiß nicht, ob ich es heute noch so nennen würde. Er hat mich geschlagen ... aber er war außer sich vor Kummer.«

»Und hat er infolgedessen nicht Ihr ungeborenes Kind getötet?«

»Ich weiß es nicht. Er steht nicht vor Gericht, weil er mein Baby getötet hat.«

»Nein, aber vielleicht wegen des Mordes an Ihrem Sohn. Und wenn er einmal dazu imstande war, dann hat er es möglicherweise auch ein zweites Mal getan.«

»Das ist lächerlich. Die beiden Fälle sind völlig unterschiedlich gelagert.«

»Verteidigen Sie ihn, Mrs. Patterson? Werden Sie ihn auch vor Gericht verteidigen?« Das war es, was er wissen wollte. Er wollte wissen, wo sie stand. Er wollte verhindern, daß sie ihm seinen Fall vermasselte, und er vermutete, Grund zur Besorgnis zu haben.

»Das ist nicht meine Aufgabe, Mr. Palmer. Ich bin nicht da, um irgend jemand zu verteidigen. Es geht mir einzig und allein um meinen Sohn.«

»Und mir geht es einzig und allein um Gerechtigkeit.«

»Dann wird der Gerechtigkeit Genüge getan.« Sie sah ihn lange und fest an. Als er ging, war er sehr ernst und alles andere als zufrieden. Patterson hatte ganz recht, sie war unberechenbar, unverläßlich und ihren Emotionen unterworfen, und er begann sich zu fragen, ob an der Aussage des Chauffeurs nicht doch etwas Wahres war. Gut möglich, daß sie Charles Delauney noch immer liebte. Vielleicht hatten sie wirklich eine Affäre miteinander. Vielleicht steckte mehr dahinter, als auf den ersten Blick ersichtlich war. Doch seine Ermittlungen hatten absolut nichts Anstößiges über sie zutage gefördert. Schlimmstenfalls hätte man ihr anlasten können, daß sie zuviel Geld für Garderobe ausgab, doch das schien Patterson nicht zu stören.

Kurz nachdem Palmer an jenem Nachmittag gegangen war, kam John Taylor. Die Besuche bei ihr waren ihm zur täglichen Routine geworden. Er genoß es, mit ihr zu plaudern, und manchmal saßen sie nur ruhig beisammen und tranken eine Tasse Kaffee. Er war gern in ihrer Nähe. Mitunter hielt er sich stundenlang unter dem Vorwand, seine Leute im Auge behalten zu müssen, im Haus auf, nur um nicht den Augenblick zu verpassen, in dem sie herunterkam. Er fühlte sich wieder wie ein Kind, wenn sie einander zulächelten, verstohlen Blicke tauschten oder wenn sie ihm ein Sandwich brachte und er die Hand ausstreckte, um sie zu berühren. Er liebte ihren Duft und ihre weiche Haut, und wenn er Glück hatte und niemand in der Nähe war, ergab sich zuweilen sogar die Chance für einen Kuß. Er verzehrte sich danach, mit ihr auszugehen, lange Frühlingsspaziergänge mit ihr zu unternehmen oder einfach mit ihr ins Kino zu gehen und Popcorn zu essen. Aber sie konnten nirgendshin. Kaum öffnete man die Haustür, war es, als werfe man einen Brocken Fleisch in ein Bassin voller Haie. Sie mußten im Haus bleiben, sich verborgen halten und sich darauf beschränken, miteinander zu reden. Und immer wieder fiel ihm auf, wie selten Malcolm sich zu Hause aufhielt. Der Mann war praktisch nie da, ein Umstand, der John Taylor nur zu gut ins Konzept paßte.

»Wie geht's?« flüsterte er, als er den Mantel ablegte. Er hatte William Palmer eben in einem Taxi davonfahren sehen. »Hat Palmer dich anständig behandelt?«

»Ich glaube, er ist enttäuscht, weil ich nicht möchte, daß Charles auf dem elektrischen Stuhl landet. Zumindest findet er, daß diese Vorstellung nicht genügend Begeisterung in mir entfacht.«

»Das macht mir auch Sorgen«, sagte John und faßte nach ihrem Arm, als sie zur Bibliothek gingen. »Was kann ich nur vorbringen, um dich von seiner Schuld zu überzeugen?«

»Liefere mir Beweise ... zeig mir mein Kind ...«

»Ich wünschte, das könnte ich. Aber bist du wirklich von seiner Unschuld überzeugt?«

»Nein«, gestand sie ein. »Das Schlimme ist nur, daß ich auch nicht tausendprozentig von seiner Schuld überzeugt bin. Ich glaube, daß er es getan hat, bin mir aber nicht ganz sicher.« Manchmal litt sie heftig unter dieser Unsicherheit und war froh, daß sie nicht als Geschworene auftreten mußte.

»Als wir den Schlafanzug gefunden hatten, war die Sache klar, und das weißt du.« Aber er wußte auch, daß sie nicht an den Tod des Kindes glauben wollte, obwohl die Tatsache, daß man es nicht gefunden hatte, erfahrungsgemäß darauf hindeutete. Vielleicht war für sie das Leugnen von Charles' Schuld gleichbedeutend mit der Hoffnung, daß Teddy noch am Leben war. Vielleicht konnte sie es sich nicht erlauben, die Wahrheit zu akzeptieren. Manchmal fragte sich John, ob man Teddy je finden würde. Es war schrecklich gewesen, als man das Lindbergh-Baby gefunden hatte, schrecklich, als man es den Eltern beibringen mußte, schrecklich, was das für sie bedeutet hatte. Da er selbst Kinder hatte, scheute er jeden Gedanken daran. Und jetzt würde unter Umständen auch Marielle dieser Tatsache ins Auge sehen müssen. Er konnte ihr zuliebe nur hoffen, daß es rasch und schmerzlos gegangen war.

»Der Prozeß wird sicher scheußlich werden, nicht wahr, John?« Sie saßen bei einem Kaffee, den Haverford ihnen gebracht hatte. Sogar der alte Butler hatte John Taylor ins Herz geschlossen. Er war nett zu Marielle, und es war tröstlich, ihn in der Nähe zu haben. Alle fühlten sich sicherer, wenn er da war. Nur einige unter den Polizisten argwöhnten, daß sein Interesse an Marielle nicht rein beruflicher Natur war. Doch sie waren klug genug, den Mund zu halten. Soweit war also ihr Geheimnis sicher, doch die Gefühle, die sie füreinander hegten, schienen zu wachsen. Sie versuchten noch immer, von einem Tag zum anderen zu leben, nur auf Teddy und den Prozeß konzentriert, doch es war ihnen klar, daß der Zeitpunkt kommen würde, da sie sich und ihrer Zukunft ins Auge sehen mußten. Im Moment aber hatte noch keiner eine Entscheidung getroffen, der bevorstehende Prozeß erforderte ihre ungeteilte Aufmerksamkeit.

»Ehrlich gesagt, ich vermute, daß es ziemlich hart wird. Man wird manches ans Licht der Öffentlichkeit zerren, das sehr schmerzlich sein könnte«, sagte John leise.

»Ich kann es kaum erwarten.« Sie wußte, was er meinte, wußte auch, daß Malcolm sie seit Charles Delauneys Verhaftung wie eine Verbrecherin behandelte. Fast schien es, als glaube er, sie stecke mit Charles unter einer Decke oder hätte ihn irgendwie provoziert, Teddy zu entführen. Es gab keine Möglichkeit mehr, Malcolm näherzukommen, an sein Herz zu rühren. Er hatte sie allein in einem Meer aus Einsamkeit und Angst ausgesetzt.

»Hast du eigentlich mal wieder etwas von Bea Ritter gehört?« Er meinte die energische junge Frau mit den roten Haaren, die Charles' Sache zu ihrer eigenen gemacht hatte und sie alle fast zum Wahnsinn trieb, denn sie hatte in der Presse einen Feldzug zu Charles' Verteidigung eröffnet. Alle paar Tage rief sie John Taylor, Charles' Anwalt, die Ermittler und den Staatsanwalt an, und Marielle wußte, daß Bea auch etliche Male versucht hatte, mit ihr zu sprechen. Doch sie nahm die Anrufe nicht mehr entgegen, sie hatte der Frau nichts mehr zu sagen, und es machte sie nur nervös, mit ihr zu sprechen.

»Ich glaube, sie hat gestern wieder angerufen.« Und dann setzte sie mit einem amüsierten Blick auf John hinzu: »Ob sie in ihn verliebt ist?« Bea war eigentlich ein hübsches Mädchen, sie war etwa in Marielles Alter und verfügte über soviel Energie und Kampfgeist wie zehn Männer. John fand sie allerdings ziemlich ermüdend.

»Offen gestanden habe ich mich das auch schon gefragt. Aber es gibt viele verrückte Frauenzimmer, die bei Burschen wie ihm den Kopf verlieren, bei Typen, die grauenhafte Verbrechen begangen haben. Diese Frauen treten meist mit wahrer Besessenheit für die Unschuld des Angeklagten ein. Entweder gehört sie zu dieser Sorte, oder sie ist einfach eine findige Reporterin, die ihre Nase überall hineinsteckt.«

»Sein Schicksal scheint ihr jedenfalls sehr am Herzen zu liegen. Jedesmal, wenn ich mit ihr sprach, setzte sie ihre ganze Überzeugungskraft ein.«

»Ich weiß.« John schüttelte den Kopf und trank seinen Kaffee aus. »Aber für Charles ist sie ein Glücksfall. Er braucht jede erdenkliche Hilfe, und ein wenig positive Presseresonanz kann nicht schaden. Ich hoffe nur, daß sie uns nicht schaden wird, Marielle.« Er sah sie, schon im Aufstehen, ernst an. »Achte darauf, daß du nicht ungewollt der Verteidigung in die Hände spielst. Egal, was du glaubst oder nicht glaubst, es kann nicht deine Absicht sein, ihr zu helfen.« Sie wollte ihn fragen, warum, wußte aber die Antwort ohnehin. Ihnen lag in erster Linie an der Wahrheit über Teddys Schicksal. Kurz darauf verabschiedete er sich, und sie war wieder allein. Sie ging hinauf in Teddys Zimmer, um seine Sachen zu berühren, einige seiner Kleidungsstücke zum ungezählten Mal zusammenzulegen und seine Stofftiere neu zu ordnen. Nie schaffte sie es, sein Zimmer lange zu meiden. Malcolm, der Ärmste, ertrug es nicht mehr heraufzukommen.

Am nächsten Tag kam kurz nach zwölf Thomas Armour, der Verteidiger. Er hatte sie am Morgen angerufen und um eine Unterredung gebeten. Daraufhin hatte sie John angerufen und ihn gefragt, ob sie Armour empfangen dürfe, und er hatte ihr offen geantwortet, er halte es für unklug, aber es verstoße nicht gegen das Gesetz. Marielle hatte sich aus Neugierde bereit erklärt, Armour zu empfangen, nicht zuletzt, weil sie sich auf die Gerichtsverhandlung einstimmen wollte.

Malcolm war für einige Tage nach Boston gefahren, und so war Marielle allein, als Armour kam. Sie hatte ein schwarzes Kleid gewählt, wie neuerdings fast immer, so als ob sie schon in Trauer sei. Armour trug einen dunkelblauen Anzug. Sein dunkelblondes Haar sah aus, als sei es früher einmal heller gewesen. Er hatte warme braune Augen, die auf den ersten Blick sanft wirkten. Doch in seinem Ton lag keine Spur von Sanftheit. Er war höflich und bestimmt, kam aber ohne Umschweife zur Sache. Und seine Augen schienen sie auf der Suche nach Antworten zu durchbohren.

Haverford hatte Armour in die Bibliothek geführt, und nach dem üblichen Austausch von Förmlichkeiten sah er sie offen an und stellte ihr eine sehr gezielte Frage: »Ehe das Verfahren eröffnet wird, möchte ich mir einen ungefähren Eindruck von dem verschaffen, was Sie über meinen Klienten aussagen werden.« Er hatte diesen Fall nicht übernehmen wollen, weil er in Charles anfangs nur den typischen verwöhnten Sohn aus reichem Haus gesehen hatte. Allmählich aber waren seine Sympathien für ihn erwacht, und seit er sich endgültig für den Fall entschieden hatte, stand er voll und ganz hinter seinem Mandanten.

»Was meinen Sie damit, Mr. Armour?« Aus Zeitungsberichten wußte sie, daß er Harvard absolviert hatte, der jüngste Teilhaber einer sehr angesehenen Anwaltssozietät und etwa Ende Dreißig war. Charles hatte sich den besten Mann genommen, das war sein gutes Recht. Aber wichtiger als sein Ruf waren die Ruhe und die Überzeugungskraft, die von ihm ausgingen. Sein gutes Aussehen registrierte Marielle nur am Rande. Viel beeindruckender fand sie die Intelligenz seines Ausdrucks und die Aura der Entschlossenheit, die ihn umgab.

»Mr. Delauney hat mir angedeutet, was passiert ist . . . damals, vor einigen Jahren. Ich glaube, wir wissen, wovon die Rede ist.« Er meinte den Tod Andrés, und sie wußte zu schätzen, daß er es bei einer Andeutung beließ. »Er gibt zu, daß er sich abscheulich benommen hat und daß sein Verhalten jetzt falsch gedeutet werden kann. Sie sind der einzige Mensch, der bezeugen kann, was er damals getan hat und aus welchem Grund. Wie sehen Sie die Sache?«

»Ich glaube, daß er vor Kummer den Verstand verloren hat. Und mir ging es ebenso. Wir beide haben Dummheiten gemacht. Das liegt lange zurück.« Er registrierte ihren bekümmerten Ausdruck. Sie war bildschön und hatte die traurigsten Augen, die man sich vorstellen konnte. Sein Interesse wuchs. Ihm war klar, daß Charles Delauney sie noch immer liebte, und er hätte zu gern gewußt, inwieweit diese Gefühle erwidert wurden, aber Delauney hatte steif und fest behauptet, sie hätten vor der Entführung nichts miteinander gehabt. Malcolms wegen hätte sie sich sogar geweigert, ihn zu treffen. Das hatte Tom Armour ein wenig beeindruckt, aber um ihn ernsthaft zu beeindrucken, brauchte es einiges mehr.

»Halten Sie meinen Mandanten für einen gefährlichen Menschen?« Es war eine Frage von großer Tragweite, über die sie sich selbst schon lange Gedanken gemacht hatte.

»Nein. Ich halte ihn für närrisch. Für ungestüm. Manchmal sogar für dumm.« Sie lächelte, doch Tom Armour erwiderte ihr Lächeln nicht. »Aber für gefährlich halte ich ihn nicht.«

»Glauben Sie, daß er Ihr Kind entführt hat?«

Sie zögerte lange, sehr lange, um eine wahrheitsgemäße Antwort bemüht. »Ich weiß es nicht.« Sie sah ihm direkt in die Augen, und was sie darin las, gefiel ihr. Er sah aus wie ein anständiger Mensch, wie jemand, dem man vertrauen konnte. Sie wußte, daß er ihr gefallen hätte, wären sie einander unter anderen Umständen begegnet. Und ihr zweiter Gedanke war, daß Charles sich glücklich schätzen konnte, ihn als Verteidiger zu haben. »Ich weiß es nicht. Ich glaube, daß er es getan hat. Die Beweise liegen vor. Aber wenn ich mir ihn vorstelle, wie er war ... wie ich ihn kannte ... dann verstehe ich nicht, wie er es getan haben kann.«

»Glauben Sie, daß er Ihrem Kind etwas hätte antun können, falls er es entführt hätte?«

»Irgendwie ...«, sie überlegte, ehe sie ihn wieder anschaute, »... irgendwie kann ich nicht zulassen, daß ich es glaube.« Denn wenn sie es zuließ ... würde es sie vernichten.

»Was meinen Sie ... aus welchem Grund könnte er Ihren Sohn entführt haben? Als Vergeltung für das verlorene gemeinsame Kind? Aus Wut, weil Sie sich nicht mit ihm treffen wollten? Weil er Sie noch immer liebt?«

»Ich bin meiner Sache nicht sicher.« Sie wünschte, sie hätte diese Fragen beantworten können.

»Meinen Sie, daß jemand ihm die Tat anhängt, ihn als Täter hinstellt?« So hatte es Charles ihm gegenüber von Anfang an dargestellt. Und Tom Armour war schließlich zu derselben Meinung gelangt.

»Möglich. Aber wer sollte das sein? Und wie sind Teddys Schlafanzug und sein Bär in Charles' Haus gelangt, wenn er Teddy nicht entführt hat?« Die Verteidigung hatte sich dieselben Fragen gestellt. Es war eine sehr vage Vermutung, daß die tatsächlichen Entführer Charles als Sündenbock benutzten. Woher sollten sie ihn überhaupt kennen? Das war der Schwachpunkt dieser Argumentation. Ein Pluspunkt hingegen war, daß die Mutter des Kindes selbst nicht völlig von Charles Delauneys Schuld überzeugt war. Armour hatte das Gefühl, daß sie in beide Richtungen bewegt werden konnte, ein Umstand, der sich für Charles allerdings auch gefährlich auswirken konnte.

Er stellte ihr einige weitere Fragen, machte sich Notizen und bedankte sich, daß sie Zeit für ihn erübrigt hatte. Dann ließ er seinen Aktenkoffer zuschnappen. Als er aufstand, sah sie ihn noch einmal an und entschied sich, ganz aufrichtig zu sein.

»Man sagte mir, ich sollte besser nicht mit Ihnen sprechen. Es sei ›unklug, wenn auch nicht ungesetzlich‹.« Sie zitierte John, wohl wissend, daß auch Malcolm und der Staatsanwalt außer sich gewesen wären.

»Warum haben Sie es dann getan?« Er war fasziniert von ihr. Weniger von ihrem Äußeren als von ihrem stillen Wesen und ihrer inneren Ruhe. Sie wirkte nicht wie eine Frau, die in einer Nervenheilanstalt gewesen war oder den Verstand verloren hatte. Vielleicht hatte sie sich einfach aufgegeben und nur sterben wollen, wie Charles es erklärt hatte. Jetzt aber war sie wieder ganz da und ließ unter ihrer kühlen Fassade viel Feuer und einen scharfen Verstand erahnen. Das Gespräch mit ihr hatte ihm viel gegeben.

»Mr. Armour, ich möchte die Wahrheit. Mehr nicht. An der Wahrheit liegt mir mehr als an der Gerechtigkeit. Wenn Teddy tot ist, möchte ich es wissen ... natürlich, ich will auch wissen, wer ihn getötet hat und warum ... aber wenn Teddy lebt, dann will ich, daß er gefunden wird ... ich will wissen, wo er ist, damit er nach Hause kommen kann.«

Tom Armour nickte. Er hatte verstanden. Er wollte dasselbe, wenn auch aus anderen Gründen. »Ich hoffe, wir werden die Wahrheit finden, Mrs. Patterson ... Teddys wegen, Ihretwegen ... und Mr. Delauneys wegen.«

»Danke.«

Haverford begleitete Armour hinaus, und Marielle blickte ihm nach, als er die Treppe hinunterging. Er sah aus wie ein Mensch, der alles beherrscht, was er anfaßt. Um dieses Selbstvertrauen beneidete sie ihn. Aber darunter war mehr zu spüren gewesen. Wärme, Kraft und Anteilnahme. Und als sie zurück in die Bibliothek ging, dachte sie wieder, daß Charles sich glücklich schätzen konnte, ihn als Anwalt zu haben.

10. Kapitel

Das Verfahren wurde an einem rauhen winterlichen Nachmittag im März eröffnet. Bei bitterkaltem Wind und eisigem Regen drängten Geschworene, Publikum und Presse in den Gerichtssaal. Es war die Woche, in der Hitler in Prag einmarschierte und der Welt verkündete, er habe die Tschechoslowakei seinem Machtbereich eingegliedert. Aber selbst Malcolm zeigte für die Weltnachrichten weniger Interesse als sonst. Für sie alle gab es ab sofort nur noch das Verfahren *Vereinigte Staaten gegen Charles Delauney*.

Der Prozeß fand im Gebäude des US District Court statt. Pünktlich um eins trafen Malcolm und Marielle in der von zwei Polizisten gefahrenen Pierce-Arrow-Limousine ein – in Begleitung von vier FBI-Leuten, unter ihnen John Taylor. Er war froh, dabeisein und ihr Kraft spenden zu können, und sie spürte seine Nähe ganz bewußt, ein Gefühl, das ihr Mut machte. Seit sie das Haus verlassen hatten, war Malcolm sehr schweigsam. Seine stumme Anklage hatte sie in den vergangenen Monaten zunehmend belastet, und sie war fahl wie ihr graues Kleid, als sie aus dem Wagen stiegen. Malcolm half ihr wortlos die Stufen zum Gerichtsgebäude hinauf. Sie trug einen hellgrauen Mantel mit passendem Hut, den ihr der Wind vom Kopf zu reißen drohte. Die Pressemeute brandete gegen sie an, und die Leute vom FBI mußten ihnen den Weg ins Gebäude regelrecht freikämpfen. Kaum hatten sie den Gerichtssaal betreten, als Marielle wieder bewußt wurde, wie schmerzlich das Ganze sein würde ... und wie sinnlos. Am Ende würden sie Teddy ja doch nicht zurückbekommen. Welchen Zweck hatte das alles überhaupt? Er war fort, und nach drei Monaten waren ihre Hoffnungen, ihn wohlbehalten zurückzubekommen, minimal. Was hier stattfinden würde, war eine Übung in Anklage, weiter nichts.

Die Pattersons nahmen ihre Plätze in der ersten Reihe hinter dem Anklagevertreter ein. John Taylor saß neben Marielle, einer seiner Mitarbeiter neben Malcolm. Hinter ihnen hatten zwei zusätzliche FBI-Leute Platz genommen, und je zwei Polizisten in Uniform saßen beidseits von ihnen und genau vor ihnen, so daß sie von allen Seiten ausreichend geschützt waren. Brigitte befand sich bereits im Gerichtssaal und erwartete ihr Eintreffen. Sie bedachte Marielle mit einem warmen Blick und nickte Malcolm höflich zu. Gleich darauf erschien der Gerichtsdiener und forderte die Anwesenden auf, sich zu erheben. Da trat auch schon der Richter in seiner schwarzen Robe ein und ließ seinen Blick durch den Raum schweifen. Hochgewachsen, mit zerfurchtem Gesicht und dichtem weißem Haar, war er Malcolm nicht unähnlich. Die beiden waren sogar entfernte Bekannte, doch hatte Malcolm keinen Einwand erhoben, als die Wahl auf diesen als hart bekannten Richter gefallen war.

Richter Abraham Morrison nahm den Vorsitz ein und schaute finster ins Publikum. Es trat lang anhaltende Stille ein, und die Leute fingen an, auf ihren Sitzen hin- und herzurutschen, allen voran die Journalisten, die der Richter besonders kritisch zu mustern schien. Dann sah er zu den Geschworenen, zu den Pattersons, zum Angeklagten sowie zu Staatsanwalt und Verteidiger.

»Mein Name ist Abraham Morrison.« Er hatte eine sonore Stimme. »Und ich werde in diesem Gerichtssaal keinen Unfug dulden. Sollte sich jemand danebenbenehmen, wird er sich so rasch vor der Tür wiederfinden, daß er nicht weiß, wie ihm geschieht. Jede Mißachtung des Gerichts wird mit Haft geahndet. Spielt jemand von der Presse verrückt, wird er unwiderruflich ausgeschlossen. Wer versucht, einen Geschworenen unter Druck zu setzen, unziemlich zu beeinflussen oder gar mit ihm zu sprechen, wird von mir mit einer Strafe belegt. Ist das allen hier Anwesenden klar?« Nickende Köpfe, Gemurmel. »Wir sind wegen einer sehr ernsten Sache hier versammelt. Es geht um ein Kapitalverbrechen. Das Leben eines Menschen steht auf dem Spiel, und ein Kind könnte ums Leben gekommen sein. Das sind keine Dinge, die ich auf die leichte Schulter nehme.« Sein Blick ruhte unverwandt auf den Presseleuten. »Und falls Sie es sich einfallen lassen sollten, Jagd auf die Geschworenen, den Angeklagten oder die Zeugen«, er warf einen Blick zu den Pattersons hin, »zu machen, werden Sie umgehend hinausbefördert. Sind die Spielregeln klar?« Wieder anhaltende, von einer gewissen Ehrfurcht getragene Stille. »Nun?« dröhnte seine Stimme, worauf es im Chor »Ja, Sir« ertönte. »Gut. Dann können wir beginnen. Ich werde in meinem Verfahren keinen Zirkus dulden, das sei ein für allemal gesagt.« Als Antwort erfolgte allgemeines Nicken, worauf er sich die Brille aufsetzte und einige Papiere überflog. Marielle gestattete sich nun einen Blick zum Angeklagten hin, und ihr fiel auf, daß Charles dünn und blaß wirkte und daß seine Schläfen grauer waren als bei ihrer letzten Begegnung. Er war in einem dunkelblauen Anzug erschienen, mit weißem Hemd und dunkler Krawatte. Darin sah er respektabler aus als die meisten der Anwesenden, doch darum ging es nicht. Auch Tom Armour wirkte sehr seriös in seinem korrekten Nadelstreifen mit Weste. Heute sah er jünger aus als bei seinem Besuch in ihrem Haus, von dem Malcolm noch immer nichts wußte.

Richter Morrison schaute auf und ließ seinen Blick erneut durch den Saal wandern. »Ich glaube, wir alle wissen, weshalb wir heute hier sind. Es handelt sich um einen Fall von Kindesentführung. Um die Entführung von Theodore Whitman Patterson, einem vierjährigen Jungen. Seine Eltern sind anwesend.« Er ließ eine vage Handbewegung in Marielles und Malcolms Richtung folgen, und sie spürte, wie ihr Herz heftiger schlug. Es erschien ihr unglaublich, daß es nach drei Monaten intensiven Pressetrommelfeuers noch einen Menschen geben konnte, der nicht wußte, wer sie waren. Vermutlich wollte Richter Morrison sie damit vorstellen. Ihm lagen Anstand und Respekt am Herzen, zugleich aber legte er auf eine gewisse persönliche Note im Gerichtssaal großen Wert.

»Der Angeklagte ist ein Mann namens Charles Delauney. Und theoretisch, meine Damen und Herren, und hier richte ich mich an die künftigen Geschworenen, ist Mr. Delauney unschuldig, bis seine Schuld erwiesen ist. Die Beweisführung ist Sache der Anklage. Mr. William Palmer, der Staatsanwalt«, es folgte eine entsprechende Handbewegung, »muß Sie von Mr. Delauneys Schuld überzeugen, und zwar so, daß alle Zweifel beseitigt sind. Es liegt an Mr. Armour«, er wies auf Tom, »Sie zu überzeugen, daß er unschuldig ist. Gelingt es Mr. Palmer nicht, Sie zu überzeugen, werden Sie also nicht überzeugt und glauben Sie nicht zweifelsfrei, daß Mr. Delauney dieses Kind entführt hat, dann müssen Sie ihn freisprechen. Ihre Pflicht ist es, sehr genau zuzuhören und Ihre Verantwortung sehr ernst zu nehmen. Ich werde die Geschworenen streng abschirmen. Sie werden für die Dauer des Verfahrens auf Staatskosten in einem Hotel in Klausur wohnen und dürfen mit niemandem außer den anderen Geschworenen sprechen. Sie können weder Ihre Kinder anrufen noch mit Ihrem Ehepartner plaudern, Freunde besuchen oder ins Kino gehen. Sie müssen im Hotel zusammen bleiben, bis Sie Ihrer Pflicht vorurteilsfrei und unbeeinflußt nachgekommen sind. Die Presse wird es Ihnen nicht leichtmachen. Zeitungen, Radio, das alles sind große Versuchungen, die ein hohes Maß an Verwirrung stiften können. Sie müssen sich während des Prozesses von alldem unberührt halten. Falls unter den Geschworenen jemand ist, für den die Klausur in den kommenden Wochen aus gesundheitlichen oder familiären Gründen eine unangemessene Härte darstellt, möge er das sagen, wenn er namentlich aufgerufen wird. Wir benötigen zwölf Geschworene und zwei Ersatzpersonen. Meine Damen und Herren, wir danken Ihnen für Ihre Hilfe.« Damit wandte er sich an den Gerichtsdiener und ersuchte ihn, die Namen der vorgesehenen Geschworenen aufzurufen.

Die erste Frau war so verängstigt, daß sie auf dem Weg zu ihrem Sitz fast stolperte. Marielle konnte ihr Zittern deutlich sehen.

Auch der zweite Geschworene war eine Frau, eine ältere Farbige, die sich nur mühsam zu ihrem Sitz durchkämpfte, so alt und gichtgeplagt war sie. Dann kamen zwei Männer, beide in mittleren Jahren, ein Beinamputierter um die Vierzig, eine junge Chinesin mit unglaublich langen Zöpfen, ein gutaussehender junger Farbiger, zwei hübsche junge Mädchen und eine Frau in mittleren Jahren, die Malcolm und Marielle unausgesetzt anstarrte; schließlich zwei weitere Männer und als Ersatzleute zwei unauffällige Frauen.

Kaum hatten sie ihre Plätze eingenommen, als Richter Morrison den Anwesenden auch schon Staatsanwalt William Palmer vorstellte. Dieser drehte sich um, ließ den Blick durch den Gerichtssaal wandern und wandte sich dann mit einem Lächeln an die Geschworenen. »Mein Name ist William Palmer. Ich fungiere in diesem Fall als Anwalt der Regierung und bin hier, um das Volk zu vertreten. Ich vertrete in diesem Fall *Sie* und werde Ihre Hilfe brauchen, um diesen Mann«, er deutete vage in Charles' Richtung, »von dem wir annehmen, daß er den vierjährigen Teddy Patterson zwölf Tage vor Weihnachten entführt hat, zu verurteilen.« Es war, als ob das Datum die Sache noch schlimmer machte, und die Eltern empfanden es in der Tat so. »Sollte einer von Ihnen diesen Mann, mich, den Verteidiger Mr. Armour, den Richter oder jemanden, der mit uns irgendwie in Verbindung steht, kennen, möge er sich wegen Befangenheit melden, damit er von seiner Pflicht entbunden werden kann. Sagen Sie es dem Richter, wenn er Sie aufruft und Sie nach Namen und Beruf fragt.« Damit setzte er sich abrupt, und Tom Armour stand auf und stellte sich vor . . . Marielle sah sofort, daß seine Art, mit den Geschworenen umzugehen, viel gewinnender war, er behandelte sie nicht von oben herab wie Palmer, und sein Auftreten war dezent, nicht aggressiv wie das des Staatsanwalts. Er erklärte, das Verfahren gegen Mr. Delauney werde allein auf der Grundlage von Indizien geführt und es gäbe zwei Gegenstände, die seinen Mandanten mit dem Fall in Zusammenhang brächten. Ein Beweis dafür, daß er das Kind tatsächlich entführt habe oder überhaupt in die Sache verwickelt sei, liege jedoch nicht vor. Während er dies vorbrachte, sah Marielle einige der Geschworenen nicken. Der Verteidiger setzte sich wieder, nachdem er sich bei den Geschworenen bedankt hatte – mit einem warmherzigen Lächeln, das die beiden jungen Mädchen zum Kichern brachte, worauf der Richter mit einem finsteren Stirnrunzeln reagierte.

»Darf ich die Damen daran erinnern«, schnarrte er, »daß es sich hier weder um ein gesellschaftliches Ereignis noch um eine amüsante Sache handelt. Also«, er sah die anderen an, »hat hier jemand ein gesundheitliches Problem, das es ihm nicht gestattet, in Klausur zu gehen?« Die ältere Schwarze hob die Hand, worauf Morrison sie mit herzlichem Lächeln ansah. »Ja? Ihren Namen bitte?«

»Ruby Freeman.«

»Ja, Mrs. Freeman?«

»Es sind meine Beine. Ich hab' schrecklich Arthritis. Dauernd habe ich Schmerzen.« Sie blickte bekümmert zu ihm auf.

»Das sehe ich.« Er nickte voller Mitgefühl.

»An manchen Abenden kann ich mich kaum rühren. Und meine Tochter . . . sie kümmert sich um mich . . . ich passe auf das Baby auf, während sie arbeitet . . .« Die Frau brach in Tränen aus. »Wenn ich nicht bei ihr bin, kann sie nicht arbeiten gehen... dann gibt es nichts zu essen. Ihr Mann ist bei einem Unfall in der Fabrik umgekommen...« Die Saga der Verzweiflung schien kein Ende nehmen zu wollen.

»Hm, wir verstehen. Möglicherweise könnte Ihre Tochter jemanden finden, der ihr vorübergehend hilft, aber Sie selbst, Mrs. Freeman, haben Sie das Gefühl, es würde für Sie zuviel an Schmerzen bedeuten, wenn Sie dem Verfahren Genüge tun?«

»Ich glaube schon, Euer Ehren. Arthritis ist wirklich etwas Schlimmes. Ich bin jetzt zweiundachtzig und leide seit zwanzig Jahren darunter. Sie hat mich fast umgebracht.«

»Es tut mir leid, das zu hören. Sie werden also von Ihrer Verpflichtung entbunden. Wir danken Ihnen, daß Sie heute gekommen sind«, setzte er noch höflich hinzu. Niemand hob die Hand, deshalb fuhr er in der Prozedur fort. Doch die erste Geschworene war so nervös, daß auch sie bat, von der Verpflichtung entbunden zu werden. Sie habe Gallensteine, entschuldigte sie sich, und ihr Englisch sei nicht gut genug, außerdem sei ihr Mann sehr krank und brauche sie. Sie und ihr Mann seien amerikanische Staatsbürger deutscher Herkunft. Und ehe sie weiterreden konnte, entließ Richter Morrison sie. Die Chinesin mit den Zöpfen sprach kein Wort Englisch, also durfte auch sie gehen. Die zwei jungen Mädchen, die nicht aufhörten zu kichern, handelten sich einen erneuten Verweis des Richters ein. Dann stand Palmer auf und fing mit der Befragung der Geschworenen an, und nach ihm kam Tom, und die Geschworenenbank lichtete sich sehr rasch.

Die zwei Männer in mittleren Jahren, beide Geschäftsleute, blieben. Beide waren verheiratet und hatten Enkel, die ungefähr so alt waren wie Teddy. Der Einbeinige sagte, er sei zweiundvierzig und habe sein Bein im Krieg verloren. Jetzt arbeite er als Versicherungsvertreter. Der junge Farbige arbeitete tagsüber bei der Post und spielte an den Abenden Posaune im Small's Paradise. Zum Heiraten habe er keine Zeit – diese Äußerung löste allgemeines Gelächter aus. Die beiden jungen Mädchen wurden nach Hause geschickt, weil dem Richter ihr Benehmen mißfiel. Beide waren zweiundzwanzig, unverheiratet und schienen alles nur als Jux anzusehen. Ihre Entlassung sollte den anderen als Warnung dienen. Die nicht mehr ganz junge Frau, die Malcolm und Marielle unausgesetzt anstarrte, war Sekretärin, ebenfalls unverheiratet und lebte in Queens. Ob sie für Charles Sympathien hegte oder nicht, war ihr nicht anzusehen. Sie tat nichts anderes, als die Pattersons anzustarren, so daß der Richter sie ermahnen mußte, sie möge ihre Aufmerksamkeit gefälligst dem Prozeßverlauf widmen. Als Folge davon entband die Verteidigung sie sowie die zwei Männer, die nach ihr kamen. Aber beide Seiten hielten an den zwei Ersatzfrauen fest. Blieben also acht Plätze leer, und es dauerte vier Tage, sie zu besetzen. Schließlich hatte man sich auf eine sehr interessant gemischte Geschworenenbank geeinigt. Die zwei Männer mit den kleinen Enkelkindern gehörten noch dazu, obwohl Marielle sicher war, daß Tom sie gern losgeworden wäre, weil ihre Sympathien vielleicht eher der Anklagevertretung zuneigten. Die Reaktion von Verteidigung und Anklage vorauszusehen war ein faszinierendes Spiel. Hätte es sich um ein anderes Verfahren gehandelt, Marielle hätte es voller Spannung verfolgt. Sowohl der einbeinige Veteran als auch der junge schwarze Musiker wurden akzeptiert. Und der letzte Mann war chinesischer Herkunft und hatte einen Lehrstuhl für Wirtschaftswissenschaften an der Columbia University. Alle übrigen Geschworenen sowie die Ersatzleute waren Frauen.

Die jüngste war älter als Marielle und hatte drei Kinder, allesamt erheblich älter als Teddy. Eine der Frauen war eine ehemalige Nonne, die nach dreißig Jahren ihrem Gelübde entsagt hatte, um nach Hause zu gehen und sich um ihre todkranke Mutter zu kümmern. Nach dem Tod ihrer Mutter hatte sie sich entschlossen, nicht wieder ins Kloster zu gehen, aber verheiratet war sie nicht. Außerdem gab es zwei Frauen, die befreundet waren und durch Zufall für dasselbe Verfahren als Geschworene benannt worden waren, beide waren Lehrerinnen an derselben Schule und unverheiratet. Schließlich waren drei weitere Frauen dabei, unauffällig, verheiratet, kinderlos, entweder Sekretärinnen oder Angestellte großer Firmen. Eine hatte kurze Zeit bei einem Anwalt gearbeitet, gab aber an, sie habe keine besonderen juristischen Kenntnisse. Anklage und Verteidigung legten keinen Einspruch ein. Es waren in jeder Hinsicht Geschworene, die Charles entsprachen, eine Gruppe vermutlich normaler, anständiger, fairer Menschen.

Inzwischen war es Freitag kurz vor Mittag, und das Gericht forderte die Geschworenen auf, nach Hause zu gehen, ihre Angelegenheiten zu ordnen und ihr letztes Wochenende zu genießen, weil sie ab Montag in Klausur gehen würden. Der Richter ermahnte sie, keine Zeitungsartikel über den Fall zu lesen und nicht Radio zu hören.

Sodann wurde die Sitzung auf Montag vertagt, und Marielle staunte, wie erschöpft sie schon nach fünf Tagen war, an denen es lediglich um die Auswahl der Geschworenen gegangen war. Die Lebensgeschichten der Menschen und die Entscheidungsfindung des Gerichts, ob sie entlassen oder behalten werden sollten, waren ihr endlos erschienen. Sie und Malcolm erhoben sich, und Charles wurde wieder in seine Zelle gebracht, wo er ein weiteres Wochenende verbringen mußte, und als Tom Armour an ihr vorüberging, tat er es ohne ein Zeichen des Erkennens.

Die FBI-Männer brachten sie nach Hause, und William Palmer suchte Malcolm nachmittags auf. Die beiden Männer verbrachten lange Zeit in der Bibliothek, ohne Marielle hereinzubitten, so daß sie den Kaffee mit John Taylor im Salon einnahm. Er hatte nichts Neues zu berichten, doch nach der schwierigen Woche, die hinter ihr lag, war es schon eine Erleichterung, mit jemandem zu sprechen, der mit ihr fühlte. Jedesmal, wenn Marielle auch nur kurz aus dem Gerichtssaal gegangen war, hatte Bea Ritter sich auf sie gestürzt und sie um eine Unterredung gebeten. Auch an diesem Nachmittag rief sie an, doch Marielle nahm das Gespräch nicht entgegen. Sie war zu ausgelaugt, um sich mit dieser Frau abzugeben und sich ihre Appelle anzuhören. Sie hatte nicht die Absicht, ihr zu helfen.

»Ein tolles Mädchen«, bemerkte Taylor. »Sie muß ja ganz verrückt nach ihm sein.«

»Ja, manche Menschen bringen Charles solche Gefühle entgegen.« Marielle lächelte. Vor John hatte sie keine Geheimnisse. »Ich habe auch einmal zu ihnen gehört. Aber ich war auch erst achtzehn.«

»Und jetzt?« John Taylor schien besorgt, allerdings nicht wegen des Falles. Marielle lächelte.

»Jetzt bin ich um vieles klüger.« Das bedeutete aber nicht, daß sie Charles die Todesstrafe wünschte, wenn er sie nicht verdiente. Die Sache machte ihr noch immer schwer zu schaffen. Das FBI hatte Anfang der Woche in Connecticut einen Jungen gesichtet, der angeblich aussah wie Teddy, aber wie alle anderen Spuren hatte auch diese sich als falsch erwiesen, als man der Sache nachgegangen war.

»Du siehst müde aus«, sagte Taylor leise, als sie ihm eine zweite Tasse Kaffee eingoß.

»Die Woche war hart.«

»Nicht so hart, wie die nächste und die übernächste sein werden.« Er wußte, was auf sie zukam, denn er kannte die Beteiligten. Der Staatsanwalt war ein beinharter Bursche und unbedingt darauf aus, den Fall zu gewinnen. Er wußte, daß alle Welt den Prozeß verfolgte, selbst Präsident Roosevelt, und er würde nicht zulassen, daß die Verteidigung den Sieg davontrug, koste es, was es wollte. Auch Armour war hart, wenn auch auf sauberere und forschere Weise. Er zielte direkt und traf tödlich. Und die Dinge, die man ans Tageslicht zerren und ihr in Erinnerung rufen würde, waren alles andere als angenehm.

»Bist du dafür bereit?« Er machte sich trotz ihres Stehvermögens Sorgen um sie, denn ihre Kräfte waren nicht unerschöpflich und die Belastung sehr groß. Ihm war deutlich in Erinnerung, wie stark es sie mitgenommen hatte, ihm von André zu erzählen. Doch in Anbetracht der Tatsache, daß sie nun schon drei Monate ohne Teddy hatte auskommen müssen, hielt sie sich tapfer. »Was immer auch geschehen mag«, versuchte er sie zu warnen, »laß dir ja keine Angst einjagen . . . laß nicht zu, daß sie dir Schuldgefühle suggerieren.« Er wußte, daß dies das Gespenst war, das ihr am meisten zu schaffen machte, seit Jahren schon. »Du weißt, daß dich keine Schuld trifft«, machte er ihr Mut.

»Ich wünschte, Malcolm würde es auch so sehen. Er gibt mir noch immer an allem die Schuld . . . weil ich zuließ, daß Charles in unser Leben trat, und weil es uns Teddy kostete.«

»Das hast du nicht mehr gewollt als er.« Was für ein Narr dieser Mann doch war. Und Johns Abneigung steigerte sich gewaltig, als er kurz darauf in der Halle mit einem seiner Leute sprach und Patterson, Palmer neben sich, auf ihn zueilte und ihn mit einem Fingerschnalzen zu sich winkte wie einen Hund. So durfte man John Taylor nicht kommen.

»Der Staatsanwalt braucht Ihre Hilfe, Mr. Taylor«, sagte Malcolm, der von Taylor wenig hielt, weil er bei der Suche nach Teddy wenig Erfolg aufzuweisen hatte. »Wir brauchen einige zusätzliche Informationen.«

»Über Delauney?«

Palmer nickte. »Gehen wir doch irgendwohin, wo wir in Ruhe sprechen können«, schlug der Staatsanwalt vor, und als sie schließlich saßen, bekam Taylor einiges zu hören, was ihm gar nicht gefiel. Es handelte sich um eine Schmutzkampagne übelster Sorte, um häßliche Dinge aus der Vergangenheit, die mit Teddy nichts zu tun hatten, und Taylor widersetzte sich dem Ansinnen.

Der Staatsanwalt wollte, daß er mithelfe, Tatsachen über Marielle und Charles auszugraben, Dinge, die schmerzlich für sie gewesen wären.

»Was hat das mit dem Fall zu tun?«

»Mann, das gehört zum Gesamtbild. Jetzt werden Sie nur nicht zimperlich . . . es geht ums Gewinnen.«

»Gewinnen? Was wollen Sie gewinnen? Die Verurteilung eines Unschuldigen? Oder wollen Sie den tatsächlich Schuldigen festnageln? Wenn Delauney schuldig wäre, würden Sie diesen Mist nicht brauchen, Palmer.«

»Wenn Sie mir das Zeug nicht beschaffen, wird es ein anderer tun.«

»Geht es darum in diesem Fall? Sie wollen ihn um jeden Preis überführen? Und was ist mit ihr? Was tun Sie ihr damit an?« Es ging um Andrés Tod in Genf und um ihre Zeit in der Nervenheilanstalt, und Taylor wußte so gut wie Palmer, daß das alles keine Rolle spielte, wenn Charles wirklich schuldig war.

»Mrs. Patterson ist nicht mein Problem, Taylor. Ihr eigener Mann möchte es. Sehen Sie, wenn uns das Material nichts nützen sollte, dann verwenden wir es gar nicht.«

»Wie nett«, sagte Taylor sarkastisch. Ihm war Tom Armours Taktik bei weitem sympathischer, denn der Verteidiger kam ohne schmutzige Tricks aus. Und daß Patterson bereit war, Marielle zu opfern, nur um Delauney festzunageln, fand er unglaublich. Aber Malcolm war überzeugt, daß Delauney seinen Sohn entführt und getötet hatte, und er war entschlossen, alles zu tun, damit Charles verurteilt wurde. In gewisser Weise kann man es ihm gar nicht verübeln, dachte Taylor, als er sich daranmachte, die entsprechenden Anrufe zu erledigen. Beschaffte er die Informationen selbst, konnte er wenigstens Palmers nächsten Schritt voraussehen und Marielle vor dem warnen, was auf sie zukommen würde. Er wußte freilich nicht, daß auch Malcolm eifrig telefonierte – auf der Jagd nach dem ganz großen Knüller.

Das Wochenende verging für Marielle viel zu rasch. Und am Montagmorgen waren sie wieder bei Gericht, und mit dem Prozeß wurde es ernst.

11. Kapitel

Die Eröffnungsplädoyers der folgenden Woche wirkten im Vergleich zu dem vorangegangenen freundlichen Geplauder mit den Geschworenen staubtrocken. Aber einige der häßlichen Dinge, die von den Vertretern der Anklage und der Verteidigung vorgebracht wurden, erwiesen sich als äußerst wirksam.

In seiner Eröffnungsrede versicherte der Staatsanwalt den Geschworenen und den Anwesenden im allgemeinen, daß sie es mit hoher Wahrscheinlichkeit mit einem Kidnapper, vielleicht sogar mit einem Kindesmörder zu tun hätten, mit einem Mann, der in der Vergangenheit Frauen angegriffen habe, der ohne mit der Wimper zu zucken Männer getötet habe, mit einem Lügner, einem Kommunisten, einer Bedrohung für alle Amerikaner. Er schilderte, wie der kleine Teddy Patterson mitten in finsterer Nacht aus seinem Elternhaus geraubt worden war, während die Menschen, die ihn beaufsichtigten, betäubt, geknebelt und gefesselt in Lebensgefahr schwebten. Dann sei das Kind spurlos verschwunden und mit großer Wahrscheinlichkeit getötet und irgendwo verscharrt worden, in einem Graben, auf einem Feld, für die, die ihn liebten, für immer verloren.

Marielle umklammerte ihren Stuhl, als sie das alles hörte. Stunde um Stunde schien die Stimme monoton herunterzuleiern, was für ein schlechter Mensch Charles immer gewesen sei, was für ein fabelhafter Mensch aus Teddy geworden wäre und wie alle unter dem Verlust dieses Kindes litten. Und wenn das stimmte, wenn Teddy wirklich nie zurückkehren sollte, dann mußte Marielle dem Staatsanwalt recht geben. Aber daran zu glauben, daß er für immer aus ihrem Leben verschwunden war, wäre für sie zu schmerzlich gewesen.

Tom Armours Erklärung war nur um weniges beruhigender. Er schilderte Charles Delauney als anständigen, ehrenhaften, in mancher Hinsicht zutiefst verstörten Mann, der vor neun Jahren seinen Sohn und seine ungeborene Tochter, seine ganze Familie, verloren hatte. Da er den Schmerz eines solchen Verlustes aus eigener Erfahrung kannte, sei er nie imstande gewesen, einem Kind etwas zuleide zu tun oder es zu entführen. Im Weltkrieg und in Spanien habe er tapfer gekämpft. Ein Kommunist sei er nicht. Er sei vielmehr ein Mensch, der an die Freiheit glaube. Gebildet, intelligent, anständig, durch die Zerstörung seiner Jugendträume aber zutiefst verstört, hatte er sich in Benehmen und Äußerungen zur Hemmungslosigkeit hinreißen lassen, doch sei er deshalb noch kein Mensch, der das Kind eines anderen entführen könne. Und die Verteidigung würde beweisen, daß er es nicht getan hatte. Außerdem rufe er allen in Erinnerung, daß Mr. Delauney hier wegen Kindesentführung vor Gericht stünde und nicht wegen Mordes. Er sei sicher, die Geschworenen würden ihn freisprechen, wenn sie der Beweisführung aufmerksam folgten. Während er so argumentierte, trat Tom Armour gemessenen Schrittes vor die Geschworenen, sah jedem einzelnen in die Augen, sprach ihn direkt an, nicht herablassend, sondern als Ebenbürtiger, als Freund, der verstanden werden möchte, der möchte, daß man ihm glaubt. Ihn zu beobachten war faszinierend, so meisterhaft agierte er. Er erklärte ihnen auch, der Staatsanwalt werde den Fall als erster präsentieren, vom Anfang bis zum Ende, und er, Tom Armour, werde die Zeugen natürlich ins Kreuzverhör nehmen, den Fall aus seiner Sicht aber erst präsentieren können, wenn die Anklage zu einem Ende gelangt sei. Und er rief ihnen abermals ins Gedächtnis, daß es Aufgabe der Anklage sei, zweifelsfrei zu beweisen, daß Charles Delauney den kleinen Patterson entführt habe. Gelänge es der Anklage nicht, sie von der Schuld des Angeklagten zu überzeugen, müßten sie ihn freisprechen, ob sie Charles menschlich sympathisch fänden oder nicht. Aber Tom versicherte ihnen, ihnen werde, wenn er die Verteidigung zu Ende geführt habe, klar sein, daß Charles zu Unrecht beschuldigt worden sei.

Nachdem beide ihre Eröffnungsplädoyers gehalten hatten, trat Schweigen ein, und Richter Morrison wies den Staatsanwalt an, den ersten Zeugen aufzurufen. Wie durch einen Nebel hörte Marielle ihren Namen. Sie hatte keine Ahnung gehabt, daß er beabsichtigte, sie als erste Zeugin zu vernehmen. Als sie an John vorüberging, zog sie eine Braue hoch, und er bemühte sich um eine beruhigende Miene, obwohl er in Sorge war, was Palmer wohl mit diesem Vorgehen bezweckte. Er wußte, daß die von ihm getätigten Anrufe kein Material gebracht hatten, das ihr nennenswert schaden konnte. Was aber Palmer und Malcolm ohne seine Hilfe zutage gefördert hatten, wußte er nicht.

Sie trat in den Zeugenstand und strich ihr schlichtes schwarzes Kleid glatt, als sie sich setzte. Nach einem Blick durch den Raum schlug sie nervös die Beine übereinander, um sie sogleich wieder nebeneinander zu stellen. Und die ganze Zeit über stolzierte William Palmer auf und ab und beobachtete sie. Er beobachtete sie, als hafte ihr etwas Sonderbares an, als stünde sie unter Verdacht, und mehr als einmal ließ er den Blick von ihr zum Angeklagten wandern, als gäbe es etwas an ihnen, das er nicht verstünde. Fast war es, als versuche er den Geschworenen etwas Unangenehmes oder Unziemliches zu verstehen zu geben. Und Marielle wurde immer nervöser. Sie sah zum Richter hin, dann zu Malcolm, der ihrem Blick auswich, und zu John, der ein ernstes Gesicht machte. Und die ganze Zeit über wartete sie auf Palmers erste Frage.

»Ihren Namen, bitte.«

»Marielle Patterson.«

»Ihren vollen Namen, bitte.«

»Marielle Johnson Patterson. Marielle Anne Johnson Patterson.« Sie bedachte ihn mit einem Lächeln, das unerwidert blieb.

»Gibt es noch weitere Namen?«

»Nein, Sir.« Zwei weibliche Geschworene lächelten, und Marielle fühlte sich sofort besser. Nur das Zittern ihrer Hände hatte sie noch immer nicht unter Kontrolle, und so ließ sie sie gefaltet im Schoß, wo niemand sie sehen konnte.

»Hatten Sie jemals einen anderen Namen, Mrs. Patterson?« Nun wußte sie, wonach er fragte.

»Ja.« Warum machte er das? Was brachte es? Sie verstand es nicht.

»Würden Sie uns den Namen wohl nennen?« Er ließ die Worte dröhnend erschallen, wie um sie zu erschrecken. Und es gelang Marielle nicht, Malcolm in die Augen zu sehen.

»Delauney«, gab sie leise zurück.

»Könnten Sie es lauter sagen, damit die Geschworenen Sie hören?«

Sie wurde feuerrot und sagte es so laut, daß alle es hören konnten, während Charles sie mitleidig ansah. »Delauney.« Plötzlich empfand er Mitleid mit ihr. Mehr Mitleid noch als John Taylor, denn er ahnte, was nun kommen würde. Palmer war gerissener, als sie geahnt hatten. Er wollte ihre Glaubwürdigkeit von Anfang an untergraben, damit alles, was sie später sagte, wertlos wurde. Er würde nicht das Risiko eingehen, daß sie Charles' Schuld öffentlich in Frage stellte und seine Anklage vor den Geschworenen schwächte.

»Sind Sie mit dem Angeklagten irgendwie verwandt?«

»Ich war mit ihm verheiratet.«

»Wann war das?«

»1926, in Paris. Ich war achtzehn.«

»Und was für eine Heirat war das?« Er gab sich freundlich,

lächelte sogar. Aber sie wußte jetzt, daß er im Begriff war, sie zu vernichten. »War es eine große Hochzeit? Oder eine kleine?«

»Wir sind durchgebrannt.«

»Ich verstehe...« Seine Miene drückte Besorgnis aus, als hätte sie zu seinem großen Bedauern etwas falsch gemacht. »Und wie lange waren Sie verheiratet?«

»Fünf Jahre. Bis 1931.«

»Und wie endete die Ehe? Mit einer Scheidung?«

»Ja, das ist richtig.« Auf ihrer Stirn lag eine dünne Schweißschicht, und sie betete darum, nicht in Ohnmacht zu fallen oder sich erbrechen zu müssen.

»Macht es Ihnen etwas aus, uns zu erzählen, Mrs. Delauney... pardon, Patterson...« Er tat, als hätte er sich versprochen, aber sie wußte, daß es Absicht gewesen war, nur um zu betonen, daß sie mit Charles verheiratet gewesen war, und ja, es machte ihr etwas aus, aber sie hatte keine andere Wahl. »Also, was war der Scheidungsgrund?«

»Ich... wir... wir verloren unseren Sohn. Und wir beide erholten uns nie von dem Schock.« Das sagte sie ganz leise und ruhig. John Taylor war stolz auf sie und Charles ebenso. Beiden zerriß Marielles Anblick das Herz, doch das wußte sie nicht. »Ich glaube, man könnte sagen, daß dies die Ehe zerstörte.«

»War dies der einzige Scheidungsgrund?«

»Ja. Davor waren wir sehr glücklich.«

»Ich verstehe.« Wieder nickte er mitfühlend, und in ihr regte sich Haß. »Und wo befanden Sie sich, als die Scheidung ausgesprochen wurde?«

Anders als Taylor mißverstand sie seine Frage. »In der Schweiz.«

»Waren Sie aus einem besonderen Grund dort?« Da ging ihr ein Licht auf. Er versuchte, ihre Glaubwürdigkeit vollends zu erschüttern. Doch das würde ihm nicht gelingen. Wenn der Verlust dreier Kinder nicht vermocht hatte, sie umzubringen, dann gab es nichts, was sie umbringen würde. Nicht dieser Mann, nicht dieses Gericht und nicht dieses Verfahren. Hocherhobenen Hauptes sah sie ihn an.

»Ja, ich war dort in einem Sanatorium.«

»Sie waren krank?« Sie war nicht gewillt, ihm mehr zu geben als unbedingt nötig. Und er wußte genau, was er wollte und warum, aber das wußte sie auch.

»Nach dem Tod unseres Sohnes hatte ich einen Nervenzusammenbruch erlitten.«

»Gab es dafür einen besonderen Grund? War sein Tod von ungewöhnlich traumatischen Umständen begleitet? Einem langen Leiden ... einer schrecklichen Krankheit?« Tränen stiegen ihr in die Augen, doch sie wollte ihnen keinen freien Lauf lassen. Sie wischte sie ab und antwortete mit zitternden Lippen, während alle im Saal gespannt lauschten.

»Er ist ertrunken.« Das war es. Mehr brauchte sie nicht zu sagen. Das war es, was auf dem Totenschein stand. André Charles Delauney, zwei Jahre, fünf Monate, Tod durch Ertrinken.

»Waren Sie verantwortlich für diesen ... *Unfall* ...« Er betonte das Wort so, daß es klang, als hätte sie den Unfall geplant, und Charles flüsterte Tom hastig etwas zu, worauf dieser sofort aufsprang und Einspruch erhob.

»Einspruch, Euer Ehren. Die Anklage stellt Suggestivfragen und versucht den Eindruck zu erwecken, daß der Tod des Kindes Schuld der Zeugin war. Darüber haben wir hier nicht zu befinden. Nicht Mrs. Patterson steht unter Anklage, sondern mein Mandant.«

Richter Morrison sah beide Männer mit hochgezogenen Brauen an, erstaunt über Tom Armours freundliche Geste. »Einspruch stattgegeben. Der Anklagevertreter möge sich in seinem Eifer zügeln.«

»Verzeihung, Euer Ehren. Ich will also meine Frage neu formulieren. Hatten Sie das Gefühl, für den Tod des Kindes verantwortlich zu sein?« Das war noch schlimmer, denn so würde niemand erfahren, ob es tatsächlich ihre Schuld gewesen war oder nicht, und es gab keine Möglichkeit, die Situation zu retten.

»Ja, das Gefühl hatte ich.«

»Und deshalb bekamen Sie den Nervenzusammenbruch?«

»Ich glaube ja.«

»Sie waren in einer Nervenheilanstalt?«

»Ja.« Ihre Stimme wurde leiser, und Charles verspürte Ekel. John Taylor erging es ebenso. Malcolm Patterson dagegen blickte mit undeutbarem Ausdruck starr vor sich hin.

»Sie waren tatsächlich nervenkrank, ist das richtig?«

»Ich denke schon. Ich war vollkommen durcheinander.«

»Längere Zeit?«

»Ja.«

»Wie lange waren Sie dort?«

»Zwei Jahre.«

»Mehr als zwei Jahre?«

»Ein wenig länger.« Aber Tom Armour war schon wieder auf den Beinen.

»Darf ich das Gericht daran erinnern, daß Mrs. Patterson nicht unter Anklage steht.«

»Stattgegeben. Mr. Palmer, was soll das? Wir brauchen ein halbes Jahr, wenn wir jeden Zeugen so vernehmen.«

»Euer Ehren, wenn Sie mich nur kurz gewähren lassen, werde ich Ihnen zeigen, worauf es mir ankommt.«

»Also gut, die Anklage soll sich beeilen.«

»Ja, Sir. Mrs. Patterson«, er wandte sich wieder Marielle zu, »Sie befanden sich über zwei Jahre in einer Nervenheilanstalt. Ist das richtig?«

»Richtig.«

Palmer nickte und sah fast so aus, als sei er glücklich über sie. »Haben Sie während dieser Zeit jemals einen Selbstmordversuch unternommen?«

Einen Augenblick lang sah es aus, als würde ihr übel werden. »Ja.«

»Mehr als einmal?«

»Ja.«

»Wie oft?«

Sie überlegte und warf unwillkürlich einen Blick auf ihr linkes Handgelenk, aber dank eines sehr geschickten Schönheitschirurgen war nichts mehr zu sehen. »Sieben- oder achtmal.« Diesmal hielt sie den Blick gesenkt. Es war nichts, worauf sie stolz war. Und sie hätte ebensogut antworten können, es sei ihr entfallen.

»Weil Sie sich für den Tod des Kindes verantwortlich fühlten?«

»Ja.« Fast schrie sie es hinaus.

»Und Mr. Delauney ... wo war er unterdessen?«

»Ich weiß es nicht. Ich habe ihn damals einige Jahre nicht gesehen.«

»War er ebenso durcheinander wie Sie?«

Tom Armour erhob wieder Einspruch, doch auch er konnte sie nicht retten. »Sie fordern die Zeugin auf, über den Geisteszustand meines Mandanten zu urteilen. Warum sparen Sie sich das nicht für später auf?«

»Stattgegeben. Der Staatsanwalt sei gewarnt.« Morrison schien verärgert, und Palmer entschuldigte sich erneut, doch sah man ihm an, daß es ihm nicht leid tat.

»War Mr. Delauney zur Stelle, als das Kind ertrank?«

»Nein, ich war allein mit ihm.« Charles war Ski laufen gegangen.

»Hat er Ihnen die Schuld am Tod des Kindes gegeben?«

»Einspruch!« rief Tom. »Sie stellen schon wieder Vermutungen über den Geisteszustand meines Mandanten an.«

»Abgelehnt, Mr. Armour«, ließ sich der Richter vernehmen. »Das könnte wichtig sein. Einspruch abgelehnt.«

»Ich wiederhole, Mrs. Patterson«, diesmal benutzte er ihren

richtigen Namen: »Hat der Angeklagte Ihnen die Schuld am Tod des Kindes gegeben?«

»Damals war ich dieser Meinung . . . wir waren beide am Boden zerstört.«

»War er sehr aufgebracht?«

»Ja.«

»Wie aufgebracht? Hat er Sie geschlagen?« Sie zögerte, diese Frage zu beantworten. »Hat er Sie geschlagen?«

»Ich . . .«

»Mrs. Patterson, Sie stehen unter Eid. Bitte beantworten Sie die Frage. Hat er Sie geschlagen?«

»Ich glaube, er hat mir einen Schlag versetzt.«

»Euer Ehren.« William Palmer streckte dem Richter ein Telegramm entgegen und reichte es sodann an Tom Armour weiter, zur Überprüfung. »Dieses Telegramm kommt von der Verwaltung des Sainte Vierge Hospitals in Genf, die anhand ihrer Unterlagen bestätigt, daß Mrs. Marielle Delauney an dem Tag, als ihr Kind gestorben war, auf dem Krankenhausgelände von ihrem Mann ›geschlagen‹ wurde. Es wird das Wort *battue* benutzt, was ›geschlagen‹ heißt. Sie erlitt zahlreiche Verletzungen, und im Verlauf des Abends hatte sie eine Fehlgeburt.« Es folgte ein allgemeines Luftschnappen im Gerichtssaal, dann wandte Palmer sich wieder Marielle zu, die immer blasser wurde. »Würden Sie sagen, daß dieser Bericht korrekt ist, Mrs. Patterson?«

»Ja.« Mehr konnte sie nicht sagen. Sie brachte das Wort kaum heraus.

»Hat Mr. Delauney Sie auch bei anderen Gelegenheiten geschlagen?«

»Nein, das hat er nicht.«

»Und haben Sie vor dem Tod Ihres Sohnes je an einem Nervenleiden gelitten?«

»Nein.«

»Würden Sie sagen, daß Sie wieder völlig hergestellt sind?«

»Ja.«

Als Palmer in seinen Unterlagen nachsah, entstand eine kurze Pause. Dann fuhr er fort: »Mrs. Patterson, leiden Sie unter starken Kopfschmerzen?«

»Ja.«

»Und wann haben diese Schmerzen eingesetzt?«

»Während ... nach ... während meines Aufenthaltes in der Schweiz.«

»Und Sie leiden seither unter diesen Schmerzen?«

»Ja.«

»Auch in letzter Zeit?«

»Ja.«

»Wann genau?«

Fast mußte sie lächeln, aber sie konnte es nicht. »Dieses Wochenende.«

»Wie oft hatten Sie im vergangenen Monat Kopfschmerzen?«

»Etwa drei- bis viermal pro Woche.«

»Leiden Sie noch unter anderen Problemen aus der Vergangenheit, Mrs. Patterson? Sind Sie ungewöhnlich scheu oder zurückhaltend, haben Sie zuweilen Angst vor Menschen? Scheuen Sie Verantwortung ... damit man Ihnen keine Schuld geben kann?«

Wieder stand Tom Armour auf, um zu verhindern, was zu einem Gemetzel auszuarten drohte. »Mein Kollege ist kein Psychiater. Falls er das Gefühl hat, einen zu brauchen, möge er einen Sachverständigen zu Rate ziehen.«

»Euer Ehren.« William Palmer näherte sich dem Richter und schwenkte dann wieder ein Stück Papier vor Tom Armours Nase. »Dieses Telegramm stammt von Mrs. Pattersons Arzt an der Clinique Verbeuf in Villar. Er bestätigt, daß sie tatsächlich dort festgehalten wurde.«

»Einspruch!« rief Tom wutentbrannt, obwohl sie gar nicht seine Mandantin war. »Mrs. Patterson war nicht im Gefängnis!«

»Einspruch stattgegeben. Mr. Palmer, achten Sie auf Ihre Wortwahl!«

»Verzeihung, Euer Ehren. Sie war zwei Jahre und zwei Monate wegen eines Nervenzusammenbruchs und schwerer Depressionen als Patientin dort. Sie hat mehrere Selbstmordversuche unternommen und unter schweren Migräneanfällen gelitten. So lautet die offizielle Diagnose. Dr. Verbeuf fügt ergänzend hinzu, er wisse, daß sie noch immer an Migräne leide und daß bei großen Belastungen wie der momentanen ihr psychisches Gleichgewicht äußerst gefährdet ist.« Ohne es zu wollen, hatte der Arzt sie mit dieser Diagnose erledigt. Was immer sie jetzt sagen mochte, sie würde als geistig zerrüttet gelten und als unglaubwürdige Zeugin dastehen. Aber Palmer war noch nicht fertig.

Nachdem das Telegramm von Dr. Verbeuf als Beweismittel B zugelassen worden war, fuhr er mit seiner Befragung fort. »Haben Sie mit dem Angeklagten seit Ihrer Scheidung eine Affäre gehabt?«

»Nein.«

»Haben Sie ihn in den letzten Monaten, besser gesagt, ehe Ihr Sohn entführt wurde, gesehen?«

»Ja, ich bin ihm zufällig in der Kirche begegnet, an dem Tag, als der Tod unseres Sohnes sich jährte. Und am Tag darauf noch einmal im Park.«

»War Ihr Sohn bei einer dieser Begegnungen zugegen?«

»Ja, beim zweiten Mal.«

»Und wie reagierte Mr. Delauney auf ihn? War er erfreut, ihn kennenzulernen?«

»Nein.« Sie senkte den Blick, damit sie ihn nicht ansehen mußte. »Er war sehr aufgebracht.«

»Könnte man sagen, daß er wütend war?«

Nach kurzem Zögern nickte sie. »Ja.«

»Hat er Sie auf irgendeine Weise bedroht?«

»Ja, aber ich weiß nicht, ob er es ernst gemeint hat.«

»Und wann wurde Ihr Sohn entführt, Mrs. Patterson?« Er stellte sie als reichlich beschränkt hin, wenn er nicht noch viel Schlimmeres beabsichtigte.

»Am nächsten Tag.«

»Glauben Sie, daß zwischen Mr. Delauneys Drohungen und dem Verschwinden Ihres Sohnes ein Zusammenhang besteht?«

»Ich weiß es nicht.«

Dann wechselte er erneut das Thema. »Haben Sie Mr. Delauney seit der Scheidung geküßt, Mrs. Patterson?« Sie zögerte und nickte dann. »Bitte, beantworten Sie meine Frage.«

»Ja.«

»Und wann war das?«

»Als ich ihm in der Kirche begegnete. Ich hatte ihn seit sieben Jahren nicht gesehen, und er küßte mich.«

»War es nur ein flüchtiger Kuß auf die Wange oder einer auf den Mund, ein Kuß wie im Kino?« Die Zuschauer kicherten, aber Marielle ließ nicht das kleinste Lächeln sehen. Und John Taylor wußte, daß Palmer mit dem Chauffeur gesprochen hatte, der den Unsinn über ihren angeblichen Freund verbreitet hatte.

»Es war ein Kuß auf den Mund.«

»Haben Sie ihn in der Haft besucht?«

»Ja. Einmal.«

»Mrs. Patterson, sind Sie noch immer in Mr. Delauney verliebt?« Von nun an würde alles, was sie über ihn sagte, wertlos sein.

Wieder zögerte sie, um dann den Kopf zu schütteln. »Ich glaube nicht.«

»Glauben Sie, daß er Ihr Kind entführt hat?«

»Ich weiß es nicht. Vielleicht. Ich bin nicht sicher.«

»Fühlen Sie sich für die Entführung auf irgendeine Weise verantwortlich?«

»Ich bin nicht sicher . . .« Die Stimme versagte ihr den Dienst, und alle Anwesenden dachten an die Diagnose des Schweizer

Arztes, der gesagt hatte, daß ihre psychische Verfassung extremer Belastung nicht gewachsen sei. Palmer hatte genau das erreicht, was er wollte. Er hatte sie absolut unglaubwürdig gemacht. Was sie sagte, hörte sich konfus an, sie zeigte Unsicherheit in bezug auf Delauneys Schuld oder ihre eigene, sie war eine Frau, die mehrfach Selbstmordversuche begangen hatte und vermutlich am Ertrinkungstod ihres ersten Kindes schuld war. Wenn die Verteidigung Marielle jetzt befragen würde, dann würde sie Charles' Sache wenig nützen, und das wußte Palmer. Es war genau das, was er bezweckt hatte, und er hatte sich nicht gescheut, sie praktisch zu mißbrauchen. John Taylor konnte sich denken, wer ihm dabei geholfen hatte. Malcolm. Taylor selbst bereute jeden Anruf, den er selbst gemacht hatte, obgleich das, was er erfragt hatte, vergleichsweise harmlos gewesen war.

»Danke, Mrs. Patterson«, sagte Palmer kühl, um sich dann an Tom Armour zu wenden. »Die Zeugin gehört Ihnen.«

»Die Verteidigung zieht es vor, Mrs. Patterson zu einem späteren Zeitpunkt zu befragen, Euer Ehren.« Er wollte allen Zeit lassen, sich abzukühlen, besonders aber Marielle, die totenblaß den Zeugenstand verließ. Der Richter unterbrach die Sitzung bis zwei Uhr nachmittags. Doch als sie mit Malcolm und den FBI-Leuten den Gerichtssaal verlassen wollte, wurde Marielle von der Presse gestellt. Charles hatte versucht, Blickkontakt mit ihr aufzunehmen, als sie hinausging, doch ihr war zu elend zumute, um ihn auch nur anzusehen, und die Pressemeute versuchte ihr nun buchstäblich die Kleider vom Leib zu reißen, bombardierte sie mit Fragen, während sie fluchtartig das Gebäude verließ.

»Erzählen Sie uns vom Sanatorium ... von den Selbstmordversuchen ... von Ihrem kleinen Jungen ... sagen Sie uns alles ... kommen Sie, Marielle, rücken Sie damit heraus!« Die Stimmen klangen ihr noch in den Ohren, als sie stadtauswärts fuhren und John Taylor mit steinerner Miene aus dem Fenster blickte. Nur Malcolm wagte es, sie anzusprechen, im Flüsterton, und was er sagte, erschreckte sie zutiefst.

»Das war widerwärtig.« Sie sah ihn an, unsicher, was er meinte. Sie vermutete, er meine die Art, wie Palmer mit ihr umgesprungen war, doch seine Miene sagte ihr, daß er das meinte, was er über sie gehört hatte. Er sagte kein weiteres Wort. Mit Tränen in den Augen fuhr sie nach Hause. In der Bibliothek, allein mit ihm, fragte sie ihn endlich, was er gemeint habe, doch er sah sie nur voller Verachtung an.

»Marielle, wie konntest du nur?«

»Wie konnte ich was? Ihm die Wahrheit sagen? Was blieb mir denn anderes übrig? Er wußte es ohnehin. Du hast gehört, was in den Briefen der Ärzte stand.«

»Mein Gott ... die Selbstmordversuche ... die Migräneanfälle ... zwei Jahre in der Nervenheilanstalt ...«

»Das alles habe ich dir schon im Dezember gesagt.« Unmittelbar nach Teddys Entführung, am Morgen danach.

»Damals hat es sich noch anders angehört.« Er machte einen ehrlich entsetzten Eindruck, und plötzlich war ihr die Situation zutiefst peinlich. Sie starrte den Mann an, den sie zu kennen geglaubt hatte, und lief hinauf in ihr Zimmer, um sich einzuschließen. Kurz darauf bemerkte sie, daß ein Blatt Papier unter ihrer Tür hindurchgeschoben wurde. »Ruf deinen Arzt an«, stand darauf, mehr nicht. Zunächst dachte sie, es sei etwas Bösartiges, doch dann erkannte sie John Taylors Schrift und fragte sich, warum er wollte, daß sie ihren Arzt anrief. Und dann wußte sie es. Irgendwo tief in ihrem Innern wußte sie, warum. Sie holte eilig ihr Adreßbuch, griff zum Telefonhörer und ließ sich mit der Nummer verbinden. In Villars war es neun Uhr, doch sie wußte, daß er rund um die Uhr zu erreichen war, weil er dort wohnte. Natürlich war er da, und er erschrak sehr über ihren Anruf.

»Was geht da vor?«

Sie berichtete ihm von der Entführung, obwohl sie annehmen durfte, daß er informiert war, und er sagte ihr, daß er bereits viele Fragen beantwortet hätte. Sie verschwieg ihm, was er mit seinem Telegramm angerichtet hatte, weil sie wußte, wie sehr es ihn erbittern würde, daß man seine Auskunft mißbraucht hatte. Ihm hatte sie es immerhin zu verdanken, daß sie seinerzeit am Leben geblieben war.

»Geht es Ihnen gut?« fragte er aufs höchste besorgt.

»Ich denke schon.«

»Les migraines?«

»Manchmal geht es besser. Aber nicht jetzt. Es ist schwer, Teddy ist fort ... und Malcolm ... mein Mann ... ich mußte ihm von Charles und André erzählen ... und von meinem Klinikaufenthalt. Bevor wir heirateten, wollte er mich nicht anhören.«

»Aber er war über alles im Bilde.« Docteur Verbeuf zeigte sich erstaunt, daß sie das nicht wußte. »Er hat mich angerufen, ehe Sie geheiratet haben, wann war das ... ach ja ... 1932. Ja. Es war in dem Jahr, in dem Sie hier entlassen wurden. Sie sind im Februar gegangen, und er muß im Oktober angerufen haben.« Drei Monate später, im Januar, am Neujahrstag, hatten sie geheiratet.

»Er hat Sie angerufen?« Sie wußte nicht aus noch ein. »Aber warum?«

»Er wollte wissen, ob er etwas für Sie tun könne ... gegen die Migräne ... um Ihr Leben glücklicher zu machen ... ich sagte ihm, Sie sollten viele Kinder bekommen.« Der Arzt bekundete sein Mitgefühl. Er habe sie gemocht und bedaure es unendlich, daß die Tragödie sie wieder eingeholt habe. »Weiß man schon etwas Neues von Ihrem Kind?«

»Noch nicht.«

»Rufen Sie mich an, wenn sich etwas ergeben sollte.«

»Ja.« Sie fragte sich, ob er wußte, zu welchem Zweck sein Telegramm benutzt worden war, und als sie auflegte, rätselte sie, was hinter Malcolms Verhalten stecken mochte. Er hatte es all die

Jahre gewußt und hatte sich doch schockiert gezeigt, als sie es ihm gesagt hatte. Er hatte sogar zugelassen, daß William Palmer sich dieser Informationen bediente.

Doch auf der Fahrt zum Gerichtsgebäude war keine Zeit für Fragen. Und zu John sagte sie den ganzen Nachmittag über kein Wort. Sie war tief in Gedanken, zu viele Fragen bedrängten sie.

Am Nachmittag wurde Patrick Reilly von der Anklage in den Zeugenstand gerufen, und er beschrieb, was er in der Kirche beobachtet hatte und wie Delauney sich am Tag darauf im Park aufgeführt hatte. Er sei außer sich geraten, habe Marielle gepackt und sie geschüttelt.

Stunden schienen zu vergehen, ehe Marielle Malcolm endlich stellen konnte. Wieder waren sie schweigend nach Hause gefahren, aber dann waren sie endlich allein, und sie konnte in seinem Ankleidezimmer mit ihm sprechen, während er sich für ein stilles Dinner im Klub umzog. Er müsse hinaus und einen klaren Kopf bekommen, hatte er als Begründung angegeben.

»Du hast mich belogen.«

»Wobei?« Offensichtlich desinteressiert, drehte er sich zu ihr um.

»Du hast mich nach Teddys Verschwinden die ganze Geschichte beichten lassen, obwohl du alles gewußt hast. Einfach alles . . . von André . . . von Charles . . . vom Sanatorium. Warum hast du mir das nicht gesagt?«

»Hast du wirklich geglaubt, ich würde dich heiraten, ohne eine Ahnung zu haben, woher du kommst?« Aus seinem Blick sprach Verachtung. Sie hatte sich im Zeugenstand zur Närrin gemacht . . . und sie hatte ihn zum Narren gemacht . . . Charles in der Kirche zu küssen . . . widerlich.

»Du hast mich belogen.«

»Und du hast meinen Sohn in Gefahr gebracht. Du hast diesen Schuft wieder in dein Leben gelassen, und deinetwegen hat er ihn entführt.« Ihre angeblich angegriffene Psyche schien ihn im Moment nicht zu kümmern, denn sie hatte ihn um alles gebracht, was ihm lieb und teuer war. »Und was ich von dir wußte, geht dich nichts an. Das ist allein meine Sache.«

»Wie konntest du nur William Palmer davon erzählen?«

»Wenn Palmer deine Glaubwürdigkeit nicht in Zweifel gezogen hätte, wärest du womöglich imstande gewesen, diesem Narren, mit dem du verheiratet warst, zu helfen ... diesem Dreckskerl ... diesem Mörder. Aber du mit deinem weichen Herz bist noch immer nicht sicher, ob er schuld ist.«

»Deswegen also hast du es getan? Damit ich ihm nicht helfen kann?« Sie verstand ihn nicht mehr und begann sich zu fragen, ob sie ihn je richtig verstanden hatte.

»Wenn er für Teddys Tod auf dem elektrischen Stuhl landet, ist das immer noch zu gut für ihn.«

»Darum geht es also? Es ist ein Vergeltungsspiel zwischen euch beiden? Er nimmt Teddy, und du tötest ihn dafür? Was ist nur mit euch los?« Plötzlich war ihr Malcolms Anblick widerwärtig.

»Verlaß mein Zimmer, Marielle. Ich habe dir nichts mehr zu sagen.«

Ungläubig starrte sie ihn an. Um Charles zu vernichten, hatte er sie geopfert. »Ich weiß nicht mehr, wer du bist.«

»Das spielt keine Rolle mehr.«

»Was sagst du da?« Ihr Ton wurde unangenehm schrill, doch hinter ihr lag ein grauenvoller Tag, und sie konnte nicht länger an sich halten.

»Ich glaube, du verstehst mich sehr gut.«

»Es ist also vorbei, das ist es doch, oder?« Falls es je existiert hatte. Was hatten sie denn außer Teddy je gemeinsam gehabt?

»Es war schon aus und vorbei, als Delauney meinen Sohn entführte. Wenn alles ausgestanden ist, kannst du zu ihm gehen, und ihr könnt zusammen beweinen, was ihr getan habt. Eines sage ich dir: Ich werde dir nie verzeihen.« Und sie wußte, daß es ihm ernst war.

»Möchtest du, daß ich jetzt gehe, Malcolm?« Sie war bereit. Wenn er es gewollt hätte, wäre sie über Nacht in ein Hotel gegangen.

»Bist du so sehr auf einen weiteren Skandal erpicht? Du könntest wenigstens soviel Anstand haben und warten, bis wir nach dem Prozeß nicht mehr im Scheinwerferlicht stehen.«

Sie nickte und ging sofort in ihr Zimmer. Nun konnte sie nichts mehr überraschen. Sie war mit einem Fremden verheiratet, mit einem Mann, der sie haßte, weil ihr gemeinsamer Sohn verschwunden war. Noch ein verlorenes Kind. Das Leben war grausam mit ihr umgesprungen. Und was immer als nächstes passieren würde, ob man Teddy finden würde oder nicht, sie wußte, daß ihre Ehe beendet war.

12. Kapitel

Am nächsten Morgen nahm Marielle das Frühstück in ihrem Zimmer ein, eine Tasse Tee und eine Scheibe Toast. Dazu las sie die Zeitung. Alles wurde breitgetreten, der ganze Horror des vergangenen Tages, das ganze Ausmaß ihrer Demütigung und Vernichtung durch William Palmer, das sie hatte hinnehmen müssen. Im ersten Artikel, den sie las, stand, sie habe jahrelang in einer Nervenheilanstalt gelebt und man habe sie aus dem Zeugenstand entfernen müssen, weil sie geschrien habe. Es war so unfair, was man ihr antat, und sie konnte noch immer nicht glauben, daß Malcolm daran mitschuldig war. Auf der letzten Seite stieß sie auf einen von Bea Ritter verfaßten Artikel. Zunächst wollte sie ihn gar nicht lesen, doch als ihr Blick die Seite überflog, hielt sie inne und fing noch einmal an. Und als sie gründlicher las, kamen ihr die Tränen.

»Vornehm, elegant und würdig trat Marielle gestern in den Zeugenstand. Nicht ein einziges Mal verlor sie ihre Haltung, während die Anklage sie stundenlang unter Druck setzte und ihre Glaubwürdigkeit zu untergraben versuchte – ohne Erfolg, und alle, die es miterlebten, waren voller Bewunderung. Sie nahm die Qual auf sich, über die Umstände zu berichten, unter denen vor fast zehn Jahren ihre beiden Kinder durch einen Unfall ums Leben kamen, eine Schilderung, die allen Anwesenden den Atem stocken ließ. Und sie erklärte die Gründe, die zu ihrer Scheidung von Charles Delauney geführt hatten. Was sie in einem Schweizer

Sanatorium erlebt hatte, wurde von der Anklage nicht mit Mitleid oder Verständnis aufgenommen, sondern ins Lächerliche gezogen und dazu benutzt, ihre Glaubwürdigkeit als Zeugin zu erschüttern . . .« Der Artikel ging noch über eine halbe Seite so weiter und schloß mit den Worten: »Eines jedenfalls steht fest, nachdem man die Mutter des Opfers im Zeugenstand sehen konnte: Marielle Patterson ist durch und durch Dame. Hocherhobenen Hauptes ging sie aus dem Gerichtssaal, obwohl ihr dabei das Herz gebrochen sein muß, wie jede Mutter nachempfinden kann.« Unter dem Artikel stand Bea Ritters Name.

Marielle wischte sich über die Augen, erhob sich und setzte ihren Hut auf. Bea Ritters Worte waren gutgemeint, änderten jedoch nichts an der Tatsache, daß ihr eigener Mann und der Staatsanwalt es darauf angelegt hatten, sie zu vernichten, damit sie Charles Delauney mit ihrer Aussage nicht helfen konnte. Sie hatte ohnehin nicht die Absicht gehabt, sich für ihn einzusetzen, aber ihre Unsicherheit hinsichtlich seiner Schuld hatte die beiden derart beunruhigt, daß sie vor nichts zurückschreckten.

Als sie hinunterkam, warteten John Taylor und die anderen bereits im Wagen. Marielle hatte sich wieder für einen schwarzen Hut und ein schwarzes Kleid entschieden. Dazu trug sie einen dunklen Bibermantel. Während der Fahrt ins Zentrum fiel kein einziges Wort, und Malcolm starrte die ganze Zeit aus dem Fenster. Auch John war schweigsam. Er berührte ihre Hand ganz kurz, als sie sich setzten, mehr wagte er nicht. Sosehr er sich wünschte, ihr helfen zu können, so schwierig oder unmöglich war dies im Gerichtssaal.

Richter Morrison ermahnte die Anwesenden erneut, sich dem Anlaß entsprechend zu benehmen. Mit einem bösen Blick zur Presse rügte er, es sei unverantwortlich, Dinge zu berichten, die sich nicht zugetragen hätten. Die Behauptung, man habe Marielle aus dem Gerichtssaal tragen müssen, hatte ihn sichtlich verärgert.

Danach fand das Gemetzel vom Vortag seine Fortsetzung. William Palmer war offenbar der Ansicht, Marielles eigene Aussage sei nicht ausreichend und es müßten noch andere in den Zeugenstand, um sie in Mißkredit zu bringen. War erst einmal jedes Mitgefühl für die Mutter des Kindes erloschen, sollte Malcolms Aussage den endgültigen Ausschlag geben, und Malcolm hatte keine Sekunde an Delauneys Schuld gezweifelt.

Patrick Reilly, der Chauffeur, wurde noch einmal in den Zeugenstand gerufen, sodann Edith und sogar Miss Griffin. Gemeinsam entwarfen sie mit Bill Palmers Hilfe das Bild einer nervösen, hysterischen, labilen Frau, die unfähig war, ihr Haus zu führen, sich um ihr Kind zu kümmern oder ihrem Mann von echtem Nutzen zu sein.

»Könnte man sagen, daß Mrs. Patterson eine Frau mit Verantwortungsgefühl ist?« fragte Palmer die Gouvernante, und schon sprang Tom Armour auf, zum tausendsten Mal, wie es schien, und erhob Einspruch.

»Diese Frau ist keine Sachverständige. Und Mrs. Pattersons Kompetenz steht hier nicht zur Debatte. Wenn Sie eine derartige Aussage wollen, müssen Sie einen Sachverständigen befragen und nicht eine Hausangestellte!«

»Mr. Armour, wenn Sie Ihre Zunge nicht hüten, lasse ich Sie wegen Mißachtung des Gerichtes maßregeln!« brüllte der Richter.

»Verzeihung!«

»Einspruch abgelehnt.« Und das Gemetzel nahm seinen Lauf, ohne daß irgend jemand Marielle zu Hilfe gekommen wäre. John Taylor und Charles Delauney wußten, daß das alles nicht stimmte, doch es gab keine Möglichkeit, ein Wort zu ihren Gunsten zu äußern. Ihnen waren die Hände gebunden. Der eigene Ehemann hatte gegen sie Position bezogen.

»Könnte man sagen, daß sie eine gute Mutter war?« fragte William Palmer schließlich Miss Griffin, und die kleine Frau zögerte nur kurz. Aber immer noch lange genug, um Marielle tief zu kränken.

»Eigentlich nicht.« Alles hielt die Luft an, und Marielle fiel fast in Ohnmacht. Als sie auf ihrem Sitz zusammenzusacken drohte, stützte John Taylor sie mit fester Hand, ehe die Reporter etwas merkten.

»Würden Sie uns sagen, warum nicht?«

»Sie ist zu kränklich, um für jemanden wirklich von Nutzen zu sein. Außerdem ist sie viel zu nervös. Kinder brauchen eine stabile Umgebung, Menschen, die stark sind. Wie Mr. Patterson.« Sie war offenbar sehr stolz auf sich, und Marielle fragte sich erneut, womit sie den Haß all dieser Menschen erregt hatte.

»Euer Ehren.« Thomas Armour erhob sich mit gelangweilter Miene. »Es geht hier nicht um ein Sorgerechtsverfahren. Mrs. Pattersons mütterliche Fähigkeiten stehen nicht zur Debatte. Hier handelt es sich um einen Fall von Kindesentführung, und bislang ist noch kein Wort über meinen Mandanten gefallen. All die Menschen hier im Saal kennen ihn überhaupt nicht.« Sie kannten ja auch Marielle kaum, aber Palmer hatte sicherstellen wollen, daß Marielles Ansehen gründlich ruiniert war, ehe er weitermachte. Er hatte sie so sehr in Mißkredit bringen wollen, daß die Aussage, die sie später für die Verteidigung machen würde, vollkommen wertlos sein würde. Wer würde auf eine Frau hören, die zwei Jahre in einer Nervenheilanstalt zugebracht hatte und der von den eigenen Angestellten die mütterlichen Qualitäten abgesprochen wurden? Palmer hatte ganze Arbeit geleistet. Und an diesem Nachmittag legte er letzte Hand an.

Gleich nach der Mittagspause trat Malcolm Patterson für die Anklage in den Zeugenstand.

»War Ihnen die Vorgeschichte Ihrer Frau bekannt, Mr. Patterson?«

»Nein.« Malcolms kalte blaue Augen waren strikt geradeaus

auf William Palmer gerichtet, so daß Marielle keine Sekunde in sein Blickfeld geriet.

»Sie hatten also keine Ahnung davon, daß sie sich längere Zeit in einer Nervenheilanstalt aufgehalten hatte? Ist das richtig?«

»Ja, ansonsten hätte ich sie nicht geheiratet.« Marielle wußte, daß das eine Lüge war. Sie wußte nur nicht, was Malcolm mit dieser Taktik bezweckte. Kerzengerade dasitzend, richtete sie den Blick auf eine Stelle an der Wand oberhalb von Malcolm, in Gedanken bei glücklicheren Augenblicken ... mit dem kleinen Teddy. Sie war völlig hilflos ... nicht imstande, sich zu verteidigen oder Malcolms Betrug zu enthüllen. Und genau das war seine Absicht.

»Wußten Sie, daß sie mit Charles Delauney verheiratet gewesen war?«

»Nein, das wußte ich nicht. Sie hat mir nie etwas davon gesagt. Ich wußte nur, daß sie wohl in jungen Jahren ein kurzes Intermezzo hatte. Sie habe als Mädchen in Paris eine Romanze gehabt, das war mir zu Ohren gekommen, aber nicht mehr. Die Ehe hat sie vor mir geheimgehalten.« Mit einem bekümmerten Nicken bekundete Palmer sein Mitgefühl angesichts der Tatsache, daß sein Zeuge von dieser Frau hinters Licht geführt worden war.

»Wissen Sie etwas über Mr. Delauney, Sir?«

»Sein Ruf ist mir bekannt. Sein Vater hat ihn jahrelang außer Landes gehalten.«

»Einspruch!« Tom war wieder auf den Beinen. »Um das zu verifizieren, müßten wir Mr. Delauney senior in den Zeugenstand rufen. Es liegt kein wie auch immer gearteter Beweis dafür vor, daß die Familie meines Mandanten ihn außer Landes sehen wollte. Das Gegenteil war der Fall. Man wollte, daß er nach Hause kam.«

»Einspruch stattgegeben. Nichts als Gerüchte. Fahren Sie fort, Mr. Palmer.«

»Haben Sie Mr. Delauney jemals gesehen?«

»Erst hier vor Gericht.«

»Hat er Sie jemals angerufen, Sie bedroht, Sie oder ein Mitglied der engeren Familie belästigt?«

»Einspruch!«

»Einspruch abgelehnt!«

Malcolm fuhr fort. »Er hat meine Frau und meinen Sohn bedroht. Er drohte ihr mit der Entführung des Kindes, falls sie nicht zu ihm zurückkäme.«

»Wann war das?«

Malcolm antwortete mit gesenktem Kopf, den Blick in den Saal richtend. »Am Tag vor der Entführung.«

»Haben Sie Ihren Sohn seither gesehen?«

Unfähig, etwas zu sagen, schüttelte Malcolm den Kopf.

»Würden Sie für das Protokoll wohl lauter sprechen, Sir?« bat Palmer mit jener Sanftheit, die er Marielle gegenüber vollständig hatte vermissen lassen.

»Tut mir leid . . . nein . . . ich habe ihn nicht mehr gesehen . . .«

»Und wie lange ist das her?«

»Fast auf den Tag genau drei Monate. Mein kleiner Junge wurde am elften Dezember entführt . . . kurz nach seinem vierten Geburtstag.«

»Hat es Anrufe gegeben . . . oder Lösegeldforderungen?«

»Nur eine, und die entpuppte sich als fingiert. Das Geld ist nie abgeholt worden.« Was damit gesagt werden sollte, war klar. Delauney hatte kein Lösegeld gefordert, weil es ihm um Vergeltung ging; Geld brauchte er nicht.

»Glauben Sie, daß Ihr Sohn noch am Leben ist?«

Wieder schüttelte Malcolm den Kopf, zwang sich jetzt aber zum Sprechen. »Nein, das glaube ich nicht. Wenn er noch am Leben wäre, hätte man ihn uns inzwischen zurückgebracht. Das FBI hat im ganzen Land nach ihm gefahndet. Man hätte ihn sicher gefunden, wenn er noch lebte.«

»Glauben Sie, daß Mr. Delauney der Kidnapper ist?«

»Ich glaube, daß er die Leute bezahlte, die mein Kind entführten und wahrscheinlich töteten.«

»Und wie sind Sie zu dieser Überzeugung gelangt?«

»Man hat den Schlafanzug Teddys ... meines Sohnes ... in seinem Haus gefunden ... und einen Plüschbären, den der Kleine liebte. Es war der Schlafanzug, den er trug, als er entführt wurde.« Gegen seinen Willen fing er zu weinen an, und es war förmlich zu spüren, wie ihm das Mitgefühl des gesamten Saales entgegenschlug. Der Staatsanwalt wartete rücksichtsvoll, bis Malcolm seine Fassung wiedererlangt hatte. Brigitte betupfte ihre Augen dezent mit einem Spitzentaschentuch.

»Glauben Sie, daß Ihre Frau noch immer in Charles Delauney verliebt ist?« Eigentlich hatte er fragen wollen, ob Malcolm glaube, daß die beiden ein Verhältnis hätten, aber seine Ermittler hatten absolut nichts zutage fördern können, was darauf hingedeutet hätte. Und er zog es vor, auf Nummer Sicher zu gehen und nichts vorzubringen, was später entkräftet werden konnte.

»Ja, das glaube ich. Von meinem Chauffeur weiß ich, daß sie sich zwei Tage vor der Entführung in einer Kirche trafen und daß sie ihn wiederholt küßte. Ich nehme an, daß sie während der gesamten Zeit unserer Ehe in ihn verliebt war. Vielleicht war sie deshalb immer leidend.« Das hörte sich an, als sei Marielle eine Invalidin und nicht eine junge Frau, der das Leben übel mitgespielt hatte und die häufig unter Kopfschmerzen litt – eine Frau, die eine Tragödie erlebt und es geschafft hatte, sie zu überstehen.

»Glauben Sie, es war die Schuld Ihrer Frau, daß Ihr Sohn entführt wurde?« Palmer stellte die Frage so, als erwarte er einen Urteilsspruch, und Malcolm zögerte mit der Antwort gerade so lange, daß alle annehmen mußten, er werde einen fällen.

»Ich glaube, es ist ihre Schuld, daß Charles Delauney Teddy entführte. Es ist ihre Schuld, daß er ihr die Verantwortung für den Tod seines eigenen Sohnes anlastet und sich an meinem rächen wollte. Es ist ihre Schuld, daß sie ihn in unser Leben eindringen ließ.« Er blickte mit schmerzlicher Miene in den Saal und zu Marielle, doch sie erwiderte seinen Blick nicht.

»Mr. Patterson, könnten Sie sich vorstellen, in irgendeiner Form Rache zu üben – wo Sie doch das Gefühl haben, daß Mrs. Patterson bis zu einem gewissen Grad für diese... Tragödie verantwortlich ist? Könnten Sie sich vorstellen, sie zu strafen oder jemandem weh zu tun, der ihr nahesteht? Oder ihr selbst weh zu tun?« Das hatte er bereits, wie Marielle nur zu gut wußte. Mit allem, was er in den vergangenen Tagen getan hatte, mit seinem gesamten Verhalten seit Teddys Verschwinden und mit allem, was er im Zeugenstand ausgesagt hatte. Schlimm genug, daß sie ihr Kind verloren hatte... und jetzt diese Angriffe ihres Mannes... sie kämpfte mit aller Kraft darum, sich nicht in die Knie zwingen zu lassen. »Könnten Sie sich vorstellen, sich an ihr oder jemand anderem zu rächen?« wiederholte William Palmer, und Malcolm sagte ein einziges Wort. Seine Stimme hallte durch den Saal, als wäre er Gott persönlich.

»Niemals.«

»Danke, Mr. Patterson.« Palmer wandte sich an Tom. »Mr. Armour, Sie sind an der Reihe.«

Tom erhob sich, ließ jedoch einige Zeit verstreichen, ehe er etwas sagte. Er ging stumm vor der Geschworenenbank auf und ab und lächelte diesem oder jenem von ihnen zu, als wollte er eine entspanntere Atmosphäre schaffen, ehe er schließlich vor Malcolm hintrat. Nun war sein Lächeln erloschen.

»Guten Tag, Mr. Patterson.«

»Guten Tag, Mr. Armour.« Malcolm wirkte ungewöhnlich ernst, Tom Armour dagegen schien völlig locker, obwohl aller Augen auf ihm ruhten. Es war eine bestechende Taktik.

»Könnte man sagen...«, er sprach die Worte übertrieben gedehnt aus, »... daß Ihre Ehe mit Mrs. Patterson glücklich war?«

»Ja, das könnte man sagen.«

»Trotz ihrer Krankheit... ihrer schwankenden Gemütslage... ihrer Kopfschmerzen?«

Für einen Moment war Malcolm unsicher, aber er fing sich rasch. »Das alles hat uns das Leben nicht eben leichter gemacht, aber ich glaube doch, daß wir glücklich waren.«

»Sehr glücklich?«

»Sehr glücklich.« Malcolm schien verärgert. Ihm war nicht klar, worauf der Verteidiger hinauswollte.

»Waren Sie zuvor schon einmal verheiratet?«

Malcolm knurrte unwillig und schob sein Kinn vor. »Ja, zweimal. Das ist allgemein bekannt.«

»War dies Mrs. Patterson bekannt?«

»Natürlich.«

»Könnte man sagen, daß es Ihre jetzige Ehe in irgendeiner Weise ungünstig beeinflußt hat?«

»Natürlich nicht.«

»Hätte es Sie gestört, wenn Sie gewußt hätten, daß Mrs. Patterson schon einmal verheiratet war?«

Diesmal zögerte er. »Wahrscheinlich nicht. Aber ich hätte es vorgezogen, wenn sie mir gegenüber aufrichtig gewesen wäre.«

»Natürlich.« Tom gab ihm bereitwillig recht. »Mr. Patterson, haben Sie noch andere Kinder?«

»Nein. Theodore ist... war... mein einziges Kind.«

»Sie sagen... war... Sie glauben nicht, daß er noch am Leben ist?« Tom schien erstaunt.

»Nein... ich glaube nicht, daß er noch lebt. Ich glaube, daß Mr. Delauney ihn getötet hat.« Das sagte er, um Tom in Rage zu bringen – umsonst, wie es sich zeigte.

»Das verstehe ich. Aber wenn er tot ist – und wir alle hoffen, daß es nicht der Fall sein möge –, also wenn er tot wäre... wie würden Sie dieses Ereignis in Ihrem Leben beschreiben?«

»Entschuldigen Sie... ich verstehe nicht.«

Tom Armour trat näher an ihn heran und sah ihm direkt in die

Augen. »Wenn Ihr Sohn tot ist, Mr. Patterson, wie werden Sie sich fühlen? Was wird aus Ihrem Leben?« Toms Ton war erbarmungslos.

Malcolm erwiderte Toms Blick und gab zurück: »Es wäre das Ende für mich . . . mein Leben würde nie wieder dasselbe sein.«

»Mr. Patterson, könnte man sagen, daß es Sie vernichten würde?«

Malcolm ließ den Kopf hängen und nickte, ehe er Tom wieder ansah. »Natürlich . . . er ist mein einziger Sohn.«

Tom nickte voller Mitgefühl und kam noch näher. »Es würde Sie also vernichten . . . Warum sind Sie dann so schockiert, daß Mrs. Patterson vom Tod ihrer beiden ersten Kinder tatsächlich fast vernichtet wurde? Warum hätte es bei ihr anders sein sollen?«

»Nein, ich . . .« Ihm war sichtlich unbehaglich zumute, und John Taylor preßte die Lippen zusammen, während Marielle sich zwang, nicht zuzuhören. »Ich könnte mir vorstellen, daß es sehr schwierig für sie war.«

»Sie war damals einundzwanzig . . . und im fünften Monat schwanger. Da stirbt ihr kleiner Junge, ihr Vater stirbt wenige Monate später, ihre Mutter begeht ein halbes Jahr darauf Selbstmord, ihr Mann wendet sich gegen sie, von der Trauer über den Tod seines Kindes völlig verstört. Was würden Sie tun, Mr. Patterson? Wie würden Sie sich fühlen? Wie würden Sie sich halten?«

»Ich . . . ich . . .« Er brachte keine Antwort heraus. Die Geschworenen folgten Toms Fragen mit größtem Interesse.

»Ist Mrs. Patterson heute anwesend?«

»Ja . . .natürlich . . .«

»Würden Sie sie mir zeigen?«

»Euer Ehren.« William Palmer erhob sich, zum Einspruch bereit. »Ist diese Scharade nötig?«

»Geduld, Mr. Palmer! Mr. Armour, fahren Sie fort, aber nicht zu viel Unsinn, wenn ich bitten darf, wir haben noch viele Zeugen zu hören, und unsere Freunde auf der Geschworenenbank möchten nicht ewig auf Kosten der Steuerzahler im Hotel wohnen.« Vereinzelt lachten Zuhörer, und Tom Armour lächelte. Marielle stellte fest, daß Tom Armour plötzlich erstaunlich lokker und gelassen wirkte. Doch dieser Eindruck trog. In Wahrheit war er wie eine gespannte Feder, kontrolliert und beherrscht.

»Mr. Patterson, würden Sie uns wohl Ihre Frau zeigen.« Malcolm kam der Aufforderung nach. »Sie ist heute also da, und es kann gestern für sie nicht einfach gewesen sein ... vom Tod der Kinder zu sprechen, von der Entführung Ihres Sohnes, von ihrer in der Nervenheilanstalt verbrachten Zeit... von ihrer Ehe mit Mr. Delauney ... Aber sie ist da. Sie scheint mir völlig normal zu sein, und sie wirkt beherrscht.« Marielle, die neben John Taylor saß, wirkte in der Tat sehr ruhig. Malcolm, der immer wütender wurde, wahrte nur mühsam die Fassung. »Würden Sie mir recht geben, Sir? Sie kommt mir und wahrscheinlich allen anderen völlig normal vor. Könnte man sagen, daß sie sich trotz allem gut hält?«

»Ich denke schon«, mußte er halbherzig eingestehen.

»Könnte man sagen, ihre früheren Probleme gehören der Vergangenheit an?«

»Ich weiß es nicht«, stieß Malcolm hervor. »Ich bin kein Arzt.«

»Wie lange sind Sie verheiratet?«

»Über sechs Jahre.«

»War sie während dieser Zeit jemals wegen psychischer Probleme in einem Krankenhaus?«

»Nein.«

»Würden Sie sagen, daß sie jemals etwas getan hat, das Ihr Kind in Gefahr gebracht hätte?«

»Ja.« Das schrie er Tom fast entgegen, und diesmal schien der

Verteidiger zu erschrecken. Er mußte die Sache zu Ende bringen, ehe Malcolm noch größeren Schaden anrichten konnte. Diese Reaktion hatte ihn überrumpelt.

»Wie hat sie das Kind gefährdet?«

»Sie hat sich mit Charles Delauney abgegeben. Sie hat Teddy sogar in den Park mitgenommen und ihn diesem Mann ausgesetzt! Und dann hat er Teddy entführt!« schrie er und fuchtelte dazu mit den Händen. Tom war erleichtert.

»Mrs. Patterson sagt, die Begegnung sei nicht geplant gewesen, sie habe Mr. Delauney zufällig getroffen.«

»Ich glaube ihr nicht.«

»Hat sie Sie je zuvor angelogen?«

»Ja, in bezug auf ihre Gemütskrankheit und ihre Ehe mit Delauney.« Tom wußte zwar, daß das gelogen war, wollte ihn aber im Moment nicht noch mehr reizen.

»Wenn das stimmt, Mr. Patterson, hat sie Sie dann auch bei anderen Gelegenheiten belogen?«

»Ich weiß es nicht.«

»Nun gut ... von diesem Treffen im Park am Tag vor Teddys Entführung einmal abgesehen, hat sie etwas getan, um das Kind zu gefährden? Es irgendwelchen Gefahren ausgesetzt, es unbeaufsichtigt gelassen ... etwa allein in der Badewanne?«

»Ich weiß es nicht.«

»Würden Sie sich nicht erinnern, falls sie Ihr Kind in Gefahr gebracht hätte?«

»Doch, natürlich!« Malcolm schaufelte sich langsam, aber sicher sein Grab, und John Taylor registrierte es höchst befriedigt.

»Glauben Sie, daß Ihre Frau Ihnen treu war, Sir?«

»Ich weiß es nicht.«

»Hatten Sie jemals Grund, an ihrer Treue zu zweifeln?«

»Nicht wirklich.« Sein Achselzucken erweckte den Eindruck, als sei es ihm gleichgültig.

»Sie sind viel auf Reisen, so ist es doch, Sir?«

»Ich muß viel reisen. Geschäftlich.«

»Natürlich. Und was macht Mrs. Patterson, wenn Sie auf Reisen sind?«

»Sie bleibt zu Hause.« Wutentbrannt setzte er hinzu: »Mit Kopfschmerzen.« Ein paar Zuhörer lachten, doch die Geschworenen blieben ernst. Sie verfolgten aufmerksam jede seiner Aussagen.

»Begleitet sie Sie manchmal, Mr. Patterson?«

»Kaum.«

»Und warum nicht? Ist es Ihnen lieber, wenn sie nicht mitkommt?«

»Nein. Sie zog es in der Regel vor, bei unserem Sohn zu bleiben.«

»Ich verstehe.« Das Porträt der schlechten Mutter löste sich unter Toms Händen allmählich auf, und John Taylor war um Marielles willen erleichtert, obwohl er als FBI-Agent auf der Seite der Anklage stand. »Und Sie, Mr. Patterson, reisen Sie allein?«

»Natürlich.«

»Sie nehmen niemanden mit?«

»Natürlich nicht.« Er schien verärgert ob dieser Unverschämtheit.

»Nicht einmal eine Sekretärin?«

»Natürlich reise ich mit Sekretärin. Allein kann ich nicht arbeiten.«

»Ich verstehe. Nehmen Sie immer dieselbe mit, oder wechselt das immer mal?«

»Manchmal nehme ich beide Sekretärinnen mit.«

»Und wenn Sie nur eine mitnehmen, geben Sie dann einer den Vorzug?«

»Ich nehme sehr oft Miss Sanders mit. Sie arbeitet seit Jahren für mich.« So, wie er es sagte, hörte es sich an, als sei sie in mittleren Jahren, aber Tom Armour hatte seine Hausaufgaben gemacht und wußte es besser.

»Wie lange ist sie schon bei Ihnen?«

»Sechseinhalb Jahre.«

»Haben Sie ein Verhältnis mit ihr, Mr. Patterson?«

»Natürlich nicht!« brüllte Malcolm. »Ich lasse mich nie mit meinen Sekretärinnen ein!«

»Und wer war Ihre letzte Sekretärin vor Miss Sanders?« Malcolm wußte, daß er erledigt war.

»Meine Frau.«

»Mrs. Patterson war Ihre Sekretärin?« Tom Armours Augen wurden groß vor Staunen, als hätte er das nicht gewußt, und den Richter schien die Frage zu amüsieren.

»Nur für einige Monate, ehe wir heirateten.«

»Haben Sie sie auf diese Weise kennengelernt?«

»Ich denke schon, obwohl ich auch ihren Vater entfernt kannte.«

»Kennen Sie auch den Vater von Miss Sanders, Mr. Patterson?«

»Wohl kaum.« Er sah Tom Armour herablassend an. »Er ist Bäcker in Frankfurt.«

»Ich verstehe. Und wo lebt Miss Sanders?«

»Keine Ahnung.« Jetzt war auch Marielles Interesse erwacht.

»Sie waren nie in ihrer Wohnung?«

»Vielleicht einige Male . . . zu Besprechungen.«

»Und Sie wissen nicht mehr, wo sie wohnt?«

»Schon gut, schon gut, ich weiß es. An der Ecke Fifty-fourth und Central Park.«

»Eine hübsche Wohngegend. Ist die Wohnung auch hübsch?«

»Sehr hübsch.«

»Ist sie groß?«

»Ausreichend.«

»Verfügt sie über acht Räume – ein Eßzimmer, ein Büro für Sie, zwei Schlafzimmer, zwei Ankleidezimmer, zwei Bäder, ein großes Wohnzimmer und eine Terrasse?«

»Wahrscheinlich. Ich weiß es nicht.« Aber sein Gesicht war hochrot angelaufen, wie Marielle erstaunt bemerkte.

»Zahlen Sie die Miete für Miss Sanders' Wohnung, Mr. Patterson?« Marielle hörte es und war fassungslos. Naiv, wie sie war, hatte sie nie den geringsten Argwohn geschöpft. Brigitte war immer so nett zu ihr gewesen, so freundlich, und Teddy gegenüber so großzügig. Jetzt war Marielle auf einmal alles klar, und sie wurde von kalter Wut gepackt. Sie hatte sich von Brigitte und Malcolm für dumm verkaufen lassen.

»Ich komme nicht für Miss Sanders' Wohnung auf«, sagte Malcolm tadelnd.

»Wieviel verdient Miss Sanders?«

»Vierzig Dollar pro Woche.«

»Ein vernünftiges Gehalt. Aber nicht ausreichend, um eine Wohnung zu unterhalten, die sechshundert im Monat kostet. Was meinen Sie, wie sie die Miete bezahlt, Mr. Patterson?«

»Das geht mich nichts an.«

»Sie sagten, ihr Vater sei Bäcker.«

»Euer Ehren.« William Palmer stand Überdruß heuchelnd auf. »Wohin führt das alles?«

»Das führt dazu«, sagte der nun gar nicht mehr amüsierte Tom Armour, »daß aufgezeigt wird, wie Mr. Patterson trotz seines schwachen Erinnerungsvermögens diese Wohnung bezahlt. Es geht aus seinen Kontoauszügen, seinen Schecks und allen anderen Unterlagen hervor.«

»Selbst wenn es wahr wäre, na und?«

»Seamus O'Flannerty, der Portier des Hauses, wird in den Zeugenstand treten und uns erzählen, daß Mr. Patterson allabendlich nach dem Büro vorbeikommt und sehr oft die Nacht dort verbringt. Und wenn die beiden reisen, dann teilen sie sich oft ein Schlafzimmer. Miss Sanders kommt im Nerzmantel ins Büro, und letzte Weihnachten, zwei Wochen nach der Entführung seines Sohnes, hat Mr. Patterson ihr ein Diamantcollier von

Cartier geschenkt. Für mich steht außer Frage, Euer Ehren, daß Mr. Patterson gelogen hat.«

»Einspruch abgelehnt, Mr. Palmer«, sagte der Richter leise. Er ahnte, was von Malcolm zu halten war. »Ich möchte Sie noch einmal daran erinnern, daß Sie unter Eid stehen, Mr. Patterson. Vielleicht wäre Mr. Armour geneigt, die Frage neu zu formulieren.«

»Aber gewiß, Euer Ehren.« Tom kam der Aufforderung gern nach. »Mr. Patterson, gestatten Sie mir noch einmal die Frage, ob Sie mit Brigitte Sanders ein Verhältnis haben oder nicht?« Augenblicklich wurde es mucksmäuschenstill im Gerichtssaal.

Aber noch ehe Malcolm antworten konnte, war der Staatsanwalt schon wieder auf den Beinen. »Das ist für diesen Fall nicht relevant, Euer Ehren.«

»Da bin ich anderer Meinung«, stellte Tom Armour kühl fest. »Die Anklage hat Mrs. Patterson als Zeugin diskreditiert und behauptet, sie habe eine Affäre mit meinem Mandanten, was nicht der Fall ist. Mein Mandant war bis kurz vor der Entführung achtzehn Jahre lang im Ausland. Es sollte der Eindruck geschaffen werden, Mr. Delauney hätte als abgewiesener Liebhaber oder gekränkter Exgatte Rache geübt. Falls Mr. Patterson tatsächlich eine langjährige Beziehung zu Miss Sanders unterhält, ist es ebensogut denkbar, daß sie sich gerächt haben könnte.«

»Wegen eines Diamantcolliers?« fragte Palmer, und diesmal brüllten alle vor Lachen.

»Beantworten Sie die Frage, Mr. Patterson«, forderte der Richter ihn bedauernd auf. »Haben Sie eine Affäre mit Miss Sanders?«

»Vielleicht«, kam leise die Antwort.

»Könnten Sie ein wenig lauter sprechen«, bat Tom höflich.

»Ja, ja . . . ich habe ein Verhältnis mit ihr . . . aber sie hat meinen Sohn nicht entführt.« Brigitte war unter Marielles unverwandtem Blick erbleicht.

»Woher wissen Sie das?« fragte Tom Armour als nächstes.

»Das würde sie nie tun.« Er schien empört.

»Mein Mandant auch nicht. Haben Sie die Absicht, Miss Sanders zu heiraten, Sir?«

»Natürlich nicht.«

Tom zog eine Braue hoch. »Schenken Sie allen Ihren Sekretärinnen Nerzmäntel und Diamantcolliers?«

»Bestimmt nicht.«

»Würde Miss Sanders Sie gern heiraten?«

»Ich habe keine Ahnung. Die Frage hat sich nie gestellt.«

»Danke, Mr. Patterson. Sie sind aus dem Zeugenstand entlassen.« Aber Bill Palmer wollte noch eine Frage anbringen.

»Mr. Patterson, hat Miss Sanders Sie jemals bedroht, hat sie gedroht, Ihrem Sohn etwas anzutun oder ihn zu entführen?«

»Gewiß nicht.« Er machte ein entsetztes Gesicht. »Sie ist eine sehr rücksichtsvolle, freundliche junge Dame.« Mit tollen Beinen und einigen Talenten, von denen Marielle nichts geahnt hatte.

»Danke. Keine weiteren Fragen.«

Malcolm kehrte mit rotem Kopf zu seinem Platz zurück. Wenig später erhob sich Brigitte und ging. Sie wurde von der Presse belagert, kaum daß sie den Saal verlassen hatte, und als sie schließlich heulend in ein Taxi stieg, hing ihr das Kleid in Fetzen vom Leibe.

Anschließend rief der Staatsanwalt eine Reihe von Sachverständigen in den Zeugenstand; sie sollten darlegen, daß Plüschbär und Schlafanzug tatsächlich Teddy gehörten. Die letzte Aussage des Tages lieferte ein Mann, der mit Charles Delauney zur Schule gegangen war und nun zu Protokoll gab, Charles habe ihn im Alter von vierzehn Jahren einmal bedroht. Der Zeuge, ein nervös wirkender Anwalt aus Boston, der seine Aussage freiwillig angeboten hatte, gab zu Protokoll, er habe Charles immer für leicht verdreht gehalten. Tom Armour erhob Einspruch, dem stattgegeben wurde, und unter den Geschworenen machte sich Langeweile breit, hinter ihnen lag ein langer Tag. Endlich war für diesen Tag Schluß, und alle empfanden Erleichterung. John und Marielle wechselten einen langen Blick, als sie gingen, und Malcolm blieb die ganze Heimfahrt über stumm. Zu Hause angekommen ging er direkt in die Bibliothek, schloß die Tür und tätigte mehrere Anrufe. Ohne ein Wort zu Marielle zu sagen, verließ er eine halbe Stunde später das Haus; er knallte die Tür hinter sich zu, und John Taylor und eine Handvoll FBI-Leute taten, als sähen sie es nicht. Alle wußten, was sich an diesem Tag im Gerichtssaal zugetragen hatte.

John ging sofort zu ihr, nachdem Malcolm das Haus verlassen hatte. Sie saßen da und unterhielten sich ruhig. »Warst du sehr erstaunt?« fragte er. Er meinte Brigitte.

Für Marielle, die sich fühlte wie ein Ballon, aus dem man die Luft herausgelassen hatte, war es wieder ein sehr anstrengender Nachmittag gewesen und in mancher Hinsicht ein sehr trauriger.

»Ja, das war ich. Vermutlich bin ich unglaublich dumm, aber ich fand sie immer sehr sympathisch. Sie ist ein nettes Mädchen, und sie war immer reizend zu Teddy.« Sie machte ein nachdenkliches Gesicht, als sie die kleinen Geschenke Revue passieren ließ, die Sachen, die Brigitte angefertigt hatte, die Süßigkeiten, das Spielzeug, die Jäckchen . . . Marielle hatte das Gefühl, eine vollkommene Idiotin gewesen zu sein. Wie lange die Sache wohl schon gehen mochte? Vermutlich von Anfang an, und als sie an die vergangenen sechseinhalb Jahre dachte, kam sie sich noch idiotischer vor. Wie dumm sie doch gewesen war, und wie die beiden sie hintergangen hatten . . .

»Sie hat wahrscheinlich versucht, sich mit Teddy anzufreunden, um bei deinem Mann Eindruck zu machen.«

»Vielleicht«, sagte Marielle bedrückt. »Ich glaube, das ist jetzt unwichtig.« Malcolm hatte seine Bedürfnisse woanders zwangsläufig befriedigen müssen, denn sie hatten seit Jahren nicht mehr miteinander geschlafen, und er war in diesem Punkt sehr anspruchsvoll. Aber auf Brigitte wäre sie nie gekommen . . . einmal, an einem Tag, als die junge Deutsche besonders hübsch ausgesehen hatte, da war ihr der Gedanke gekommen, und als die gemeinsamen Reisen mit Malcolm anfingen, war sie ein wenig eifersüchtig gewesen, aber danach hatte sie keinen Gedanken mehr daran verschwendet. Und jetzt wußte sie, daß er täglich nach dem Büro Brigittes Wohnung aufsuchte, oft über Nacht blieb und sogar die Miete bezahlte. Er war mehr mit Brigitte verheiratet als mit ihr, zumindest kam es Marielle so vor. Sie hatte keine Bindung mehr an ihn. Keine Beziehung, keine Zärtlichkeit, keine Loyalität, keine Treue . . . nicht einmal Teddy.

John beobachtete sie, während ihr dies alles durch den Kopf ging, und er dachte an seine eigene Frau und an das, was nach dem Prozeß womöglich bevorstand. Daß sie nicht ewig so weitermachen konnten, wußte er. Aber trotz der Gefühle, die sie einander entgegenbrachten, war Marielle einem Gespräch über ihre Zukunft ausgewichen. Ihr Leben war momentan so ausgefüllt und dramatisch, daß sie nur an den Prozeß und Teddys Wiederkehr denken konnte.

»Fast tut Malcolm mir leid«, sagte sie später, als sie John an die Tür brachte. Er ging immer nur höchst ungern, die gemeinsamen Stunden waren ihm teuer. »Es muß schlimm für ihn gewesen sein, derart bloßgestellt zu werden.« Er hatte im Zeugenstand sehr wütend gewirkt, und Brigitte war der Panik nahe gewesen.

»Nicht so schlimm, wie es gestern für dich war.« Wie konnte sie nur Mitleid mit ihm haben? Sie war wirklich ein erstaunlicher Mensch. »Er hat die meiste Zeit nur gelogen.« Aber schließlich hatten sie ihn doch gestellt. Nicht zugegeben hatte er allerdings, daß er immer schon von ihrer Ehe mit Charles und von ihrem Klinikaufenthalt gewußt hatte. Das war den Geschworenen nicht bekannt, aber sie wußten nun, daß er ein Betrüger und wahrscheinlich ein Lügner war. »Er hat es verdient. Für das, was er dir angetan hat, hätte er noch mehr verdient. Seine und Palmers Vorgehensweise war mehr als schäbig.«

»Sie haben es aber getan. Jetzt brauchen sie sich keine Sorgen mehr zu machen, daß ich aus Mitleid mit Charles die Position der Anklage schwächen könnte. Meine weiteren Aussagen sind völlig bedeutungslos.« Sie wünschte, sie müßte überhaupt nicht mehr in den Gerichtssaal gehen, denn es war unendlich schmerzlich für sie.

»Bringst du noch immer Mitgefühl für ihn auf, Marielle?«

Sie war sich ihrer Sache nicht sicher. Seit Monaten nicht mehr. »Ich weiß es nicht. Ich weiß nicht, was ich glauben soll . . . die Beweise liegen vor, und doch habe ich das Gefühl, ihn nach all den Jahren besser zu kennen. Was er auch gesagt hat, ich habe ihm nicht geglaubt, als er im Park diese Dinge äußerte . . . und dann verschwand Teddy. Ich weiß nicht, was ich davon halten soll.« Sie ertrug es nicht mehr, an ihn zu denken . . . an das leere Bett, das noch warm gewesen war, als sie es berührte. Drei Monate waren nun vergangen, seit sie ihn zuletzt gesehen hatte, drei Monate, seit sie ihren kleinen Jungen in den Armen gehalten hatte . . . den kleinen Jungen, den zu hegen und zu pflegen sie angeblich zu schwach und ungefestigt war.

»Wenn er unschuldig ist . . . wenn wir Teddy fänden«, und er hoffte noch immer, es würde der Fall sein, zweifelte aber daran, weil zuviel Zeit vergangen war und die Dinge sich allmählich wie im Fall Lindbergh entwickelten, »würdest du zu Charles zurückkehren?« Das hatte er sie schon seit Tagen fragen wollen. Er wollte es wissen, weil er im tiefsten Herzen wußte, daß sie diesen Mann noch immer liebte.

»Ich weiß es nicht«, sagte sie offen. »Ich glaube nicht. Ich könnte es nicht. Zwischen uns steht zuviel Schmerz. Man denke, was wir empfinden würden, wenn wir einander am Morgen ansähen. Wenn er unschuldig ist und Teddy wiederkommt . . . Charles wird es mir nie verzeihen . . .« Sie blickte zu ihm auf, und John hatte schon wieder Grund, sich zu ärgern.

»Was in der Welt an schlimmen Dingen passiert, ist nicht

unweigerlich deine Schuld. Nicht du hast im Park die Drohungen ausgestoßen, sondern er. Er ist der verdammte Narr, der entweder schuldig ist oder sich mit seinen unbedachten Äußerungen in Teufels Küche gebracht hat. Du hast nicht mehr getan, als mit deinem Sohn in den Park zu gehen. Es ist nicht deine Schuld, um Himmels willen, ebensowenig wie Teddys Entführung deine Schuld ist . . . oder der Ertrinkungstod deines ersten Sohnes! Hör endlich auf, den Unsinn zu glauben, den diese Unmenschen dir auftischen.« Sie lächelte ihn an. Sie liebte ihn, weil er ihr glaubte, sie beschützte, sich um sie kümmerte und sich bemühte, Teddy zu finden. Aber sie fragte sich auch, was ihnen für später bleiben würde. Sehr wenig vermutlich. Sie würden Freunde sein, aber sie waren einander zu einer Zeit begegnet, die für sie persönlich immer mit schmerzlichen Erinnerungen belastet sein würde. Er hatte andere Sorgen, seit er die Zeugenaussagen der letzten Tage gehört hatte. Er glaubte zu wissen, was Patterson im Schilde führte. Falls man den Jungen fand, würde Patterson die Scheidung einreichen und ihr unter dem Vorwand, sie sei als Mutter ungeeignet, das Sorgerecht streitig machen. Darum ging es eigentlich bei diesem Unsinn von wegen psychischer Instabilität, bei den Zeugenaussagen von Gouvernante und Hausmädchen. John Taylor konnte absehen, was Patterson beabsichtigte, wollte Marielle aber damit nicht ängstigen. Und vielleicht würde es ja auch niemals dazu kommen. Vielleicht würde man Teddy nie finden.

»Gib schön acht auf dich«, flüsterte er, als er kurz darauf die Stufen hinunterlief, von dem Wunsch erfüllt, Marielle küssen zu können. Und als Marielle in ihr Zimmer ging, nahm sie ganz richtig an, daß Malcolm mit Brigitte zusammen war.

Er machte sich nicht die Mühe, an diesem Abend nach Hause zu kommen oder anzurufen. Die Zeit der Ausflüchte war vorüber. Sie fragte sich, wo die beiden sich jetzt aufhalten mochten, um den Reportern zu entgehen, die wie Bluthunde hinter der

Story her waren. Und sie fragte sich, wie oft seine Anrufe aus Brigittes Wohnung gekommen sein mochten. Erstaunlich, wie wenig sie über ihren Mann gewußt hatte. Sie hatte ihn für anständig, für gütig und lieb gehalten, und statt dessen hatte er seit Jahren einen Fall gegen sie aufgebaut, hatte immer schon von dem Sanatorium und von Charles gewußt und sie jahrelang mit Brigitte betrogen. Kein schönes Bild. Und sie dachte noch immer daran, als sie um zehn Uhr wach in der Dunkelheit lag und das Telefon läuten hörte. Zunächst wollte sie gar nicht abnehmen, weil sie glaubte, es sei Malcolm. Aber es bestand bei jedem Anruf die Möglichkeit, daß es um Teddy ging. Sie wußte, daß die Polizei, die noch immer im Haus war, den Anruf entgegennehmen würde, aber sie wollte zumindest mithören. Um so mehr erschrak sie, als sie Bea Ritter hörte, die den Polizisten bat, mit Marielle verbunden zu werden. Der Beamte weigerte sich hartnäckig.

»Schon gut, Jack. Ich bin dran. Hallo?«

»Mrs. Patterson?«

»Ja.«

»Hier Bea Ritter.« Sogar ihre Stimme klang nervös und energiegeladen. Sie war ein einziges Energiebündel, lebenssprühend und einer großen Story auf der Spur. Marielle hatte sich ohnehin bei ihr für den bemerkenswert anständigen Artikel über ihren Auftritt vor Gericht bedanken wollen, und das tat sie nun. Der kleine Rotschopf schien verlegen. »Man hat Sie erbärmlich behandelt. Mir wurde übel, als ich es sah.«

»Wenigstens hat man mich nicht hinaustragen müssen, wie einige andere behaupteten.«

»Das ist ein Haufen mieser Typen. Wenn etwas sich nicht so abspielt, wie sie es haben wollen, dann machen sie es sich zurecht. Ich tue das nicht.« Eine Pause trat ein. Halb hatte sie erwartet, gar nicht mit Marielle verbunden zu werden, und jetzt unterhielten sie sich wie alte Freundinnen. Und sie war ein wenig gehemmt, denn sie hatte ein wichtiges Anliegen. »Ich muß mich entschuldigen, weil ich so spät anrufe. Ich war nicht sicher, ob ich verbunden werde. Mrs. Patterson, könnten wir uns kurz sehen?«

»Warum?«

»Ich muß mit Ihnen reden. Am Telefon kann ich es nicht sagen, aber es ist dringend.«

»Hat es mit meinem Sohn zu tun?« Gab es einen Hinweis? Eine Chance, eine Hoffnung ... ihr Herz drohte stillzustehen.

»Nein, nicht direkt. Es hat mit Charles Delauney zu tun.«

»Bitte, verlangen Sie das nicht von mir. Bitte ... Sie haben gesehen, wie man gestern mit mir umgesprungen ist. Ich kann ihm nicht helfen.«

»Sie sollen mich nur anhören. Ich möchte den Entführer Ihres Sohnes finden, und Charles ist es nicht. Davon bin ich überzeugt.«

»Weiß er von Ihrem Anruf?«

Bea verneinte. »Er kennt mich ja kaum. Ich habe ihn nur einige Male besucht, und er hört mir gar nicht richtig zu. Aber ich halte ihn für unschuldig und möchte ihm helfen.«

»Ich möchte meinen Sohn finden. Mehr will ich nicht«, sagte Marielle bekümmert.

»Ich weiß ... ich auch ... Sie würden es verdienen ... bitte, empfangen Sie mich, nur für ein paar Minuten.«

»Wann?« Eine Zusammenkunft dieser Art konnte einen Sturm in der Presse entfachen, wahrscheinlich sogar einen Skandal. Und sie hatten seit der Enthüllung von Malcolms Affäre mit Brigitte schon genug Skandal um die Ohren.

»Könnte ich gleich jetzt kommen? Ich meine, ich weiß, es ist eine große Zumutung.« Sie stand Todesängste aus, aber sie mußte Marielle sehen.

»Ich ... ich glaube nicht ...«

»Bitte ...« Das Mädchen war den Tränen nahe, und so gab Marielle schließlich nach.

»Also gut. Kommen Sie.«

»Jetzt?«

»Ja. Können Sie in einer halben Stunde hier sein?« Bea wäre gern in einer halben Minute zur Stelle gewesen.

Als Bea Ritter eintraf, war Marielle angezogen und erwartete die junge Reporterin, die einen ziemlich verängstigten Eindruck machte. Trotz ihrer achtundzwanzig Jahre wirkte sie beinahe kindlich, ihre kühne, selbstbewußte Art war wie weggeblasen. Sie war ein zierliches Mädchen, viel kleiner als Marielle, und trug zu einer schwarzen Hose einen dicken Pullover und einen Regenmantel.

»Vielen Dank, daß Sie mich empfangen«, sagte sie in bangem Ton, als Marielle sie in die Bibliothek führte und die Tür schloß. Sie selbst hatte rasch eine schwarze Hose und einen schwarzen Kaschmirpullover angezogen. Ihr Haar war zurückgekämmt, und da sie kein Make-up trug, wirkte sie sehr rein und adrett, Eigenschaften, in die John Taylor sich verliebt hatte.

»Ich weiß nicht, was Sie von mir erwarten«, sagte Marielle leise, als sie sich setzten. »Ich sagte Ihnen schon am Telefon, daß ich nichts tun kann, um Ihnen zu helfen.«

»Ich will gar keine Hilfe von Ihnen«, gestand Bea Ritter mit nachdenklichem Blick. Seit Wochen hatte sie sich gewünscht, diese Frau wiederzusehen, und nun war sie da, und es war sonderbar, einander gegenüberzusitzen wie zwei Freundinnen, zwei Frauen, die aus verschiedenen Gründen dasselbe wollten. Bea wollte, daß der Junge gefunden würde, damit Charles von diesem Verdacht reingewaschen wurde, und Marielle wollte nur ihren Sohn zurück. »Ich wollte nur mit Ihnen sprechen, wollte wissen ... was Sie denken ... nur so ... nicht für die Presse oder fürs Gericht. Sie glauben nicht, daß er es getan hat, oder?«

»Ich war gestern vor Gericht ehrlich«, sagte Marielle mit einem Seufzer. Schon begann sie sich zu fragen, warum sie sich auf diese Begegnung eingelassen hatte. Bea stand derart unter Hochspannung, daß es sie nervös machte, doch hatte sie das Gefühl gehabt, sie sei es ihr schuldig. Aber was brachte es, wenn sie mit ihr alles von neuem durchging? »Ist es für die Presse?« Bea schüttelte den Kopf, und Marielle sah ihr an, daß sie es ehrlich meinte.

»Nein, es ist für mich. Ich muß es wissen. Weil ich auch nicht glaube, daß er es getan hat.« Sie tat so, als teile Marielle ihre Meinung. Auch wenn diese es abstritt, spürte Bea es.

»Warum?«

»Vielleicht bin ich verrückt, aber ich glaube ihm. Ich vertraue ihm. Ich bewundere alles, wofür er einsteht. Ich halte ihn zwar für einen verdammten Dummkopf, er hat einige sehr törichte Dinge getan, vor allem hätte er damals im Park nicht jene Äußerungen tun dürfen, aber wenn er die Absicht gehabt hätte, den Jungen zu entführen, dann hätte er so etwas nie gesagt.«

»Das dachte ich mir auch ... bis man den Schlafanzug des Babys fand ...« Komisch, daß sie Teddy immer noch so sah ... als Baby ... er war vier ... als Baby, das sie vielleicht nie mehr wiedersehen würde. Plötzlich kämpfte sie mit den Tränen. »Wie ist der Schlafanzug dorthin gekommen, wenn er nicht der Entführer ist?«

»Mrs. Patterson ... Marielle ... ich darf Sie doch so nennen?« Sie stammten aus verschiedenen Leben, aus zwei verschiedenen Welten, aber für eine kurze Zeitspanne waren sie Freundinnen mit einem gemeinsamen Ziel, nämlich Teddy zu finden. Und Marielle nickte als Antwort. »Er schwört, daß ihm die Sachen untergeschoben wurden, daß jemand bestochen wurde, damit er sie in sein Haus schmuggelte ... vielleicht war es sogar jemand von hier, aus Ihrem Haus.«

»Aber es war der Schlafanzug, den Teddy trug. Ich habe es gesehen. Der Kragen war mit einer kleinen Eisenbahn bestickt.«

»Hat er noch andere Schlafanzüge in dieser Art?«

»Nicht genau solche.«

Die junge Reporterin schüttelte verzweifelt den Kopf. Sie wünschte so sehr, sie könnte Charles helfen.

Marielle drängte es, ihr eine Frage zu stellen. »Warum setzen Sie sich so ein? Geht es Ihnen um die Story oder um den Mann?« Sie sah ihr Gegenüber eindringlich an, und Bea hielt ihrem Blick stand.

»Es geht mir um ihn.« Leiser setzte sie hinzu: »Sie lieben ihn noch immer, stimmt's?«

Marielle zögerte lange. Sie fragte sich, wieweit sie Bea vertrauen konnte, aber aus irgendeinem Grund hielt sie die junge Frau für redlich. Sie wußte, sie würde sie nicht enttäuschen.

»Ich habe ihn immer geliebt. Vermutlich wird sich das auch in Zukunft nicht ändern, denn er ist Teil meiner Vergangenheit.« Marielle war sich darüber allmählich, Schritt für Schritt, klargeworden.

»Das hat Charles auch gesagt, als ich mit ihm darüber sprach. Auch er liebt Sie. Ich glaube, er ist jetzt nicht mehr so überspannt. Das alles hat ihn wohl zur Vernunft gebracht.«

»Ein wenig zu spät.« Marielle lächelte traurig.

»Er glaubt, der Junge sei am Leben, irgendwo.« Sie wollte ihr Hoffnung geben, wenn sie ihr schon keine Antworten geben konnte.

»Ich wünschte, es wäre wahr. Das FBI ist der Meinung, es sei schon zuviel Zeit verstrichen. Man befürchtet . . .« Sie brachte die Worte nicht über die Lippen und wandte sich ab; Tränen standen in ihren Augen. Alles erschien so sinnlos. Welchen Zweck hatte der Prozeß? Was immer man mit Charles machte, es würde ihr Teddy nicht wiederbringen.

»Das glaube ich nicht.« Bea Ritter rührte sich nicht, als Marielle sie ansah. Dann streckte sie ihre kleine, feste Hand aus und umfaßte Marielles Finger. »Und ich werde alles in meiner Macht Stehende tun, um mitzuhelfen, daß er gefunden wird. Was immer die Presse erreichen kann, was immer ich an Fäden ziehen kann, werde ich einsetzen.« Sie erklärte, daß sie über einige nicht ganz einwandfreie Verbindungen zur Unterwelt verfüge. Sie hatte mit einer Artikelserie an das Herz des lokalen Gangsterbosses gerührt, indem sie ihn zu einem Helden besonderer Art hochstilisiert hatte. Daraufhin hatte er ihr das Versprechen gegeben, ihr wenn nötig zur Verfügung zu stehen, und nachdem sie mit Charles gesprochen hatte, war sie wegen einer Unterredung an ihn herangetreten.

»Was wollen Sie von mir?« fragte Marielle müde. Das Mädchen war ihr sympathisch, aber es war schon spät und ihr erschien sowieso alles hoffnungslos. »Warum sind Sie gekommen?«

»Ich wollte Ihnen in die Augen sehen, um zu erkennen, was Sie glauben. Ich glaube, Sie wissen es nicht... aber Sie sind auch nicht sicher, daß er es getan hat.«

»Das stimmt.«

»Eine faire Haltung. Vielleicht würde ich an Ihrer Stelle ebenso empfinden. Er muß ziemlich schlimm mit Ihnen umgesprungen sein, als...« Beide wußten, daß sie Andrés Tod meinte.

»Damals war er nicht bei sich.« Sie lächelte traurig. »Vielleicht ist er es jetzt auch nicht.«

»Das stimmt sicher bis zu einem gewissen Grad.« Bea lächelte. »Aber er muß ja von Sinnen sein, wenn er in Spanien gekämpft hat.« Doch gerade deswegen bewunderte sie ihn, und seine schriftstellerische Arbeit bewunderte sie noch viel mehr. Er hatte ihr einige seiner Sachen gezeigt. Stundenlang hatten sie im Gefängnis miteinander gesprochen, und er hatte unter Tränen beteuert, mit der Entführung nichts zu tun zu haben. Sie hatte ihm geglaubt. Damals hatte sie sich gelobt, ihm zu helfen, und Marielle war ein wichtiger Schlüssel. Und wenn man ihr noch so übel mitspielte, sie war es vor allem, die ihm helfen konnte. »Die Sache mit Ihrem Mann tut mir leid«, sagte sie vorsichtig.

»Mir auch. Morgen wird sich das alles in der Presse nicht gerade gut machen.«

»Nein, sicher nicht.« Bea hatte bereits einen Blick auf die Frühausgabe einiger Sensationsblätter werfen können. »Aber dadurch werden Sie Sympathien gewinnen. Gestern hat man Sie wirklich durch die Mangel gedreht. Das hat mich ganz krank gemacht, und deswegen habe ich den Artikel geschrieben.« Sie war eine Art weiblicher Robin Hood, immer bereit, für die Unterdrückten, die Geschlagenen, die Armen und die Besiegten einzutreten. Sie und Charles hatten sehr viel gemeinsam.

»Warum Charles?« fragte Marielle leise. »Warum er? Warum setzen Sie sich so energisch für ihn ein?«

»Ich kann nicht mit ansehen, daß er für nichts hingerichtet wird. Ich habe auch nie ganz geglaubt, daß Bruno Hauptmann schuldig ist. Ich weiß zwar, daß es einige Beweise gegeben hat, aber so vieles beruhte ausschließlich auf Indizien. Und die von der Presse geschürte Hysterie war gewaltig. Es war meine erste Story, ich war einundzwanzig und hatte ständig das Gefühl, ich könnte etwas daran ändern. Aber ich habe nichts daran geändert. Vielleicht gelingt es mir diesmal. Ich versuche es zumindest auf Teufel komm raus.«

Marielle wagte nicht, weiter in das Mädchen zu dringen, doch in Beas Augen lag mehr. Nach einer längeren Pause entschloß sie sich zu der Frage: »Sind Sie in ihn verliebt?« Es war keine Eifersucht herauszuhören, nichts Besitzheischendes. Es war nur eine Frage.

Bea Ritter sah sie lange an, ehe sie antwortete. »Ich weiß es nicht. Ich möchte es nicht. Darum geht es nicht.« Doch es war der Grund für ihr Interesse und ihre Hilfsbereitschaft, und Marielle wußte das.

Sie lächelte die junge Frau an. »Weiß er es, oder ist er immer noch so dumm?« Er konnte regelrecht begriffsstutzig sein, wenn er wollte. Und zur Zeit hatte er natürlich andere Sorgen.

Aber Bea lachte. »Vielleicht ist er so dumm wie früher, vielleicht aber auch zu abgelenkt.« Der Mann kämpfte immerhin um sein Leben. Und plötzlich schlich sich Besorgnis in Beas Miene. »Würden Sie jemals zu ihm zurückkehren?« Aber Marielle schüttelte ohne zu zögern den Kopf. Zuviel Schmerz, zuviel Zeit, zuviel Kummer lagen hinter ihnen. Sie liebte ihn und würde ihn auch künftig lieben, aber er war für sie auf immer dahin. Marielle gewann immer mehr den Eindruck, daß dieses kleine rothaarige Persönchen geradezu ideal für ihn sein mußte, sollte je die Zeit kommen und er freigesprochen werden. Er verdankte ihr sehr viel, wußte es aber laut Beas eigenen Worten nicht einmal.

»Und was haben Sie als nächstes vor, Bea?«

»Ich weiß nicht ... ich werde ein paar Leute anrufen, die in meiner Schuld stehen ... mit ein paar alten Freunden reden ... mich mit ein paar Privatdetektiven treffen ...« Und vielleicht mit Tom Armour sprechen, falls sie Geld brauchte. Vielleicht würde er für besondere Tips oder Gefälligkeiten zahlen. Sie war entschlossen, alles zu tun, jedermann anzurufen, überallhin zu gehen und jeden zu bezahlen, den sie bezahlen mußte. »Gut möglich, daß wir nichts finden, aber dann haben wir es wenigstens versucht ... und es könnte uns zu Teddy führen.«

»Sie lassen es mich wissen, wenn Sie etwas erfahren, ja?«

»Sofort.« Die zwei Frauen standen auf, und Marielle brachte Bea zur Tür. Sie wußte, daß sie nie Freundinnen sein konnten. Trotzdem gefiel sie ihr. Bea war ein ungewöhnliches Mädchen, und ein kluges obendrein. Charles hatte mehr Glück, als er ahnte, daß er sie gefunden hatte.

Bea Ritter verschwand in der Nacht, und als Marielle hinaufging, war es weit nach Mitternacht. Als sie das Licht gelöscht hatte, lag sie lange wach und dachte an Malcolm, der nun vermutlich in einer Wohnung an der Park Avenue war ... und an ihren kleinen Jungen. Sie betete darum, daß er irgendwo in einem Bett liegen möge, wenn auch bei Fremden.

13. Kapitel

Der Prozeß schleppte sich über Wochen dahin und war auch noch im Gange, als Hitler das Memelland an der Ostsee besetzte. Das Verfahren schien die Weltnachrichten ohnehin von den Titelseiten der New Yorker Presse verdrängt zu haben. Aber Großbritannien und Frankreich hatten ihre Bereitschaft signalisiert, Polen zu Hilfe zu eilen, und Ende März wurde nach der Eroberung Madrids durch General Franco der Bürgerkrieg in Spanien beendet. Charles hörte es mit großer Betroffenheit, andererseits war die Zahl der Toten unterdessen auf über eine Million angewachsen. Innerhalb von drei Jahren war ein ganzes Volk gefallen. Für Charles war es ebenso eine Tragödie wie für seine Freunde in Europa. Der Kampf war vorüber, der Krieg verloren. Aber Charles Delauney hatte seinen eigenen Krieg auszufechten, den Kampf um sein Überleben.

Nach jenem spätabendlichen Besuch sollte Marielle nichts mehr von Bea Ritter hören. Ihre sehr einfühlsam geschriebenen Artikel, die sie regelmäßig las, rührten jedoch stets an ihr Herz.

Wie vorauszusehen gewesen war, hatte Malcolms Affäre mit Brigitte der Presse wochenlang Stoff für Sensationsartikel geliefert, aber ungeachtet der ständigen Nachfragen hatte Marielle Zurückhaltung gewahrt und sich nicht zu Kommentaren irgendwelcher Art herabgelassen. Sie und Malcolm hatten seit Wochen kaum ein Wort miteinander gesprochen, und Brigitte hatte sie seit damals nur einmal gesehen. Das Mädchen hatte sein schlechtes Gewissen überspielt, indem es Marielle hochmütig anstarrte und sich an Malcolm drückte, wie um zu beweisen, daß sie die Siegerin war. Marielle hielt dies für eine höchst armselige Verteidigung. Sie beneidete Brigitte nicht um ihre peinliche Position. Sie selbst fühlte sich durch die Lügen der beiden und durch Brigittes falsche Freundlichkeit hintergangen, empfand aber kaum Wut oder gar Eifersucht. Malcolm hatte ihr seit langem nicht mehr gehört, aber die Falschheit, mit der er sie über Jahre hinweg hintergangen hatte, stellte trotzdem eine tiefe Kränkung für sie dar. Ihr einziger Versuch, die Sache mit ihm zu besprechen, war abgeschmettert worden, und Malcolm hatte getan, als sei er »außer sich«. Nachdem sie sich mit Charles so aufgeführt habe, schulde er ihr keinerlei Erklärungen, ein Argument, das ihr absolut nichts sagte und seine ohnehin schon feststehende Schuld nur noch einmal bestätigte.

Sie erinnerte ihn kühl daran, daß die Presse fortgesetzt Jagd auf ihn machen würde, falls er weiterhin bei dem Mädchen in der Wohnung bliebe. Danach fiel ihr auf, daß er wieder häufiger zu Hause blieb und Brigitte mied. Trotzdem bekam sie ihn kaum zu Gesicht.

Die Spannung zwischen ihnen war unerträglich, und der Prozeß wurde ebenso anstrengend, als eine Reihe von Sachverständigen, Detektiven und völlig irrelevanten Leuten als Zeugen aufgerufen wurden und Charles Schuld bestätigten, worauf sie einer nach dem anderen von Tom Armour angegriffen wurden.

Es dauerte drei volle Wochen, bis die Verteidigung endlich ihre Chance bekam und Tom Armour Marielle als seine erste Zeugin aufrief. Zunächst geleitete er sie vorsichtig über das bekannte Terrain und baute sie auf, wo William Palmer sie vernichtet hatte. Und das Bild, das unter seinen Händen entstand, war ganz anders als jenes, das Malcolm und Palmer gezeichnet hatten. Anstelle einer seelisch verwirrten Kranken, einer Frau, der man das eigene Kind nicht anvertrauen konnte, zeigte Tom deutlich, was sich damals tatsächlich zugetragen hatte, wie der Tod ihres Sohnes und der Verlust des Ungeborenen sie und ihren Mann erschüttert hatten. Tom Armour gestand offen ein, daß Charles in seiner übergroßen Verzweiflung mit Marielle sehr schlimm umgesprungen war. Beide seien sie vor Kummer außer sich gewesen, erklärte er, und im ganzen Gerichtssaal blieb kein Auge trocken, als er Marielle bat, allen zu schildern, wie sie im Eis des Genfer Sees nach André gesucht hatte. Sie erklärte, wie es gekommen war, daß sie die zwei kleinen Mädchen hatte retten können, nicht aber ihr eigenes Söhnchen, weil dieses weiter unter die Eisschicht geglitten sei. Und sie beschrieb, wie André leblos und grau in ihren Armen lag, nachdem sie ihn endlich gefunden hatte. Marielle mußte mehrmals innehalten, als sie diese Szene schilderte, anschließend all das, was im Krankenhaus passiert war, und als letztes die Fehlgeburt. Auf einen Schlag hatten sie ihre Familie verloren, eine Katastrophe, der sie nicht gewachsen waren. Charles noch viel weniger als sie. Dann hatte sie die Nerven verloren, und monatelang hatte sie sich nichts anderes gewünscht, als zu sterben und bei ihren Kindern zu sein.

»Ist das jetzt auch noch der Fall?« fragte Tom sie leise, während einige der Geschworenen mit Taschentüchern hantierten.

»Nein«, sagte sie traurig.

»Glauben Sie, daß Teddy noch am Leben ist?«

Wieder stiegen ihr Tränen in die Augen, und dennoch fuhr sie fort: »Ich weiß es nicht ... ich hoffe es ... ich hoffe es inständig ...« Ihr Blick wanderte zur Pressebank und dann in den Gerichtssaal. »... falls jemand wissen sollte, wo er ist ... bitte, bitte, bringen Sie ihn nach Hause ... Wir werden jede Forderung erfüllen, aber tun Sie ihm bitte nichts an ...« Ein Fotoreporter stürzte herbei, und eine Kamera schien vor ihrem Gesicht zu explodieren, während sie diese Bitte formulierte. Sofort gab der Richter Anordnung, der Gerichtsdiener möge den Reporter hinauswerfen.

»Sollte es jemandem einfallen, so etwas noch einmal zu tun, wandert er hinter Gitter, ist das klar?« dröhnte Richter Morrisons Stimme durch den Raum, während Marielle sich faßte. Er entschuldigte sich bei ihr, und sie wartete auf Toms nächste Frage.

»Glauben Sie, daß Charles Delauney Ihren Sohn entführt hat?« Eine brisante Frage, doch wollte er, daß die Welt erfuhr, wie Marielle darüber dachte, weil er glaubte, daß sie von seiner Schuld nicht überzeugt war.

»Ich bin meiner Sache nicht sicher.«

»Glauben Sie, er wäre dazu imstande? Sie kennen ihn besser als alle hier Anwesenden. Er hat Sie geliebt, er hat Ihnen weh getan und Sie schlecht behandelt, er hat mit Ihnen geweint ... er hat Sie sogar geschlagen ... wahrscheinlich hat er Ihnen übler mitgespielt als irgend jemandem sonst.« Charles hatte dies Tom selbst gestanden, und doch wußte er nach allem, was Marielle ihm gesagt hatte, daß sie nicht an seine Schuld glaubte. »Mrs. Patterson, glauben Sie nach allem, was Sie von ihm wissen, daß er Teddy entführt hat?«

Ihr Zögern schien eine ganze Ewigkeit zu dauern, aber dann schüttelte sie den Kopf und begrub ihr Gesicht in den Händen. Tom Armour ließ sich Zeit.

»Lieben Sie diesen Mann noch immer, Mrs. Patterson?« fragte er schließlich.

Sie blickte Charles mit traurigem Ernst an. Was für schreckliche Dinge ihnen zugestoßen waren! Wieviel Kummer hatten sie geteilt, und doch waren sie vor langer Zeit so glücklich gewesen. »Nein«, sagte sie leise. »Er ist mir nicht gleichgültig. Vermutlich wird sich das nie ändern. Er war der Vater meiner Kinder. Als ich jung war, da habe ich ihn sehr geliebt ... aber jetzt ... jetzt empfinde ich um seinetwillen nur Trauer. Falls er diese schreckliche Tat begangen hat, hoffe ich, daß er mir meinen Sohn unversehrt wiedergibt. Ich liebe ihn nicht mehr. Wir haben einander zu lange zu viel Schmerz zugefügt.« Tom Armour nickte. Er respektierte sie mehr, als sie ahnte. Für ihn war sie eine großartige Frau. Sie hatte sich im Verhör wacker gehalten, hatte Mut bewiesen und ihr Leben und ihre Seele preisgegeben. Das Schicksal hatte ihr zwei Kinder geraubt und jetzt noch ein drittes, und dennoch war sie ungebrochen. Seine Bewunderung war grenzenlos, doch seine Miene verriet davon nichts, als er in seiner Befragung fortfuhr.

»Hatten Sie während Ihrer Ehe mit Mr. Patterson ein Verhältnis mit Mr. Delauney?«

»Nein«, gab sie gelassen zurück.

»Hatten Sie überhaupt eine Affäre? Waren Sie Ihrem Mann jemals untreu?« Er sah ihr direkt in die Augen, und als sie seinem Blick begegnete, hielt sie ihm unverwandt stand.

»Nein, niemals.« Es stimmte. Sie hatte John Taylor geküßt, aber das war auch schon alles, und jetzt war es mit ihrer Ehe vorbei.

»Danke, Mrs. Patterson, Sie können sich setzen. Ich habe keine weiteren Fragen.« Er half ihr aus dem Zeugenstand, und als sie zu ihrem Sitz ging, fühlte sie sich ausgelaugt, hatte aber nicht das Gefühl, Prügel bezogen zu haben, wie es ihr nach dem Verhör durch William Palmer ergangen war.

Als nächstes rief Tom Haverford, ihren Butler, in den Zeugenstand. Er schilderte sie als anständig, fair und intelligent, als eine integre Persönlichkeit, eine echte Dame, wie er stolz schloß. Es war eine Aussage, die sie rührte. Er sagte auch, daß sie zu ihrem Sohn sehr lieb gewesen sei und er selbst sich insgeheim immer darüber empört habe, daß die anderen Dienstboten sie so schlecht behandelt und so getan hatten, als seien sie allein Mr. Patterson verpflichtet. Haverford selbst hatte das Gefühl gehabt, Mr. Patterson habe nie wirklich hinter seiner Frau gestanden, habe sie behandelt, als hätte sie im Haus nichts zu sagen und sei nur ein Gast, ein Standpunkt, den die anderen übernommen hatten. Er sagte auch aus, daß Miss Griffin sich ihr gegenüber scheußlich benommen habe und die Haushälterin noch viel schlimmer, und daß Edith ständig ihre Kleider getragen habe und alle, Mr. Patterson eingeschlossen, es gewußt hätten. Schließlich sagte er noch aus, alle Dienstboten hätten sich in der Küche über Marielle lustig gemacht.

»Könnte man sagen, daß Mrs. Patterson in ihrem eigenen Haus nicht respektiert wurde?« drang Tom Armour in ihn, um sicherzustellen, daß die Geschworenen es richtig verstanden.

»Ja, Sir«, sagte Haverford, der in seinem in London für ihn angefertigten dunklen Anzug sehr würdig aussah.

»Könnte man sagen, daß Mrs. Patterson durch ihr Verhalten diese Einstellung selbst provoziert hat, Mr. Haverford? Ist sie, wie vor kurzem in diesem Gerichtssaal angedeutet wurde, eine verantwortungslose, schwache und im Grunde wertlose Person?« In dem betagten Butler, der glaubte, Tom hätte ihn mißverstanden, sträubte sich sichtlich alles gegen diese Unterstellung.

»Sir, ich habe gesagt, daß sie zu den feinsten Menschen gehört, denen ich je begegnet bin. Sie ist klug, gütig, fair und anständig, und nach allem, was sie durchgemacht hat, ist mir unbegreiflich, wie man sie als schwache Frau bezeichnen kann.« Miss Griffin sei es vielmehr, die Schwächeanfälle und Ohnmachten erlitten habe und seit der Entführung in ärztlicher Behandlung sei und Medikamente schlucken müsse.

»Warum wurde sie Ihrer Meinung nach im Haus von niemandem respektiert? Gab es einen logischen Grund dafür?« William Palmer wollte Einspruch erheben, nahm dann aber Abstand davon, weil es sich nicht lohnte. Der alte Mann war harmlos.

Haverford nickte, nur zu bereit, die Geschworenen darüber zu informieren. »Mr. Patterson hat uns schon ganz zu Anfang dahingehend instruiert, daß sie«, er war bemüht, sich an den genauen Wortlaut zu erinnern, schaffte es aber nicht, »daß sie nicht ganz bei Trost sei, nun, er drückte sich etwas anders aus. Er sagte uns, sie sei sehr zart und nervös. Und er gab uns zu verstehen, daß wir ihren Anordnungen zwar höflich unser Ohr leihen, ihnen aber nicht nachkommen sollten. Er sagte auch, sie habe keine Ahnung, wie man ein Haus führt, und später behauptete er, sie könne nicht mit Kindern umgehen. Daraus konnten wir uns ein Bild machen, wie sie mit Mr. Malcolm stand.« Und als Marielle das hörte, konnte auch sie sich ein Bild machen. Trotzdem stand sie vor einem Rätsel. Warum hatte er das getan? Vom ersten Tage an hatte er sie zu einem Gegenstand der Verachtung und des Spottes gestempelt. Vielleicht hatte er nur sicherstellen wollen, daß er auch weiterhin das Heft in der Hand behielt. In seinem Haus hatte sie überhaupt keine Rolle gespielt, denn auch in ihrer Mutterrolle hatte sie sich nicht bewähren dürfen.

»Wußten Sie von Mr. Pattersons Affäre mit Miss Sanders?« lautete Toms nächste Frage.

»Ja . . . besser gesagt, ich vermutete es«, erwiderte Haverford mit einer Miene, aus der frostige Mißbilligung sprach.

»Haben Sie je zu Mrs. Patterson über Ihren Argwohn gesprochen?«

»Gewiß nicht, Sir.«

»Danke, Mr. Haverford.« Tom gab seinen Zeugen nun für Fragen des Anklagevertreters frei, doch Palmer verzichtete auf eine Befragung. Er hielt Haverford nach wie vor für bedeutungslos. Aber Marielle hatte seine Aussage mit Rührung vernommen, und den Geschworenen ging es ähnlich.

Nach allem, was er gesagt hatte, fühlte sie sich irgendwie rehabilitiert, obwohl es ihr sehr peinlich war, daß alles so deutlich ausgesprochen wurde. Zugleich aber empfand sie es als tröstlich, daß sie sich in ihren Gefühlen und Empfindungen nicht getäuscht hatte. Es war ihr nur unbegreiflich, warum Malcolm ihre Stellung dermaßen unterminiert hatte. Es mußte doch irgendeinen Grund dafür geben. Oder war er von Anfang an in Brigitte verliebt gewesen? Hatte er versucht, Marielle loszuwerden? Hatte er gehofft, sie würde davonlaufen oder einfach aufgeben und ihm Teddy überlassen? Eher wäre sie gestorben. Aber warum hatte er sie gedemütigt, sie belogen und betrogen? Und warum hatte er sich überhaupt die Mühe gemacht, sie zu heiraten? War alles von Anbeginn an nichts als Lüge gewesen? Wenn sie an ihre schöne Anfangszeit dachte, konnte sie das nicht glauben.

Als nächstes rief Tom Brigitte Sanders in den Zeugenstand. Als sie vortrat, kam beträchtliche Unruhe unter den Anwesenden auf. Kein Zweifel, sie war ein schönes Mädchen mit verführerischer Ausstrahlung, spürbarer, als es Marielle je aufgefallen war. Vielleicht, weil sie nun nichts mehr zu verbergen hatte. Ihr Geheimnis war aufgedeckt worden, und Brigitte schien es mit Stolz zu tragen. Ihr weiches schwarzes Kleid sah sehr teuer aus, das fiel Marielle auf. Ihr Haar fiel ihr in der gewohnten Wellenfrisur locker ins Gesicht, Lippen und Nägel leuchteten im üblichen knalligen Rot. Alle waren sich einig, daß sie toll aussah. Neben ihr kam Marielle sich wie eine graue Maus vor. Was ihr gar nicht bewußt wurde, war die Kälte, die Berechnung, die von Brigitte auszugehen schien – ebenso wie ihr nicht klar war, daß das Publikum Brigitte im Vergleich zu ihr als sehr hart empfand. Tom Armour empfand ihr Auftreten und Gebaren als geradezu unerträglich deutsch. Und der Ton, in dem sie seine Fragen beantwortete, hatte etwas Unverschämtes an sich. Es war eine Art, die Marielle an ihr nicht kannte, und sie fragte sich, ob Brigitte sich nun, da ihr Geheimnis offenbar war und sie vor der ganzen Welt als Malcolms Geliebte dastand, in die Defensive gedrängt fühlte.

Brigitte gab zu, daß Malcolm die meisten Abende und auch viele Nächte bei ihr verbracht hatte. Mit seiner Frau sei er nie glücklich gewesen. Er hätte sie nur geheiratet, um Nachwuchs zu bekommen. Was sie da sagte, versetzte Marielle einen Stich. Ob das die Wahrheit war? Und wenn ja ... war es dann auch der Grund für alles andere?

»Nicht einmal das ist ihr leichtgefallen«, bemerkte Brigitte geringschätzig. Dahin all die Warmherzigkeit, die Anteilnahme, die Freundlichkeit, die sie Marielle und Teddy gegenüber an den Tag gelegt hatte. Sie war bereit, alles zu sagen. Malcolm, der sie beobachtete, wirkte dagegen ziemlich gestreßt.

»Würden Sie uns diese letzte Äußerung wohl erklären, Miss Sanders?« fragte Tom höflich.

»Sie brauchte sehr lange, bis sie schwanger wurde.« Tom Armour verkniff sich die Bemerkung, daß Mr. Patterson vielleicht zu viele Nächte in Miss Sanders' Wohnung verbracht habe. »Tatsächlich hatte er das Warten so satt, daß er an Scheidung dachte... etwa um die Zeit, als sie dann doch noch schwanger wurde.« Raunen im Publikum, und Marielle senkte den Blick, als der Richter Ruhe fordernd mit seinem Hammer klopfte. Sie spürte, wie sie errötete. John Taylor, der neben ihr saß, rührte sich nicht und sagte auch nichts, so leid sie ihm auch tat. Da er wußte, wie zurückhaltend und diskret sie war, mußten diese Enthüllungen sie schwer treffen.

»Waren Sie damals schon mit Mr. Patterson intim?« fragte Tom Armour Brigitte, die sich mit dieser Antwort recht lange Zeit ließ. »Soll ich die Frage wiederholen? Darf ich Sie daran erinnern, daß Sie unter Eid stehen?«

»Ja, ich war mit ihm intim«, sagte sie schließlich etwas weniger forsch.

»Wann hat Ihr Verhältnis begonnen?« Marielle hielt den Atem an. Wie alle anderen erwartete sie die Antwort voller Neugierde.

»Zwei Monate nach der Hochzeit. Im Februar.« Marielle glaubte zu wissen, wann das gewesen war. Damals war er zum ersten Mal ohne sie auf eine Geschäftsreise gegangen. Lange hatte er also nicht gewartet. Dies war auch der Zeitpunkt gewesen, als er ihr gegenüber besonders frostig geworden war. Eine Zeitlang hatte sie geglaubt, es sei die Enttäuschung darüber, daß sie noch nicht schwanger war, aber in Wahrheit hatte er bereits unter Brigittes Bann gestanden, und daran hatte sich all die Jahre hindurch nichts geändert.

»Waren Sie nicht sehr enttäuscht, daß er nicht Sie geheiratet hatte?«

»Nein, ich ...« Sie schien ein wenig peinlich berührt von seiner Frage. »Ich wußte, daß er ein Kind wollte ... und er ... Malcolm ... Mr. Patterson ... war immer sehr großzügig zu mir.« Das wußte man bereits. Tom drang nicht weiter in sie, fragte nicht, wieso Malcolm mit Marielle ein Baby wollte und nicht mit ihr. Statt dessen fragte er sie, ob Malcolm ihr versprochen habe, sie nach seiner Scheidung von Marielle zu heiraten, und sie wich aus, indem sie sagte, das sei nie zur Sprache gekommen, was Tom jedoch für höchst unwahrscheinlich hielt. Es war sonnenklar, daß irgend etwas besprochen worden war, denn der Blick, den sie Malcolm zuwarf, sprach Bände.

Sie erklärte, sie machten grundsätzlich alle Reisen zusammen, wichtig seien vor allem jene nach Deutschland, wo Mr. Patterson geschäftlich sehr engagiert sei. Sie sagte auch, daß es ihr gar nicht peinlich sei, seine Geliebte zu sein. Doch sie sagte es in trotzigem Ton, und Tom Armour hatte seine Zweifel an dem, was sie da behauptete.

Sie sagte, sie habe das Kind sehr gern und Malcolm sei geradezu vernarrt in den Kleinen, die Entführung habe ihn fast umgebracht. Sie sagte auch, Marielle habe sie kaum mit dem Kind gesehen. »Sie lag ständig mit Kopfschmerzen im Bett.« Sie bediente sich desselben unangenehmen, respektlosen Tons, in dem auch die Dienstboten über Marielle gesprochen hatten. Mit Ausnahme von Haverford hatte kein einziger etwas Gutes von ihr zu sagen gewußt.

Brigitte verließ den Zeugenstand mit viel Hüftschwung und nicht ohne reichlich Bein zu zeigen. Als sie an Malcolm vorbeiging, wandte er den Blick ab und tat, als bemerke er es nicht. Danach verlief der Prozeß fast eine Woche lang in ruhigen Bahnen. Weitere Sachverständige und Detektive wurden angehört. Am Tatort waren keine Fingerabdrücke gefunden worden, es gab keine Beweise, die auf Charles hindeuteten, nur den Schlafanzug und den Plüschbären, die man in seinem Haus gefunden hatte und von denen Tom Armour sagte, sie könnten eingeschmuggelt worden sein. Im Hause der Delauneys hatte niemand den Jungen gesehen, und Charles besaß für den Zeitpunkt der Entführung ein hieb- und stichfestes Alibi. Es war schwierig, ihn festzunageln, und als er schließlich am Ende der vierten Woche in den Zeugenstand trat, hätte man im Gerichtssaal eine Stecknadel zu Boden fallen gehört.

Charles Delauney wirkte ernst und feierlich, als er den Eid ablegte und gelobte, die Wahrheit zu sagen. Dann blickte er nervös zur Geschworenenbank. Tom Armour hatte ihn auf alle Fragen vorbereitet und versucht, ihn vor jeder möglichen Fußangel zu warnen.

Tom fragte ihn, wo er die letzten achtzehn Jahre in Europa verbracht habe. Charles erklärte, er habe jahrelang in Frankreich gelebt, die letzten Jahre aber in Spanien, wo er gegen Franco gekämpft habe.

»Waren Sie auch als Soldat im Weltkrieg, Mr. Delauney?« fragte Tom, und Charles bejahte. Er sah sehr gut aus, bleich und viel älter als an dem Tag, da Marielle und er einander in der Kirche begegnet waren. Seither hatte er in der Haft höllische vier Monate durchlebt, und um seine Probleme noch zu vergrößern, hatte ihm sein Anwalt eben mitgeteilt, daß es mit seinem Vater rapide bergab ging. »Wie alt waren Sie, als Sie sich freiwillig meldeten?«

»Ich war fünfzehn.«

Tom nickte zustimmend. »Und wurden Sie verwundet, als Sie Ihrem Land dienten?«

»Ja, bei Saint-Mihiel. Anschließend kehrte ich zurück und besuchte hier drei Jahre lang die Schule. Aber 1921 ging ich wieder nach Europa. Ich lebte eine Weile in Oxford und in Italien, und dann ging ich nach Paris.«

»Haben Sie dort Ihre Frau, die gegenwärtige Mrs. Patterson, kennengelernt?«

»Ja.« Er sah Marielle an und lächelte wider Willen. Sie aber wirkte besorgter denn je. Sie wußte nicht, was sie sich wünschen sollte. Sie wollte Gerechtigkeit für ihn und ihren Jungen, und sie war sich nicht sicher, wem von den beiden Gerechtigkeit widerfahren würde. »Ich lernte sie 1926 kennen, als sie achtzehn war. Ende des Sommers haben wir geheiratet.«

»Haben Sie sie geliebt, Mr. Delauney?« Tom sah ihn an, als sei dies eine ungeheuer wichtige Frage. »Haben Sie Ihre Frau geliebt?«

»Ja ... ich habe sie sehr geliebt ... sie war so jung ... sie war wundervoll ... ein beinahe überirdisch helles, bezauberndes Wesen. Alles war für sie neu und aufregend ...« Seine Gedanken schweiften ab, dann sah er Tom entschuldigend an und sagte leise: »Wir waren sehr glücklich.«

»Und Sie bekamen ein Kind?«

Charles nickte. »Einen Jungen ... André ... wir waren fast ein Jahr verheiratet, als er zur Welt kam. Er war etwas ganz Besonderes.« Alle Kinder sind etwas Besonderes, dachte Marielle, auch Teddy, alle ...

»Würden Sie sagen, daß Sie ein besonders enges Verhältnis zu dem Kind hatten?«

»Ja.«

»Ungewöhnlich eng?«

»Vielleicht. Wir drei waren immer zusammen. Wir reisten viel, und zu Hause habe ich geschrieben. Marielle war eine wunderbare Mutter. Sie hat sich ganz allein um ihn gekümmert.«

»Ohne Kindermädchen?« unterbrach Tom ihn.

»Sie wollte keine Hilfe.« Die Erinnerung entlockte Marielle

ein Lächeln. Das Leben war ohne Menschen wie Miss Griffin viel einfacher gewesen.

»Sie drei hatten also ein sehr enges Verhältnis. Ungewöhnlich eng?«

»Ja, das könnte man sagen.«

»Glauben Sie, daß dadurch der Schock des Verlustes noch traumatischer wurde?«

»So muß es wohl gewesen sein. Wir waren ja beide noch sehr jung ... wir fielen einfach auseinander. Ich gab ihr die Schuld und sie mir ... und es änderte nichts an den Tatsachen.«

»Sie gab Ihnen die Schuld?«

»Nicht wirklich ... ich meine das ungeborene Baby ... aber in Wahrheit war es so, daß Marielle sich selbst die Schuld gab und daß ich brutal zu ihr war.« Seine Worte kamen stockend und voller Schuldbewußtsein, und er sah ihr dabei quer durch den ganzen Raum in die Augen. »Ich hatte mich geirrt. Das wurde mir hinterher klar. Aber damals durfte ich nicht zu ihr ... sie wollte mich nicht sehen. Und die Ärzte glaubten ... sie glaubten, es würde sie zu sehr aufregen, wenn ich sie im Sanatorium besuchte.«

Tom wollte den Stier bei den Hörnern packen, damit es vor den Geschworenen keine Geheimnisse gäbe. »Haben Sie sie nach dem Tod Ihres Sohnes geschlagen, Mr. Delauney?« Das sagte er in drohendem Ton, und Charles nickte beklommen.

»Ja. Damals war ich wie von Sinnen ... ich hatte den Kleinen kurz zuvor gesehen, und ich konnte es nicht fassen, daß sie das zugelassen hatte. Ich wollte etwas zerbrechen ... wollte sterben ... ich schlug sie ...« Die Erinnerung und das dazugehörige Geräusch würden ihn sein Leben lang verfolgen.

»Hat sie als Folge davon das Kind verloren?«

»Nein.« Sein Kopfschütteln wurde von einem gequälten Blick zu Marielle hin begleitet. »Der Arzt sagte, das Baby sei schon tot gewesen, als sie in der Klinik eintraf. Das kalte Wasser hätte den

Fötus getötet. Aber das hat man ihr nicht gesagt.« Marielle erstickte fast an einem Schluchzen. Sie hatte bis eben nicht gewußt, daß das Baby schon tot gewesen war. Sie hatte nur gewußt, daß sie es im Verlauf des entsetzlichen Geschehens verloren hatte.

»Haben Sie ihr die Verantwortung am Verlust beider Kinder zugeschoben?« drang Tom Armour erbarmungslos in seinen Mandanten, und Bea Ritter zuckte unwillkürlich zusammen, doch sie wußte, daß alles offen dargelegt werden mußte, wenn sie ihn retten wollten. Wie eine gräßliche Wunde ausgebrannt und gereinigt werden mußte, wenn der Patient am Leben bleiben sollte.

»Ja«, flüsterte Charles Delauney. »Ja... und ich habe mich geirrt. Es war nicht ihr Fehler. Aber als mir das klar war, da war es zu spät.«

»Hätten Sie sie an jenem Abend getötet, wenn es Ihnen möglich gewesen wäre?«

»Nein!« Charles schien entsetzt. »Ich wollte ihr nie wirklich weh tun, ich war einfach selbst zutiefst verletzt.«

»Mußte man Sie gewaltsam von ihr losreißen, als Sie sie schlugen, oder haben Sie von selbst aufgehört?«

»Ich habe von selbst aufgehört. Danach ließ ich sie allein, ich ging außer Haus und betrank mich. Und als ich am Morgen zurückkam und ihr sagen wollte, wie leid es mir täte, da war sie im Krankenhaus. Sie hatte das Baby verloren. Danach hat sie sich nie mehr erholt. Ich sah sie kein einziges Mal mehr, konnte nicht mit ihr sprechen, ihr vernünftig etwas sagen.« Charles liefen Tränen über die Wangen, und Marielle ging es nicht besser.

»Nahmen Sie an der Beerdigung Ihres Sohnes teil?«

»Ja.«

»Und Ihre Frau?«

Er schüttelte den Kopf. Einen Augenblick lang brachte er kein Wort heraus. »Nein. Es ging ihr zu schlecht. Sie lag noch immer hilflos im Krankenhaus in Genf.« Welches sich von der Clinique Verbeuf in Villars, die inzwischen jedermann kannte, erheblich unterschied.

»Haben Sie sich jemals noch weitere Kinder gewünscht?« fragte Tom, und Charles beeilte sich, den Kopf zu schütteln.

»Nein, ich möchte keine Kinder mehr, das ist einer der Gründe, weshalb ich unverheiratet geblieben bin. Ich habe das Gefühl, daß ich meinen Sohn hatte und daß er uns genommen wurde. Ich habe mir andere Ziele gesetzt, ich schreibe über Dinge, die mir wichtig erscheinen, und kämpfe für Dinge, an die ich glaube, kämpfe, weil ich weniger zu verlieren habe als andere. Werde ich getötet, dann wird mich niemand betrauern. Ich habe mich frei ausgelebt. Mit einer Familie hätte ich das nie tun können.«

»Beneiden Sie Menschen, die Familie haben?«

»Nein.« Charles sagte das ganz ruhig. »Das war nie der Fall. Ich habe meine Entscheidung getroffen und entsprechend gelebt.«

»Haben Sie sich jemals gewünscht, zu Ihrer Frau zurückzukehren?«

»Ja«, gestand er leise. »Ehe sie aus dem Krankenhaus entlassen wurde, bat ich sie, zu mir zurückzukommen, aber sie wollte nicht. Sie sagte, sie würde sich immer für das schreckliche Geschehen verantwortlich fühlen, und sie glaubte nicht daran, daß ich aufgehört hatte, sie zu beschuldigen.«

»Haben Sie sie damals geliebt, Mr. Delauney?«

»Ja.« Er schämte sich nicht, es einzugestehen.

»Und Ihre Frau ... hat sie Sie damals noch geliebt ... was meinen Sie?«

»Ich glaube schon.«

»Lieben Sie sie auch heute noch?«

»Ja«, sagte er verhalten. »Vielleicht werde ich sie immer lieben. Aber ich verstehe, warum unser beider Leben in unterschiedlichen Richtungen verlaufen ist. Ich glaube, wir würden heute nicht mehr zueinander passen.« Er bedachte sie mit einem Lächeln. »Sie ist nicht die Frau, die freudig irgendwo ihr Lager aufschlägt, während ihr Mann im Schützengraben kämpft.« Einige der Anwesenden lächelten. Es gab nur wenige Frauen, die dazu bereit gewesen wären, aber eine gab es, die ihm auf der Stelle überallhin gefolgt wäre.

»Wie lange hatten Sie Ihre frühere Frau nicht mehr gesehen, als Sie ihr vergangenen Dezember zufällig in der St.-Patricks-Kathedrale begegneten?«

»Fast sieben Jahre.«

»Hat Sie diese Begegnung sehr aufgewühlt?«

»Sehr. Es war der Todestag unseres Sohnes. Das Wiedersehen mit ihr war von großer Bedeutung für mich.«

»War sie glücklich, Sie zu sehen?«

»Ich glaube schon.«

»Hat sie Ihnen das Gefühl vermittelt, ihr sei an einem nochmaligen Wiedersehen gelegen?«

»Nein.« Er schüttelte entschieden den Kopf. »Sie sagte, das sei wegen ihres Mannes völlig ausgeschlossen.« Das stand in krassem Gegensatz zu Malcolms Bekenntnis, daß er mit Brigitte ein Liebesnest teilte. »Was das angeht, blieb sie eisern.«

»Waren Sie deshalb ungehalten?«

»Nein, ich habe es einfach bedauert. Ich mußte ständig an die Vergangenheit denken, an das, was wir gehabt hatten. Und ich wollte sie sehen.«

»Hat sie Ihnen gesagt, daß sie einen Sohn hat?«

»Nein, das hat sie nicht, und als ich ihn am nächsten Tag sah, war das ein Schock für mich. Ich litt noch unter den Nachwirkungen der Nacht, war noch nicht wieder nüchtern, dazu kam mein Zorn darüber, daß sie mir ihren Sohn verschwiegen hatte. Ein niedlicher kleiner Junge ... Ich redete viel Unsinn, sagte zum Beispiel, sie hätte ihn nicht verdient. Ich glaube, in meinem

Rausch habe ich überwiegend von mir gesprochen, aber auf jeden Fall habe ich mich sehr schlecht benommen.«

»Haben Sie sie bedroht?«

»Vermutlich«, sagte er ganz aufrichtig.

»War es Ihnen ernst damit?«

»Nein.«

»Haben Sie sie angerufen und die Drohungen wiederholt, oder hatten Sie sie schon vorher angerufen?«

»Weder – noch.«

»Haben Sie jemals im Leben einem Menschen Gewalt angedroht und Ihre Drohung auch wahr gemacht?«

»Niemals.«

»Und war es diesmal anders? Haben Sie die Drohungen wahr gemacht, Mr. Delauney?« Toms Stimme war lauter geworden.

»Nein, ich habe diese Drohungen nicht wahr gemacht. Ich hätte ihr oder dem Jungen nie etwas zuleide tun können.«

»Haben Sie Theodore Whitman Patterson, den Sohn der Pattersons, in der Nacht des elften Dezembers letzten Jahres aus seinem Elternhaus entführt, oder haben Sie jemanden dazu angestiftet oder sich mit jemandem zusammengetan?«

»Das habe ich nicht.«

»Wissen Sie, wo der Junge sich befindet?«

»Nein ... ich bedaure sehr, daß ich es nicht weiß ... ich wünschte, ich wüßte es ...«

»Hat man eine Woche später seinen Schlafanzug und ein Spielzeug des Jungen in Ihrem Haus gefunden?«

»Ja.«

»Haben Sie eine Ahnung, wie diese Dinge dorthin gelangt sein könnten?«

»Nein, ich habe keine Ahnung.«

»Und was vermuten Sie, Mr. Delauney?«

»Ich weiß es nicht. Aber ich bin der Meinung, daß jemand sie eigens dorthin gebracht haben muß.«

»Und warum sollte Ihrer Meinung nach jemand so etwas tun?«

»Damit ich für das Verbrechen büße, das andere begangen haben. Das ist der einzige Grund, der mir einfallen will.«

»Haben Sie eine Ahnung, wer das sein könnte?«

»Nein.«

»Haben Sie Feinde, jemanden, der Ihnen Rache geschworen hat?«

»Nein... General Franco vielleicht...« Allgemeines Lächeln.

»Sind Sie Kommunist, Mr. Delauney?«

»Nein.« Er lächelte. »Ich bin Republikaner... oder war es zumindest. Aber im Grunde halte ich mich am ehesten für einen freien Geist.«

»Sind Sie Mitglied der kommunistischen Partei?«

»Nein.«

»Hegen Sie Groll gegen Mrs. Delauney, die jetzige Mrs. Patterson, weil sie Sie verlassen hat? Oder gegen Mr. Patterson, weil er ihr Mann ist?«

Charles sah Malcolm an, Mann gegen Mann. Am liebsten hätte er ihn angespuckt, doch er zügelte sich und wandte sich an das Gericht. »Nach allem, was hier zur Sprache gekommen ist, weiß ich, daß er sie nicht verdient. Aber ich hege weder gegen ihn noch gegen Marielle Groll. Sie hat im Leben schon genug ertragen müssen. Sie verdient etwas Besseres als uns beide, und vor allem verdient sie es, ihr Kind zurückzubekommen.« Ihr stiegen Tränen in die Augen. Charles war ein anständiger Mensch, war es immer gewesen. Sie konnte nicht länger glauben, daß er Teddy entführt hatte. Tom Armour betete darum, daß die Geschworenen ähnlich empfänden.

»Sind Sie des Verbrechens schuldig, dessen Sie angeklagt sind, Mr. Delauney? Überlegen Sie sich die Antwort ganz genau, und denken Sie daran, daß Sie unter Eid stehen. Haben Sie bei der Entführung des fraglichen Kindes mitgewirkt?«

Charles sah ihn ernst an und schüttelte langsam den Kopf. »Ich schwöre, daß ich nichts damit zu tun habe.«

Da wandte Tom Armour sich an den Staatsanwalt. »Ihr Zeuge, Mr. Palmer.«

Die Anklage versuchte nun mit allen Mitteln, Charles durch den Wolf zu drehen, ihn zu einem Geständnis zu bringen, ihn noch schlechter aussehen zu lassen, weil er Marielle nach dem Unfalltod ihres Sohnes geschlagen hatte. Aber jetzt lag alles offen zutage, es gab keine dunklen Geheimnisse mehr, und er hielt beharrlich an seiner Geschichte fest. Charles wiederholte immer wieder, er habe mit der Entführung nichts zu tun und wisse nicht, wie der Schlafanzug in seinen Keller geraten sei. Spuren des Kindes, die vor Gericht als Beweis hätten dienen können, waren nicht gefunden worden, keine Haut, keine Nägel, keine Haare, keine weiteren Kleidungsstücke, kurzum, kein Anzeichen dafür, daß der Junge auch nur in die Nähe Charles Delauneys gekommen war.

Die Befragung dauerte ermüdende zwei Tage, und am Ende war das Rätsel ungelöst, aber Charles war bis zum Schluß eisern geblieben. Er war unschuldig. Die einzige offene Frage war: Hatte er die Geschworenen überzeugt?

Malcolm verließ das Gericht an diesem Tag allein, und Marielle machte auf dem Heimweg in einer Kirche halt. Sie wollte für einen gnädigen Ausgang des Verfahrens beten, wie immer dieser aussehen mochte, und für ihren Sohn. Ostern war gekommen und vergangen, andere Kinder hatten Ostereier gesucht und mit Küken gespielt, und Teddys Kinderzimmer war leer geblieben. Es zerriß ihr das Herz, wenn sie den Raum betrat, und doch fand sie täglich irgendeinen Grund. Sie suchte etwas, sie räumte etwas fort oder faltete etwas zusammen. Miss Griffin war schon lange nicht mehr im Haus, sie hielt sich noch immer bei ihrer Schwester in New Jersey auf. Die Haushälterin hatte Marielle vor kurzem eröffnet, daß Miss Griffin bald eine Stelle in Palm Beach antreten würde, bei einem neuen Baby. Was für ein Glück für sie, dachte Marielle ... was für ein Glück, wenn es ein neues Baby gab, das man einfach übernehmen konnte. Für sie gab es keine neuen Babys, und sie wollte auch nur ihren kleinen Teddy. Das Herz tat ihr weh, wenn sie an sein seidiges Haar dachte, an die pralle kleine Wange, die weichen Lippen, die sie küßten. Und jetzt war er fort ... verschwunden ... wahrscheinlich für immer. Tag für Tag versuchte sie aufs neue, sich damit abzufinden. Neben diesem Kummer erschien ihr Malcolms Betrug als völlig belanglos.

Lange kniete sie vor dem Altar der St.-Vincent-Ferrer-Kirche, und irgendwann kam John Taylor und kniete neben ihr nieder. Er war im Gerichtssaal täglich an ihrer Seite und hatte dennoch nur so wenig tun können. Seit dem Auftauchen von Schlafanzug und Plüschbär bei Charles Delauney hatten sich keine neuen Tatsachen ergeben.

Für den darauffolgenden Tag waren die Abschlußplädoyers anberaumt, Grund für ihn, sich noch hilfloser zu fühlen. Seiner Meinung nach hatte Delauney sich in den letzten zwei Tagen im Zeugenstand gut gehalten, hatte sogar gewisse Zweifel in ihm selbst geweckt, aber trotzdem hielt Taylor ihn nach wie vor für schuldig.

Er legte leicht eine Hand auf Marielles Arm. Sie war in letzter Zeit noch dünner geworden und sah sehr blaß aus, aber ihre Kopfschmerzen traten viel seltener auf. »Was ist ... fahren wir nach Hause?« Sie seufzte und nickte dann. Manchmal wünschte sie sich, hier zu bleiben, auf den Knien, damit sie IHN bitten konnte, ihr Teddy wohlbehalten wiederzugeben. Sie betete schon seit Monaten darum.

Auf der Heimfahrt war sie still und in sich gekehrt. Die Journalisten belagerten noch immer ihre Tür, aber Taylor hatte großes Geschick darin entwickelt, der Meute zu entgehen und Marielle durch die Küche ins Haus zu schleusen. Eigenartig, daß der

Prozeß bald zu Ende sein würde. Die Polizei würde noch eine Weile im Haus bleiben, und das FBI würde gewiß von Zeit zu Zeit nach dem Rechten sehen, doch hatte es keine Spuren gegeben, keine Anrufe, nicht einmal irgendwelche Spinner, die mitten in der Nacht anriefen. Es gab keinen Grund, noch länger zu bleiben. Es war vorbei. Nun blieb nur noch abzuwarten, was die Geschworenen mit Charles Delauney machen würden. Er fragte sich, ob dieses Problem ihr jetzt zu schaffen machte, denn er wußte, daß sie noch immer an Delauney hing, wahrscheinlich mehr, als sie es sich selbst eingestand.

»Möchtest du allein sein?« fragte er leise, als sie zu Hause angekommen waren, und sie blickte mit dankbarem Nicken zu ihm auf. Am Ende würde sie ganz allein sein. Sie und Malcolm waren miteinander fertig, Teddy war fort ... und wenn Charles hingerichtet wurde, dann würde es niemanden mehr geben auf der Welt, der sie je geliebt hatte. Manchmal stockte ihr der Atem, wenn sie daran dachte, und Taylor wußte, daß sie eine schwere Zeit durchmachte. Er berührte sanft ihren Arm und dann ihre Wange. »Laß dich nur nicht unterkriegen ... es ist nicht so schlimm, wie es manchmal den Anschein hat.« Aber beide wußten sie, daß es so schlimm war wie nur irgend möglich. Er sah ihr nach, als sie langsam die Treppe hinaufschritt, den Kopf gesenkt, und plötzlich erwachte Besorgnis in ihm. Was, wenn sie wieder diese Verrücktheiten machte wie vor Jahren? Sollte er bleiben oder ihr nach oben folgen? Aber einer der Polizisten sagte ihm, daß Malcolm zu Hause sei. Deshalb bat Taylor den Mann nur, ein Auge auf sie zu haben und ging zurück in sein Büro.

Als sie sich von John getrennt hatte, ging Marielle hinauf in Teddys Zimmer. Sie ließ sich in dem Schaukelstuhl nieder und schloß die Augen. Draußen dämmerte es, am Himmel standen ein paar Sterne, die sie durch die Gardinen sehen konnte. Sie dachte an die Kinderreime, die sie immer aufgesagt hatten, und an die Lieder, die sie ihm vorgesungen hatte, als sie ihn am letzten

Abend zu Bett brachte. Sie weinte. Da vernahm sie ein Geräusch und drehte sich um. Ihr Mann war eingetreten.

»Was machst du hier?« fragte er kalt.

»Ich bin gekommen, um Teddy näher zu sein.«

»Das wird dir nichts nützen«, sagte er tonlos. »Er ist tot. Dank deinem Exmann.«

»Warum bist du so grausam?« Diesmal wagte sie diese Frage. »Und wie kannst du so sicher sein, daß er tot ist? Woher willst du wissen, daß er nicht schon bald zu uns zurückkommen wird?«

Malcolm Patterson stand da und sah sie kalt an. Seit Beginn des Prozesses hatte er seine Maske fallen gelassen, er gab sich keine Mühe mehr. Er wollte ohnehin die Scheidung. »Wenn er zurückkommen sollte, Marielle, dann wird er nicht zu ›uns‹ oder zu dir kommen, denn du bist nicht imstande, seine Mutter zu sein.« Genau das hatte Tom Armour vorausgesehen. Er hatte sich über die Sache Vanderbilt gründlich informiert und wußte, wie diese Fälle aufgebaut wurden. Die Aussage der Kinderschwester und des Hausmädchens, das Telegramm der Nervenheilanstalt, dies alles sollte als Beweis dafür dienen, daß Marielle unfähig war . . . für den Fall, daß der Kleine wieder auftauchte.

»Wer bist du, daß du darüber zu befinden hast?« fragte Marielle traurig. »Und warum haßt du mich so sehr?«

»Ich hasse dich nicht. Ich habe für dich nur Verachtung übrig. Du bist schwach . . . und du läßt es zu, daß dieser Kommunist in unser Leben eindringt und unseren Sohn raubt und tötet . . .«

»Du weißt, daß das nicht wahr ist.« Sie hatte sich nicht aus dem Schaukelstuhl gerührt, während Malcolm immer näher gekommen war.

»Du bist eine Verrückte, Marielle. Eine Verrückte und eine Lügnerin.« In seinen Augen loderte es und in den ihren ebenso. »Wie kannst du erwarten, daß jemand dir mit Achtung begegnet?«

»Und Brigitte?« sagte sie leise. »Ist sie um so viel besser?« Der

Affront schmerzte noch immer. Ihr war längst klar, daß er ihre Position all die Jahre bewußt unterminiert hatte. Aber warum? Warum haßte er sie? Hatte er das alles für sich oder für Brigitte getan?

»Brigitte hat nichts damit zu tun. Wir hätten nie heiraten sollen.«

»Warum haben wir es dann getan?« Sie wußte es nicht mehr. Sie verstand ihn überhaupt nicht mehr.

»Wäre ich Brigitte früher begegnet, dann wäre es vielleicht nicht dazu gekommen. Aber ich hatte dich zuerst kennengelernt. Und ich habe mir so verzweifelt Kinder gewünscht.« Nach zwei kinderlosen Ehen war ihm Marielle als Erfüllung seiner Wünsche erschienen, so jung und hilflos, wie sie war. Und ihm hatte die Tatsache zugesagt, daß sie alleine auf der Welt stand. So würde es leicht sein, sie zu beherrschen, und das gefiel ihm. In Wahrheit hatte ihn ihre Krankengeschichte nicht gestört, im Gegenteil, denn dadurch war sie nur noch abhängiger von ihm.

»Ging es dir nur um Kinder? Um einen Sohn?«

»Vielleicht.«

Sie war benutzt worden. Mehr war es nicht. Als Werkzeug, um ihm ein Kind zu schenken. Aber es war noch mehr dahinter gewesen, das wußte sie, und auch er wußte es, ob er es nun zugab oder nicht. Ganz am Anfang, ganz kurz war sie sicher gewesen, daß er sie liebte. Und dann . . . dann war Brigitte gekommen. Jetzt war ihr alles klar.

»Und was wirst du nun tun? Wirst du Brigitte heiraten und noch mehr Kinder in die Welt setzen?«

Er verschwieg ihr, daß Brigitte keine Kinder bekommen konnte und daß zwischen ihnen echte Leidenschaft war.

»Was ich vorhabe, geht dich nichts an, Marielle.«

»Ich werde ausziehen, sobald der Prozeß vorbei ist«, sagte sie ruhig.

Aber Teddys Sachen würde sie mitnehmen... sie mußte sie mitnehmen... falls er wiederkäme... zum ersten Mal seit Jahren überkam sie dieselbe Verwirrung, unter der sie in der Klinik in Villars gelitten hatte... sie konnte an nichts anderes denken als an Teddy.

»Wohin willst du gehen?« Sein Blick schien ihre Energie förmlich aufzusaugen.

»Das ist unwichtig. Ich werde dem FBI meine Adresse mitteilen, damit man mich verständigt... wenn... wenn man ihn findet.«

Er sah sie verächtlich an. Sie würde wieder den Verstand verlieren. Er sah es ihr förmlich an. Auf den Gedanken, daß er sie soweit gebracht hatte, wäre er allerdings nie gekommen.

»Marielle, man wird ihn nicht finden. Niemals. Verstehst du das nicht?«

»Ich werde in einem Hotel wohnen.« Sie ignorierte, was er gesagt hatte, und wich seinem Blick aus. Er hatte seinem Anwalt bereits eröffnet, wieviel Geld er ihr zu geben gewillt war. Er wollte sich loskaufen, bevor sie im Irrenhaus landete. Wenn er selbst fort war, Charles zum Tode verurteilt wurde und sie endlich begriff, daß sie das Kind nie wiedersehen sollte – das würde sie wahrscheinlich nicht überleben.

»Ich gehe ohnehin auf Reisen. Inzwischen kannst du alles arrangieren, wie du möchtest.«

»Wohin willst du?« Ihre Stimme war ganz matt, so als müßte sie sich mühsam konzentrieren, und ihre Hände zitterten.

»Das geht dich nichts an.«

Und während sie ihm zuhörte, spürte sie, wie Panik von ihr Besitz ergriff. Wer würde sich um sie kümmern, wenn er fort war? Wer würde ihr helfen, Teddy großzuziehen?

Aber plötzlich wußte sie, daß sie niemanden brauchte. Sie brauchte nur Zeit, um sich von all dem zu erholen. Ihr ging auf, was mit ihr los war, und sie kämpfte mit aller Kraft gegen die

Dämonen an. Sie unternahm den übermenschlichen Versuch, ruhig aufzustehen, und ging hinunter in ihr Zimmer. Mochte er tun, was er wollte. Er konnte ihr die Erinnerungen an das Kind nicht nehmen. Und dieses Wissen verlieh ihr die Kraft zum Überleben.

An jenem Abend rief John Taylor sie an. Er sorgte sich um sie, denn er wußte, welch hohen Tribut der Prozeß ihr abverlangte. »Alles in Ordnung?«

»Ja. Der Tag war ziemlich hart.« Und Malcolm war noch härter gewesen. Sie war vollkommen erschöpft, als sie mit Taylor sprach, aber auch glücklich, ihn zu hören.

»Die nächsten Tage werden noch schlimmer. Die Schlußplädoyers und das Urteil werden Zerreißproben für deine Nerven sein. Du mußt einfach Ruhe bewahren, Marielle.« Und er würde bei ihr sein.

»Ich weiß . . . mir geht es schon besser . . . John, es gibt nichts Neues . . . oder . . . ich meine, von Teddy?«

»Nein«, sagte er leise. »Nichts.« Er wußte, daß sie jetzt einigermaßen damit zurechtkam. Nach vier Monaten gab es fast keine Chance mehr. »Ich würde es dir sofort sagen, wenn es etwas gäbe.«

»Ich weiß.«

»Marielle . . .« Er wußte, daß die Anschlüsse abgehört wurden, doch es verlangte ihn heftig danach, ihr zu sagen, wie sehr er sie liebte.

»Ich weiß . . . es ist schon gut.« Ihre Stimme war so leise und verzagt, und er verzehrte sich danach, sie in den Armen zu halten. Doch sie saß allein in ihrem Zimmer und weinte Tränen der Erschöpfung und der Sorge.

»Jetzt heißt es noch ein paar Tage stark sein, Marielle. Vielleicht bleibt uns danach noch ein wenig Zeit für uns allein.«

Er wußte, wie dringend sie es nötig hatte, von hier wegzukommen. Ständig lebte er in Angst vor einem neuerlichen Zusammenbruch Marielles, und an jenem Abend war sie tatsächlich nahe daran gewesen. »Wir sehen uns morgen«, sagte er leise.

»Gute Nacht«, flüsterte sie, und dann legte sie auf. Und während Marielle langsam in den Schlaf glitt, überlegte Bea Ritter, ob sie Tom Armour anrufen sollte.

14. Kapitel

Tom Armour hatte seit dem Spätnachmittag zu Hause an seinem Schlußplädoyer gefeilt, so lange, bis es endlich zu seiner Zufriedenheit ausgefallen war. Er streckte sich, gähnte, las alles noch einmal durch, dann noch ein zweites Mal und beschloß dann, sich ein Sandwich zurechtzumachen. In seiner Wohnung sah es aus, als hätten sich überall Ratten eingenistet, und als er den Kühlschrank öffnete, fiel ihm ein, daß er leer war. Vom Hunger geplagt, überlegte er stirnrunzelnd, als das Telefon schrillte und er mit sich kämpfte, ob er abheben sollte oder nicht. Aller Wahrscheinlichkeit nach waren es wieder diese verdammten Reporter, aber andererseits konnte es auch etwas Wichtiges sein.

»Ja?« sagte er geistesabwesend, weil er sich noch immer nicht entschieden hatte, ob es sich noch lohnte, sich etwas Eßbares zu holen oder ob er besser dran war, wenn er sofort zu Bett ging und sich ausschlief, damit er am Morgen richtig ausgeruht war. Ausgeruht, aber hungrig. Er hatte heute auch den Lunch ausgelassen und hörte seinen Magen knurren, als er den Hörer ans Ohr hielt, neugierig, wer ihn zu so später Stunde anrufen mochte. Die einzige interessante Frau in seinem Leben hatte kurz vor Weihnachten angekündigt, daß sie einen anderen zu heiraten gedenke. Sie behauptete, er sei mit seiner Arbeit verheiratet, und sagte, sie habe es satt, immer nur von seinen Fällen zu hören. Aber er durfte sich auch mit seinen sechsunddreißig Jahren zu den prominentesten Strafverteidigern der Stadt zählen.

»Ist Mr. Armour da?« Eine weibliche Stimme, die er nicht erkannte, die sich aber sehr angenehm anhörte.

»Wer soll um diese Zeit schon da sein? Der Butler etwa?« Plötzlich fragte er sich, ob es sich um einen verrückten, mit dem Fall Charles Delauney in Zusammenhang stehenden Anruf handelte. So interessant dieser Fall auch war, er hatte ihm anfangs auch jede Menge Anrufe von Spinnern und Drohbriefe eingetragen – »Wie können Sie nur ein solches Ungeheuer verteidigen« und ähnliches. »Wer spricht?« fragte er verwundert. Seit Wochen, nein, seit Monaten hatte ihn niemand mehr zu Hause angerufen, geschweige denn eine attraktiv klingende Frau.

»Hier Beatrice Ritter. Sind Sie es, Tom?«

»So ist es.« Jetzt wußte er, wer sie war. Sie gefiel ihm. Er hatte schon Gefallen an ihr gefunden, als sie zu ihm gekommen war und ihn inständig gebeten hatte, Charles' Fall zu übernehmen. Und ebenso gefielen ihm die Artikel, die sie seither über Marielle, über Charles und den Prozeß geschrieben hatte. Daß sie zu seinem Team gehörte, konnte er sich leicht ausrechnen.

»Ich muß Sie sprechen.« Das hörte sich sehr ernst und erregt an.

»Heraus damit. Ich bin ganz Ohr.« Mit knurrendem Magen, einem leeren Kühlschrank und nichts zu tun bis zum Morgen.

»Könnten wir uns irgendwo treffen?«

Ein Blick auf die Uhr, und er zuckte zusammen. Er war ein sehr ansehnlicher Mann, der jetzt in seinem weißen Hemd, das er bei Gericht getragen hatte, und in Hose und Hosenträgern dastand und seit vierzehn Stunden nur Unmengen schwarzen Kaffees zu sich genommen hatte. »Es ist fast elf. Hat das nicht Zeit bis morgen?«

»Nein, hat es nicht.« Sie klang verzweifelt.

»Ist etwas nicht in Ordnung?«

»Ich muß Sie sprechen.«

»Haben Sie jemanden umgebracht?«

»Es ist mir ernst ... bitte ... vertrauen Sie mir ... es kann nicht bis morgen warten.«

»Ich nehme an, daß es irgendwie mit meinem Mandanten zu tun hat?« Sie war aus ihm unverständlichen Gründen in diesem Fall eine Mitkämpferin geworden, und er war entschlossen, sich diesen Umstand zunutze zu machen, wenn es seinem Mandanten nützte.

»Ja, sehr sogar.«

»Und es kann nicht warten?«

»Das glaube ich nicht.« Das hörte sich bitterernst an.

»Wären Sie bereit, in meine Wohnung zu kommen?« Die meisten Mädchen hätten es abgelehnt, einen Mann zu dieser nächtlichen Stunde zu besuchen, sie aber war eben nicht irgendein Mädchen. Sie war Reporterin. Sie war es gewohnt, Dinge zu tun, die kein normaler Mensch getan hätte, und er bewunderte ihre beherzte Art. Eine zierliche Person mit enormem Unternehmungsgeist. Und sie gefiel ihm. Eines Tages würden sie vielleicht sogar Freunde sein können, aber im Moment noch nicht.

»Ich komme ...«, sagte sie aufgeregt. »Sagen Sie jetzt bloß nicht, Sie wohnen in New Jersey.«

»Ist die Fifty-ninth, zwischen der Lexington und der Third, genehm?« Er wohnte in einem ruhig gelegenen Backsteinhaus.

»Das nenne ich Glück. Ich wohne an der Forty-seventh. Mit dem Taxi bin ich in fünf Minuten bei Ihnen.«

»Tun Sie mir einen Gefallen?«

»Aber sicher.«

»Könnten Sie mir ein Roastbeefsandwich besorgen? Ich habe seit heute morgen nichts gegessen.«

»Mit Senf oder Mayo?«

»Beides. Alles. Ich würde auch die Tüte vertilgen. Ich bin am Verhungern.«

»Keine Angst, Sie kriegen was.«

Zwanzig Minuten später klingelte es an seiner Tür, und sie

stand vor ihm, in dunkelblauen Hosen und hellblauer Jacke, mit einem Bier, zwei Pickles und seinem Sandwich.

»Sie sind ein Engel.« Was sie ihm zu sagen hatte, war ihm jetzt einerlei. Er war einfach dankbar, daß sie ihm sein Abendessen gebracht hatte. »Teilen wir uns das Bier?«

»Nein, danke.« Sie schüttelte den Kopf und ließ sich auf einen Küchenstuhl sinken. Fast war es, als seien sie alte Freunde. Sie hatte immerhin den Prozeß von Anfang an verfolgt, so daß sie den Kampf indirekt zusammen durchgestanden hatten.

»Was glauben Sie . . . wie wird es ausgehen?«

»Schwer zu sagen. Die Geschworenen sind nicht leicht einzuschätzen. Manchmal glaube ich, daß er bei den Männern mehr Anklang findet als bei den Frauen, und manchmal . . . bin ich mir dessen gar nicht sicher. Wenigstens haben Sie Marielle Patterson wieder zu einem gewissen Ausmaß an Glaubwürdigkeit verholfen. Als was für ein gemeiner Kerl Patterson sich entpuppt hat . . .« Er nickte, wobei ihm bewußt war, daß sie Reporterin war und dies alles nur ein Trick sein konnte. »Sie haben für Charles Delauney ganze Arbeit geleistet.«

»Danke. Heute hat er sich im Zeugenstand gut gemacht, zumindest hatte ich diesen Eindruck.«

»Ich auch«, gab sie leise zurück. Sie hatte es geschafft, seinen Blick festzuhalten, als er den Zeugenstand verließ, und er hatte mit einem Lächeln reagiert, als sie den Daumen nach oben hielt. Ihr Interesse und ihr Glaube an ihn hatten ihn gerührt, dazu erregte ihr Eifer seine Neugierde, und sie gefiel ihm. Nicht annähernd so, wie er ihr gefiel, aber in Beas Augen war es ein Anfang . . . es sei denn . . . aber das lag an Tom Armour . . . und an den Geschworenen.

»Also, was gibt es? Was führt Sie um diese Zeit mit einem Roastbeefsandwich hierher? Ich nehme an, Sie sind nicht gekommen, um mir zu sagen, daß Sie meinen Stil als Verteidiger bewundern.«

»Nein.« Sie lächelte verschmitzt. »Aber Sie sind sehr gut. Besser als die meisten, die ich erlebt habe.« Ihr Blick wurde sofort wieder ernst. Sie hatte ihm eine wichtige Mitteilung zu machen. Und beide wußten, daß für Charles Delauney die Zeit knapp wurde. Am nächsten Tag waren die Schlußplädoyers der gegnerischen Parteien vorgesehen, und danach hing alles von den Geschworenen ab. »Ich habe etwas sehr Merkwürdiges getan«, gestand sie ihm, nachdem sie von den Pickles genommen hatte. »Ich habe jemanden angerufen, über den ich vor einiger Zeit ... letztes Jahr ... eine Story verbrochen habe. Sie kennen ihn sicher ... es ist Tony Caproni.«

»Der Gangsterboß aus Queens?« Tom Armour war nicht wenig überrascht. »Miss Ritter, Sie geben sich ja mit feinen Leuten ab.«

»Ich habe nett über ihn geschrieben, und er war begeistert. Damals hat er gesagt, falls er mir je einen Gefallen tun könne, solle ich ihn anrufen. Und das habe ich getan.«

»Sie haben Caproni angerufen? Warum?« Wieder setzte ihr Mut ihn in Erstaunen. Tony Caproni war einer der gefährlichsten Männer von New York, aber auch einer der mächtigsten unter seinesgleichen.

»Ich wollte wissen, ob er etwas gehört hat, ob er jemanden kennt, der jemanden kennt ... Vielleicht jemanden in der Unterwelt, der weiß, wer das Kind tatsächlich entführt hat oder ... ach, ich weiß nicht, jedenfalls dachte ich mir, daß es sich lohnen könnte.«

»Und? Ich nehme an, daß er nichts wußte. Das FBI hat es auf dieselbe Tour versucht. Man hat sämtliche Informanten angezapft, alle Unterweltkontakte, und gebracht hat es gar nichts.«

»Auch Tony hat nichts gewußt, als er mich das erste Mal anrief.« Sie faßte nach Toms Arm. »Aber heute hat er mich wieder angerufen. Er hat mir einen Namen und eine Telefonnummer gegeben und gesagt, ich solle den Burschen anrufen.«

Tom hielt im Kauen inne und sah sie an. »Na, und wußte er etwas?«

»Jemand ... er weiß nicht, wer ... hat ihm fünfzigtausend Dollar dafür gegeben, daß er das Spielzeug und den Schlafanzug in Delauneys Haus schmuggelte. Aussagen will er nicht, aber wenn wir ihm Straffreiheit zusichern, überlegt er es sich vielleicht. Tom, der Kerl steht Todesangst aus, aber Charles tut ihm leid. Er sagt auch, er glaube, daß der Kleine noch lebt, und er möchte damit herausrücken, bevor etwas passiert.«

»Heilige Scheiße, mein Gott, geben Sie mir seine Nummer!« Sie zog einen Zettel aus der Handtasche, und er griff nach dem Hörer, um plötzlich innezuhalten und sie anzusehen. »Das ist doch keine Falle, oder? Wenn Sie in Ihrem Blatt darüber schreiben, dann bringe ich Sie glatt um.«

»Ich schwöre, daß es die Wahrheit ist.« Und aus ihm selbst unerfindlichen Gründen glaubte er ihr.

15. Kapitel

Um Punkt zehn Uhr fünfzehn am darauffolgenden Morgen klopfte Richter Abraham Morrison mit seinem Hammer auf den Tisch und rief das Gericht zur Ordnung. Tom Armour, der in einem dunkelblauen Anzug mit gestärktem Hemd erschienen war, wirkte an diesem Morgen besonders ausgeruht. Tatsächlich war er eine ganze Viertelstunde eher aufgestanden, um seine Schuhe auf Hochglanz zu bringen. Am Ende eines Prozesses, wenn es darauf ankam, sah er gern gut aus. Und Charles machte in Banker-Grau und mit seiner Krawatte seines Vaters einen sehr ernsten und würdigen Eindruck.

»Heute bekommen wir die Abschlußplädoyers zu hören, meine Damen und Herren«, erklärte der Richter den Geschworenen, die den ganzen vergangenen Monat im Chelsea Hotel gewohnt hatten und es dort kaum mehr aushielten. Einige sahen schon ganz spitz aus.

Doch als der Richter gesprochen hatte, erhob sich Tom Armour und näherte sich zusammen mit William Palmer dem Vorsitzenden. »Was gibt es, Mr. Armour?« fragte der Richter ihn halblaut und mit gerunzelter Stirn.

»Neue Beweise, Euer Ehren, und ein kleines Problem. Darf ich Sie unter vier Augen sprechen?« Der Richter wirkte alles andere als beglückt. Sie standen im Begriff, den Sack zuzumachen, und jetzt war auf einmal die Rede von einer neuen Beweislage. Was zum Teufel sollte das nun wieder heißen?

»Schon gut, schon gut.« Er winkte die beiden in einen Nebenraum, und dort blieben sie bis halb zwölf und stritten miteinander und mit dem Richter. Er war damit einverstanden, den Mann aussagen zu lassen, war aber nicht bereit, ihm Straffreiheit zuzusichern. Wenn er die Wahrheit gesagt und tatsächlich den Schlafanzug in Charles Delauneys Haus geschmuggelt hatte, dann handelte es sich um ein Verbrechen, und zusätzlich stand zu vermuten, daß er mehr von der Entführung wußte, die zu tarnen er mitgeholfen hatte.

»Ich würde sagen, man sollte ihn festnehmen«, sagte Palmer, der die Hände herabhängen ließ.

»Ich kann meine Quelle nicht gefährden«, wandte Armour ein.

»Und wenn er lügt?«

»Und wenn nicht? Wenn er den Schlafanzug und den Plüschbären ins Haus geschmuggelt hat, ist Delauney unschuldig.«

»Um Himmels willen . . . wer ist der Kerl denn nur?« Palmer schrie es fast heraus.

»Das kann ich nicht sagen, solange wir uns nicht geeinigt haben.«

Als der Richter sich beide Meinungen angehört hatte, war ihm nicht sehr wohl zumute, und man sah ihm an, daß er mit der Übereinkunft, die sie getroffen hatten, alles andere als glücklich war.

»Ich gebe Ihnen achtundvierzig Stunden, um die Sache zu überprüfen und herauszufinden, ob es eine Finte ist oder nicht. Schalten Sie das FBI ein, die Marines, meinetwegen die ganze Armee. Es kümmert mich keinen Deut, was Sie anstellen, aber sorgen Sie dafür, daß Sie mir mehr auf den Tisch legen als dies hier. Versprechen kann ich dem Mann gar nichts. Und wenn Sie mir nicht binnen achtundvierzig Stunden Beweise liefern, ziehe ich Sie wegen Mißachtung des Gerichtes zur Rechenschaft, und Ihr heißer Tip landet im Knast. Verstanden?«

»Ja, Sir. Vielen Dank.« Tom Armour strahlte. Ihm blieben

zwei Tage, um Wunder zu wirken, aber vielleicht konnte Beas Bekannter ihm helfen.

»Sind Sie mit einer zweitägigen Vertagung einverstanden, Mr. Palmer?« fragte der Richter.

»Habe ich denn eine andere Wahl?« Palmer schien ungehalten, fand sich aber mit der Vertagung ab.

»Eigentlich nicht.« Der Richter bedachte ihn mit einem Lächeln, und Tom lachte laut.

»Dann gebe ich also mein Einverständnis. Aber tun Sie Ihr Bestes, damit es gut läuft. Ich persönlich halte das alles für ausgemachten Unsinn. Delauney ist so schuldig wie der Teufel, dieser lausige Erzkommunist.«

»Sprechen Sie nicht so über meinen Mandanten«, forderte Tom Armour streng.

»Geben Sie sich lieber nicht zur Verteidigung solcher Typen her.«

Die drei betraten nun den Gerichtssaal, wo der Richter verkündete, daß neues Beweismaterial aufgetaucht sei und das Gericht nach zweitägigen Ermittlungen das Verfahren am Freitag wiederaufnehmen werde. Er bedankte sich bei allen für ihr Kommen, worauf das Gericht sich zurückzog und Tom Charles im Flüsterton erklärte, was sich zugetragen hatte. Kaum war er wieder aufgestanden, als er John Taylor zu sich winkte.

»Könnte ich Sie kurz sprechen? Wir brauchen Hilfe.«

»Sicher.« Offiziell war John nach Lage der Dinge zur Unterstützung des Anklagevertreters da. In Wahrheit zielten seine Bemühungen aber darauf, allen zu helfen, indem er Teddy fand.

»Könnten wir uns irgendwo in aller Ruhe unterhalten?« Charles wurde bereits abgeführt, und Armour folgte Taylor in einen leeren Büroraum.

»Was haben Sie an neuen Beweisen?«

»Ich bin meiner Sache noch nicht sicher, aber ich glaube, wir sind fündig geworden.« Er erklärte ihm, aus welcher Quelle das

Material stammte und was der Mann behauptet hatte. »Er ist halb verrückt vor Angst. Er hat das Geld vom großen Unbekannten genommen und sich damit der Mittäterschaft oder zumindest einer Behinderung des Gerichtes schuldig gemacht. Sein Vorstrafenregister ist ellenlang, er ist auf Bewährung auf freiem Fuß und wagt es natürlich nicht, vor Gericht auszusagen.«

»Na, wenigstens ist er nicht auf den Kopf gefallen. Wer ist es? Vielleicht kenne ich ihn.«

»Das wäre möglich. Aber Sie müssen mir für ihn Straffreiheit garantieren, wenn ich Ihnen den Namen nennen soll.«

»Armour, ich kann Ihnen überhaupt keine Garantie geben ... außer der einen, daß ich Ihnen einen derben Tritt verpasse, wenn Sie mir nicht sagen, was Sie in der Hand haben. Es gilt hier nicht nur die Haut Ihres Mandanten zu retten. Wir suchen einen Vierjährigen, der inzwischen tot sein kann, und wenn nicht, schwebt er jedenfalls in großer Gefahr.«

»Das weiß ich, verdammt. Aber meine Quelle können Sie nicht hochgehen lassen. Der Mann ist auch der Meinung, daß der Junge noch am Leben ist. Sie müssen mir schon zusichern, daß Sie nicht einfach zuschlagen und ihn festnageln.«

»Ich werde ihn nicht festnageln. Sie können ja mitkommen. Wo ist er?« Armour war noch immer in Sorge, daß er seinen Informanten in Schwierigkeiten bringen würde.

»Er heißt Louie Polanski«, sagte er schließlich zögernd.

»Louie? Louie der Frauenheld? Menschenskind, Louie und ich kennen uns seit Jahren. Vor fünfzehn Jahren, als ich selbst noch grün hinter den Ohren war, schickte ich ihn in den Knast ... und rettete ihm damit das Leben. Damals hatten es seine Kumpels auf ihn abgesehen, und wir boten ihm eine hübsche, behagliche Zelle und fünf Jahre lang Schutz. Er liebt mich.« John Taylor grinste vor sich hin.

»Im Ernst?« Tom war von dieser Geschichte nicht sehr erbaut.

»Er wird mit mir reden. Das schwöre ich.« Und als Tom Louie

wieder anrief, war dieser sofort einverstanden, sich mit Tom Armour und John Taylor zu treffen.

Sie trafen sich um eins in einem italienischen Restaurant in Greenwich Village, das der Unterwelt gehörte und seinerzeit als Flüsterkneipe gedient hatte. Taylor kannte das Lokal gut, für Tom war es neu. Der Mann, mit dem sie sich trafen, war klein, fettleibig, kahl und schwitzte stark. Als er zu reden anfing, zeigte es sich, daß er ein nervöses Wrack war und es bereute, sich auf die Sache eingelassen zu haben, doch das Wiedersehen mit John Taylor freute ihn aufrichtig.

»Ich hätte mich nie reinziehen lassen sollen. Der reinste Wahnsinn. Aber es war so verdammt viel Geld, und es hörte sich so leicht an.« Und leicht war es auch gewesen. Bis jetzt.

Taylor sah Tom an. »Wer könnte ihm so viel Geld gegeben haben, damit er Delauney belastet? Jemand will Ihren Mandanten fertigmachen.«

»Ich wünschte weiß Gott, ich wüßte es«, gab Tom mürrisch zurück.

»Es heißt, daß der Kleine noch am Leben sein soll, aber ich weiß weder, wo er steckt, noch wer ihn hat«, gab Louie im Flüsterton und nach einem verstohlenen Blick über die Schulter von sich.

»Wieso heißt es das? Könnten Sie das herausbekommen?« Taylor war plötzlich ganz sachlich.

»Ich kann ja mal fragen. Aber ich glaube, da hält jemand ganz fest die Hand drauf. Viel Geld hat den Besitzer gewechselt, und der große Unbekannte muß gute Leute angeheuert haben; die halten alle eisern dicht.« Bis auf Louie, Gott sei Dank. Taylor hoffte inständig, daß Louies Freunde recht hatten und Teddy noch am Leben war.

»Haben Sie eine Ahnung, wo er sein könnte? Gibt es irgendeinen Hinweis? Eine Spur? Irgend etwas, womit sich etwas anfangen läßt?«

»Vielleicht ist er schon außer Landes.« Daran hatte man natürlich auch gedacht. Seit Monaten schon wurden Häfen und Flughäfen und sogar die Grenzen nach Kanada und Mexiko aufmerksam beobachtet. Bis vor kurzem waren die Kontrollen sogar sehr streng gewesen. Inzwischen aber rechnete man damit, daß Teddy entweder tot war oder niemand mehr versuchte, ihn außer Landes zu schaffen. Doch das machte John stutzig. Die Kontrolle der Häfen war erst in der Woche zuvor gelockert worden. Ein zweiter Blick würde sich vielleicht lohnen. Er sah Louie interessiert an.

»Louie, Sie haben mich eben auf eine Idee gebracht. Ich liebe Sie.«

»Ach ja? Na, was werden Sie also für mich tun? Hören Sie ... das Geld werde ich zurückgeben ... Ich hab' erst zehn Riesen verbraten. Die anderen vierzig sind noch da. Geben Sie es dem FBI, geben Sie es meinetwegen dem Richter. Verdammt und zugenäht, ich möchte für einen lausigen Kinderschlafanzug nicht wieder in den Bau.«

»Ich will Ihnen was sagen.« Taylor sah ihn ernst an. »Wenn wir fündig werden, handle ich für Sie etwas aus, weil Sie uns geholfen haben. Finden wir den Kleinen aber nicht, dann könnten Sie bis oben im Schlamassel stecken. Aber ich werde mein möglichstes tun. Ich rufe Sie an.«

»Ja ... lassen Sie es mich wissen ...« Louie der Frauenheld sah Tom nervös an, und John Taylor ging telefonieren.

»Danke, daß Sie mit uns gesprochen haben«, sagte Tom leise. »Es könnte das Leben meines Mandanten retten.«

»Ja«, Louie lächelte nervös, »und mich meinen Hintern kosten ... aber ... ich mag es nicht, wenn einem Kind was angetan wird. Das stinkt mir. Sie wissen, was ich meine. Wie der Fall Lindbergh. Ich war damals im Knast und habe 'nen kleinen Bankraub abgesessen. Solche Typen machen mich krank ... ein Baby zu töten.«

»Glauben Sie, die könnten ihn getötet haben?« Der Gedanke

bereitete ihm Übelkeit, aber nicht nur aus Sorge um seinen Mandanten. Im Verlauf des Verfahrens hatte er Marielle bewundern gelernt, und der Gedanke an das, was sie im Fall von Teddys Tod durchmachen mußte, war ihm unerträglich, zumal sie schon zwei Kinder verloren hatte und ihr mit Malcolm noch allerhand Schwierigkeiten bevorstanden.

»Schwer zu sagen«, meinte Louie daraufhin ernst. »Wenn viel Geld im Spiel ist, kann es so oder so ausgehen. Und was man so hört, handelt es sich um ein ganz großes Ding.«

»Ich wünschte, ich wüßte, wer es getan hat.« Daß es nicht Charles Delauney war, wußte er mit Sicherheit. Er hatte ihm schon zuvor geglaubt, nun aber waren alle seine Zweifel ausgeräumt. Aber die Professionalität, mit der offenbar alles gelaufen war, ließ befürchten, daß man den Täter nie fassen würde. Oder daß der arme Teddy unauffindbar blieb.

Als Taylor wiederkam, machte er ein finsteres Gesicht.

»Was gibt es?« fragte Tom.

»Ich weiß es nicht. Vielleicht ist es blinder Alarm, aber wir werden in den nächsten Tagen den ganzen Hafen auseinandernehmen. Man weiß nie, auf was man dort stößt. Wie ich höre, heißt das, daß wir zehn Frachter und sechs Passagierschiffe durchsuchen müssen. Das wird uns einige Zeit kosten. Und Sie, Louie, leisten Ihren Anteil und hören sich um.« Und wenn schon sonst nichts, dann konnten sie von ihm die Aussage bekommen, daß er den Bären und den Schlafanzug in Delauneys Haus geschmuggelt hatte. Aber Taylor wußte auch, daß es am Ende womöglich gar nicht so einfach sein würde, ihn zu schützen. »Ich rufe Sie an.«

»Danke für den Lunch.« Louie sah die beiden an. Er bereute es nicht, daß er gekommen war. Wenn sie das Kind fanden, hatte es sich vielleicht ausgezahlt. Ab und zu mußte ein Mann etwas tun, das ihm ein gutes Gefühl verlieh, auch wenn es ihn etwas kostete.

Nach dem Verlassen des Restaurants schlüpfte Taylor in eine

Telefonzelle und tätigte noch einen Anruf. Er rief Marielle an. Vorher hatte er vermeiden wollen, daß jemand zufällig mithörte. »Hallo, ich bin's.« Er wußte, daß sie seine Stimme erkannte. »Könnten wir uns in der Kirche treffen, in der wir gestern waren ... sagen wir, in zwanzig Minuten?«

»Sicher.« Sie schien erstaunt. Und sie kam allein in die Kirche. Sie war durch die Hintertür aus dem Haus geflüchtet und, noch ehe jemand etwas bemerkte, ganz normal die Straße entlang gegangen, mit Kopftuch, Wolljacke und dunkler Brille.

»Ist etwas?« Sie schien besorgt, und er lächelte ihr beruhigend zu.

»Nein, aber ich werde in den nächsten Tagen sehr beschäftigt sein. Mach dir keine Sorgen, wenn ich mich nicht melde.«

»Hat es mit den neuen Beweisen zu tun, von denen heute bei Gericht die Rede war?« Sie schien erstaunt. Seit der Nacht der Entführung hatte sie ihn buchstäblich jeden Tag gesehen. Er war jetzt ihre einzige Stütze.

»Ja, es hat damit zu tun.«

»Ist es ... hat es mit Teddy zu tun?« Hatte man ihn gefunden ... oder schlimmer, hatte man seinen Leichnam gefunden? Aber das wagte sie nicht zu fragen.

»Ich glaube nicht, daß es irgendeine Bedeutung hat, aber wir gehen der Sache nach. Keine Angst, ich verständige dich unverzüglich, wenn sich etwas ergeben sollte«, beruhigte er sie. Er wollte ihr keine Hoffnungen machen, das wäre nicht fair gewesen. »Aber ich möchte dir erst eine Frage stellen. Heute morgen ist in meinem Büro zufällig etwas aufgetaucht.« Das war es auch, was ihn auf den Gedanken mit dem Hafen gebracht hatte, dies und etwas, das Louie der Frauenheld gesagt hatte. Beides zusammen hatte in seinem Kopf eine Alarmglocke schrillen lassen. Davor hatte er einfach geglaubt, es sei ein Irrtum oder sie habe vergessen, es zu erwähnen. »Hast du mit Malcolm innerhalb der nächsten beiden Wochen eine Reise vor?«

»Malcolm? Er hat seit Wochen kein Wort mit mir gesprochen, und gestern hat er mir angekündigt, daß er die Scheidung einreichen wird.« Sehr aufgewühlt wirkte sie nicht. In Anbetracht dessen, was hinter ihr lag, nahm sie es gefaßt auf.

»Ein reizender Mensch. Du planst also keine Reise mit ihm?« Er hatte schon angenommen, daß sie keine diesbezüglichen Pläne hatte, aber nachprüfen mußte er es immerhin.

»Nein. Warum?« Sie machte ein erstauntes Gesicht.

»Du glaubst nicht, daß er eine kleine Hochzeitsreise plant, sozusagen, um die Sache wieder zusammenzuflicken?«

»Nicht mit mir jedenfalls. Er hat mir nur eröffnet, sein Anwalt würde mich anrufen.«

»Wann war das?«

»Gestern abend, nach der Kirche.« Aber plötzlich fiel ihr ein, was er in Teddys Zimmer gesagt hatte. »Er hat gesagt, er würde verreisen. Ist es das, was du meinst?«

»Möglich.« Er sagte ihr nicht, daß Mr. und Mrs. Patterson auf der *Europa* zwei Plätze gebucht hatten. Es war anzunehmen, daß Malcolm Brigitte mitnehmen und sie als seine Frau ausgeben wollte. Das war schon vorgekommen, und auf einer Schiffsreise neigten die Menschen dazu, Diskretion walten zu lassen. Da hatte er also eine hübsche Reise geplant, während Marielle auf den Anruf des Anwalts wartete. Was für ein gemeiner Schuft. »Nun ja, ich hatte mich gewundert, aber ich dachte mir schon, daß es sich um einen Irrtum handelt.«

»Glaubst du, ich hätte geplant, klammheimlich aus der Stadt zu verschwinden?« Sie lächelte, doch blieben ihre Augen in letzter Zeit ernst, auch wenn sie lächelte. Im Lauf der letzten vier Monate hatte sie zu viel mitgemacht. Er hätte sie gern in die Arme genommen, doch war es weder die richtige Zeit noch der richtige Ort. Außerdem hatte er alle Hände voll zu tun.

»Mrs. Patterson, wenn Sie die Stadt verlassen, wird sich das FBI an Ihre Fersen heften.«

»Na, das hört sich ja sehr verlockend an.« Sie lächelte, als sie aus der Kirche traten. »Wann werde ich dich wiedersehen?«

»Sobald ich mich freimachen kann. Ich komme zu dir nach Hause oder rufe dich an. Oder aber wir sehen uns am Freitag vor Gericht.« Er lächelte liebevoll und legte einen Arm um ihre Schultern.

»Gib acht auf dich.« Er wußte, daß er sich jeden Moment um sie sorgen würde, wenn er nicht beschäftigt war. Er folgte ihr den Großteil des Heimweges und sah ihr nach, als sie die Straße entlang zum Haus der Pattersons ging. Dann fuhr er mit dem Taxi in sein Büro.

In den folgenden beiden Tagen war Marielle völlig isoliert. Malcolm fuhr nach Washington, um den deutschen Botschafter aufzusuchen, und Brigitte begleitete ihn. Tom Armour war vollauf damit beschäftigt, sein Schlußplädoyer auszufeilen und Charles zu beruhigen. Als Tom ihm zumindest einen Teil von Louies Geschichte anvertraute, verlor er vollends die Nerven. Hätte er alles gewußt, er hätte restlos durchgedreht. Jetzt wußte er, daß Louie Bär und Schlafanzug in seinen Keller geschmuggelt hatte. Was er nicht wußte, war, daß Louie sich weigerte, auszusagen, falls das FBI ihm nicht Straffreiheit und persönlichen Schutz garantierte.

»Aber das beweist doch, daß ich unschuldig bin.« Er schrie es Tom förmlich entgegen.

»Ich weiß. Aber der Kerl müßte auch gewillt sein, als Zeuge aufzutreten.«

»Wie heißt er?« Als ob das eine Rolle gespielt hätte. Tom Armour lächelte.

»Louie der Frauenheld.«

»Großartig. Genau der Typ, den ich brauche.«

»Hören Sie, Freund, wenn er den Schlafanzug in Ihr Haus geschmuggelt hat und dies vor Gericht bezeugt, dann ist er in der Tat genau der Mann, den Sie brauchen.«

»Wie sind Sie denn an den geraten?« Hoffnung keimte in ihm auf, obwohl er wußte, daß er noch lange nicht aus dem Schneider war. Ehe man ihn freisprach, mußte noch einiges passieren, und wenn Louie der Schwätzer oder wie immer der Bursche hieß, sich einfallen ließ zu verschwinden, dann war Charles so gut wie tot, und das wußte er.

»Tja, ich habe mitten in der Nacht einen heißen Tip von einer Ihrer Freundinnen oder Bewunderinnen bekommen.«

»Von wem denn?« Charles' Neugierde war erwacht.

»Von Beatrice Ritter«, sagte Tom beiläufig.

»Ein tolles Mädchen, finden Sie nicht auch? So voller Leben und Tatkraft...« Charles machte ein nachdenkliches Gesicht. »Zuweilen erinnert sie mich an Marielle in ihrer Jugend. Damals war sie ein Energiebündel, lebensfroh, immer für Spaß und Unfug zu haben. Ich glaube, das Leben hat ihr später alle diese Eigenschaften ausgetrieben.« Er sah bekümmert drein. »Oder vielleicht war ich es.« Jetzt war sie so ernst, so schön, so sanft und so still. Und doch gab es eine Seite an ihr, die lachen und Spaß haben, die wieder glücklich sein wollte. Tom Armour spürte es, wenn er mit ihr sprach. »Glauben Sie, Marielle wird sich jemals von alldem erholen?« Er stellte Tom die Frage, so als kenne dieser Marielle, aber Charles hatte begriffen, daß sein Anwalt ein guter Menschenkenner war.

»Ich glaube schon. Sie wird zwar nie wieder das sorglose Mädchen ihrer Jugend sein, das Sie schildern, aber mit dreißig sind das die wenigsten. Sie wird darüber hinwegkommen, aber es wird immer vorhanden sein, und sie wird weitermachen, weil sie stark ist.« Er seufzte, denn er fand, Marielle hätte ein besseres Schicksal verdient.

»Wie kommt es, daß Sie die meiste Zeit so vergnügt sind?« zog Charles ihn auf. In den vergangenen vier Monaten waren sie Freunde geworden. Charles respektierte Tom, und Tom mochte ihn gern.

»Reine Dummheit, schätze ich.« Doch auch er war von Schicksalsschlägen nicht verschont geblieben. Das hatte er Charles ganz zu Beginn anvertraut, als dieser ihm von André erzählt hatte. Tom hatte kurz nach Abschluß seines Jurastudiums seine Frau und seine kleine Tochter bei einem Autounfall verloren. Merkwürdigerweise im gleichen Jahr, als Charles André verloren hatte. Und auch er hatte nicht wieder geheiratet. Aber er ging in seiner Arbeit auf und konnte sich vorstellen, eines Tages, wenn er Zeit hatte... wenn er nicht Verrückte wie Charles Delauney verteidigen mußte... wenn er wieder den Mut hatte, jemanden zu lieben... Aber noch war dieser Zeitpunkt nicht gekommen.

Tom tat sich verdammt schwer, Charles zwei Tage lang abzulenken, während dieser ihn ständig mit Fragen plagte, ob es Neues von John Taylor gäbe. Tom konnte es selbst kaum erwarten, von Taylor zu hören, doch hatte er sich nur ein einziges Mal anzurufen getraut und sogar das Glück gehabt, ihn im Büro anzutreffen. Taylor hörte sich ziemlich erschöpft an.

»Menschenskind, haben Sie eine Ahnung, was es heißt, sechzehn Schiffe praktisch in alle Bestandteile zu zerlegen? Wir haben im ganzen verdammten Hafen das Unterste zuoberst gekehrt, was meinen Sie also mit ›Beeilen Sie sich‹?« Die Zusammenarbeit mit den Hafenbehörden von New Jersey war einfacher, denn dort lagen im Moment nur Tanker. Aber in Manhattan war die Hölle los, und die ausländischen Schiffe waren über die gründliche Durchsuchung äußerst ungehalten, bis sie hörten, um was es ging, worauf sie sich ein wenig hilfsbereiter zeigten. Da Teddys Entführung Schnee von gestern war, zeigte sich die Öffentlichkeit trotz des Prozesses geneigt, den Fall zu vergessen und ihre Anteilnahme zu drosseln. Und die Unannehmlichkeiten einer gründlichen Durchsuchung mit allem Drum und Dran waren gewaltig. Sogar die *Europa*, das Schiff, auf dem Malcolm für später Plätze gebucht hatte, wurde durchsucht, ohne Erfolg. Die

Deutschen waren besonders verärgert darüber, daß man ihr Schiff behelligte.

»Ich sagte schon, daß ich Sie anrufen werde, falls wir auf etwas stoßen. Ich war seit dem gestrigen Abend nicht mehr in meinem Büro und bin nur zum Duschen nach Hause gegangen, weil ich mich selbst nicht mehr aushalten konnte. Irgendwelche Beschwerden, Mr. Armour?« Taylor war ungewohnt scharf, aber Tom wußte, daß er es nicht böse meinte und nur müde war.

»Keine Beschwerden, nur ein nervöser Mandant.«

»Sagen Sie ihm, er soll nicht aus den Socken kippen. Wir tun unser Bestes. Ach . . . würden Sie mir einen Gefallen tun?« Seine Frage kam nach kurzem Zögern.

»Aber sicher. Schießen Sie los. Um was geht es? Soll ich Louie den Frauenhelden anrufen?« Er lächelte, und Taylor lachte.

»Nein, aber Marielle Patterson. Sie muß ja fix und fertig sein . . . nicht zu wissen, was vorgeht. Ich habe ihr nicht gesagt, daß Louie fünfzig Riesen dafür bekommen hat, den Schlafanzug in Charles' Haus zu bugsieren. Ich habe ihr lediglich gesagt, wir hätten eine neue Spur. Ich wollte nicht, daß sie sich aufregt.«

»Klar doch. Was soll ich ihr sagen?«

»Ich weiß nicht . . .« Taylor zauderte, und Tom ertappte sich bei der Frage, was für ein Interesse der FBI-Mann an ihr hatte, dann aber sagte er sich, daß er zu argwöhnisch war und sich zu einem regelrechten Ekel mauserte. »Sorgen Sie dafür, daß sie ein wenig aufgemuntert wird. Dieser Patterson macht ihr schwer zu schaffen. Er drängt jetzt auf die Scheidung.«

»Ein richtig fieser Kerl.« Tom war angewidert, aber nicht verwundert.

»Genau meine Meinung. Er weiß gar nicht, wieviel Glück er hat. Aber ich glaube, mit Miss Krautland bekommt er, was ihm gebührt. Unter dem schönen blonden Haar scheint sie ein beinhartes Biest zu sein.«

»Darf ich Sie zitieren, Sonderagent Taylor?« Tom lachte, und Taylor mußte gleichfalls lachen.

»Jederzeit, Herr Verteidiger.«

»Aber Sie müssen zugeben, daß die kleine Deutsche sich im Zeugenstand ganz reizend machte.« Beide lachten, und Taylor machte sich wieder an die Arbeit und teilte seine Agenten neu ein. Sie hatten bereits zwölf Schiffe auseinandergenommen und mußten bis morgen vier weitere erledigen.

Tom schaffte es wie versprochen, Marielle anzurufen.

»Mr. Armour, tut sich etwas Besonderes?« Marielle klang zutiefst beunruhigt. »Ich muß dauernd daran denken, daß man Informationen über . . . über . . .« Sie hatte Angst, es auszusprechen. »Ich frage mich, ob man Teddys Leichnam finden wird. Ich denke, wir sollten wissen, wenn . . . ich weiß nicht, was schlimmer ist, das Nichtwissen oder das Wissen, daß es vorbei ist.«

Für Tom hörten sich beide Möglichkeiten ziemlich schrecklich an. Er wußte noch zu gut, wie er vom Tod von Frau und Kind erfahren hatte. Es war schier unerträglich gewesen. Aber diese Sache hier zog sich schon so lange hin, daß es vielleicht eine Erleichterung sein würde zu erfahren, daß er tot war, leichter jedenfalls, als damit leben zu müssen, daß er sich einfach in Luft aufgelöst hatte. Um das Lindbergh-Baby zu finden, hatte man zwei Monate gebraucht.

»Hoffentlich haben wir bald gute Nachrichten für Sie.«

»Wissen Sie eigentlich, was vor sich geht?«

Er wollte ihr nicht sagen, daß sie auf der Suche nach Teddy den Hafen auf den Kopf stellten. »Ich glaube, man sucht vor dem Abschluß des Verfahrens noch nach eventuellem Beweismaterial. Morgen ist alles gelaufen.«

»Wie nimmt Charles das auf?«

»Nun ja . . .« Tom lehnte sich lächelnd in seinem Schreibtischstuhl zurück. Mit Marielle zu plaudern machte ihm Spaß. Ihm gefiel alles, was er im Laufe des Verfahrens von ihr zu sehen bekommen hatte, aber er hatte sich nicht gestattet, an sie zu denken, es sei denn im Zusammenhang mit seinem Mandanten. »Also . . . er macht mich wahnsinnig, um ganz ehrlich zu sein.«

»Das ist typisch Charles.« Dann wurde sie wieder ernst. »Macht er sich große Sorgen?«

»So große, wie es in seinem Fall eben angebracht ist. Aber das neue Beweismaterial könnte ihm sehr helfen. Wir hoffen es zumindest. Das FBI geht der Sache für uns nach. Wenn wir etwas erfahren sollten, lassen wir es Sie wissen.«

»Danke.« Sie hätte gar nicht auf Charles' Seite stehen sollen, aber Seiten schien es in diesem Fall gar nicht mehr zu geben. Alle suchten nur nach der Wahrheit . . . und nach Teddy.

Die nächsten zwei Tage erschienen ihr endlos, da Malcolm fort war und John Taylor bei den Ermittlungen gebraucht wurde. Plötzlich hatte sie niemanden, mit dem sie sich aussprechen konnte, und da Malcolm nicht da war, kam ihr das Haus ungewöhnlich still vor. Dies brachte sie dazu, darüber nachzudenken, was sie tun würde, wenn sie auszog. Sie wußte nicht, wohin sie sollte, sie hatte nichts zu tun und keine Familie, an die sie sich wenden konnte. In gewisser Weise machte es ihr angst, aber sie war längst nicht mehr so verängstigt wie Jahre zuvor in der gleichen Situation. Malcolm jagte ihr keine Angst mehr ein. Plötzlich war er ihr völlig gleichgültig. Er hatte nichts anderes getan, als ihr Schmerz zuzufügen.

Am zweiten Tag der Prozeßpause rief auch Bea Ritter sie einmal an, sagte ihr aber nicht, um was es bei den Ermittlungen ging. Sie tat, als wüßte sie es nicht, und sie verschwieg ihr auch, daß sie es war, die Tom Armour diesen Tip gegeben hatte. Sie rief nur an, um sich zu melden und zu hören, ob es neue Spuren hinsichtlich Teddy gab.

»Nein, nichts. Haben Sie Charles wiedergesehen?«

»Vor ein paar Tagen. Er steht unter unglaublicher Anspannung, nun, da die Geschworenen bald über sein Schicksal entscheiden werden.« Sie betete darum, daß das gar nicht nötig sein würde.

Aber bis Mitternacht hatte sich nichts Neues ergeben. Noch zwei Schiffe waren zu durchsuchen, und eines verweigerte seine Zustimmung. Es war ein deutsches Schiff, dessen Kapitän behauptete, er müsse dieser Aufforderung nicht nachkommen. Um einen gerichtlichen Durchsuchungsbefehl beizubringen, benötigten sie weitere acht Stunden. Und um zehn Uhr am nächsten Morgen, als Richter Morrison die Sitzung eröffnete, ging John Taylor in Begleitung von Leuten der Küstenwache, Beamten der Hafenbehörde und dem FBI an Bord des letzten Schiffes, überzeugt, auch hier nichts zu finden. Aber er mußte es Marielle zuliebe tun, selbst wenn nichts dabei herauskam. Er rief Tom Armour vom Dock aus an, just als dieser sich wieder auf den Weg zum Gericht machen wollte.

»Nun?«

»Wir haben nichts gefunden. Wir stehen mit leeren Händen da. Kein Teddy, keine weiteren Hinweise, niemand will etwas sagen, niemand weiß etwas. Keiner unserer Informanten hat etwas geliefert. Nichts. Und Louie der Frauenheld geht nicht ans Telefon. Ich glaube, er hat Angst vor der eigenen Courage bekommen. Möglich, daß er uns überhaupt entwischt ist.« Taylor hatte außer schlechten Nachrichten nichts zu bieten.

»Mist. Was soll ich jetzt machen?«

»Sie schließen den Fall ab, so wie Sie es vor hatten.«

»Aber er hat es nicht getan, verdammt. Sie haben den Mann gehört. Jemand hat ihm fünfzigtausend gegeben, damit er den Schlafanzug des Jungen in Delauneys Haus schmuggelt.«

»Ja, ich weiß. Aber wer wird das bezeugen? Sie oder ich? Zum Teufel, ohne Zeugen ist das alles wertlos.«

»Das können Sie mir nicht antun!« Tom war den Tränen nahe, aber Taylor war zu müde, als daß es ihn berührt hätte. Ihm stand noch die Durchsuchung eines Schiffes bevor, und er war so erschöpft, daß er dazu kaum mehr imstande war.

»Verdammt und zugenäht, Mann, ich habe seit zwei Tagen kein Auge zugetan und war auf jedem verdammten verrotteten Schiff in diesem Hafen«, und auch auf ein paar luxuriösen, aber inzwischen sahen sie für ihn alle gleich aus, »und gefunden habe ich einen großen Dreck. Ich vermute, daß Ihr Mandant es nicht getan hat, aber ich kann Ihnen keine Beweise liefern, mit denen Sie ihn loseisen könnten. Und das Kind haben wir auch nicht. Was soll ich Ihnen noch sagen?«

»Ich werde Antrag auf Vertagung aufgrund von Verfahrensfehlern stellen.« Toms Stimme bebte vor Erregung. Aber Taylor war ähnlich durcheinander. Egal, wieviel Druck sie ausübten, es wollte niemand den Mund aufmachen.

»Wie wollen Sie den Antrag begründen?« fragte Taylor müde, während seine Leute schon an Bord des deutschen Schiffes gingen, um sich dort umzusehen, obwohl ihr Eifer merklich nachgelassen hatte. Sie wußten, daß sie den Jungen nicht finden würden. Entweder war er verschwunden, so gut versteckt, daß man ihn nie finden würde, oder aber er war tot und irgendwo verscharrt und würde jahrelang nicht entdeckt werden. »Wie zum Teufel wollen Sie so einen Antrag durchbringen?« wiederholte Taylor, als Tom keine Antwort gab.

»Ich weiß es nicht . . . lassen Sie mir Zeit . . . können Sie mir einen Grund nennen, der eine weitere Vertagung rechtfertigt?«

»Nein. Und wenn Louie nicht bald auftaucht, wird der Richter seine Wut an uns beiden auslassen.«

»Ja, das weiß ich.«

»Sobald wir mit diesem Schiff fertig sind, lasse ich Ihnen durch einen meiner Leute eine Nachricht zukommen, aber machen Sie sich keine großen Hoffnungen.« Toms Hoffnungen lagen ohnehin darnieder, und er fürchtete sich davor, Charles von Louies Verschwinden zu unterrichten.

»Er ist *was?*« schrie Charles auf, als Tom es ihm sagte.

»Er ist verschwunden«, flüsterte Tom heiser, als sie den Gerichtssaal betraten.

»Dieser Schweinehund. Wie konnten diese Arschlöcher so etwas zulassen?«

»Leise bitte.« Der Richter klopfte mit seinem Hämmerchen.

»Er hatte viel zu verlieren. Er hätte für das, was er getan hat, hinter Gittern landen können. Und außerdem ist er nur auf Bewährung auf freiem Fuß und hat ein ellenlanges Vorstrafenregister. Was er gemacht hat, ist eine Gemeinheit, aber wirklich verübeln können Sie es ihm nicht.«

»Den Teufel kann ich nicht. Mich wird man dafür hängen.« Toms Augen waren steinhart, und in der Magengrube verspürte er einen Schmerz.

»Ich werde es nicht zulassen.« Tom versuchte, Zuversicht in seine Worte zu legen, doch war davon wenig zu spüren, als der Richter ihn und William Palmer mit argwöhnischem Blick vorzutreten bat.

»Nun, Mr. Armour? Wie steht es mit dem neuen Beweismaterial? Haben wir einen Zeugen?«

»Nein, Sir, den haben wir nicht«, erklärte Tom Armour grimmig. »Das FBI ist dieser und einigen anderen Spuren zwei Tage lang nachgegangen und hat bislang nichts gefunden.« Der Staatsanwalt quittierte diese brutale Offenheit mit zufriedener Miene.

»Und Ihr Informant?« fragte der Richter, dem der Ärger über Tom deutlich ins Gesicht geschrieben stand.

»Er ist verschwunden, Euer Ehren. Im Moment.«

»Ich kann nicht glauben, daß Sie zwei Tage der Zeit des Gerichts und der Steuerzahler vergeudet haben, Mr. Armour.« Der Richter wechselte von Mißbilligung zu Zorn.

»Wir mußten der Sache nachgehen, Sir. Ich hatte gehofft, Antrag auf eine weitere Vertagung stellen zu können, aber . . .«

»Das schlagen Sie sich aus dem Kopf.« Er funkelte sie beide

unwillig an und bedeutete ihnen, sich wieder an ihre Plätze zu begeben. Bill Palmer sah hochbeglückt in Malcolms Richtung. Dieser saß stocksteif neben der reglosen Marielle. Sie wechselten kein Wort miteinander, wenn sie im Gerichtssaal saßen. Der Richter klopfte und forderte William Palmer auf, sein Schlußplädoyer zu halten.

Tom Armour fand es unfaßbar, daß es so weit gekommen war. Fast hatten sie schon den Schlüssel in Händen gehalten, und nun war er ihnen entglitten. Charles schien den Tränen nahe, und Bea Ritter fragte sich verzweifelt, was passiert sein mochte, aber es war niemand da, der sie hätte aufklären können.

Sämtliche Argumente in Palmers Plädoyer waren vorauszusehen gewesen, und sie waren gemein. Er rief den Geschworenen jede einzelne garstige Sache in Erinnerung, die Charles jemals begangen hatte, jede Dummheit, jede Schwäche, jede Drohung, jedes Besäufnis, jede geringfügige oder schwerwiegende Gewalttat. Seinen Angriff auf Marielle, die Tatsache, daß er mit neunzehn in Paris die Einrichtung einer Kneipe demoliert hatte. Laut William Palmer waren dies alles frühe Anzeichen eines Mangels an Beherrschung, Zeichen von Hemmungslosigkeit und einer Neigung zur Gewalttätigkeit, die ihn schließlich dazu gebracht hatten, den kleinen Teddy zu entführen und zu töten. Seine Gewalttätigkeit im Krieg, seine Blutrünstigkeit, die ihn mit fünfzehn zur Armee getrieben hatte ... Seine Sympathie für den Kommunismus, die ihn nach Spanien geführt hatte ... und die Drohungen, die er im Central Park ausgestoßen hatte und die er nur kurze sechsunddreißig Stunden später in die Tat umgesetzt hatte. Und der rote Kinderschlafanzug, der im Keller seines Hauses gefunden worden war ... ein Beweis dafür, daß er Teddy entführt hatte.

Der Mann sei ein Kidnapper, tobte der Staatsanwalt durch den Gerichtssaal, und er habe mit großer Sicherheit dieses hilflose Baby getötet. Und als er diese Worte aussprach, dabei die Geschworenen ansah und dann den Blick durch den Saal wandern ließ, vernahm man kurz Unruhe und dann einen dumpfen Aufprall. Nach allem, was sich zugetragen hatte, war es ihr zuviel geworden. Marielle Patterson war in Ohnmacht gefallen.

16. Kapitel

Als sie zu sich kam, war um sie her lärmiges Treiben, über sich nahm sie verschwommene Lichter wahr, dazu kam das Gefühl von etwas Kaltem und Feuchtem auf ihrer Stirn. Sie schlug die Augen auf, und gleich darauf wurde ihr klar, daß man sie in die Räumlichkeiten des Richters geschafft hatte. Seine Sekretärin stand mit einem feuchten Tuch über sie gebeugt, ein Arzt war gerufen worden und behauptete nun steif und fest, ihr fehle nichts. Sie versuchte sich aufzusetzen, fühlte sich aber sehr schwach, und dann sah sie, daß auch Staatsanwalt und Verteidiger zugegen waren... und ihr Mann. Jemand drückte etwas Kühles an die Innenseite ihrer Handgelenke, ein anderer reichte ihr ein Glas Wasser. Es war Bea Ritter. Sie hatte die Mauer der Fotoreporter überwunden, indem sie buchstäblich über sie hinweggestiegen war, um zu Marielle zu gelangen. Es war Bea gewesen, die Hilfe angefordert hatte, als sie sich neben sie auf den Boden kniete, und nicht Malcolm. Er wirkte nur verärgert und betreten und ganz und gar nicht mitfühlend.

»Mrs. Patterson?« fragte der Richter behutsam. »Möchten Sie, daß man Sie nach Hause bringt?« In ihrem Kopf dröhnte es.

In Wahrheit wäre sie nur zu gern nach Hause gefahren, doch es wäre ihr feige erschienen, nicht bis zum Schluß auszuharren. Sie hatte das Gefühl, sie sei es Charles oder Malcolm oder irgend jemandem schuldig. Sie war nicht sicher, wem, aber sie glaubte, bleiben zu müssen. Vielleicht auch nur, um der Welt zu beweisen, daß sie kein Schwächling war. Aber alle zeigten so viel Mitgefühl, daß es ihr peinlich war.

»Mir geht es schon wieder gut. Wenn es Ihnen nichts ausmacht... vielleicht könnte ich ein paar Minuten hierbleiben.« Zumindest so lange, bis sie ihre Fassung wiedererlangt hatte.

»Mr. Palmer, haben Sie Ihr Abschlußplädoyer beendet?« Der Richter sah den Staatsanwalt vom anderen Ende des Raumes her an, und William Palmer nickte. Er hatte nicht erwartet, daß dieses zusätzliche kleine Drama seine Ausführungen untermalen würde, aber geschadet hatte es nicht. Eigentlich war es ihm sehr gelegen gekommen.

»Ja, Euer Ehren. Soeben.«

»Warum legen wir dann nicht gleich die Mittagspause ein? Mr. Armour kann sein Plädoyer anschließend halten. Sind Sie einverstanden, Mr. Armour?« Es war bereits halb zwölf, und eine Unterbrechung seiner Rede wäre ihm nicht recht gewesen, deshalb zeigte er sich mit einem besorgten Blick zu Marielle einverstanden. Sie war totenblaß und sah schrecklich aus. Auch der Richter hatte es gesehen. »Ich glaube, Mrs. Patterson sollte nach Hause fahren und sich in der Pause ausruhen«, schlug er an den ganzen Raum gewendet vor.

»Danke, Euer Ehren«, flüsterte sie, und Tom brach es fast das Herz. Bea Ritter drückte mitfühlend ihre Hand.

Malcolm zog eine Schau ab, indem er ihr zum Wagen half, nur um sie zu Hause wieder sich selbst zu überlassen. Marielle legte sich in ihrem Zimmer hin, in absoluter Dunkelheit, einen feuchten Umschlag auf der Stirn. Sie versuchte es auch mit Tee, doch dafür war es zu spät. Die Migräne hatte sie bereits fest im Griff. Sie wußte, daß sie um halb zwei wieder im Gerichtssaal sein mußte, egal, wie elend sie sich fühlte und wie quälend ihre Schmerzen sein würden. Aber plötzlich war sie kaum mehr imstande, sich zum Gehen zu zwingen. Es war, als hätte sie etwas erwartet, von dem sie erst heute morgen begriffen hatte, daß es nicht passieren würde. In gewisser Weise hatte sie geglaubt, alles sei ein schreckliches Spiel ... und wenn sie gewännen ... würde sie am Ende ihr Kind zurückbekommen. Jemand würde gestehen, was er mit ihm gemacht hatte oder sagen, es täte ihm leid. Es würde ein vernünftiges Ende geben, den Preis für den großen Schmerz, ein vernünftiges Ende, nur wußte sie jetzt, daß es nicht so kommen würde. Es gab nichts. Es gab nur Worte und Menschen und Akteure ... und Lügen ... und am Ende würde jemand sagen, schuldig oder unschuldig, und man würde Charles entweder hinrichten oder auf freien Fuß setzen, aber kein Mensch würde ihr Teddy zurückbringen. Das war nie Teil des Abkommens gewesen. Und als sie so dalag und darüber nachdachte, hatte sie das Gefühl, von einem verwirrenden Nebel umgeben zu sein.

»Kommst du?« Um Viertel nach eins trat Malcolm mit einem verächtlichen Blick zu Marielle ins Schlafzimmer. Sie fühlte sich so elend, daß sie sich kaum rühren konnte. Wieder zum Gericht zu fahren, erschien ihr schier unmöglich.

»Ich glaube nicht, daß ich es schaffe«, sagte sie matt. Sie schaffte es weder die Augen zu öffnen noch sich aufzusetzen.

»Unsinn«, herrschte er sie an. »Du *mußt*. Möchtest du, daß die anderen glauben, du hättest Angst?« Er sagte das, als handele es sich bei Angst um eine Todsünde. War denn Angst so schrecklich? Die zweite Todsünde. Angst. Die erste war Schwäche. Und wie stand es mit der Liebe? War auch sie eine Sünde? Hatte sie gesündigt, weil sie Charles geliebt hatte ... und André ... und das kleine Mädchen ... oder sogar Teddy? Welchen Wert hatte »Liebe« in Malcolms Vokabular? Oder existierte das Wort darin gar nicht? Kannte er nur Verantwortung und Pflichterfüllung? In ihrem Kopf drehte sich alles. Oder war Liebe etwas, das er allein für Brigitte aufsparte?

»Wenn du nicht kommst, Marielle, dann wird man glauben, du hättest mit Delauney gemeinsame Sache gemacht und erträgst es nun nicht, ihn verurteilt zu sehen. Möchtest du das? Möchtest du, daß sich die Presse damit ihre Blätter vollschmiert? Ich möchte es nicht. Steh auf, um Himmels willen, und stell dich der Situation.« Er schrie in der Dunkelheit auf sie ein, und sie spürte, wie sie am ganzen Körper zu zittern begann. Aber von irgendwoher bezog sie Kraft, aus Reserven, von deren Vorhandensein sie nichts geahnt hatte. Sie setzte sich still auf und nahm mit einem Blick zu ihrem Mann das feuchte Tuch von der Stirn. »Malcolm, ich habe mich mein Leben lang Situationen gestellt, denen du dich auch jetzt nie stellen würdest. Also sag mir nicht, daß ich aufstehen und mich stellen soll.« Diese Worte schleuderte sie ihm in einem Ton entgegen, den anzuschlagen sie ihm gegenüber bisher nie gewagt hatte. Aber seit Teddys Entführung war er zu ihr abscheulich gewesen, und sie konnte sich nicht noch mehr gefallen lassen. Es war nicht ihre Schuld, auch nicht die seine und wahrscheinlich auch nicht Charles' Schuld.

Vermutlich war es die Tat irgendeines geistesgestörten Unbekannten. Es war geschehen, und es war vorbei. Warum schob er ihr unaufhörlich die Schuld in die Schuhe?

»Du siehst schrecklich aus«, sagte er, während er sie beobachtete, wie sie im Ankleidezimmer ihr Haar zurückkämmte und zu einem Knoten zusammensteckte. Dann ging sie ins Bad, wusch ihr Gesicht und trug etwas Lippenstift auf. Trotzdem wirkte sie sehr ernst und streng, als sie ihm mit dunkler Brille zum Wagen folgte, in Gedanken bei John Taylor, den sie lange nicht mehr gesehen hatte.

Wortlos saß sie mit Bewachern und Polizisten neben Malcolm im Auto, und wie immer kämpften sie sich durch Massen von Schaulustigen zum Gerichtssaal durch, wichen Händen aus, die nach ihnen fassen wollten, Fragen, die ihnen gestellt wurden, ständig bemüht, der Presse zu entkommen und ihre Gesichter vor den Fotografen abzuschirmen. Weil sie solche Kopfschmerzen hatte, empfand Marielle das alles diesmal als ganz besonders quälend. Aber schließlich hatten sie es zu ihren Plätzen geschafft, und sie nahm ihre dunkle Brille ab.

Zum ersten Mal seit Beginn des Verfahrens verspätete sich der Richter um zehn Minuten, und Tom brütete über seinen Notizen, während Charles mit geschlossenen Augen und finsterer Miene dasaß. Seine Hoffnung war zu einem Nichts geschrumpft, und das trotz Toms geschickter Verteidigungsstrategie. Er war nun sicher, daß man ihn ohne die Aussage des Informanten, der Teddys Sachen in sein Haus geschafft hatte, schuldig sprechen würde.

Der Richter hatte Tom eben aufgefordert, mit seinem Schlußplädoyer zu beginnen, und dieser war gerade aufgestanden, als John Taylor den Raum betrat. Er hielt einen Moment inne und warf dem Richter, der ihn gut kannte, einen Blick zu. Ankläger und Verteidiger sahen ihn in gespannter Erwartung an. Alle Anwesenden fragten sich, wieso der ansonsten so makellose FBI-Agent so schmutzig und abgerissen daherkam. Er trug Arbeitshosen und eine derbe Strickjacke und strotzte vor Öl- und Schmutzflecken. Alles in allem bot er ein Bild, das vor Gericht fehl am Platz wirkte, als er, von allen neugierig beobachtet, zu Marielle ging und ihr mit einem entschuldigenden Blick zum Richter zuflüsterte, sie solle mit ihm kommen. Wortlos und ohne Malcolm etwas zu sagen, folgte sie ihm aus dem Gerichtssaal. Alle blickten ihnen nach, Köpfe wurden gewendet, Geflüster wurde hörbar, bis schließlich der Richter zu seinem Hammer griff und sich Gehör verschaffte.

»Darf ich Sie erinnern, meine Damen und Herren«, rief er, so energisch er konnte, »daß Mr. Armour sein Abschlußplädoyer hält.« Tom versuchte sich nun auf seine Rede zu konzentrieren und nicht darüber nachzudenken, warum John Taylor wohl Marielle aus dem Gerichtssaal geholt hatte. Er hatte das schreckliche Gefühl, daß man Teddys Leichnam gefunden hatte und daß Taylor es ihr als erster beibringen wollte. Aber hätte er in diesem

Fall nicht auch Malcolm geholt, oder war es besser so? Tom versuchte, sich auf den Einbeinigen zu konzentrieren ... auf die Exnonne ... und den jungen schwarzen Musiker. Er bemühte sich, ihnen vor Augen zu führen, was für ein guter Mensch Charles war, wie man ihn zu Unrecht beschuldigt hatte und daß es dem Ankläger nicht gelungen war, seine Schuld zweifelsfrei nachzuweisen. Daß sie, wenn sie ihr Gewissen prüften, diesen Mann unmöglich wegen der Dinge, die er im Zustand der Volltrunkenheit gesagt und nie gemeint hatte, auf den elektrischen Stuhl schicken konnten. Das alles klang ihm selbst wie eine eintönige Litanei in den Ohren, während ihn ununterbrochen die Frage quälte, weshalb Marielle gegangen war. Es war die Frage, um die sich seine und die Gedanken aller drehten. Einzig Malcolm war von unerschütterlicher Gelassenheit.

Und als sie mit John in den Wagen stieg, sah sie ihn voller Angst an. »Was ist passiert?« fragte sie beklommen. »Was geht da vor?«

»Ich möchte, daß du mir vertraust. Ich muß dich an einen bestimmten Ort bringen. Geht es dir einigermaßen?« Er sah sie besorgt an. Sie hatte einen Moment leicht geschwankt, und kein Mensch hatte ihm gesagt, daß sie am Morgen in Ohnmacht gefallen war.

»Mir geht es gut. Ich habe nur schreckliche Kopfschmerzen.« Wieder zuckte sie zusammen, folgte ihm aber ohne zu zaudern ins Auto.

»Es tut mir leid, daß ich dir das zumute. Es wird nicht so schlimm, wie du denkst, und ich werde es dir nach Möglichkeit erleichtern ... aber ich muß dich mitnehmen.« Er startete den Wagen, und sie fuhren in Richtung West Side los. Marielle bekam es mit der Angst zu tun.

»Nimmst du mich fest?« War das möglich? War er von Sinnen? Glaubte er am Ende, sie hätte doch mit Charles gemeinsame Sache gemacht? Hatte Malcolm ihm dies eingeredet? Sozusagen als letzten Racheakt an ihr? Während sie westwärts fuhren, wuchs ihre Angst.

»Natürlich nicht.« Er strich ihr zärtlich über die Hand und zog ironisch eine Braue hoch. »Sollte ich das?«

»Ich weiß es nicht.« Sie war sehr nervös. »Ich weiß nicht, wohin wir fahren. Sollte Malcolm nicht mit dabei sein?« Wie Tom befürchtete sie plötzlich, man würde sie auffordern, Teddys Leichnam zu identifizieren. Sie wußte, daß sie das nicht ertragen würde, aber John glaubte vielleicht, er tue ihr einen Gefallen, indem er sie allein hinbrächte. Doch auf ihre Frage schüttelte er den Kopf.

»Dir wird bei mir nichts passieren, Marielle. Vertrau mir. Es geschieht dir nichts. Es wird nicht so schwierig, wie du denkst.« Er sah sie liebevoll an, von dem Wunsch erfüllt, sie zu küssen. Aber im Moment lag eine ernste Sache vor ihnen.

»Kannst du mir nicht wenigstens sagen, um was es geht?« Sie war den Tränen nahe. Im Gerichtssaal hatte er nur zu ihr gesagt: »Mrs. Patterson, ich muß Sie bitten, mit mir zu kommen.« Malcolm war offenkundig nicht weniger erschrocken als sie.

»Marielle, es tut mir leid, aber ich kann es dir nicht sagen. Im Moment ist es noch Amtsgeheimnis.« Als er ihre Hand tätschelte, hinterließ er eine Schmutzspur auf ihren Fingern.

Sie nickte und bemühte sich, tapfer zu sein, obwohl ihr Kopfschmerz so stark war, daß sie es kaum aushalten konnte. Er redete ununterbrochen auf sie ein, obwohl man ihm anmerkte, daß er mit seinen Gedanken woanders war. Und als ihr bewußt wurde, wie schmutzig er war, drängte sich ihr die Frage nach dem Grund auf. John war so zerstreut, daß ihm ihr Schweigen gar nicht auffiel.

Nach wenigen Minuten trafen sie am Hafen ein, und er fuhr direkt zu den Docks, wo bereits ein halbes Dutzend FBI-Fahrzeuge wartete. Alle musterten sie genau, als sie ausstieg. John half ihr.

»Ich fasse dich nur ungern an, weil ich so schmutzig bin.« Er lächelte, und allein die Sanftheit seines Blickes genügte, um ihr zu helfen.

Dann führte er sie an Bord des Schiffes, eines kleinen Frachters, der unter deutscher Flagge fuhr. Es war nicht besonders schön oder ordentlich, und der gräßliche Kohlgeruch, der in der Luft lag, trug nicht dazu bei, ihren Kopfschmerz zu lindern. Es war ein Frachter, der auch Passagiere beförderte, und der Kapitän erwartete sie mit ernster Miene im kleinen Speisesaal. Taylor stellte Marielle vor, ein halbes Dutzend FBI-Leute waren zugegen, von denen sie nicht wußte, ob sie sie, den Kapitän oder John Taylor bewachten. Aber der Kapitän kam rasch auf sie zu.

»Mrs. Patterson. Es tut mir ja so leid. Für mein Land ist das ein trauriger Anlaß«, sagte er ernst mit einer linkischen Verbeugung und dem Versuch, ihr die Hand zu küssen, doch als er die Worte aussprach, begann der Raum sich um sie zu drehen. Aus dem, was er sagte, entnahm sie, daß man Teddys Leichnam gefunden haben mußte. Sie wandte sich verzweifelt John Taylor zu, klammerte sich an ihn, flehte ihn mit Blicken an, ihr beizustehen. Er zog einen Stuhl heran und half ihr, sich zu setzen. Dann gab er einem seiner Leute ein Zeichen, ihr ein Glas Wasser zu bringen. Und als es gebracht wurde, hielt er es ihr an die Lippen und ließ zu, daß sie sich an ihn lehnte, während er liebevoll und beschwichtigend auf sie einredete wie eine Mutter auf ihr krankes Kind. Immer wieder bat er sie, stark zu sein und sich von ihm helfen zu lassen. Doch sie konnte nur den Kopf schütteln und die Augen schließen. Wieder überfiel sie das heftige Verlangen nach dem Tod. Sie wußte, daß sie das alles nicht durchstehen würde.

»Schon gut, Marielle ... es wird alles wieder gut ...« Sie lauschte seiner Stimme, während sie die Augen schloß und sogleich wieder öffnete. »Nur ein paar Minuten ... ich möchte, daß du dir ein paar Leute ansiehst ... das ist alles. Du sollst sie ansehen und mir sagen, ob du sie kennst.«

»Sind sie tot?« Sie wimmerte wie ein Kind, und er strich ihr sanft mit einer Hand übers Haar, während er mit der anderen ihre Schulter umfangen hielt.

»Nein, sie leben. Es wird dir nichts geschehen. Du brauchst sie nur anzusehen und ja oder nein zu sagen.«

»Also gut.« Angst schnürte ihr die Kehle zu, so daß sie kaum Luft bekam, und sie war dankbar für den Stuhl, weil sie wußte, daß sie es stehend und von allen beobachtet nicht geschafft hätte. Gleich darauf wurde ein Mann von zwei FBI-Leuten hereingeführt. Er war groß, blond und sehr mager und hatte ein hartes, haßerfülltes Gesicht, das er vor Marielle abzuwenden versuchte, doch seine zwei Bewacher versetzten ihm einen unsanften Stoß, so daß er sie ansehen mußte. Er stand etwa eineinhalb Meter vor ihr entfernt, und sie wich zurück, auf John zu. Aber seine Agenten hielten den Mann fest, so daß er gar nicht erst versuchte zu entkommen.

»Kennen Sie diesen Mann, Marielle? Haben Sie ihn schon irgendwo gesehen? Sehen Sie ihn sich sorgfältig an.« Sie schüttelte den Kopf und verneinte. Sie hatte keine Ahnung, warum sie hier war, und hatte Angst, ihn nach dem Grund zu fragen. Sie wußte nur, daß es auf schreckliche Weise mit ihrem Kind zu tun haben mußte, aber wenn Teddy getötet worden war, dann wollte sie es nicht wissen.

Der erste Mann wurde abgeführt, und fünf Minuten später wurde der zweite hereingebracht. Dieser war dunkel an Haut und Haaren und hatte eine häßliche Narbe, die quer über sein Gesicht und wieder zurück zum Kinn verlief, und er sah Marielle an, als würde er sie am liebsten umbringen. Er sagte etwas zu ihr, auf deutsch, in einem zornig-kehligen Ton, und sie wich wieder zurück, aber John beruhigte sie sofort.

»Marielle, niemand wird Ihnen etwas zuleide tun. Das lasse ich nicht zu.« Sie nickte wieder wie ein Kind, voller Angst vor dem, was die beiden getan haben mochten. Als nächstes wurde eine

Frau vorgeführt, blond, schwergliedrig, um die Dreißig. Sie fing sofort an, auf deutsch auf den Kapitän einzureden, bis der sie anherrschte, sie solle den Mund halten, worauf die Frau Marielle flehend ansah, als erwarte sie Hilfe von ihr.

»Was sagt sie?« fragte Marielle.

»Sie sagt, daß sie niemandem etwas getan hat«, erklärte der Kapitän. Daraufhin redete die Frau weiter, und der Kapitän donnerte sie an, sie solle endlich still sein.

»Wer sind diese Menschen?« fragte Marielle John.

»Das wollte ich erst von Ihnen wissen. Sie kennen also niemanden? Sind Sie sicher?«

»Keinen. Ich habe sie noch nie gesehen.«

»Sie haben nie in Ihrem Haus gearbeitet, auch nicht kurz ... oder nur für Malcolm?«

»Ich weiß es nicht. Ich habe sie nie gesehen«, wiederholte sie. Sie war ihrer Sache ganz sicher. John nickte seinen Leuten ausdruckslos zu und gab Zeichen, man solle die drei Deutschen entfernen. Und als sie draußen waren, nickte er seinen Männern erneut zu, um sich dann zu Marielle hinunterzubeugen und ihr ernst etwas zuzuflüstern.

»Ich möchte, daß du jetzt ganz stark bist ... ich möchte, daß du stark bist, Marielle ... gib mir deine Hand ... wir werden dir jemanden zeigen ... und du sollst uns sagen, ob du ihn kennst.« Kaum hatte er die Worte ausgesprochen, als sie wieder von heftiger Angst erfaßt wurde. Sie hatte nicht den Mut, ihr totes Kind anzusehen. Sie hatte André gesehen, nachdem er ertrunken war, hatte ihn in den Armen gehalten, ihn ans Herz gedrückt. Sie würde es nicht noch einmal fertigbringen, das wußte sie genau. Sie brach in Tränen aus und wandte sich ab, bemüht, sich aus Johns Griff zu befreien.

»Ich kann nicht ...«, rief sie und preßte ihr Gesicht an ihn. »Ich kann es nicht ... bitte ... das kann niemand von mir verlangen ...«

»Vielleicht ist er es gar nicht... Sie müssen uns helfen... bitte, Marielle...« Er war selbst den Tränen nahe, denn er haßte nichts mehr, als ihr weh zu tun. Aber das Kind, das sie gefunden hatten, schien taubstumm zu sein und sie nicht zu verstehen. Sie waren nicht sicher, ob es unter der Wirkung von Betäubungsmitteln stand oder zu verängstigt war, um zu reden, oder ob es einfach die Sprache nicht verstand. Der Kapitän konnte sich nicht erinnern, den Kleinen zuvor gesehen zu haben, obwohl die Gruppe sich schon seit Tagen an Bord befand. Das Kind sah anders aus als der kleine Patterson, doch an den Augen war etwas, das Johns Aufmerksamkeit erregt hatte. Die Haarfarbe war anders, und er war viel dünner als auf den Fotos, die er von Teddy gesehen hatte. Außerdem war er älter, aber trotzdem... er mußte Marielle fragen. Er konnte das Schiff nicht auslaufen lassen, ohne eine Gegenüberstellung zu arrangieren. Und sein sechster Sinn sagte ihm, daß an diesen Menschen etwas faul war. Doch Marielle klammerte sich an ihn und weigerte sich lange, ihn anzusehen. Schließlich gelang es ihm, ihren Blick festzuhalten.

»Sie müssen, Marielle... Teddy zuliebe...« Er hielt ihre Hand fest, und sie drehte langsam den Kopf und starrte das Kind an, das hereingebracht wurde. Alles schien für einen endlosen Augenblick stillzustehen. Sie stand auf und starrte das Kind an, als traue sie ihren Augen nicht. Man hatte ihm das Haar geschnitten, er hatte kurzes dunkelbraunes Haar, das aber an den Wurzeln hell schimmerte, und wenn man genauer hinschaute, dann sah man, daß es gefärbt war.

Und während sie den Kleinen anstarrte, hob er den Blick, aus dem Fassungslosigkeit sprach, daß sie endlich gekommen war, um ihn zu retten. Da stieß sie einen herzzerreißenden Schrei aus, war mit zwei großen Schritten bei ihm und drückte ihn an sich. Und langsam, als hätte er das Weinen verlernt, fing das Kind zu schluchzen an. Zuerst wimmerte es, dann kamen laute, verzweifelte Schreie, während es sich an die Mutter klammerte, die es für immer verloren zu haben glaubte. Der Kapitän weinte, und auch John Taylor liefen die Tränen über die Wangen.

Lange Zeit sah Marielle niemanden. Was sie sah, was sie wußte, was sie fühlte, war das Kind in ihren Armen, das Kind, das sie auf ewig verloren gewähnt hatte.

»Mein Liebling ... ach, mein Schatz ...« Sie hielt Teddy fest, als wollte sie ihn nie wieder loslassen, und schließlich half ihnen der Kapitän von Bord, und die drei Deutschen wurden in Handschellen und Fußeisen von FBI-Leuten abgeführt. Der Kapitän entschuldigte sich noch einmal wortreich, und John teilte ihm mit, daß das Schiff für weitere Ermittlungen im Hafen festgehalten würde. Zwei Dutzend Mann blieben als Bewacher zurück, und John half Marielle und Teddy ins Auto. Er mußte sie schleunigst zurück zur Gerichtsverhandlung bringen und dem Richter Mitteilung von den Ereignissen machen. Zu diesem Zweck hatte er zusätzlich Leute angefordert, denn er wußte, er würde im Gerichtsgebäude eine ganze Armee von Bewachern brauchen.

Er sah das auf dem Schoß seiner Mutter sitzende Kind lange und eindringlich an. Der Junge hatte nicht einmal gelächelt und klammerte sich an sie, als habe er Angst, sie wieder zu verlieren. John berührte die kleinen Finger, die Marielles Finger umklammerten.

»Hallo, kleiner Mann! Nach dir haben wir lange gesucht.« Teddy starrte ihn an, ratlos, ob er ihm trauen konnte oder nicht.

»Sie haben gesagt, du seist tot«, flüsterte er, während er seine Mutter ansah ... »und dann haben sie mich in eine Kiste gesteckt ... mit Löchern ... und sie haben mir Keks zu essen gegeben.«

»Reizende Menschen, diese Deutschen«, sagte John gepreßt. »Die waren mir schon immer so sympathisch.« Die drei würden einiges zu erzählen haben. Sie hatten vom Moment ihrer Festnahme an behauptet, der Vater des Jungen habe sie bezahlt, damit sie den Jungen nach Deutschland brächten, in »Sicherheit«, aber den Namen des Kindesvaters wollten sie nicht preisgeben. Sie sagten nur, die Eltern des Jungen seien Deutsche. Einer hatte allerdings eine Visitenkarte mit Malcolms Namen bei sich gehabt und eine Telefonnummer, die John als die von Brigitte Sanders erkannte. Davon aber sagte er Marielle nichts. Es würde interessant sein, was die Deutschen sonst noch zu sagen hatten, wenn sie richtig zu reden anfingen.

»Ich weiß nicht, was ich sagen soll«, flüsterte Marielle John leise zu, während sie Teddy auf ihrem Schoß umfangen hielt und sie auf schnellstem Weg zum Gerichtsgebäude fuhren. »Ich hätte nie gedacht, daß wir ihn jemals finden würden . . . und ich hatte so große Angst . . . ich dachte, du hättest mich hingeführt, damit ich . . .« Sie brachte die Worte nicht über die Lippen, und plötzlich merkte sie, daß ihr Kopfschmerz wie weggeblasen war. Ihre Gedanken galten jetzt einzig Teddy, den sie an sich gedrückt hielt, in dem dahinsausenden Auto sitzend, neben dem Mann, der ihr Kind gefunden hatte.

»Ich weiß, was du dachtest«, sagte er verhalten. »Aber das hätte ich dir nicht zugemutet . . . wenn es darum gegangen wäre, hätte ich Malcolm mitgenommen. Aber ich wollte, daß du die drei zuerst siehst. Sie haben ausgesagt, sie seien von den Eltern des Kindes gedungen worden.«

»Malcolm wird ja so erleichtert sein.« Sie lächelte, weil sie sich für ihn freute. Er hatte es nicht verdient, seinen Sohn zu verlieren. John Taylor schwieg dazu.

Bei ihrer Ankunft vor dem Gerichtsgebäude wurden sie von zwanzig FBI-Leuten erwartet, und John ordnete an, daß sie sich wie eine lebende Mauer um Marielle und das Kind scharten. Der Kleine ließ es mit verängstigter Miene über sich ergehen, während seine Mutter ihn nicht losließ und ihm zuraunte, daß alles gut werden würde. Gleich würden sie Daddy sehen.

Und als John Taylor, umgeben von seinen Leuten, den Saal betrat, verstummte alles, als spürten die Anwesenden, daß etwas

Wichtiges bevorstand. Der Richter blickte zu ihnen auf. Und Tom Armour hielt mitten im Satz inne. Die sonderbare Gruppe durchschritt den Raum, und erst unmittelbar vor dem Richtertisch traten die Männer auf Taylors Anweisung zurück, und man sah in ihrer Mitte die zuvor vollkommen verborgene Marielle, die einen kleinen schmutzigen Jungen mit dunklem Haar an sich gedrückt hielt. Der Richter erhob sich mit fassungsloser Miene.

»Ist das . . .?« Er sah Marielle an, die unter Tränen lächelnd zu ihm aufblickte. Dann wanderte sein Blick zu Taylor und schließlich voller Ratlosigkeit über den ganzen Saal, als plötzlich eine Frau aufschrie, die begriffen hatte, was los war. Und dann versuchten Zuhörer und Presse, die kleine Gruppe zu stürmen, doch die Polizei gebot dem wilden Drängen Einhalt. Man hatte die Polizisten vorgewarnt, als Marielle und Teddy eingetreten waren. »Mein Gott . . . es ist der Junge!« rief jemand aus. »Er lebt. Es ist Teddy!«

Der Richter ließ sich auf seinen Sitz fallen, und sein Hammer trat in Aktion, ehe er die Räumung des Saales durch die Polizei anordnete. Aber es war vor allem Malcolms Reaktion, die John faszinierte. Als er den Jungen erblickte, tat er nicht, was Marielle getan hatte. Er stand auf, setzte sich wieder und blickte um sich, als suche er jemanden anders. Dann erst stürzte er sich unvermittelt auf das Kind, was nun aber schon wie ein nachträglicher Einfall wirkte. Seine erste Reaktion war es nicht gewesen, auf den Kleinen zuzulaufen und ihn in die Arme zu nehmen. Er ließ auch nichts von einem Gefühlssturm erkennen, wie Taylor ihn an Marielle beobachtet hatte; erst ihre gräßliche Angst, das Kind könnte womöglich tot sein, und dann der herzzerreißende Aufschrei, als sie Teddy erkannte. Es war Charles, der beim Anblick des Jungen weinte und die ebenfalls in Tränen aufgelöste Marielle über den Kopf des Kindes hinweg mit einem tiefen Blick ansah. Er dachte an jenes andere Mal, an einen anderen Tag, und er freute sich für sie, daß es diesmal anders ausgegangen war.

»Gottlob, er lebt«, flüsterte er Tom Armour zu, der dazu nur nickte; er hatte mit seinen eigenen Gefühlen zu kämpfen, während er seinem Mandanten unter Tränen zulächelte. Er wußte, was es hieß, ein Kind zu verlieren, und auch er war dankbar, daß es in diesem Fall nicht passiert war. Charles dachte in diesem Moment nicht an sich, er freute sich nur für Marielle.

Malcolm sah überaus ernüchtert aus, als er zu Marielle und John und Teddy trat. »Gott sei Dank, daß Sie den Jungen gefunden haben«, tönte er fast fromm, doch seine Augen blieben trocken, und Taylor sah ihm an, daß er wütend war. Er versuchte, den Jungen von Marielle wegzudrängen, dieser aber ließ seine Mutter nicht los.

»Sie haben gesagt, Mami sei tot«, stieß der Kleine, noch immer außer sich vor Angst, hervor.

»Das müssen schreckliche Menschen gewesen sein«, entgegnete Malcolm mit merkwürdiger Miene. Und in diesem Moment bat John Taylor Malcolm, ihn in das Büro des Richters zu begleiten.

Inzwischen war der Saal geräumt worden. Nur Staatsanwalt und Verteidiger, der Angeklagte, Marielle, das Kind, die Geschworenen und die zahlreichen FBI-Männer waren geblieben. Der Richter hatte sich mit Malcolm und John Taylor zurückgezogen. Marielle hatte keine Ahnung, was sich zwischen ihnen abspielte. Sie saß da und unterhielt sich leise mit Charles und Tom. Im Raum herrschte eine Atmosphäre der Ruhe und des Behagens, wie sie sie lange nicht erlebt hatte. Zwei FBI-Leute waren hinausgegangen, um Teddy eine Eistüte zu besorgen, und nun saß er selig an seine Mutter geschmiegt und schleckte Eis. Marielle saß da, hielt ihn fest und hatte das Gefühl, er sei nie fort gewesen. Die letzten Monate wichen zurück, lösten sich in den Dunstschwaden des Alptraums auf, aus dem sie gekommen waren. Teddy war wohlbehalten und unversehrt zurückgekehrt. Dank der Gnade Gottes, dank John Taylor und vielleicht auch dank Louies des Frauenhelden war Teddy wieder bei seiner Mutter.

Es dauerte lange, bis Malcolm, der Richter und John Taylor wieder zum Vorschein kamen, und als sie aus dem Büro des Richters traten, war Malcolms Mund zu einem schmalen Strich zusammengekniffen. John hatte zwei interessante Anrufe seiner Dienststelle bekommen. Es waren noch etliche Punkte unklar, aber man wußte jetzt mit Sicherheit, daß die Entführer oder zumindest die drei Personen, die Teddy auf dem Schiff festgehalten hatten, von Malcolm bezahlt worden waren.

Sie hatten sogar Papiere bei sich, die es bewiesen, und dazu einen gefälschten Paß für den Jungen, ein Dokument, das erwiesenermaßen von Malcolm besorgt worden war. Der Name des Kleinen war darin mit Theodore Sanders angegeben.

»Das ist absurd«, hatte er sich Augenblicke, nachdem der Anruf gekommen war, zur Wehr gesetzt. »Man versucht mir hier etwas anzuhängen, womit ich absolut nichts zu tun habe.« Er geriet außer sich und berief sich vor Taylor auf seine weitreichenden Verbindungen.

»Die Leute haben Ihren Namen genannt, Mr. Patterson«, sagte John ruhig. »Und keinen anderen. Sie werden Gelegenheit bekommen, die Leute zu identifizieren und sich zu verteidigen. Darüber werden wir uns später unterhalten. In meinem Büro. Sehr viel Geld ist von Hand zu Hand gegangen, sehr viele Menschen, die auf Ihrer Lohnliste stehen, haben Verbrechen begangen. Und wenn man Ihnen sonst nichts nachweisen kann, so können Sie meiner Meinung nach mit einer Anklage wegen Konspiration und Erpressung rechnen. Ganz zu schweigen von dem zivilrechtlichen Verfahren, das von seiten Mr. Delauneys auf Sie zukommen könnte.« Taylor machte ein sehr ernstes Gesicht und Malcolm ebenso.

Der Richter aber war zutiefst geschockt. Unfaßbar, daß der Mann seinen eigenen Sohn entführt oder Verbrecher gedungen haben sollte, die die Tat ausführten. Und warum hatte er das getan? Nun, es war Sache des FBI, dies herauszufinden. Er mußte jetzt die Geschworenen entlassen und einen Unschuldigen auf freien Fuß setzen. Zumindest nahm er an, daß der Angeklagte unschuldig war. Nichts deutete auf Delauney als Entführer hin, und das Kind war wohlbehalten zurückgekehrt. Mit Sicherheit ein Schritt in die richtige Richtung.

»Meine Damen und Herren«, richtete der Richter ernst das Wort an die völlig verwirrten Geschworenen. »Mir scheint, daß wir es hier mit einem Fall von Rechtsbeugung zu tun haben. Oder zumindest hätten wir es damit zu tun gehabt, wenn das Verfahren seinen Fortgang genommen hätte. Es sieht nun so aus, als sei Charles Delauney des Verbrechens, dessen er angeklagt war, nicht schuldig. Unter Vorbehalt späterer Ermittlungen setze ich ihn hiermit auf freien Fuß und entlasse Sie, meine Damen und Herren Geschworenen, nach Hause zu Ihren Familien. Wir ersuchen Mr. Delauney, die Stadt nicht zu verlassen, und wir werden Sie davon in Kenntnis setzen, ob dieser Fall tatsächlich abgeschlossen wird, wovon ich jedoch überzeugt bin. Wir danken Ihnen für alles, was Sie hier geleistet haben, für Ihren guten Glauben und Ihre Zeit.« Er nickte, und sie erhoben sich mit einem Ausdruck, als hätten sie den Gerichtssaal am liebsten im Laufschritt verlassen. Aber alle lächelten Marielle zu, und einige wünschten Charles viel Glück. Eine der Frauen blieb stehen und gab Teddy einen Kuß.

»Ich setze Sie, Mr. Delauney, ohne Kaution auf freien Fuß – mit der Auflage, daß Sie New York nicht vor dem endgültigen Abschluß der Angelegenheit verlassen. Ist das klar?«

»Ja, Sir.« Charles sah aus, als sei ihm die Last der Welt von den Schultern genommen worden.

»Ich rechne damit, bald von Ihnen zu hören, Mr. Taylor«, sagte der Richter zu John, während Malcolm in Handschellen abgeführt wurde. Malcolm würdigte Marielle keines einzigen

Wortes, als er ging, und er hatte auch mit Teddy kaum gesprochen. John blieb, um Marielle und Teddy nach Hause zu bringen, und Tom lächelte seinem Mandanten zu.

»Sie sind ein freier Mann. Soll ich Sie nach Hause bringen?«

»Ja, das wäre sehr nett«, antwortete Charles. »Ich freue mich, daß er gefunden wurde«, fügte er leise zu Marielle gewandt hinzu: »Ich hätte es nicht ertragen, wenn du auch ihn verloren hättest. Das verdienst du nicht.« Er gab ihr einen sanften Kuß auf die Wange, und dann tauschten sie einen langen Blick... »Ich werde dich immer lieben«, sagte er, worauf Teddy ihn anstarrte und Marielle nickte. Auch sie würde ihn immer lieben, doch hatte sie nichts mehr, was sie ihm geben konnte. Sie hatte es ihm vor langer Zeit gegeben, und was geblieben war, gehörte Teddy.

»Kommen Sie, ich fahre Sie nach Hause«, sagte John leise und legte ihr einen Arm um die Schulter. Langsam gingen sie hinaus, lange verfolgt von Charles' Blick. Tom brachte ihn kurz danach nach Hause, und Bea Ritter wartete schon auf den Stufen des Gerichtsgebäudes. Als sie Marielle, flankiert von FBI-Leuten, hatte hineingehen sehen, war ihr klar gewesen, daß sich etwas Unglaubliches zugetragen haben mußte. Sie hatte auf den Stufen gesessen, geweint und gewartet.

»Ich stehe tief in Ihrer Schuld«, sagte Charles nun fast ein wenig schüchtern zu Bea. »Sie und Tom waren die einzigen, die an mich glaubten. Und es hat eine ganze Weile ziemlich schlecht für mich ausgesehen.« Sie nickte dankbar, und er umarmte sie herzlich, ehe er mit Tom nach Hause fuhr. Der alte Butler, der schon fast vierzig Jahre im Haus war, fiel beinahe in Ohnmacht, als er Charles sah. Die Abendausgaben der Zeitungen überschlugen sich mit Meldungen, Teddy sei, angeblich unter Einsatz von Maschinenpistolen, von FBI-Agenten auf einem deutschen Schiff gefunden worden.

Und am nächsten Morgen war Charles Delauney ein freier Mann. Um acht Uhr morgens hatte Richter Morrison das Verfahren gegen Charles Delauney offiziell eingestellt. Aufgrund der am Abend zuvor aufgetauchten Beweise hatte Tom Armour den Richter zu Hause angerufen und ihn gebeten, seine Unterschrift unter das Dokument zu setzen. Inzwischen hatte John Taylor ausreichend Beweismaterial beisammen, um Malcolm ein Grab zu schaufeln. Es war eine höchst komplizierte Geschichte, und seine Mitstreiter würden sie unglaublich finden, doch Malcolm hatte die Spitzen der Unterwelt zur Entführung seines eigenen Sohnes angeheuert und dafür ein Vermögen bezahlt. Über eine Million Dollar hatte den Besitzer gewechselt, damit der Junge versteckt blieb, bis das Aufsehen sich gelegt hatte und er außer Landes gebracht werden konnte. Und zum Schluß war ein deutsches Team eingeschaltet worden, handverlesen und sorgfältig ausgesucht, das Teddy in jenes Land bringen sollte, in dem Malcolm sich mit Brigitte hatte niederlassen wollen.

Er hatte alles von langer Hand geplant, fast vom Zeitpunkt der Geburt des Kindes an. Schon damals hatte er nämlich gewußt, daß es ein Fehler war, Marielle und nicht Brigitte zu heiraten. Marielle war vornehm, gebildet, anständig und gut und in vielfacher Hinsicht die ideale Frau. Aber es war Brigitte, nach der er sich verzehrte. Brigitte, die seine Sinne erregte, Brigitte, mit der er sein Leben verbringen wollte, wäre da nicht der Umstand gewesen, daß sie keine Kinder bekommen konnte.

Die Idee hatte ganz allmählich Gestalt angenommen, nachdem sie zunächst nur an eine Scheidung gedacht hatten. Marielle war für ihn zu sanft, zu verschreckt, zu sehr gezeichnet von der Vergangenheit. Zum Zeitpunkt ihrer Heirat hatte ihm die Tatsache zugesagt, daß sie keine anderen Bindungen hatte, doch mit der Zeit empfand er die Tatsache, daß sie abhängig von ihm war, als Last. Brigitte hingegen war alles, was Marielle nicht war, sie war schärfer, härter, anspruchsvoller und absolut unabhängig. Sie stellte Forderungen an Malcolm, die ihn entsetzten, besonders, wenn sie ihn zu verlassen drohte. Er aber hatte die Scheidung hinausgezögert, weil er Teddy nicht aufgeben wollte. Zunächst hatte er erwogen, Marielle das Sorgerecht streitig zu machen, doch das war kompliziert und mit Unsicherheiten behaftet. Schließlich hatte Brigitte vorgeschlagen, sie sollten einfach nach Deutschland ziehen und den Jungen mitnehmen. Malcolm hatte dann den Plan ein paar Schritte weiter entwickelt. Wurde der Junge erst für tot gehalten, würde man – sogar seine Mutter – die Suche nach ihm irgendwann einstellen.

Und wenn er dann in Deutschland seine Sekretärin heiratete und deren Kind adoptierte, würde kein Hahn mehr danach krähen. Wer würde Fragen stellen? Es wäre nur natürlich, wenn er versuchte, den Schmerz seines Verlustes zu lindern. Und wer würde vermuten, daß es sich um Teddy handelte? Nachdem er ein oder zwei Jahre in Deutschland gut versteckt gehalten worden war, würde man ihn für ein deutsches Kind halten. Es war ein genialer Plan, der es ihm ermöglichte, Marielle für immer loszuwerden. Aber um ihn in die Tat umzusetzen, hatte es vieler Menschen bedurft... Charles', Marielles, des Kindes, der Leute, die den Jungen entführt hatten, und jener, die ihn versteckt gehalten hatten. Viele hatten leiden müssen und würden wegen Malcolm auch jetzt noch leiden. Dem Richter wurde fast übel, als er die Geschichte hörte. Und John Taylor verspürte Mordgelüste.

Es war ein wundervoll ausgeklügelter Plan. Malcolm hatte bereits begonnen, große Teile seines Vermögens nach Europa zu transferieren, und es war niemandem aufgefallen, da er dort schon immer viel investiert hatte. Noch vor Ablauf des Jahres hatte er mit Brigitte nach Deutschland übersiedeln wollen.

Brigitte war für ihre Mittäterschaft fürstlich bezahlt worden. Eine halbe Million Dollar war für sie nach Berlin überwiesen worden. Auch seine anderen Handlanger hatte er großzügig entlohnt. Alles in allem hatte der Plan ihn ein Vermögen gekostet. Aber für Malcolm war es gut angelegtes Geld. Er wollte Marielle loswerden, den Jungen für sich allein haben und ihn in Deutschland aufwachsen lassen. Er hatte Amerika satt, wie er sagte. Hitler sei der künftige Beherrscher der Welt, Hitler sei der einzige, der es verstehe, ein Land zu regieren. Alle seine Anstrengungen, Interessen und Gedanken, ja sogar sein Vermögen waren Hitler gewidmet. In seinen Augen war es das größte Geschenk, das er seinem Kind machen konnte, wenn er es in Deutschland aufwachsen ließ.

Es war eine Geschichte von unglaublicher Bösartigkeit. John Taylor konnte sie wie die anderen kaum glauben. Und – sonderbar genug – es hatten alle dichtgehalten, von Louie dem Frauenhelden abgesehen, doch als das Kartenhaus zusammenfiel, machten die gedungenen Entführer endlich den Mund auf, um ihre Haut zu retten und nicht für Malcolm ihre Köpfe hinzuhalten. Es war eine Sache von wenigen Tagen, und John Taylor hatte mehr Zeugen, als er brauchen konnte. Wegen Entführung konnte man Malcolm nicht anklagen, da Teddy sein Sohn war. Aber man konnte jene festnageln, die den Jungen tatsächlich entführt hatten. Und Malcolm wurde wegen Konspiration, Irreführung der Justiz und Komplizenschaft mit Kriminellen angeklagt.

Und was am merkwürdigsten war . . . Charles Delauney war ganz zufällig ins Spiel geraten, als Fügung des Schicksals, die sich zum idealen Zeitpunkt ergeben hatte. Nach allem, was Patrick ihm nach der Begegnung Marielles mit Charles in der Kirche berichtet hatte, war er Malcolm als der ideale Sündenbock erschienen, auf den sich alles abwälzen ließ. Und das Timing hätte nicht perfekter sein können. Es bedurfte nur weiterer fünfzigtausend Dollar, um den Schlafanzug und den Plüschbären im Haus Delauneys zu plazieren und Charles' Schicksal durch diese handfesten Beweise zu besiegeln. Malcolm hatte leichten Zugriff auf den Schlafanzug, da er den Jungen in New Jersey gut versteckt hielt. Dort hatte er ihn vier Monate lang verborgen und gewartet, bis die Häfen wieder ungehindert passierbar sein würden. Und im Mai wollten er und Brigitte Teddy auf der *Europa* folgen – nachdem er Marielle beschuldigt hatte, den Jungen gefährdet und die Entführung begünstigt zu haben. Malcolm wollte vor der Welt als geschädigte Partei dastehen, um schließlich in den Armen der hingebungsvollen Miss Sanders Trost zu finden. Alles war perfekt geplant und wäre problemlos gelaufen, hätte John Taylor nicht alles zunichte gemacht, indem er Teddy im letzten Moment auf dem kleinen deutschen Frachter entdeckte. Zwei Tage später wäre das Schiff ausgelaufen. Der Gedanke ließ alle schaudern. Und nach Malcolms Auffassung war das Ganze sogar ein ehrenhafter Plan, denn Teddy war sein eigener Sohn, und er hatte eigentlich nur gewollt, daß Marielle ausgeschaltet und der Junge in Deutschland erzogen würde. Für Malcolm hätte das bedeutet, den Rest seines Lebens in Deutschland zu verbringen, aber er fühlte sich dort ohnehin sehr wohl. Wohler als im eigenen Land.

Doch vorerst würde er nirgends hingehen. Er war gegen Kaution auf freiem Fuß, in Erwartung des Verfahrens, das Ende Juli stattfinden sollte, und Brigitte hielt sich irgendwo im Staat New York versteckt.

Auch sie war wegen Konspiration angeklagt, und es drohte ihr die Ausweisung.

Marielle wollte nur fort aus der Stadt und mit Teddy ein paar ruhige Tage verbringen. Sie wollte nichts von Malcolm und Brigitte sehen und fürchtete schon das neue Verfahren, doch sie wußte, daß sie als Zeugin der Anklage anwesend sein mußte. Bis dahin aber wollte sie für drei Monate nach Vermont gehen, nicht ohne vorher noch eine Menge Dinge zu erledigen, wie zum Beispiel einen Anwalt aufsuchen und die Scheidung von Malcolm einreichen.

Das versuchte sie John zu erklären, als er kam, um mit ihr zu sprechen, ehe sie sich endgültig entschloß, mit Teddy in Urlaub zu fahren. Er war seit Tagen sehr beschäftigt, hatte aber versucht, möglichst täglich bei ihr vorbeizusehen. Seine Agenten waren nicht mehr im Haus, auch nicht die Polizei. Der Großteil des Personals war ebenfalls fort. Marielle suchte für sich und Teddy eine Wohnung.

»Ich dachte, wir würden miteinander sprechen, ehe du ernsthafte Schritte unternimmst.« Seit dem Prozeß war er ständig Gegenstand von Zeitungsartikeln und wurde als der Held gefeiert, der das Patterson-Baby gefunden hatte. Außerdem hatte er alle Hände voll damit zu tun, den Prozeß gegen Malcolm, Brigitte und deren Komplizen vorzubereiten. Alles in allem waren zweiundzwanzig Personen beteiligt, die nun wegen verschiedener Verbrechen angeklagt wurden. »Und was soll das . . . dieser Plan mit Vermont?« Er schien besorgt und gekränkt. Die Vorstellung, daß sie ging, und sei es nur für ein paar Monate, war ihm nicht geheuer.

»Ich dachte mir, wir könnten Landluft gebrauchen.« Zumal sie sich wieder einem Verfahren würde stellen müssen, das einen Monat dauerte. Aber diesmal war sie darauf vorbereitet, und John würde wieder an ihrer Seite sein. Sie sah ihn wachsam an; es gab noch so manches zu besprechen, doch der richtige Zeitpunkt war noch nicht gekommen.

»Willst du wirklich umziehen?« Er sah sie hoffnungsvoll an. In gewisser Weise hatten sich die Dinge besser entwickelt als geplant. Sie hatte ihren Jungen wieder und war Malcolm los. Die Frage war nun, was sollte er tun? Sein Blick begegnete dem ihren, als er sie fragte, ob sie wirklich aus dem Haus der Pattersons ausziehen wollte. Sie nickte langsam. Es würde ihr nicht leid tun, dieses Haus zu verlassen. Die einzigen glücklichen Erinnerungen, die sie mit den Räumen verband, waren jene an Teddy, und ihn würde sie mitnehmen. »Das Haus gehört Malcolm.« Ihre Blicke trafen aufeinander, und er hätte tausend Fragen auf dem Herzen gehabt. »Wir brauchen nur eine kleine Wohnung«, sagte sie leise.

»Und was sonst? Was möchtest du jetzt von mir?« Er wußte, daß er sie das fragen mußte. Er wußte auch, was er wollte, doch fürchtete er, es nicht zu bekommen. Er wollte sie. Für immer.

»Deine Freundschaft« . . . deine Liebe . . . dein Leben. Aber sie wußte, daß sie kein Recht hatte, dies zu sagen.

»Ist das alles?« Er fragte es mit traurigen Augen. Seit Wochen hatte er dieses Gespräch vor sich hergeschoben, weil er fürchtete, zu wissen, wie ihre Antwort auf seine Liebeserklärung lauten würde. Sie hatten einander versprochen, sie würden bis nach dem Prozeß warten, ehe sie überhaupt Überlegungen darüber anstellten, was sie voneinander wollten. Nun war der Augenblick gekommen, und sie hatte ihre Entscheidung getroffen. Die Verantwortung für die Zerstörung seiner Ehe wollte sie nicht auf sich nehmen. »Was wünschst du dir von mir, Marielle?« wiederholte er. »Was soll ich dir geben?«

»Das Geschenk deiner Zeit. Zeit, um zu gesunden und meinen Sohn zu genießen. Aber ich schulde dir mehr als das, John . . . ich schulde dir alles . . .« Marielle lächelte ihm zu. Sie war ihm noch mehr schuldig, und das wußten beide, oder zumindest sie wußte es. »Ich bin es dir schuldig, daß ich dir nicht alles nehme, nicht zerstöre, was du hast . . . daß ich dir nicht dein Heim raube, deine Frau, deine Kinder. Was hättest du denn wirklich davon, wenn du sie verließest?« Ihre Augen waren groß und traurig, als sie diese Frage stellte. Da wußte er, daß sie viel weiser war als er.

»Ich hätte dich und Teddy . . .«, sagte er leise.

»Und dazu Schuldgefühle und Reue . . . und eines Tages würdest du mich vielleicht deswegen hassen.«

»Ich könnte dich niemals hassen.«

Malcolm hatte sie schließlich gehaßt und Charles eine Zeitlang. Sie wußte, wie es war. Und sie schätzte John Taylor zu hoch, als daß sie ihn hätte verlieren wollen. Sie liebte ihn mehr, als er ahnte, mehr, als sie ihm gegenüber je eingestehen würde.

»Du läßt also nicht zu, daß ich mit dir durchbrenne?« Er sah sie traurig an, berührte ihre Hand und wollte sie küssen. Das war einer der Gründe, weshalb sie fortwollte, um von ihm loszukommen, von ihrer Liebe, aber das sagte sie ihm nicht. Sie wußte, daß sie ihn zu sehr liebte, um ihm nahe sein zu können, ohne sich mit ihm einzulassen, und es lag ihr viel zuviel an ihm, als daß sie sich in seine Ehe oder zwischen ihn und seine Kinder gedrängt hätte.

Als er sie in die Arme nahm, flüsterte sie ihm leise zu: »Du brauchst sie. Und sie brauchen dich.« Aber sie brauchte ihn ebenso, und außer Teddy hatte sie niemanden.

»Ich brauche auch dich«, sagte er in drängendem Ton. Er hatte nie eine Frau wie sie gekannt, und einen verrückten Augenblick lang hatte er sich eingeredet, er würde sie überreden können, mit ihm fortzugehen. Wenn es sein mußte, konnte er sie dazu zwingen, doch als er sie ansah, wußte er, daß er es nicht über sich brachte.

Sie hatte ein Recht darauf, zu tun, was sie wollte. Sie brauchte eine Phase der Einsamkeit, des Friedens und der Gesundung. Und vielleicht hatte sie im Hinblick auf Debbie sogar recht. »Ich möchte dich nicht verlieren, Marielle.« Und auch nicht das, was sie gehabt hatten, die Verheißung von viel mehr. Jetzt hatte diese Verheißung ein Ende gefunden.

»Du wirst mich nicht verlieren. Ich werde immer da sein.« Ihre Augen quälten ihn mit ihrer Zärtlichkeit und Weisheit.

»Und wenn du nicht mehr da bist? Wenn du einem anderen gehörst?« entgegnete er traurig, weil er besser wußte als sie, daß dieser Tag kommen würde. Weil sie es mehr verdiente als jeder andere Mensch, mehr vor allem als er.

»Wir werden dennoch Freunde sein. Wie ich schon sagte... du wirst mich nie verlieren.« Und dann hatte sie ihr Lächeln wiedergefunden. »Es sei denn, du willst es.« Sie küßte ihn leicht auf die Lippen, und er hielt sie fest. Sie sprachen noch lange miteinander, und schließlich ging er, sehr widerstrebend zwar, und fragte sich, ob sie sehr klug oder sehr töricht war. Es würden

Jahre vergehen, ehe sie es erkennen würden. Und doch hatte er immer gewußt, daß sie aus zu unterschiedlichen Welten kamen. Es war ein Punkt, den sie nie zur Kenntnis genommen hatte, von dem er aber wußte, daß er wichtig war.

Tagelang fühlte er sich einsam ohne sie, und zuweilen ließ er die Verdächtigen im Fall Patterson seinen Frust spüren. Aber auch sie fühlte sich einsam ohne ihn. Sie hätte ihn anrufen können, hielt sich aber ihm zuliebe zurück. Und die Vorbereitungen für den Aufenthalt in Vermont lenkten sie hinreichend ab. Ohne es gesehen zu haben, hatten sie endlich ein Haus gemietet, samt Kühen, Hühnern und einem Schäferhund. Teddy hatte sich erholt und sah beinahe schon wieder aus wie früher. Er hatte zugenommen und wirkte gesund, glücklich und gepflegt. Von ein paar Stellen abgesehen, war die braune Farbe aus seinem Haar herausgewachsen, doch litt er nachts noch unter Angstzuständen und Alpträumen. Er schlief in Marielles Bett, und sie kümmerte sich selbst um ihn. Haverford war der einzige Angestellte, der noch im Haus war, und auch er würde in wenigen Tagen für immer gehen. Bis dahin half er ihr gern, Teddy zu versorgen.

Haverford hatte Teddy eben eine Schüssel mit Eiskrem gebracht, als Charles kam, um ihr und Teddy Lebwohl zu sagen.

Er wollte am nächsten Morgen die Überfahrt nach Europa antreten.

»Wieder nach Spanien?« fragte sie, als er ihr in die Küche folgte.

»Jetzt nicht mehr.« Er erwog, nach England zu gehen und sich dort zur Armee zu melden, doch nach allem, was passiert war, fühlte er sich dazu noch nicht bereit und wollte zunächst zurück nach Paris, ehe er wieder in den Krieg zog. »Wir wollen den Sommer über nach Südfrankreich.« Er errötete, als sei es ihm peinlich, daß er sich diesen Luxus gönnte, aber beide wußten, daß er es sich verdient hatte. Etwas, das er gesagt hatte, amüsierte

Marielle, und sie konnte es sich nicht verkneifen, ihn damit aufzuziehen, als Teddy ihm aus seiner Riesenschüssel Schokoladeneis anbot. Er und der Junge hatten sich schon angefreundet, obwohl Teddy sich noch immer keinen Reim darauf machen konnte, woher Charles seine Mutter kannte.

»Wir?« fragte sie absichtlich direkt. »Fährst du in Gesellschaft?« Sie hatte so ihre Vermutung, da sie die beiden mehr als einmal zusammen spazierengehen gesehen hatte. Marielle freute sich darüber. Die beiden verdienten es über alle Maßen.

»Schon gut, schon gut«, sagte er lachend. Er wußte, daß sie es ahnte. Er wußte, wie klug sie war, und was das merkwürdigste war: Er liebte sie noch immer.

»Jemand, den ich kenne?« Nach so vielen getrennt verbrachten Jahren war es sonderbar, wieder so freundschaftlich miteinander umzugehen. Nur wußte sie jetzt, daß sie nie wieder wirklich getrennt sein würden. Plötzlich war alles ganz anders.

»Ich werde Bea mit nach Paris nehmen.«

»Das solltest du. Das bist du ihr wenigstens schuldig«, zog Marielle ihn auf, und er lachte.

»Sie war während des Prozesses unbeschreiblich gut zu mir.« Und seither noch besser. Er blieb noch eine Weile, und Marielle küßte ihn zum Abschied. Es war für sie mit diesem Abschied kein Schmerz verbunden, ihre guten Wünsche begleiteten Charles. Sie war frei von ihm, aber sie liebte ihn noch immer.

Malcolm war es, den sie nicht mehr liebte. Sie hatte Angst vor dem, was nach dem bevorstehenden Verfahren kommen würde. Falls es überhaupt zu einer Verurteilung käme, würde sie aufgrund seiner Beziehungen sehr milde ausfallen, das hatte sie irgendwie im Gefühl, und deshalb wollte sie dann möglichst weit weg sein. Sie wollte nicht, daß er in Teddys Nähe kam. John Taylor hatte ihr unbegrenzten Schutz versprochen, und zugleich wußte sie, daß sie nicht ewig davonlaufen konnte. An einem gewissen Punkt würde sie innehalten und sich Malcolm stellen müssen. Aber das FBI hatte geschworen, daß Malcolm Teddy nie wiederbekommen würde. Er hatte sie so lange drangsaliert, war so grausam gewesen und hatte sich bei den abscheulichen Dingen, die er getan hatte, so kaltherzig benommen, daß man ihm nicht einmal das Besuchsrecht einräumen würde.

Zuweilen fragte sie sich, ob sie jemals wieder einem anderen als Teddy Liebe und Vertrauen würde schenken können. Er war das einzige, was für sie zählte. Er war die Freude, das Leben und die Erfüllung für sie.

Sie packte ihre restlichen Sachen. Sie konnte es kaum erwarten, Malcolms Haus zu verlassen. Sie beide wollten alles mitnehmen, was ihnen gehörte. Malcolm hatte sie mitgeteilt, das Haus würde leer sein, wenn er mit Brigitte zurückkäme. Marielle war es sehr recht, mit Teddy im Hotel zu wohnen. Für sie war dies ein von Gespenstern heimgesuchtes Haus, in dem sie nicht länger wohnen wollte.

Es war nicht einfach gewesen, es Teddy beizubringen. Er wußte noch immer nicht, daß es sein Vater gewesen war, der ihn entführt hatte. Zwar hatte er instinktiv gespürt, daß etwas nicht stimmte, und er hatte auch da und dort Gemunkel aufgeschnappt, aber er war noch zu klein, um es zu verstehen. Marielle hatte ihm gesagt, Malcolm sei für lange Zeit fort, und es sei unwahrscheinlich, daß sie ihn wiedersehen würden. Teddy war erstaunt, aber nicht traurig; vielmehr schien er glücklich und zufrieden, mit seiner Mutter zusammensein zu können.

Am Tag ihrer Abreise nach Vermont klingelte es an der Tür, und Haverford meldete ihr, daß Tom Armour gekommen sei. Sie staunte nicht schlecht über diesen Besuch. Charles war schon abgereist, und sie hatte Tom seit dem Prozeß nicht gesehen, er aber hatte von John Taylor gehört, daß sie im Begriff stünde, die Stadt zu verlassen.

Langsam ging sie die Treppe hinunter, um ihn zu begrüßen. Als sie ihn so dastehen sah, fand sie, daß er sehr gut aussah, sehr jung und ein wenig verlegen. Marielle begrüßte ihn freundlich und warmherzig, ganz so, als sei sein Besuch nicht unerwartet.

»Heute hörte ich ein Gerücht, daß Sie fortgehen«, sagte er verlegen, als sie einen Händedruck wechselten und Haverford verschwand, um Kaffee zu kochen. Tom hatte schon eine ganze Weile kommen und nach ihr sehen wollen, doch hatte er es immer aufgeschoben und nun endlich seinen ganzen Mut zusammengenommen. Er wollte ihr persönlich Lebwohl sagen. Schon seit dem Ende des Prozesses hatte er ihr etwas sagen wollen, doch es hatte sich nie die Gelegenheit dazu ergeben. »Sie gehen nach Vermont?« Mehr hatte Taylor ihm nicht gesagt, aber seine Augen hatten eine eigene Geschichte verraten, und Tom hatte sich gefragt, was passiert sein mochte.

Sie nickte mit einem Lächeln, als sie sich in der Bibliothek setzten, jenem Raum, in dem sich während der vergangenen Monate so viel abgespielt hatte. Sie hatte keine Ahnung, aus welchem Grund er gekommen war, freute sich aber sehr, ihn zu sehen. Er hatte für Charles gute Arbeit geleistet, und er hatte ihr immer schon gefallen. Bei ihrer Zeugenaussage hatte er sie anständig behandelt, und sein Benehmen hatte Kraft und angeborene Güte verraten.

»Teddy und ich müssen hier weg«, erklärte sie, als Haverford mit dem Kaffee erschien und rasch wieder verschwand.

»Wie geht es ihm jetzt?« erkundigte er sich nach dem Jungen, während er den Blick wandern ließ. Es war ein prachtvolles Haus, und er fragte sich automatisch, ob sie es wohl mit Bedauern verließ. Doch sie lächelte, als sie seine Miene sah. Sie wußte, was er dachte. Nein, sie empfand kein Bedauern, im Gegenteil, sie konnte es kaum noch erwarten, hier herauszukommen.

»Es geht ihm gut. Manchmal hat er noch Alpträume. Und er spricht nur ungern von dem, was passiert ist.«

»Verständlich.« Beide wußten, daß es ihn für immer zeichnen würde.

Marielle hoffte sehr, sie würde noch viele Jahre vor ihm verborgen halten können, daß die Entführung von seinem Vater geplant worden war. Tom fand das hochanständig, aber in Anbetracht dessen, was er im Verlauf des Verfahrens von ihr kennengelernt hatte, nicht weiter verwunderlich.

Sie kam ihm jetzt sehr friedlich vor, ruhig und in sich gekehrt. Ihre Augen blickten ernst, doch sah sie auf stille Weise sehr glücklich aus.

»Und Sie?« fragte er leise, ohne sie aus den Augen zu lassen. »Wie geht es Ihnen? Keine Kopfschmerzen mehr?«

Ihre Antwort war ein Lächeln. Seit dem Prozeß war sie schmerzfrei. Zum ersten Mal seit Jahren fühlte sie sich absolut gesund. Es war, als hätte sie eine schreckliche Prüfung überstanden und ihre eigene Kraft sei gewachsen, seit sämtliche Gespenster sie in Ruhe ließen. »Es geht mir gut.« Sie wollte ihm für seine Güte während des Prozesses danken, war aber nicht sicher, wie sie ihre Dankbarkeit zum Ausdruck bringen sollte. Dabei versuchte sie zu übersehen, wie gut er aussah, in Blazer und mit roter Krawatte und weißer Hose; er war immer schon ein auffälliger Mann gewesen. Errötend wandte sie sich ab und schob ein Buch auf dem Tisch zurecht.

»Marielle . . .« Er wußte, daß es von ihm kommen mußte. Er wollte nicht, daß sie die Stadt verließ, bevor er mit ihr gesprochen hatte. »Ich . . . ich möchte Sie in Vermont anrufen dürfen . . .« Sie sah ihn mit großen Augen an, erstaunt, daß er das sagte, und sie fragte sich, ob er Malcolm vertrat. Doch er bemerkte ihren Blick und berührte sanft ihre Hand, um sie zu beruhigen. »Ich habe mich wohl nicht klar ausgedrückt . . . ach, ich vermassele wieder mal alles.« Plötzlich sah er verlegen und jungenhaft aus, und beide fühlten sich wie Kinder. »Es ist lange her, daß ich so etwas probiert habe.« Es war auch lange her, daß er jemanden getroffen hatte, der ihr auch nur annähernd glich. Sie erinnerte ihn an seine verstorbene Frau und war dennoch auch anders. Marielle besaß mehr Integrität als jede andere Frau, die er gekannt hatte, mehr Kraft, mehr Mut und vermutlich mehr Herzensgüte. In den letzten zehn Jahren war das Glück ihr nicht sehr geneigt gewesen. Er hoffte dies nach ihrer Rückkehr aus Vermont ändern zu können. »Haben Sie in Vermont ein Telefon?« Er tastete sich weiter vor und versuchte mit ihr über die Zukunft zu sprechen. Marielle mußte unvermittelt lachen. Sie glaubte zu verstehen, doch war es so schwer zu glauben. Er hatte sich immer so geschäftsmäßig gegeben, so kühl, und trotz seines seriösen Gebarens war er offensichtlich zu starken Emotionen fähig.

»Ich glaube, wir haben dort einen Teilanschluß.«

»Sehr gut. Dann werden wir Ihren Nachbarn Grund zur Aufregung liefern«, meinte er lachend. »Bei jedem Anruf werde ich mir Mühe geben, Sie mit richtig saftigen Neuigkeiten zu versorgen.« Aber beide wußten, daß es davon in den vergangenen Monaten mehr als genug gegeben hatte. Sie hoffte sehr, daß ihr Leben nun in normalen Bahnen verlaufen würde, und sie verlieh dieser Hoffnung auch Ausdruck, als sie sich nun angeregt mit Tom über ihr Leben auf dem Lande unterhielt. Sie wollte dort nur die Zeit bis zu Malcolms Prozeß überbrücken. Im Anschluß daran mußte sie zurückkommen und für sich und Teddy eine Wohnung suchen. Haverford wollte gehen, nachdem sie zu ihrem Abenteuer in Vermont aufgebrochen waren. Bei ihrer Rückkehr würde ihr Leben völlig verändert sein, was für sie allerdings kein Grund zum Bedauern war.

»Wäre es vorschnell, wenn . . .« Er arbeitete sich vorsichtig weiter vor, verlegener als ein Schuljunge: ». . . wenn ich nach Ihrer Rückkehr . . .« Nicht zu fassen, wie schwierig das war. Seit Wochen schon war sie ihm nicht aus dem Sinn gegangen, und er hatte auf eine Weise an sie gedacht wie seit Jahren an niemanden mehr – in der Meinung, es würde nichts dabei herauskommen, und jetzt fand er sich nicht in der Lage, es ihr zu sagen. Schließlich atmete er tief durch und faßte mit ernster Miene nach ihrer

Hand. »Marielle ... Sie sind eine ungewöhnliche Frau. Ich würde mir sehr wünschen, Sie näher kennenzulernen.« So. Endlich war es heraus, und seine Erleichterung war gewaltig. Auch wenn sie jetzt sagte, daß sie ihn nie wiedersehen wollte, wußte sie wenigstens ungefähr, wie sehr er sie mochte. »Seit dem ersten Augenblick, als ich Sie sah, habe ich Sie bewundert.«

Wieder errötete sie und kam sich sonderbar verletzlich und sehr jung vor. Und als sie ihn anschaute, sah er in ihren Augen etwas, das ihn fast dahinschmelzen ließ.

»Eigentlich sehr verwunderlich, daß sich aus so viel Schmerz ... aus einem so schrecklichen Ereignis ... so viele gute Dinge ergeben können«, sagte sie leise, voller Dankbarkeit für die Segnungen, die sie empfangen hatte. Und als sie Tom ansah, von dem Wunsch erfüllt, ihm noch viel mehr zu sagen, ertönte ein Geräusch an der Tür zur Bibliothek, und ihr größter Segen erschien in einem blauen Schlafanzug.

»Was treibst du denn da?« rief sie mit einem Lächeln aus, und Teddy stürzte mit lausbübischem Blick in den Raum.

»Ohne dich konnte ich nicht schlafen.« Er kletterte auf ihren Schoß, nicht ohne Tom höchst interessiert unter die Lupe zu nehmen.

»Doch, konntest du. Als ich ging, hast du schon geschnarcht.«

»Nein, habe ich nicht«, widersprach er heftig, und Marielle stellte Tom Teddy vor, ohne zu erklären, woher sie ihn kannte. »Ich habe mich nur schlafend gestellt«, verkündete Teddy. Dabei gähnte er genüßlich und lehnte sich besitzergreifend an seine Mutter.

»Wie ich hörte, gehst du nach Vermont«, sagte Tom im Plauderton. Er liebte Kinder, und nach allem, was sie Teddys wegen durchgemacht hatten, war ihm der Junge besonders ans Herz gewachsen.

»Ja«, erwiderte Teddy stolz. »Wir werden dort Kühe und Pferde und Hühner haben. Mami sagt, dort gibt es für mich ein Pony zum Reiten.«

»In deinem Alter war ich im Sommer auch oft in Vermont.« Tom lächelte Teddy zu und dann über dessen Kopf hinweg seiner Mutter. Er hatte genug gesagt. Egal, wie unbeholfen formuliert, sie hatte seine Absichten verstanden und gebilligt. Sie tauschten über den Kopf des Kindes hinweg noch einen vertraulichen Blick, der sie einander plötzlich näherbrachte.

»Hast du auch ein Pony gehabt?« erkundigte Teddy sich, da seine Neugierde erwacht war. Er hatte seinen Daddy schon lange nicht mehr gesehen, und zuweilen fehlte er ihm. Mami hatte gesagt, er sei auf einer sehr langen Reise. Wahrscheinlich war er irgendwo in Afrika oder auf einem Schiff und nicht einmal telefonisch zu erreichen.

»Ja, ich hatte ein Pony. Und ich hatte auch eine Kuh, die ich ganz allein melken mußte. Wenn ich dich in Vermont besuche, werde ich dir zeigen, wie das geht.«

»Ach, du kommst auch nach Vermont?« Teddy war nun ernsthaft interessiert, und seine Mutter auch, wie sie sich ehrlich eingestand.

»Eigentlich hatte ich nicht die Absicht«, er hatte auf ihre Rückkehr warten wollen, »aber es ist keine schlechte Idee.« Er sah Marielle fragend an, und wieder tauschten sie ein Lächeln. Jetzt war er froh, daß er den Mut gefunden hatte, sie vor ihrer Abfahrt zu besuchen. Andernfalls hätte er sich vielleicht monatelang gequält. »Vielleicht könnte ich einmal übers Wochenende kommen.« Er kannte ein bezauberndes Hotel unweit des Ortes, in den sie fuhren, und die Idee erschien ihm plötzlich ungemein reizvoll, während er den Jungen mit seiner Mutter beobachtete.

»Kannst du noch reiten?« fragte Teddy ihn ernst.

»Ich glaube schon.« Tom lachte.

»Wenn nicht, dann bringe ich es dir bei«, bot Teddy ihm

gönnerhaft an. Alle drei lachten herzlich, und dann gingen sie in die Küche, um für Teddy etwas zum Naschen zu suchen. Haverford, der selbst noch packen mußte, hatte sich schon in sein Zimmer zurückgezogen. Marielle wußte, wie leid es ihm tat, das Haus zu verlassen. Aber er hatte nicht länger in Malcolms Diensten bleiben wollen, und Marielle konnte sich ihn nicht leisten. Sie hatte sich mit dem bescheidenen Unterhalt, den Malcolm ihr zugedacht hatte, zufriedengegeben, mehr wollte sie nicht. Teddy würde ohnehin alles erben, wenn er erwachsen war.

Tom goß ihm ein Glas Milch ein, und Marielle entdeckte einen Rest Schokoplätzchen, und am Ende saßen sie zu dritt lachend und schwatzend da und naschten, bis Teddys Schlafenszeit längst überschritten war. Es war fast elf, als Tom schließlich ging. Er half ihr noch, Teddy zu Bett zu bringen, und dann brachte sie ihn nach unten, um sich von ihm zu verabschieden. Er blieb in der Haustür stehen und sah sie einen langen, sehnsüchtigen Moment an.

»Ich danke Ihnen, daß ich heute ein wenig Zeit bei Ihnen verbringen durfte«, sagte er, während er das Verlangen verspürte, ihr Haar zu berühren, ihre Wange, ihren Nacken, doch das wäre zu früh gewesen.

»Ich bin froh, daß Sie gekommen sind.« Sie hatte gar nicht erwartet, ihn noch einmal wiederzusehen, und hatte das sehr bedauert. Und jetzt hatte sein Besuch einen völlig neuen Horizont aufgetan. John Taylor fehlte ihr noch immer, doch sie wußte, daß sie ihm zuliebe die richtige Entscheidung getroffen hatte. Daß sie mit Tom einige Zeit zusammensein durfte, war wie ein unerwartetes Geschenk, das sie dankbar annahm. »Ich wollte Ihnen immer schon sagen, wie sehr ich Sie bei Gericht bewundert habe«, sagte sie leise. Er aber wollte nicht, daß sie noch daran dachte. Er wollte, daß sie nur an Vermont dachte, an glückliche Dinge und an den Sommer auf dem Land mit Teddy. Und wenn sie zu Malcolms Prozeß kommen würde, wollte er ihr zur Seite stehen, damit sie nicht alles allein durchmachen mußte. Er wollte nicht, daß sie jemals wieder Schwierigkeiten allein bewältigen mußte. Sie sollte nur Glück und friedliche Dinge erleben.

»Daran sollen Sie nicht denken.« Er konnte nicht umhin, die Hand auszustrecken und Marielle an sich zu ziehen. »Vergessen Sie es.« Die Vergangenheit war abgeschlossen. Die ihre ebenso wie die seine. Sie barg zu viel Schmerz, und er wollte diese Türen fest hinter ihnen schließen. »Denken Sie nur an Teddy und sein Pony.« Beide lächelten, und dann wurde sein Blick wieder ernst. Sie standen nun ganz dicht beieinander. »Du wirst mir fehlen, wenn du in Vermont bist.« Das Verrückte war, daß er es ernst meinte. Sie kannten einander kaum und kannten einander doch. Er kannte sie besser als die meisten seiner guten Freunde, besser als die Frauen, mit denen er ausgegangen war. Und er liebte alles, was er über sie wußte.

»Du wirst mir auch fehlen.« Sie sagte es lächelnd und spürte zum ersten Mal seit Jahren Hoffnung. Bei ihm fühlte sie sich völlig unbeschwert. »Wir werden dich von unserem Teilanschluß aus anrufen.«

»Ich rufe zuerst an«, flüsterte er. Die Nummer hatte er sich bereits notiert. »Gib schön acht unterwegs.« Er zog sie noch näher an sich, und sie schloß die Augen, als er sie küßte. »Gute Nacht, Marielle ... wir sehen uns bald ...« Er sah sie ein letztes Mal an, dann war er fort, und sie schloß die Tür. Merkwürdig, wie das Leben spielte, nie wußte man, was passieren würde. Sie hatte an so vieles geglaubt, das sich irgendwann als falsch erwiesen hatte ... sie hatte geglaubt, sie und Charles würden für immer zusammenbleiben und ihr Leben würde glücklich und aufregend und mit vielen Kindern gesegnet sein ... und Malcolms Achtung und sein Schutz sei ihr immer sicher ... daß ihnen nichts Schlimmes passieren konnte, weil er so anständig und solide war ... und dann hatte sie gefürchtet, Teddy würde niemals mehr zurückkommen. Und in allem hatte sie sich geirrt, ganz besonders und Gott sei Dank im Falle Teddys. Er war wieder bei ihr. Er war das einzige, was wirklich zählte. Er war der schimmernde Hoffnungsstern, für den sie lebte. Aber jetzt gab es noch etwas zusätzlich. Die anderen waren fort. Die Alpträume lagen hinter ihr. Die Träume hatten sich in Nebel aufgelöst. Sie und Teddy waren allein mit ihren schlechten und guten Erinnerungen und dem ganzen Leben, das vor ihnen lag. Sie wußte, daß die Kümmernisse ihnen Kraft verliehen hatten. Und die Zeit in Vermont würde ihnen guttun ... und nach ihrer Rückkehr würden sie ein neues Leben beginnen ... und Tom Armour würde sie erwarten, mit aller Anständigkeit und Herzenswärme, die er zu bieten hatte. Vielleicht würden ihre Träume wahr werden, vielleicht aber auch nicht. Sie hoffte auf Erfüllung, und Tom tat es auch, als er nach Hause ging. Sie hoffte, die Alpträume würden nie wiederkehren, für keinen von ihnen. Sie hoffte so vieles, und der Großteil ihrer Hoffnungen galt Teddy.

Am Morgen ihrer Abreise stand Haverford in der Tür und winkte ihnen nach, als sie und Teddy in Malcolms altem Buick davonfuhren. Haverford kannte sie all die Jahre, die sie mit Malcolm verheiratet gewesen war, und Teddy seit dessen Geburt. Nun waren sie entschwunden – in ein Leben, das Gott weiß was für sie bereithalten mochte. Leise schloß er die Tür, in Gedanken noch bei dem Jungen. Dann steckte er den Schlüssel in einen Umschlag, den er den Anwälten schicken würde. Das Haus war leer, die Familie fort. Als er die Stufen hinunterging und ein Taxi heranwinkte, war er voller Hoffnung für die beiden, und das heiterte ihn ein wenig auf. Und just in diesem Moment fuhr Marielle über die Brücke, und Tom Armour befand sich auf dem Weg zum Gerichtsgebäude, zu einem neuen Prozeß, während er an sie und Teddy dachte.

BLANVALET

DANIELLE STEEL BEI BLANVALET

»Frauenschicksale – kaum eine andere Autorin weiß sie so einfühlsam, lebensnah und packend zu schildern wie Danielle Steel.«
Zeitung am Sonntag

Nichts ist stärker als die Liebe
35023

Gesegnete Umstände
35079

Juwelen
35160

Auf den Flügeln der Freiheit
35219

Jenseits des Horizonts
Der Preis des Glücks
35112

Vertrauter Fremder
Die Liebe eines Sommers
35055

Das Haus hinter dem Wind
Es zählt nur die Liebe
35202

BLANVALET

SUSAN HOWATCH

Eine großartige Familiensaga vom Beginn unseres Jahrhunderts bis in die Gegenwart.

»Ein dicker Schmöker, und darin nicht eine einzige langweilige Seite!«
Die Welt

Susan Howatch. Der Zauber von Oxmoon 35114

BLANVALET

ERICA JONG

Auf der Suche nach ihrer Identität erforscht die junge Sara
die Geschichte ihrer Familie:
Von der Flucht der Urgroßmutter vor den russischen Pogromen
Anfang des Jahrhunderts bis zum Schicksal ihrer Mutter, einer
gefeierten Rocksängerin in New York.

*»Erica Jongs bestes Buch! Eine gewaltige Geschichte, geschrieben
mit Würde und Gefühl.«*
The Irish Times

Erica Jong. Seliges Angedenken 35121

BLANVALET

FEDERICA DECESCO

Die betörend sinnliche Geschichte der jungen Tänzerin Ruth, voll exotischer Magie und Lust auf Leben – von der Autorin des Bestsellers »Silbermuschel«.

Federica DeCesco. Seidentanz 35147

BLANVALET

JANE AAMUND

Kopenhagen zu Anfang des Jahrhunderts:
Die selbstbewußte Juliane findet gegen alle Widerstände mit Witz und Verstand ihren Weg.

Der zweite Teil der »Groschenwalzer« -Trilogie von der dänischen Autorin, die mit Marianne Frederiksson verglichen wird.

Jane Aamund. Sommernächte 35088